중학생을 위한

# 고전소설 베스트 30 하

중학생을 위한

# 고전소설 베스트 30 하

1판 1쇄 발행 2015년 7월 13일
1판 8쇄 발행 2023년 12월 5일

| | |
|---|---|
| **지은이** | 박지원 외 |
| **엮은이** | 김형주, 권복연 |
| **편집** | 최현영, 최다미, 안주영 |
| **메인 삽화** | 이지은 |
| **인물관계도** | 창백한 기린 |
| **디자인** | 박민정, 이재호, 김혜진 |
| **마케팅** | 조병훈, 박민규, 최진주, 김도언 |

| | |
|---|---|
| **발행처** | (주)리베르스쿨 |
| **주소** | 서울특별시 성동구 왕십리로58 서울숲포휴 11층 |
| **등록번호** | 제2013-16호 |
| **전화** | 02-790-0587, 0588 |
| **팩스** | 02-790-0589 |
| **홈페이지** | www.liber.site |
| **커뮤니티** | blog.naver.com/liber_book(블로그) |
| | www.facebook.com/liberschool(페이스북) |
| **e-mail** | skyblue7410@hanmail.net |
| **ISBN** | 978-89-6582-086-4(44800) |
| | 978-89-6582-274-5(전 5권) |

리베르(Liber 전원의 신)는 자유와 지성을 상징합니다.

중학생을 위한

# 고전
# 소설
# 베스트
# 30하

㈜리베르스쿨

문학은 배고픈 사람에게 따뜻한 밥 한 끼가 되어 주지는 못하지만 우리 사회에 배고픈 이들이 있다는 사실을 알림으로써 요란한 구호나 피켓이 없이도 우리의 잠든 양심을 깨우는 힘이 있습니다. 또한 아무것도 강요하지 않기 때문에 아무것도 얻는 것이 없을지 모르지만, "왜 사는지, 어떻게 살아야 하는지?" 삶의 의미와 태도를 돌아보게 만듭니다. 우리 아이들이 문학 작품을 읽어야 하는 까닭이 바로 여기에 있습니다. 어떻게 사는 것이 사람답게 사는 일인지 이해하기 위해서입니다.

다행인지 불행인지 매년 새 학기가 되면 수많은 문학 해설서가 쏟아져 나옵니다. 그만큼 문학 작품을 쉽게 접할 수 있는 환경이 조성되었지만, 원문만 제공하거나 해설과 질문이 부실한 책들이 대부분입니다. 책은 눈으로만 읽는 것이 아니라 때로는 머리로, 때로는 가슴으로 읽어야 하므로 "재미있게 읽었니?"라는 질문보다 "어떻게 생각하니?"라는 질문이 많아야 합니다.

『중학생을 위한 고전소설 베스트 30』에는 중학생이 반드시 읽어야 할 고전 소설이 실려 있습니다. 기본적인 어휘 풀이는 물론이고 '인물관계도, 작가 소개, 작품 정리, 구성과 줄거리, 생각해 보세요' 등 다양한 콘텐츠를 함께 제공해 작품을 보다 쉽게 읽을 수 있도록 구성했습니다.

『중학생을 위한 고전소설 베스트 30』의 특징은 다음과 같습니다.

1. 중학생이 반드시 읽어야 할 고전 소설 30편을 엄선해 수록했습니다. 이 작품들은 다양한 정서를 이해하는 데 도움을 줄 뿐만 아니라, 수행 평가를 비롯해 수능·논술·구술시험에 출제될 가능성이 높습니다.

2. 작품 원문 외에도 '인물관계도, 어휘 풀이, 작가 소개, 작품 정리, 구성과 줄거리, 생각해 보세요' 등 다양한 콘텐츠를 제공해 작품을 보다 쉽게 이해할 수 있도록 구성했습니다. 특히 작품마다 '인물관계도'를 그려 넣어 주요 등장인물을 한눈에 파악할 수 있도록 했고, '생각해 보세요'는 질문과 답변을 함께 실어 독서 효과를 극대화할 수 있도록 했습니다.

3. 작가가 사용한 예스러운 표현은 현대적인 표현으로 바꾸지 않고 원문에 충실하게 편집했습니다. 원문의 맛을 최대한 살리고 어휘 시험에 대비할 수 있도록 하기 위해서입니다.

4. 어휘 풀이는 각주가 아니라 내주로 처리해 가독성을 높였습니다. 일반적으로 학생들이 소설을 어려워하는 까닭은 생소한 어휘들 때문입니다. 그래서 한자어에는 한자를 표기하고 현대어 풀이를 덧붙였습니다.

••••

　우리 아이들이 10년 뒤 어떤 사람으로 성장하느냐는 현재 '만나는 사람'과 '읽고 있는 책'이 결정한다고 합니다. 그런데 주로 만나는 사람들이 또래이고, 주로 읽고 있는 책이 만화책이라면 어떻게 될까요? 사랑도, 성공도, 인생도 모두 또래와 만화책을 통해 배우지 않을까요?

　'중학생을 위한 베스트 문학' 시리즈는 이 땅의 모든 중학생에게 우리가 살아가는 이 세상과 이 세상 사람들에 대한 이야기를 들려주기 위해 기획되었습니다. 독서는 책을 통해 세상과 만나고 사람과 만나는 일입니다. 모쪼록 이 책이 중학생인 저의 둘째 딸과 여러분에게 좋은 만남으로 기억되기를 바랍니다.

김형주 씀

## 차례

·광문자전 ·허생전 ·호질 ·양반전

# 조선 시대2 朝鮮時代

조선 후기에는 소설의 대중적 기반이 점차 확대되면서 소설을 이야기의 형태로 들려주는 전기수라는 새로운 직업이 등장하기도 했습니다. 이 시기에는 민중들의 문학 참여가 날로 증가하면서 판소리와 민속극이 성장했습니다. 우리 민속 예술의 한 형태인 판소리와 민속극을 통해 평민의 언어와 문화를 생생히 느낄 수 있습니다.

## • 풍자 소설 諷刺小說

풍자 소설이란 인물이나 당시 사회의 불합리한 모순을 조롱하거나 우스꽝스럽게 묘사한 소설을 말합니다. 풍자는 상황을 정면으로 비판하기 곤란한 경우 우회적으로 표현하거나 모순된 상황을 좀 더 효과적으로 비판하기 위해 사용되었습니다.

# 인물관계도

주인 영감 ──(광문을 추천)──▶ 약방 주인

(의롭게 여김)

(칭찬)

광문

운심 ──(칼춤)──▶

거지 두목이었던 저(광문)는 누명을 쓰고 도망치다가 남의 집에 들어가게 되었어요. 도둑으로 몰릴 뻔했지만 주인 영감님이 저를 믿어 주셔서 약방 점원으로 일하게 되었지요. 약방 주인님도 제 칭찬을 많이 해 주셨어요. 운심은 춤추지 않는 기생으로 유명했는데, 제가 콧노래로 장단을 맞추자 칼춤을 추기 시작하더군요.

# 광문자전 廣文者傳

광문은 비렁뱅이다. 그는 예전부터 종루鐘樓 종로 네거리에 있는 종각 시장 바닥을 돌며 밥을 빌었다. 길거리의 비렁뱅이 아이들이 광문을 두목으로 추대해, 자기들의 보금자리인 구멍집을 지키게 했다.

하루는 날씨가 춥고 진눈깨비가 흩날렸는데, 여러 아이가 서로를 이끌며 밥을 빌러 나갔다. 그중 한 아이만 병에 걸려 따라가지 못했다. 얼마 뒤에 그 아이는 더욱 추워하더니 신음 소리마저 아주 구슬퍼졌다. 광문은 그를 매우 불쌍히 여겨 직접 구걸하러 나가서 밥을 얻었다. 돌아와 병든 아이에게 먹이려고 했지만 아이는 벌써 죽어 버렸다. 여러 아이가 돌아와서 광문이 아이를 죽인 것으로 의심했다. 그래서 서로 의논해 광문을 두들기고는 내쫓았다. 광문은 밤중에 엉금엉금 기어서 동네 안의 어느 집으로 들어가다가 그 집 개를 깨웠다. 집주인이 광문을 잡아 묶자 광문이 외쳤다.

"저는 원수를 피해서 온 놈입니다. 도둑질할 뜻은 없었습니다. 영감님께서 제 말을 믿지 않으신다면, 아침나절 종루 시장 바닥에서 밝혀 드리겠습니다."

광문의 말씨가 순박했으므로 주인 영감도 마음속으로 광문이 도둑이 아닌 것을 알아챘다. 그래서 광문을 새벽에 풀어 주었다. 광문은 고맙다고 인사한 뒤 거적때기를 얻어 가지고 그 집을 나왔다. 주인 영감은 그런 그를 괴이하게 여겨 뒤를 밟았다. 이때 마침 거지 아이들이 한 시체를 끌어다가 수표교水標橋 서울 청계천에 놓은 다리에 이르러 다리 아래로 던지는 것이 보였다. 광문은 다리 아래에 숨어 있다가 그 시체를 거적때기에 싸서 남몰래 지고 가다 서문 밖 무덤 사이에 묻었다. 그러고 나서 울면서 무슨 말인지 중얼거렸다.

주인 영감은 광문을 잡고서 그 영문을 물었다. 광문은 그제야 앞서 일어났던 일과 어제 했던 일들을 다 말해 주었다. 주인 영감은 마음속으로 광문을 의롭게 여기고 그와 함께 집으로 돌아와 옷을 주고는 두텁게 대했다. 그리고 광문을 부유한 약방 주인에게 추천해 고용살이를 할 수 있게 해 주었다.

오랜 시간이 흐른 뒤 어느 날, 약방 주인은 문밖으로 나섰다가 다시 돌아와 방 안의 자물쇠를 살펴보기를 되풀이했다. 그러다가 자못 불쾌한 듯한 얼굴빛으로 돌아와 깜짝 놀라더니 광문을 물끄러미 바라보았다. 뒤이어 광문에게 무엇인가 말하려다가 얼굴빛을 바꾸더니 그만두었다.

광문은 약방 주인이 왜 그런지 이유를 정말 몰랐다. 날마다 잠자코 일만 했을 뿐, 감히 하직下直 웃어른께 작별을 고하는 것하고 떠나지도 못했다. 며칠이 지나자 약방 주인의 처조카가 돈을 가지고 와서 돌려주며 말했다.

"지난번 제가 아저씨께 돈을 꾸러 왔었는데 마침 아저씨가 계시지 않았어요. 그래서 제가 스스로 방에 들어가 돈을 가지고 갔었지요. 아마 아저씨께서는 모르고 계셨겠지요."

그제야 약방 주인은 광문에게 매우 부끄러워하면서 사과했다.

"나는 소인일세. 이 일 때문에 점잖은 사람의 마음을 상하게 했네그려. 내 이제 자네를 볼 낯이 없네."

그러고는 자기의 모든 친구와 다른 부자, 큰 장사치들에게까지 '광문은 의로운 사람'이라고 두루 칭찬했다. 그는 또 종실의 손님들과 공경公卿 높은 벼슬아치의 문하에 다니는 이들을 만날 때마다 광문을 칭찬했다. 그래서 공경의 문하에 다니는 이들과 종실의 손님들이 모두 광문을 이야깃거리로 삼아, 밤마다 그들의 베갯머리에서 식구들에게 들려주었다. 그리하여 몇 달 사이에 사대부들이 광문의 이름을 옛날 훌륭한 사람의 이름처럼 알게 되었다. 그래서 한양 사람들은

"광문을 우대하던 주인 영감이야말로 참으로 어질고도 사람을 잘 알아보는 분이지."

라고 칭찬했고, 더욱이

"약방 주인이야말로 정말 점잖은 사람이야."

하고 칭찬했다.

이때 돈놀이꾼들은 대체로 머리 장식품이나 구슬 비취옥 따위 또는 옷, 그릇, 집, 농장, 종 등의 문서를 전당 잡고서 밑천을 계산해서 빌려 주었다. 그러나 광문은 남의 빚보증을 서면서도 전당 잡을 물건이 있는지 묻지 않았다. 천 냥도 대번에 승낙했다.

광문의 사람됨을 말한다면, 모습은 아주 더러웠고 말솜씨도 남을 움직이지 못했다. 입이 커서 두 주먹이 한꺼번에 드나들었다. 그는 또 망석중놀이음력 사월 초파일에 행하는 무언 인형극를 잘하고, 철괴춤중국의 신선인 이철괴를 흉내 낸 춤을 잘 추었다. 당시에 아이들이 서로 헐뜯는 말로,

"너희들의 형이야말로 달문이지."

라는 말이 유행했다. '달문'은 광문의 또 다른 이름이었다.

광문은 길에서 싸우는 이들을 만나면 옷을 벗어젖히고 함께 싸웠다. 그러다가 무슨 말인가 지껄이면서 머리를 숙이고 땅바닥에 금을 그었

다. 마치 그들의 옳고 그름을 따지는 듯했다. 광문의 꼴을 본 시장 사람들은 모두 웃었다. 싸우던 자들도 역시 같이 웃다가 모두 흩어져 버리곤 했다.

광문은 나이 마흔이 넘도록 그대로 총각머리를 땋았다. 남들이 장가들기를 권하면 그는

"대체로 사람들은 아름다운 얼굴을 좋아하는 법이오. 그런데 사내만 그런 게 아니라 여인네들도 역시 마찬가지라오. 그러니 나처럼 못생긴 놈이 어떻게 장가를 들겠소?"

라고 말했다. 남들이 살림을 차리라고 하면 이렇게 사양했다.

"나는 부모도 없고 형제, 처자도 없으니 무엇으로 살림을 차리겠소? 게다가 아침나절에는 노래 부르며 시장 바닥으로 들어갔다가 날이 저물면 부잣집 문턱 아래서 잠을 잔다오. 한양에 집이 팔만이나 있으니, 날마다 잠자는 집을 옮겨 다녀도 내가 죽을 때까지 다 돌아다닐 수 없을 정도라오."

한양의 이름난 기생들은 모두 아리땁고 예쁘며 말쑥했다. 그러나 광문이 칭찬해 주지 않으면 한 푼어치의 값도 나가지 못했다. 지난번에 우림아羽林兒 궁궐을 호위하던 병사와 각 전殿 왕과 왕비 혹은 왕과 왕비가 거처하는 전각 별감別監 조선 시대 액정서의 예속의 하나 또는 부마도위駙馬都尉 임금의 사위의 겸종傔從 시중을 들던 사람들이 소매를 나란히 해 운심을 찾았다. 운심은 이름난 기생이었다. 그들은 당堂 위에 술자리를 벌이고 거문고를 타며 운심의 춤을 즐기려고 했다. 그러나 운심은 일부러 시간을 늦추면서 춤을 추려 하지 않았다.

광문은 밤에 찾아가 당 아래에서 어정거리다가 들어가서 그들의 윗자리에 서슴지 않고 앉았다. 광문은 비록 옷이 다 떨어지고 그 행동이 창피했지만, 그의 뜻은 몹시 자유로웠다. 눈이 짓물러서 눈곱이 낀 채로 술

취한 듯 트림하며 양털처럼 생긴 머리로 뒤꼭지에다 상투를 틀었다. 자리에 앉아 있던 사람들은 모두 깜짝 놀랐다. 서로 눈짓해서 광문을 몰아내려고 했다. 그러나 광문은 더 앞으로 다가앉아 무릎을 어루만지며 가락을 뽑아 콧노래로 장단을 맞추었다.

운심은 그제야 일어나서 옷을 갈아입고 광문을 위해 칼춤을 추었다. 자리에 앉았던 사람들은 모두 기뻐했다. 그들은 다시금 광문과 벗으로 사귀고 흩어졌다. 🖋

# 광문자전

## 📝 작가 소개

**박지원**(朴趾源, 1737~1805)

조선 정조 때의 문장가이자 실학자이다. 자는 중미仲美이고, 호는 연암燕巖이다.
정조4년(1780)에 청나라에 다녀온 뒤『열하일기熱河日記』를 저술해 조선의 정치,
경제, 사회, 문화 전반에 걸쳐 일대 개혁을 일으킬 것을 주장했다. 이를 계기로
조선 사회의 가치 체계가 이용후생利用厚生 기구를 편리하게 쓰고 먹을 것과 입을 것을 넉넉하게
해 백성의 생활을 나아지게 함의 실학사상으로 바뀌기 시작했다. 주요 작품으로 「양반
전」, 「허생전」, 「호질」 등이 있고, 저서로는『연암집』등이 있다.

## 📝 작품 정리

- **갈래**   한문 소설, 전기체 소설, 풍자 소설, 단편 소설
- **성격**   풍자적, 비판적, 사실적
- **배경**   시간 – 조선 후기 / 공간 – 종루 저잣거리
- **시점**   3인칭 전지적 작가 시점
- **구성**   '발단 – 전개 – 결말'의 3단계 구성
- **특징**   • 당시 사회를 사실적으로 묘사함
         • 당대의 세태를 풍자함
         • 번역체, 문어체를 사용함
- **주제**   권모술수가 판을 치던 당시 양반 사회 풍자
- **연대**   조선 영 · 정조 때
- **출전**   『연암집』권8「방경각외전」

## 🖉 구성과 줄거리 - - - - - - - - - - - - - - - - - - - - - - - - - - - - - -

- **발단**  **광문에게 위기와 기회가 찾아옴**

  거지 두목으로 추대된 광문은 거지 아이를 죽였다는 누명을 쓰고 소굴에서 쫓겨난다. 동료 거지들을 피해 남의 집에 들어갔다가 발각된 광문은 도둑으로 몰리지만 그의 사람됨을 알게 된 주인이 광문을 약방 점원으로 추천한다.

- **전개**  **광문의 인품이 알려짐**

  약방에서 돈이 없어지는 사건이 벌어지자 광문이 의심을 받지만, 오해가 풀린 뒤에 오히려 그의 거짓 없는 인품이 사람들 사이에서 화제가 된다. 광문이 순수한 사람이라는 사실이 알려져 사람들은 그를 좋아하게 된다.

- **결말**  **모든 사람이 광문을 칭찬함**

  운심은 춤을 추지 않는 기생으로 유명한데, 광문이 콧노래로 장단을 맞추자 비로소 춤을 추기 시작한다. 이에 사람들은 광문과 친구가 되기를 원하고 그를 칭송하며 존경한다.

## 🖉 생각해 보세요 - - - - - - - - - - - - - - - - - - - - - - - - - - - - - -

**1 작가가 광문이라는 인물을 통해 강조한 인간상은 무엇인가?**

광문은 미남도 영웅도 아니다. 그저 못생긴 거지에 불과하다. 어쩌다 거지들의 두목이 되지만 그 자리를 오래 지키지 못하고 쫓겨난다. 하지만 천성이 선하고 신의가 있으며, 재물에 대한 욕심이 없다. 남녀를 차별하지도 않으며 분수를 지킬 줄 알고, 이웃의 싸움을 익살스럽게 중재하는 재치도 있다. 그가 모든 사람에게 사랑을 받는 이유는 이 때문이다. 작가는 광문이라는 인물을 통해 신의와 정직의 가치를 강조하고 있다.

## 2 이 작품을 쓴 작가의 의도는 무엇인가?

작가는 광문을 통해 유학자들의 가식과 위선을 조롱하고 있다. 실례로 광문의 신의를 의심한 약방 주인이 광문 앞에서 스스로를 가리켜 소인小人이라고 한 점이나 부마도위를 비롯한 지체 높은 양반들이 광문에게 벗이 되어 달라고 청한 점은 양반의 권위가 사실상 보잘것없다는 사실을 인정하는 것이라고 볼 수 있다. 또한 광문의 입을 통해 남녀의 정욕이 결코 다르지 않다고 주장함으로써 기존의 가치에 도전하는 모습을 보여 주고 있다. 아마도 작가는 실학 사상에 토대를 두고 신분이나 재산, 미모 따위로 사람의 가치를 평가하던 시대는 지났다는 것을 강조하기 위해 이 소설을 썼을 것이다.

## 인물관계도

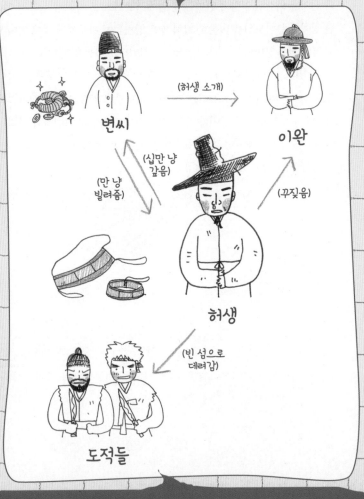

변씨

(허생 소개) →

이완

(십만 냥 갚음)

(만 냥 빌려줌)

허생

(꾸짖음)

(빈 섬으로 데려감)

도적들

저(허생)는 한양 제일의 부자인 변씨를 찾아가 만 냥을 빌렸어요. 저는 매점매석으로 큰돈을 벌고, 빈 섬에 도적들을 끌고 가 이상국을 건설했지요. 변씨에게는 열 배의 돈을 갚았고요. 변씨가 소개해 준 이완 대장이 나랏일을 도와달라고 청했어요. 제가 세 가지 계책을 제안했지만 이완 대장이 거절했지요. 저는 화가 나서 이완 대장을 쫓아냈답니다.

# 허생전 許生傳

허생은 묵적동에 살았다. 남산 밑으로 곧장 가다 보면 우물이 하나 나오는데, 그 옆에 오래된 은행나무가 한 그루 서 있고 허생의 집 사립문이 은행나무를 향해 열려 있었다. 집이라야 비바람도 제대로 가리지 못할 두어 칸 초가에 불과했다. 그러나 허생은 오직 글 읽기만 좋아해 그의 처가 남의 바느질품을 팔아서 간신히 입에 풀칠을 하는 지경이었다.

하루는 허생의 처가 너무 배가 고파 울음 섞인 목소리로 말했다.

"당신은 평생 과거도 보지 않으면서 글을 읽어 무엇에 쓰시려오?"

허생은 웃으며 대답했다.

"나는 아직 독서를 익숙히 하지 못하였소."

처가 또 물었다.

"그렇다면 장인바치 일도 못하신단 말씀입니까?"

"장인바치 일은 배우지도 않았는데 어찌 할 수 있겠소."

"그럼 장사도 할 수 없으시단 말씀입니까?"

"장사는 밑천이 없는 걸 어떻게 하겠소?"

처는 화를 내며 쏘아붙였다.

"글만 읽더니 배운 것이라고는 '어찌 할 수 있겠소'라는 소리뿐이구려. 장인바치 일도 못 한다, 장사도 못 한다, 그러면 도둑질은 할 수 있소?"

허생은 읽던 책을 덮고 일어섰다.

"애석하구나! 내 본디 십 년 동안만 책을 읽으려 했거늘, 이제 겨우 칠 년에 이르렀을 뿐인데……"

하고 거리로 나섰으나 아는 사람이 없었다. 허생은 곧장 운종가雲從街 종로의 거리 이름로 나가서 길 가는 사람을 붙들고 물었다.

"한양에서 제일가는 부자가 누구요?"

어떤 사람이 변씨라고 일러주자 허생은 그 집을 찾아갔다. 그는 변씨에게 허리를 숙여 정중히 인사한 후 이야기를 꺼냈다.

"내가 집이 가난해서 무얼 좀 해 보려고 하니, 만 냥을 빌려 주시오."

허생의 하는 양을 보고 있던 변씨는 흔쾌하게 대답했다.

"좋소이다."

하고 선뜻 만 냥을 빌려 주었다. 만 냥을 빌린 허생은 고맙다는 말 한마디도 없이 가 버렸다.

변씨 집의 자제들과 손들이 허생을 보니 거지와 다를 바가 없었다. 허리띠라고 두르기는 했지만 술이 다 빠져 너덜너덜하고, 가죽신이라고 신기는 했지만 뒤꿈치가 다 빠져 있었다. 갓은 쭈그러지고 도포는 때에 절었으며, 코에서는 허연 콧물까지 흘러내리고 있었다. 허생이 돌아간 뒤 모두 어리둥절해하며 말했다.

"아시는 분입니까?"

"모르네."

"잠깐 사이에 알지도 못하는 사람에게 만 냥을 빌려 주시면서 그 이름도 묻지 않으시니 어찌 된 일입니까?"

"자네들이 알 바 아니네. 대체로 남에게 무엇인가를 빌릴 때는 반드시 자신의 사정을 장황하게 이야기하는 법이지. 자신의 신용을 내보이려고 애쓰지만 비굴한 얼굴빛을 숨길 수 없으며, 했던 말을 자꾸 반복하게 마련이네. 그런데 저 손님은 형색이 비록 허술하지만 그 말이 간단했고, 그 눈빛은 오만했으며, 부끄러워하는 기색이 조금도 없었다네. 이는 재물이 없어도 스스로의 처지에 만족하고 있기 때문이지. 그가 해 보겠다는 일도 결코 작은 일은 아닐 것이니 나 또한 그 사람을 시험해 보고 싶은 마음이 생긴 것이네. 게다가 주지 않았으면 또 모르거니와 이미 만 냥을 주었는데 이름을 물어서 무엇하겠는가?"

한편 허생은 집으로 돌아가다 말고 혼자 생각했다.

'안성은 경기도와 충청도가 갈라지는 곳이요, 충청도와 전라도와 경상도를 통괄하는 입구렷다.'

그는 곧장 안성으로 가서 거처를 마련했다. 그리고 대추, 밤, 감, 배, 석류, 귤, 유자 등속의 과일을 시세의 두 배 값을 주고 몽땅 사들였다. 허생이 과일을 독점해 버리니 나라 백성들이 잔치나 제사를 치를 수 없게 되었다. 얼마 안 가서, 허생에게 두 배의 값으로 과일을 팔았던 상인들이 도리어 열 배의 값을 주고 사 가게 되었다. 허생은 길게 탄식하며 말했다.

"만 냥으로 나라의 경제가 좌지우지되니 이 나라 경제의 기반이 어떠한지를 알겠구나!"

허생은 과일을 판 돈으로 칼, 호미, 무명, 명주, 솜 따위를 사 가지고 제주도로 건너갔다. 그것을 팔아 말총<sup>말의 꼬리나 갈기의 털</sup>이란 말총은 모조리 사들였다.

"몇 해 지나면 이 나라 사람들은 상투도 매지 못할 것이다."

허생이 그 물건들을 잘 보관해 두었더니 그의 말대로 얼마 지나지 않아 망건 값이 열 배로 뛰어올랐다.

하루는 허생이 늙은 뱃사공에게 물었다.

"혹시 바다 밖에 사람이 살 만한 빈 섬이 없소?"

사공이 대답했다.

"있습지요. 일찍이 풍랑을 만나 서쪽으로 사흘 동안을 떠내려가 어떤 빈 섬에서 하룻밤을 묵은 일이 있소이다. 제 생각으로는 사문도<sup>沙門島</sup>와 장기도<sup>長岐島</sup>의 중간쯤으로 짐작되옵니다. 꽃과 나무들이 저절로 자라나고 온갖 과일과 채소들이 저절로 익고 있습디다. 노루와 사슴은 무리 지어 놀고, 물고기는 사람을 보고 놀라지 않더이다."

허생은 크게 기뻐하며 말했다.

"나를 그리로 인도해 주면 함께 부귀를 누릴 수 있을 것이오."

사공이 그러하기로 승낙하니 바람을 따라 동남쪽으로 가서 마침내 그 섬에 도착했다. 허생은 높은 곳에 올라 사방을 바라보더니 실망한 듯이 탄식했다.

"땅이 천 리도 못 되니 무엇을 해 보겠는가? 다만 땅이 기름지고 물이 깨끗하니 부자 영감 노릇은 할 수 있겠구나."

듣고 있던 사공이 말했다.

"텅 빈 섬에 사람이라곤 하나도 없는데, 대체 누구와 더불어 산단 말씀이오?"

"덕이 있으면 사람은 절로 모이게 마련이오. 본디 덕이 없음을 두려워할 뿐, 사람이 없음을 어찌 걱정한단 말이오?"

이즈음 당시 변산 주변에는 도적의 무리가 수천 명이나 우글거리고 있었다. 각 주<sup>州</sup>와 군<sup>郡</sup>에서는 포졸을 보내어 이들을 잡으려고 했지만 좀처럼 잡을 수 없었다. 도적들 또한 함부로 나다니며 노략질을 못하니 굶주리고 궁핍한 지경에 이르렀다.

허생은 도적의 소굴로 찾아가 그 우두머리에게 물었다.

"천 명이 천 냥을 노략질하면 한 사람이 얼마씩 나누어 가지오?"

"그야 한 냥씩 나누어 갖겠지."

"그럼 당신들에게는 마누라가 있소?"

"없소."

"논밭은 있소?"

"논밭이 있고 마누라가 있으면 무엇이 부족해 도적질을 하겠소?"

"진정 그렇다면 마누라를 얻어 가정을 꾸리고 소를 사서 논밭을 갈려 하지 않는 게요? 그렇게 하면 도적이라는 말도 듣지 않을 뿐더러 집 안에서는 마누라와 함께 즐거움을 누리고 집 밖에 나다닐 때에는 포졸에게 붙잡힐 걱정도 하지 않으며 먹고 입는 것도 풍족해질 텐데……."

"누군들 그러고 싶지 않아 이렇게 사는 줄 아오? 단지 돈이 없으니 문제지."

"도적질을 하면서 어찌 돈이 없다고 근심한단 말이오. 내가 당신들을 위해 마련해 놓은 것이 있으니 내일 바다에 나와 보시오. 붉은 깃발을 단 것이 모두 돈을 실은 배들이니 마음대로 그것들을 가져가시오."

허생이 이렇게 약속하고 떠나자 도적들은 모두 그가 미쳤다며 비웃었다.

이튿날 아침, 도적들이 바다에 나가 보니 허생이 정말로 돈 삼십만 냥을 배에 싣고 왔다. 도적들은 모두 크게 놀라 허생에게 줄지어 절했다.

"오직 장군님의 명령을 따르겠습니다."

허생은 웃으며 말했다.

"힘닿는 대로 지고 가 보아라."

도적들은 앞다투어 돈을 짊어졌는데 한 사람이 백 냥 이상을 짊어지지 못했다. 그들을 보고 허생이 꾸짖었다.

"너희들은 기껏 백 냥도 짊어지지 못하면서 어찌 도적질을 한답시고 날뛴단 말이냐! 지금에 와서 너희들이 양민이 되려고 한들 이름이 이미 도적의 명부에 올랐으니 갈 곳이 없겠구나. 내가 여기서 너희들을 기다리고 있을 테니 각기 백 냥씩을 가지고 가 마누라 하나와 소 한 필씩을 구해 오거라."

"분부대로 거행하겠습니다."

도적들은 대답하고 제각기 흩어졌다. 허생은 이천 명이 일 년간 먹을 양식을 준비하고 그들을 기다렸다. 마침내 도적들이 모두 돌아왔는데 늦게 온 사람은 아무도 없었다. 허생은 이들을 배에 태우고 빈 섬으로 들어갔다. 허생이 이처럼 도적들을 몽땅 데려가니 이후 나라에 도적 떼로 시끄러운 일이 없어졌다.

그들은 섬에 이르러 나무를 베어 집을 짓고, 대나무를 엮어 울타리를 만들었다. 땅의 기운이 온전하기 이를 데 없으니 온갖 곡식이 무럭무럭 자라났다. 한 해나 세 해만큼 걸러 짓지 않아도 한 줄기에 아홉 개의 이삭이 달릴 정도였다. 추수가 끝나자 삼 년간 먹을 양식을 비축해 놓고, 나머지는 전부 배에 싣고 장기도로 가져가서 팔았다. 장기도는 일본의 속주屬州인데 삼십만여 호나 되는 가구가 살고 있었다. 때마침 장기도에 큰 기근이 들어, 가지고 간 것을 모두 팔아 치울 수 있었으니 기근에 빠진 사람들을 구하고도 은 백만 냥을 벌 수 있었다.

허생은 탄식하며 말했다.

"이제야 나의 조그만 시험이 끝났구나."

그는 섬 안의 남녀 이천 명을 모두 모아 놓고 명령을 내렸다.

"내가 처음 너희들과 이 섬에 들어올 때는 먼저 너희를 부자로 만든 뒤

따로 문자도 만들고 의관衣冠 옷을 입고 갓을 쓰는 예절을 새로 제정하려 했다. 그런데 땅이 좁고 내 덕 또한 부족하니 이제 나는 이 섬을 떠나려고 한다. 이후 아이를 낳거든 수저를 쥘 때 오른손으로 쥐도록 가르치고 하루라도 먼저 태어난 사람이 음식을 먼저 먹도록 하는 미덕을 가르쳐라."

그러고 나서 허생은 섬에 남겨진 배들을 불태워 버리며 말했다.

"가지 않으면 오는 사람도 없을 것이다."

그리고 돈 오십만 냥을 바닷물 속으로 던지며 또 말했다.

"바다가 마르면 이 돈을 가져갈 사람이 있겠지. 백만 냥은 우리 나라에도 용납할 곳이 없거늘, 하물며 이 작은 섬에서랴!"

마지막으로 허생은 글을 아는 자를 모두 배에 태워 함께 떠나며 말했다.

"이 섬에 화근을 없애야지."

이때부터 허생은 나라 안을 두루 돌아다니며 가난하고 의지할 곳 없는 자들을 구제했다. 그러고도 은이 십만 냥이 남았다.

"이 정도면 변씨의 빚을 갚기에 충분하겠지."

허생은 곧 변씨를 찾아갔다.

"나를 기억하겠소?"

허생이 갑작스레 찾아와 묻자 변씨는 깜짝 놀라 말했다.

"그대의 얼굴빛이 조금도 나아지지 않았구려. 만 냥을 실패 보지 않았소?"

허생은 껄껄 웃으며 대답했다.

"재물로 얼굴이 기름지게 되는 것은 당신들에게나 있는 일이오. 만 냥이 어찌 도道를 살찌우겠소."

허생은 십만 냥을 변씨에게 주며 덧붙였다.

"내 일찍이 하루의 굶주림을 견디지 못해 글 읽기를 마치지 못했으니,

당신에게 만 냥을 빌렸던 것이 부끄러울 따름이오."

변씨는 크게 놀라서 자리에서 일어나 절하고 사양하며, 십 분의 일로 이자를 쳐서 받겠노라 했다. 이에 허생은 벌컥 화를 냈다.

"당신은 어찌 나를 장사치로 대접한단 말이오!"

하고 옷자락을 떨치며 가 버렸다.

변씨가 몰래 뒤를 따라가니 허생이 남산 밑 작은 초가집으로 들어가는 것이 보였다. 마침 우물가에서 빨래를 하는 한 노파가 있기에 물었다.

"저 작은 초가는 누구의 집이오?"

"허 생원 댁입지요. 그는 가난하지만 글 읽기를 좋아했던 사람인데 어느 날 아침에 집을 나가서 오 년이 지나도록 돌아오지 않았지요. 지금은 그 부인이 혼자 살면서 그가 집을 나간 날에 제사를 올리고 있답니다."

변씨는 비로소 그의 성이 허씨임을 알고 탄식하며 돌아갔다.

이튿날 변씨는 허생을 찾아가 받은 돈 십만 냥을 모두 돌려주려고 했다. 허생은 단호히 거절을 했다.

"내 부자가 되고 싶었다면 어찌 백만 냥을 버리고 십만 냥을 취하겠소? 이제부터는 당신의 덕을 입으며 살아가려고 하니 종종 우리 집의 형편을 살펴서 양식이나 떨어지지 않게 하고 몸을 가릴 옷가지나 주시구려. 일생을 이와 같이 한다면 나는 그것으로 족하오. 무엇 때문에 재물을 가지고 내 마음을 고단하게 만들겠소?"

변씨는 허생을 여러 가지로 설득하려 했지만 허생은 끝내 그의 말을 듣지 않았다.

변씨는 이때부터 허생의 살림이 곤궁해질 때쯤 되면 손수 물건들을 날라다 도와주었다. 허생은 별 거리낌이 없이 그것들을 받았으나 혹시라도 지나치게 많다 싶으면 즉시 싫은 기색을 보이며 말했다.

"내게 재앙을 가져다주면 어떡하오?"

하지만 술을 가지고 가면 크게 반기며 취할 때까지 함께 마셨다. 이렇게 몇 년이 지나니 두 사람 사이의 우정은 날로 두터워졌다.

어느 날 변씨가 조용히 물었다.

"불과 오 년 사이에 어떻게 백만 냥이나 되는 돈을 벌었나?"

허생이 대답했다.

"알고 보면 쉬운 일이네. 조선은 배가 외국으로 통하질 않고 수레가 각 지역으로 두루 다니질 않는단 말씀이야. 다시 말하면 모든 물자가 그 자리에서 생산되어서 그 자리에서 소비된다는 말이지. 무릇 천 냥은 적은 돈이라서 한 가지 물품을 독점할 수 없지만, 천 냥을 열로 나눈다면 백 냥이 열이니 열 가지 물건을 고루 살 수 있겠지. 또한 단위가 작으면 굴리기가 쉬운 까닭에, 한 가지 물건의 시세가 좋지 않아도 나머지 아홉 가지로 재미를 볼 수 있는 것이네. 이는 일반적으로 이문利文 이익이 남는 돈을 남기는 방법이야. 하지만 이 방법은 조그만 장사치들이나 하는 짓이지. 이번에는 만 냥을 지녔다고 하세. 만 냥이면 한 가지 물건을 모조리 살 수 있지. 수레에 실린 것은 수레째, 배에 실린 것은 배째, 어느 고을에 있는 것이면 그 고을 것을 통째로 사 버릴 수 있지 않겠나? 마치 그물로 한 번에 훑어 내듯 몽땅 사 버리는 것이지. 예를 들면 육지의 산물 여러 가지 중에서 한 가지를 독점해 버린다거나, 해산물 중에서 한 가지를 독점해 버린다거나, 약재들 중에서 한 가지를 몽땅 사 버리는 것이지. 이렇게 되면 한 가지 물건이 모두 묶여 있는 동안 모든 장사치가 고갈될 것이야. 그러나 이것은 백성을 상대로 도적질하는 것과 다름없으니, 훗날에라도 어느 관리가 이러한 방법을 쓴다면 반드시 그 나라는 병들고 말 것이야."

변씨가 다시 물었다.

"처음에 자네는 어떻게 내가 만 냥을 순순히 내줄 거라고 생각했는가?"

"반드시 상대가 자네이기 때문만은 아니었지. 능히 만 냥을 지닌 사람이라면 누구나 다 빌려주었을 것이야. 내가 스스로 내 재주가 족히 백만 냥은 벌 수 있다고 생각했으나, 운명은 하늘에 달려 있으니 내 어찌 자네가 돈을 빌려줄지를 미리 알 수 있었겠나? 그러니 나를 믿은 사람이 복이 있는 사람인 것이지. 부에서 더 큰 부를 누리는 것은 하늘이 명한 바인데 어찌 돈을 빌려주지 않았겠는가? 또한 나는 이미 만 냥을 얻은 다음에는 그 복에 힘입어 행동할 뿐이니, 하는 일마다 성공한 것은 쉬운 일이었지. 만일 내가 내 재산으로 일을 시작했다면 그 성공과 실패는 알 수 없었을 걸세."

변씨가 또 물었다.

"지금 사대부들은 남한산성에서 오랑캐에게 당했던 치욕병자호란 때 인조가 남한산성에서 항전을 포기하고 삼전도에서 굴욕적으로 항복한 일을 설욕하려고 하고 있네. 지금이야말로 뜻있는 선비로서 팔뚝을 걷어붙이고 그 슬기를 떨칠 때가 아닌가? 어찌 자네와 같이 뛰어난 사람이 스스로 어두운 곳에 숨어 파묻혀 지내려 하는가?"

허생이 대답했다.

"예로부터 초야에 묻혀 일생을 마친 사람이 한둘이었겠나? 조성기趙聖期조선 숙종 때 성리학자는 적국에 사신으로 갈 만한 인물이었지만 베잠방이베로 지은 짧은 남자용 홑바지를 입은 선비로 늙어 죽었고, 유형원柳馨遠조선 효종 때 실학의 선구자은 군량軍糧군대의 양식을 수송할 만한 재주가 있었지만 바닷가에서 한적한 삶을 보내고 있지 않나. 그러니 지금 나라를 다스린다는 자들의 꼬락서니를 가히 알 만하지 않은가. 나는 장사를 잘하는 사람이라 그

돈으로 아홉 나라 임금의 머리도 족히 살 수 있었지만, 모두 바다에 던지고 온 것은 이 땅에서 그 돈을 쓸 데가 없었기 때문이네."

이 말에 변씨는 한숨을 내쉬고 돌아갔다.

변씨는 본래 이완 정승과 친분이 있는 사이였다. 이완이 어영대장御營大將 어영청의 종이품 벼슬이 되었을 때 변씨에게 물었다.

"위항委巷 서리나 중인, 평민들이 사는 곳과 여염閭閻 백성이 모여 사는 거리에 뛰어난 재주가 있어 큰일에 쓸 만한 인재가 있소?"

이에 변씨가 허생의 이야기를 하자 이완이 크게 놀라 말했다.

"기이한 일이로군! 그게 사실이오? 그 사람 이름이 무엇이오?"

"제가 그와 삼 년을 사귀었지만 여태껏 그의 이름도 모릅니다."

"그 사람은 필시 비범한 인물이로다. 나와 함께 찾아가 보세."

밤이 되자 이완은 수행 하인들을 물리치고 변씨와 함께 걸어서 허생을 찾아갔다. 변씨는 이완을 문밖에 세워 두고 혼자 들어가 허생에게 이완과 함께 온 연유를 말했다. 허생은 못 들은 체하고,

"자네가 차고 온 술병이나 내놓게."

하고 즐겁게 술만 마시는 것이었다. 변씨는 이완이 이슬을 맞고 밖에 오래 서 있는 것이 민망해 수차례 이야기했다. 허생은 대꾸도 하지 않았다. 밤이 깊어지자 허생이 비로소 말했다.

"이제 손님을 청해도 되겠군."

이완이 들어왔지만 허생은 자리에서 일어서지도 않았다. 이완은 어찌 할 바를 몰라 좌불안석하며 나라에서 어진 사람을 구하는 뜻을 설명했다. 허생은 손을 내저으며 막았다.

"밤은 짧은데 말이 길어서 듣기에 무척 지루하다. 지금 당신의 벼슬이 무엇이오?"

"대장을 맡고 있소이다."

"그렇다면 이 나라의 믿음직한 신하라 하겠군. 내가 와룡 선생臥龍先生 제갈량, 즉 숨어 있는 인재 같은 사람을 천거한다면 당신이 임금께 아뢰어 삼고초려三顧草廬 인재를 맞아들이기 위해 참을성 있게 노력함를 하게 할 자신이 있으시오?"

이완은 고개를 숙이고 한참 생각하더니 대답했다.

"그건 어렵소이다. 두 번째 계책을 들을 수 있겠소?"

허생은 냉랭하게 대꾸했다.

"나는 원래 두 번째라는 것은 배우지 못했소."

그러더니 이완을 외면하고 입을 다물어 버렸다. 이에 이완이 누차 묻자 못 이기는 척 대답했다.

"명나라 장군과 벼슬아치들은 조선에 베푼 옛 은혜임진왜란 때 명나라가 조선에 원군을 보낸 것을 말함가 있다고 하여, 나라가 망한 후 그 자손들이 우리나라로 많이 망명해 왔소. 그들은 지금 이리저리 떠돌아다니며 홀아비 생활을 하고 있다는데, 당신은 임금께 청해 종실의 여자들을 그들에게 두루 출가시키고 공신들의 재산을 털어 그들에게 나누어 줄 수 있겠소?"

이완은 또다시 머리를 숙이고 한참을 생각하더니 대답했다.

"그것도 어렵겠소이다."

"이것도 어렵고 저것도 어렵다 하면 대체 어떤 일이 가능하단 말이오? 좋소이다. 아주 쉬운 일이 있는데 당신이 한번 해 보겠소이까?"

"말씀을 듣고 싶소."

"무릇, 천하에 큰 뜻을 떨치고자 한다면 먼저 천하의 호걸들과 교분을 가지지 않으면 안 되오. 또한 남의 나라를 치려면 먼저 첩자를 보내지 않고는 성공할 수 없소. 지금 만주의 무리들청나라를 세운 여진족이 갑자기 천하의 주인이 되어 중국인들과 친하지 못한 터에, 조선이 다른 나라보다 먼저 섬기게 되었으니 저들은 반드시 우리를 믿을 것이오. 이제 우리가 그들에게 '당唐, 원元 때처럼 우리의 자제를 보내어 학문도 배우고 벼슬도 하고 상인들도 자유롭게 출입하도록 해 주십시오'라고 청한다면 그들은 우리가 가까이하려는 것을 기뻐하며 허락할 것이 분명하오. 그러면 우리는 자제들을 뽑아 변발하고 호복胡服 오랑캐의 옷을 입혀 들여보내면 되지요. 그중 선비들은 빈공과賓貢科 외국인에게 보게 하던 과거에 응시하고, 일반 백성은 멀리 강남으로 건너가서 장사를 하면서, 그 나라의 실정을 염탐하는 한편, 그 고장 호걸들과 친분을 맺는 것이오. 그때야말로 천하를 뒤집고 과거의 치욕도 씻을 수 있지 않겠소? 만약 주씨朱氏 중국의 명나라 황족를 구하지 못한다 해도 천하의 제후를 거느리고 적당한 인물을 하늘에 천거한다면, 잘하면 중국의 스승이 될 것이고 못 되어도 백구伯舅 천자가 성이 다른 제후를 존중해 부르던 말의 나라제후국 중 가장 큰 나라의 지위는 잃지 않을 것이오."

이완은 넋을 놓고 듣고 있다가 말했다.

"사대부들이 모두 몸을 조심하고 예법을 숭상하고 있으니, 누가 변발과 호복을 받아들이겠소이까?"

허생은 크게 꾸짖어 말했다.

"이른바 사대부라는 것들이 대체 무엇이란 말이오? 이맥彝貊 중국인이 동쪽 나라를 일컫는 말의 땅에 태어나서 스스로 사대부라 칭하니 염치없지 않소. 게다가 옷은 흰옷만 입으니 이것이야말로 상복이 아니고 뭐겠소? 또 머리를 묶어서 상투를 트니 이것은 남쪽 오랑캐들의 풍습과 다를 바 없지 않소. 그런데 무엇을 가지고 예법이라 한단 말이오? 번오기樊於期 중국 진나라 장수는 원수를 갚기 위해 자신의 머리를 아끼지 않았고, 무령왕武靈王 중국 춘추 전국 시대 조나라의 왕은 나라를 부강하게 만들기 위해 호복을 입는 것도 부끄러워하지 않았소. 그런데 명나라의 원수를 갚겠다고 하면서 겨우 머리털 자르는 것을 두려워한단 말이오? 또 장차 말을 타고 칼을 휘두르고 창을 던지고 활을 쏘고 돌을 던져야 할 상황인데 그 넓은 소매를 고쳐 입지 않고 예법만 논한단 말이오? 내가 세 가지를 말했는데 당신은 그중 한 가지도 제대로 못한다면서 어떻게 스스로 충직한 신하라고 자처한단 말이오! 당신 같은 자는 칼로 목을 베어야 하오!"

이렇게 외치고는 좌우를 돌아보며 칼을 찾아서 찌르려 했다. 이완은 크게 놀라 뒷문을 박차고 뛰어나가 도망쳐 버렸다.

이튿날 그가 다시 허생의 집을 찾았더니, 집은 텅 비어 있고 허생은 이미 떠나고 없었다. ✐

# 허생전

## 🖉 작품 정리

- **작가**  박지원(17쪽 '작가 소개' 참조)
- **갈래**  한문 소설, 풍자 소설, 단편 소설
- **성격**  풍자적, 비판적, 냉소적
- **배경**   • 시간 – 17세기 중반
           • 공간 – 서울을 중심으로 한반도 전역과 무인도, 장기도
- **시점**  3인칭 전지적 작가 시점
- **구성**  '발단 – 전개 – 위기 – 절정 – 결말'의 5단계 구성
- **특징**   • 이용후생의 실학사상에 근거를 둠
           • 대화를 통해 작가 의식을 표출함
           • 양반 계층에 대한 신랄한 풍자가 나타남
- **주제**  무능한 사대부에 대한 비판과 새로운 삶의 각성 촉구
- **의의**  근대 의식을 고취한 실학 문학의 대표작임
- **연대**  조선 정조4년(1780)
- **출전**  『열하일기』「옥갑야화」

## 🖉 구성과 줄거리

- **발단**  **허생은 평생 글 읽기를 즐기다가 부인의 잔소리에 집을 나감**
  허생은 남산 밑 다 쓰러져 가는 초가집에 살고 있다. 그는 몹시 가난한
  데도 글 읽기만을 좋아해 그의 아내가 삯바느질로 살림을 꾸려 나간
  다. 참다못한 아내가 푸념을 하자 허생은 책을 덮고 탄식하며 집을 나
  간다.

- **전개** **매점매석으로 큰돈을 벌고 빈 섬에 이상국을 건설함**

　　집을 나온 허생은 한양 제일의 부자 변씨를 찾아 만 냥을 꾸고자 청한
다. 변씨는 허생의 대범함을 보고 선뜻 돈을 빌려 준다. 허생은 매점
매석으로 큰돈을 벌어들인 뒤 빈 섬에 변산의 도적들을 끌고 가 이상
국을 건설한다. 다시 집으로 돌아온 허생은 변씨에게 돈을 열 배로 갚
는다.

- **위기** **허생은 이완에게 인재 등용을 위한 세 가지 계책을 제안함**

　　변씨는 평소 잘 알고 지내던 이완에게 허생을 소개한다. 그 자리에서
이완은 허생에게 국사를 도와 달라고 청한다. 허생이 세 가지 계책을
제시하나 이완은 불가능하다는 말만 되풀이한다.

- **절정** **이완을 쫓아냄**

　　허생은 이완의 대답에 사대부의 허례허식을 비판하고 이완을 질책
한다.

- **결말** **허생이 종적을 감춤**

　　이완은 놀라 달아나고 이튿날 다시 허생을 찾아간다. 허생은 이미 자
취를 감추었고 집은 비어 있다.

### 🖋 생각해 보세요

**1 허생의 상행위에 담겨 있는 의미는 무엇인가?**

　　이 작품에서 허생은 양반 신분이지만 장사를 하는 기인적 행동을 보여 준다.
그는 매점매석하는 비정상적인 상행위로 많은 돈을 번다. 그가 겨우 만 냥으
로 전국의 물건 값을 좌지우지했다는 것은 당시의 경제 구조가 매우 취약했
다는 것을 말해 준다. 또 과일과 망건 등이 동나서 양반들이 제사나 예도禮道를
다하지 못했다고 묘사함으로써 양반들의 허례허식을 간접적으로 비판했다.

**2 이 작품의 결말이 미완으로 끝난 이유는 무엇인가?**

이 작품은 다른 고전 소설과 달리 허생이 자취를 감춤으로써 뚜렷한 해결점이 없는 상태로 끝을 맺고 있다. 이는 허생의 비범하고 놀라운 행적을 좀 더 신비롭게 처리함으로써 그 여운을 짙게 남기려는 의도를 담고 있다. 또한 작가의 급진적인 사상이 당시에는 받아들여지기 어려웠기 때문에 이와 같이 결말을 처리함으로써 당시 사회와의 갈등을 유보하고자 했음을 짐작할 수 있다.

**3 이 작품에서 작가는 허생을 통해 무엇을 말하려고 했는가?**

작가는 조선 시대 정치·경제·사회의 모순과 당시 집권층의 무능·허례허식을 허생이라는 인물을 통해 비판하고 있다. 또한 진보된 문물제도를 본받아 나라의 후진성을 극복하자는 의견을 허생의 말을 빌려 주장하고 있다.

# 인물관계도

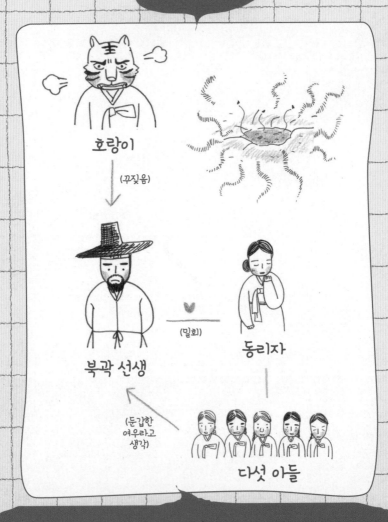

호랑이

(꾸짖음)

북곽 선생

(밀회)

동리자

(둔갑한
여우라고
생각)

다섯 아들

저(북곽 선생)는 이웃집 과부 동리자와 밀회를 즐겼어요. 어느 날, 동리자의 아들들이 저를 인간으로 둔갑한 여우라고 생각해 방으로 쳐들어오더군요. 저는 도망치다가 똥구덩이에 빠지고 말았지요. 겨우 빠져나왔는데 그 자리에 호랑이가 입을 벌리고 있었어요. 호랑이는 저의 위선적인 행동을 엄하게 꾸짖었답니다.

# 호질 虎叱

호랑이는 지덕문무知德文武를 겸비했을 뿐만 아니라 자상하고 효성이 지극했다. 또한 지혜롭고 어질며 용맹하기까지 하여 하늘 아래 당할 상대가 없었다. 그러나 비위狒胃 전설상의 괴물는 호랑이를 잡아먹고, 죽우도 호랑이를 잡아먹으며, 박도 호랑이를 잡아먹고 산다. 오색사자五色獅子는 큰 나무가 있는 산에서 호랑이를 잡아먹으며, 자백은 날아다니며 호랑이를 잡아먹고, 표견도 날아다니며 호랑이와 표범을 잡아먹고, 황요는 호랑이와 표범의 염통을 꺼내서 먹는다. 활은 뼈가 없으니 호랑이와 표범에게 일부러 잡아먹혔다가 그 배 속에서 간을 뜯어 먹는다. 추이는 호랑이를 만나기만 하면 갈가리 찢어서 씹어 먹는다. 호랑이는 맹용이라는 짐승을 만나면 눈을 감고 감히 바라보지 못하는데, 사람은 맹용을 두려워하지 않으면서 호랑이를 두려워하니 호랑이의 위엄이 그 얼마나 엄청난 것인가!

호랑이는 개를 먹으면 취醉하고 사람을 먹으면 신神이 된다. 호랑이가 한 번 사람을 먹으면 그 귀신은 굴각屈閣 창귀 이름이 되어 호랑이의 겨드랑이에 붙는다. 굴각은 호랑이를 남의 집 부엌으로 이끌어 솥단지를 핥게 하는데, 그러면 주인이 배고파 아내에게 밥을 짓도록 한다.

호랑이가 또다시 사람을 먹으면 그 귀신은 이올彛兀 창귀 이름이 되어 호랑이의 광대뼈에 붙어 산다. 이올은 높은 곳에 올라가 아래를 살피며 만약 함정이나 눈속임으로 장치된 화살이 있으면 먼저 가서 그것을 치워버린다.

호랑이가 세 번째 사람을 먹으면 그 귀신은 육혼鬻渾 창귀 이름이 되어 호랑이의 턱에 붙는다. 육혼은 평소에 알던 친구의 이름들을 자꾸 불러댄다.

어느 날 호랑이가 귀신들에게 물었다.

"날이 저물어 가는데 어디 가서 먹을 것을 구할 수 있을까?"

굴각이 대답했다.

"제가 미리 점을 쳐 보았는데, 뿔도 없고 날개도 없으며 검은 머리카락을 지닌 놈이 걸릴 것입니다. 눈 위에 발자국을 남기되 비틀비틀 서툰 걸음을 하고, 뒤통수에 꼬리가 붙어 그것을 제대로 감추지도 못하는 놈입니다."

이올이 말했다.

"동문東門에 먹을 것이 있는데 그 이름이 의醫 의원라고 합니다. 입으로 온갖 약초를 다 먹어서 살과 고기가 향기롭지요. 서문西門에도 먹이가 될 만한 것이 있는데 그 이름은 무巫 무당라고 합니다. 온갖 귀신에게 아첨하려고 날마다 목욕재계하여 고기가 깨끗하지요. 이 두 가지 중에서 골라 잡수시지요."

호랑이는 수염을 곤두세우고 엄하게 말했다.

"의醫란 의疑 육번뇌의 하나와도 같으니 의심하는 것을 여러 사람에게 시험해 해마다 수만 명이나 되는 이들을 죽인다. 무巫라는 것은 무誣 없는 것을 있는 것처럼, 있는 것을 없는 것처럼 말함와 같으니 신을 속이고 백성을 현혹하여 해마다 남을 죽이는 수가 역시 수만 명에 이른다. 그래서 사람들의 분노가 뼈에 사무쳐 금잠金蠶 누에의 일종이 되었으니 독이 있어 먹을 수가 없다."

육혼이 말했다.

"숲에 가면 고기가 있는데, 어진 간과 의로운 담膽 쓸개을 가졌고 충성심과 순결한 지조를 지녔습니다. 악樂을 머리에 이고 예禮를 신고 다니며, 입으로는 백가百家 제자백가를 외우고 마음으로는 만물의 이치를 꿰뚫고 있습니다. 그 이름은 석덕碩德 큰 덕망을 가진 선비이라고 하는데, 등살이 두둑하고 몸이 기름져서 다섯 가지 맛을 겸비하고 있습지요."

호랑이는 눈썹을 치켜세우고 침을 흘리며 하늘을 우러러 크게 웃으면서 말했다.

"짐이 좀 더 자세히 듣고 싶구나."

귀신들은 앞다투어 호랑이에게 추천했다.

"하나의 음陰과 하나의 양陽을 도道라고 이르는데 선비들은 이를 꿰뚫어보지요. 오행五行이 서로 생기고 육기六氣 천지간의 여섯 기운가 서로 베풀어지는데 선비들이 이를 조화시키니 맛있는 것 중에 이보다 더 나은 것은 없을 것입니다."

그러나 호랑이는 달갑지 않은 낯빛으로 말했다.

"음양이라는 것은 본디 한 기운이 변화하는 것이다. 그런데 이것을 둘로 나누었으니 그 고기가 잡스러울 것이다. 또 오행은 정해진 자리가 있어서 서로 생기는 것이 아닌데 그들은 자子, 모母로 갈라져 짠맛과 신맛으로까지 나누어졌으니 그 맛이 또한 순수하지 않을 것이다. 또한 육기는 스스로 행하는 것이니 이는 남이 베풀어 이끄는 것을 기다리지 않는 법이다. 이제 그들은 망령되게 재財 다듬어 이룩함와 상相 도와서 바로잡음이라 칭하며 사사로이 제 공功인 양하고 있으니, 그놈을 먹는다면 딱딱해 체하거나 토할지도 모른다."

한편 정鄭이라는 고을에 벼슬을 좋아하지 않는 선비가 있었으니, 그를

북곽 선생이라고 불렀다. 나이 사십에 손수 교정한 책이 만 권이요, 구경

九經 오경과 『효경』, 『논어』, 『맹자』, 『주례』의 뜻을 보충해 다시 지은 책이 일만 오천

권이나 되었다. 이에 천자는 그 뜻을 가상히 여겼고 제후들은 그 이름을

흠모했다.

그 고을의 동쪽에는 동리자라는 미모의 과부가 있었다. 천자는 그 절

개를 가상히 여기고 제후들은 그 현숙함을 사모했다. 이에 그 고을의 사

방 몇 리 땅을 동리과부지려東里寡婦之閭 과부 동리자의 정려에 봉했다. 이렇듯

동리자는 수절을 잘하는 과부였다. 그러나 그에게는 아들이 다섯이 있

었는데, 성姓이 제각각이었다.

어느 날 밤 다섯 아들이 서로 말했다.

"강북에는 닭이 울고 강남에는 별이 빛나는데 방에서 소곤대는 소리

가 나니 어찌 이다지도 북곽 선생과 닮았을까?"

하고 다섯 아들이 차례로 문틈으로 들여다보았다.

이때 동리자가 북곽 선생에게 청했다.

"오랫동안 선생님의 덕을 사모해 왔습니다. 오늘 밤에는 선생님의 글

읽는 소리를 듣고 싶습니다."

하고 간청했다. 북곽 선생은 옷깃을 여미고 점잖게 앉아서 시를 읊었다.

"병풍에는 원앙새 있고 반딧불은 밝기도 해라. 가마솥과 세발솥은 무

얼 본떠 만들었나동리자의 자식들이 형제지만 성이 제각각이라는 뜻."

이를 엿보던 다섯 아들은 서로 말했다.

"『예기禮記』에 이르기를, 과붓집 문 안에 들어가지도 말라고 했는데, 북

곽 선생은 어진 선비니 그런 짓은 하지 않을 거야."

"소문에 이 고을의 성문이 낡아서 여우가 구멍을 팠다고 하더군."

"내가 듣기로 여우가 천년을 묵으면 사람으로 변할 수 있다는데, 그놈

이 반드시 북곽 선생으로 둔갑했을 거야."

"나는 듣건대 여우의 갓을 얻는 자는 천석꾼<sup>곡식 천 석을 거두어들일 만큼 땅과 재산을 많이 가진 부자</sup>이 되고, 여우의 신을 얻는 자는 대낮의 그림자를 감출 수 있고, 여우의 꼬리를 얻는 자는 남을 잘 꾀어서 사람들을 기쁘게 한다고 하니 저 여우를 죽여 나눠 갖자."

하고 다섯 아들이 함께 방으로 쳐들어갔다. 북곽 선생이 크게 놀라 도망쳤다. 사람들이 제 얼굴을 알아볼까봐 한쪽 다리를 목덜미에 얹고, 도깨비처럼 춤추고 귀신의 웃음소리를 내며 문밖으로 내닫다가 들판의 구덩이에 빠지고 말았다. 구덩이 안에는 똥이 가득 차 있었다. 그가 허우적거리며 기어올라 머리를 내밀고 바라보니 호랑이 한 마리가 길목을 가로막고 있는 것이 아닌가? 호랑이는 이맛살을 찌푸리며 구역질을 하고, 코를 싸쥔 채 고개를 돌리며 말했다.

"어이쿠, 그 선비 냄새 참으로 구리도다!"

북곽 선생은 머리를 조아리며 호랑이 앞으로 기어가서는 세 번 절한 뒤 무릎을 꿇고 말했다.

"호랑이님의 덕은 정말로 지극하십니다. 대인은 그 변화를 본받고, 제왕은 그 걸음걸이를 배우며, 자식들은 그 효성을 본받고, 장수는 그 위엄을 취하며, 거룩하신 이름은 신룡<sup>神龍</sup>과 비할 만하니 풍운의 조화를 일으키심에 저 같은 궁벽한 땅의 천한 신민은 저 아래에 있을 따름이옵니다."

호랑이가 꾸짖었다.

"구린내가 나니 가까이 오지 마라! 내 듣기로 유<sup>儒</sup> 선비란 족속은 유<sup>諛</sup> 아첨함하다더니 과연 그렇구나, 너는 평소에 세상의 악명을 모두 모아 나에게 덮어씌웠다. 이제 다급해지자 면전에서 아첨을 하니 누가 곧이듣겠

느냐? 무릇 천하의 이치는 하나뿐이니 호랑이의 본성이 악하다면 인간의 본성도 악할 것이요, 인간의 성품이 착하다면 호랑이의 성품 또한 착할 것이다. 너희들의 천만 가지 말이 모두 오상五常 사람으로 지켜야 할 다섯 가지 도리인 인(仁), 의(義), 예(禮), 지(知), 신(信)에 있으며, 경계하고 권면하는 것은 모두 사강四綱 사람을 규제하는 네 가지 도덕인 예(禮), 의(義), 염(廉), 치(恥)에 있다. 하지만 서울이나 지방의 고을 사이에 코 베이고 발 잘리며 얼굴에 문신을 새긴 채 돌아다니는 자져를 지어 형벌을 받은 자들은 모두 오품五品 다섯 가지 품계 중 가장 낮은 품계. 여기서는 인품이 가장 낮은 사람의 사람들이로구나. 그럼에도 불구하고 밧줄, 먹바늘, 도끼, 톱죄인들을 다스리는 형구들이 늘 부족하기만 하니 그 악한 짓거리를 멈출 방도가 없구나.

그러나 호랑이에게는 예부터 이와 같은 형벌이 없으니, 이것만 봐도 호랑이의 성품이 어찌 사람보다 어질다 하지 않겠는가. 우리 호랑이들은 초목을 먹지 않고, 벌레와 물고기도 먹지 않고, 누룩이나 술 같은 퇴폐한 것도 즐기지 않으며, 자질구레한 것들을 엎드려 먹는 것도 참지 못하지. 오직 산에 들어가 노루나 사슴을 잡아먹고 들에 나가 말과 소를 잡아먹을 뿐이다. 그러나 먹고사는 일로 근심하거나 음식 때문에 송사訟事 백성끼리 분쟁이 있을 때, 관부에 호소하여 판결을 구하던 일를 한 적이 없으니, 호랑이의 도道야말로 광명정대光明正大 말이나 행실이 떳떳하고 정당함한 것이 아니겠느냐?

그런데 너희는 호랑이가 노루나 사슴을 잡아먹으면 가만있으면서 말이나 소를 잡아먹으면 원수처럼 대하니, 이것은 노루나 사슴은 인간에게 은혜가 없지만 말이나 소는 너희들에게 공이 있어서 그런 것이 아니냐? 그런데도 소나 말들이 태워 주고 복종하는 수고로움과 충성하고 따르는 정성을 무시하고, 매일 도살하여 푸줏간을 가득 채우고도 모자라 뿔이나 갈기조차 남기지 않더구나. 그러고도 우리 먹이인 노루와 사

승까지 잡아 우리의 먹을 것을 없게 하니, 하늘로 하여금 정사를 공평하게 한다면 너희가 죽어서 나의 밥이 되어야 하겠느냐, 놓아주어야 하겠느냐?

무릇 제 것이 아닌 것을 취하는 것을 '도盜'라 하고, 생生을 빼앗고 물物을 해치는 것을 '적賊'이라 한다. 너희들은 밤낮으로 쏘다니며 팔을 걷어붙이고 눈을 부릅뜬 채 노략질하고 훔치면서도 아무런 부끄러움이 없다. 심지어는 돈을 형兄이라 부르기도 한다『진서(晉書)』에서는 돈의 구멍이 모가 나 '공방형(孔方兄)' 또는 '가형(家兄)'이라 불렸다고 함. 또는 장수가 되기 위해 자신의 처를 죽이기도 하니전국 시대 위나라 병법가인 오기는 아내가 제나라 사람이라 참소하는 무리가 있자 아내를 죽여 충성을 표함 이러고도 인륜의 도리를 논함은 말이 안 된다. 또한 메뚜기에게서 먹이를 빼앗아 먹고, 누에에게 옷을 빼앗아 입고, 벌을 가두어 꿀을 긁어내고, 심지어 개미 알로 젓갈을 담가 조상에 제사 지낸다고 하니 그 잔인무도함이 너희보다 더한 것이 있겠느냐?

너희는 이치를 말하고 성품을 논한다. 걸핏하면 하늘을 일컫지만 하늘이 명한 바로써 본다면 호랑이나 사람이 다 한가지 동물이다. 하늘과 땅이 만물을 낳아 기르는 인仁으로 논하자면 호랑이, 메뚜기, 누에, 벌, 개미들도 사람과 함께 키워지는 것으로 서로 해칠 수 없는 것들이다. 그 선악을 분별해 보자면, 공공연히 벌과 개미의 집을 부수고 그 꿀과 알들을 긁어 가는 족속이야말로 어찌 천지간의 큰 도적이 아니겠느냐. 또한 메뚜기와 누에의 살림을 빼앗고 훔쳐 가는 족속이야말로 어찌 인의仁義의 대적大賊이라고 하지 않을 수 있겠느냐?

호랑이는 일찍이 사슴은 잡아먹어도 표범을 잡아먹은 적이 없다. 이는 제 동포를 해치지 못하기 때문이다. 또 호랑이가 노루와 사슴을 잡아먹은 것을 따지면, 사람이 노루와 사슴을 잡아먹은 것만큼 많지는 않다. 호랑이가 말과 소를 잡아먹은 것을 따져도, 사람이 말과 소를 잡아먹은 것만큼 많지 않다. 더욱 어이없는 것은 호랑이가 사람을 잡아먹은 것이 사람이 서로 잡아먹은 것만큼 많지 않다는 점이다. 지난해 관중關中 '산시 성'의 옛 이름에 큰 가뭄이 들었을 때 백성이 서로 잡아먹은 것이 수만이요, 이에 앞서 산동山東 현재의 중국 산둥 성을 말함에 큰 홍수가 났을 때에도 백성끼리 서로 잡아먹은 것이 수만이었다. 하지만 백성끼리 서로 잡아먹는 일이라면 춘추 시대만 할까. 춘추 시대에는 덕을 세우겠다며 군사를 일으킨 것이 열일곱 번이니, 피는 천 리를 흐르고 버려진 시체는 백만에 달했다.

그러나 호랑이는 가뭄을 알지 못하니 하늘을 원망할 까닭이 없고, 원한과 은혜를 모르니 다른 동물에게 미움을 받을 까닭이 없으며, 오직 천명에 순종할 뿐이다. 그러므로 무당이나 의원의 간교함에 유혹될 일도 없다. 또한 타고난 본성을 그대로 지니고 있어서 세속의 이해를 따지지 않는다. 이것이 호랑이의 지혜롭고도 성스러운 점이다.

우리 몸의 얼룩무늬 한 점만 엿보더라도 그 문文을 천하에 과시할 수 있고, 병기兵器 하나 쓰지 않고 다만 발톱과 이빨의 날카로움만 사용하니 그 무武를 천하에 빛낼 수 있다. 그릇에 호랑이와 원숭이를 그린 것은 그 효를 천하에 넓히는 것이요, 또 하루에 한 번 사냥해서 까마귀, 솔개, 참개구리, 말개미 등과 나누어 먹으니 그 인仁은 이루 다 쓸 수 없고, 고자질쟁이를 먹지 않고 불구를 먹지 않으며 상喪을 당한 자도 먹지 않으니 그 의義도 이루 다 쓸 수 없다.

그런데 너희들이 먹는 것을 보면 그 얼마나 어질지 못한가! 덫과 함정으로도 부족해 각종 그물과 창을 만들어 쓰고 있으니, 최초에 그물을 만든 자야말로 천하에 가장 큰 화를 끼쳤도다. 게다가 바늘이며 각종 창이 있고, 화포라는 물건을 터뜨리면 그 소리가 산을 무너뜨릴 듯하고 불기운은 음양을 다 토해 내니 우레보다 더 광포하다. 그것도 모자라 보드라운 털을 입으로 빨아서 아교풀을 발라 끝이 뾰족한 것을 만들었으니, 그 모양은 대추씨 같고 그 길이는 한 치도 채 못 되는데, 오징어 거품을 찍어 종횡으로 치고 찌르되, 휘어짐은 창 같고, 날카로움은 칼 같고, 예리함은 검 같고, 곧음은 화살 같고, 팽팽함은 활시위 같아, 이 병기兵器 붓으로 문자를 써서 온갖 못된 짓을 다함을 비유가 한번 움직이면 온갖 귀신이 밤중에 곡할 지경이다. 그러니 서로 잡아먹는 잔인함이 너희보다 더한 자 누가 있겠느냐?"

북곽 선생이 그 자리에 엎드린 채 머뭇거리다가 두 번 절하고 머리를 조아리며 말했다.

"『시전』에 이르기를 비록 악인이라도 목욕재계하면 상제上帝를 섬길 수 있다고 했습니다. 궁벽한 땅의 천한 백성은 감히 저 밑바닥에 있을 따름입니다."

그는 숨을 죽인 채 호랑이의 말을 기다렸다. 그러나 호랑이는 오랫동안 아무 말도 없었다. 이에 황공하고 두려워 손을 맞잡고 머리를 조아리다가 고개를 들어 바라보니, 동녘이 밝았는데 호랑이는 이미 가 버리고 없었다. 마침 농부 한 명이 아침에 김매러 나오다가 물었다.

"선생님, 무슨 일로 아침 일찍 들판에다 절을 합니까?"

북곽 선생은 엄숙히 말했다.

"성현의 말씀에 비록 하늘이 높다고 하나 감히 머리를 숙이지 않을 수 없고, 땅이 비록 두텁다고 하나 감히 기지 않을 수 없다고 했느니라." ✎

# 호질

## 📝 작품 정리

- **작가** 박지원(17쪽 '작가 소개' 참조)
- **갈래** 한문 소설, 우화 소설, 풍자 소설, 단편 소설
- **성격** 우화적, 우의적, 풍자적, 현실 비판적
- **배경** 시간 – 해 질 무렵부터 이튿날 아침 / 공간 – 정나라 어느 고을
- **시점** 3인칭 전지적 작가 시점
- **구성** '발단 – 전개 – 위기 – 절정 – 결말'의 5단계 구성
- **특징** • 등장인물의 언행을 희화화함
  - 동물에 인격을 부여해 우화적 특징을 드러냄
  - 각 장면이 인과적으로 구성됨
- **제재** 양반의 허위 의식
- **주제** 양반 계급의 허위적이고 이중적인 도덕관에 대한 비판
- **연대** 18세기 후반
- **출전** 『열하일기』 「관내정사」

## 📝 구성과 줄거리

- **발단** **호랑이와 귀신들의 토론**

  해가 저물자 호랑이는 자기 몸에 붙은 귀신들과 저녁거리를 무엇으로 할 것인지 의논한다. 여러 가지 의견을 듣고 난 호랑이는 선비 고기를 먹기로 결정하고 마을로 내려온다.

- **전개** 　**북곽 선생과 과부 동리자의 밀회**

　학식이 풍부한 도학자 북곽 선생은 열녀로 소문이 자자한 이웃집 과부 동리자와 밀회를 즐긴다. 동리자에게는 성이 다른 아들 다섯 명이 있다.

- **위기** 　**북곽 선생의 수모**

　방 안에서 흘러나오는 목소리를 북곽 선생으로 둔갑한 여우의 소리로 판단한 다섯 아들은 우르르 방으로 쳐들어간다. 북곽 선생은 크게 당황해 도망치다가 똥구덩이에 빠진다.

- **절정** 　**호랑이의 설교**

　북곽 선생이 겨우 똥구덩이에서 빠져나오자 바로 그 자리에 커다란 호랑이가 입을 벌리고 있다. 북곽 선생은 머리를 조아리고 엎드려 목숨을 구걸한다. 호랑이는 북곽 선생의 위선적인 행동을 엄하게 꾸짖는다.

- **결말** 　**북곽 선생의 위선**

　날이 밝아 호랑이는 사라지고, 밭에 김매러 가던 농부가 땅바닥에 머리를 조아린 북곽 선생에게 그 연유를 물으니 북곽 선생은 성현의 말씀을 들먹이며 허세를 부린다.

### 생각해 보세요

### 1 북곽 선생과 동리자는 어떤 인물인가?

　북곽 선생은 벼슬을 좋아하지 않는 청렴한 선비이다. 또한 책을 좋아해 손수 교정한 책이 만 권이고 뜻을 보충해 다시 지은 책이 만 오천 권이나 되는 고을의 명망 있는 선비이기도 하다. 사람들은 겉으로 드러나는 선생의 행적만 보고 그를 흠모한다. 하지만 작가는 강한 자에게는 아첨하고 약한 자에게는 잘

난 체하는 선생의 모습을 통해 당시 조선의 선비들을 비판하고 있다. 또한 동리자는 미모의 과부인데, 사람들은 그녀의 절개와 현숙함을 사모한다. 이런 동리자에게 성이 다른 다섯 아들이 있다는 설정은 동리자의 이중성을 나타낸다. 이와 같이 이 작품은 당시의 유학자들과 이름뿐인 정절부인의 위선적이고 가식적인 모습을 비판, 풍자하고 있는 것이다.

## 2 작가가 호랑이를 통해 현실을 풍자한 까닭은 무엇인가?

호질虎叱은 말 그대로 호랑이의 꾸짖음을 뜻한다. 호랑이는 예로부터 용맹하고 신령한 동물로 인식되어 왔다. 즉, 작가는 위엄을 갖춘 호랑이의 입을 통해 북곽 선생으로 대표되는 선비들의 위선적이고 비도덕적인 행태를 비난하고 있다. 유교 사상이 뿌리를 내리고 있던 조선 시대에는 지배층에 대한 비판이 자유롭지 않았기 때문에 간접 화법을 사용해 은근히 비판한 것이다.

## 3 박지원 소설의 공통적인 특징은 무엇인가?

박지원은 무능한 양반 계급과 부패한 관료들을 통렬하게 비판하는 소설을 많이 썼다. 대체로 평범하고 천대받는 인물들을 주인공으로 등장시켜 새로운 인간형을 제시했는데, 이들의 입을 빌려 당시 사회의 모순을 비판했다. 또한 박지원은 인간 평등사상을 보여 주는 데 심혈을 기울였다.

# 인물관계도

군수

(양반 매매
계약서 작성) → ↑ (양반 되기를
포기)

부자

(관곡 천 석을
갚아줌) →

← (양반 신분을
넘김)

양반

저(부자)는 신분이 천한 것을 한탄하며 살고 있었어요. 그러던 어느 날, 한 가난한 양반이 관곡 빚이 많아서 관가에 잡혀갔다는 소식이 들렸지요. 저는 빚을 대신 갚아 주고 양반 신분을 사려 했어요. 군수는 양반 매매 계약서를 작성했습니다. 내용을 들으니 제 기대와 전혀 다르더군요. 저는 결국 양반이 되기를 포기했답니다.

# 양반전 兩班傳

양반이라는 말은 사족士族 문벌이 좋은 집안. 또는 그 자손을 높여 부르는 것이다.

정선 고을에 한 양반이 살고 있었다. 그는 성품이 어질고 책 읽기를 매우 좋아했다. 또 군수가 새로 부임할 때마다 반드시 찾아가 예의를 표했다. 그러나 집이 찢어지게 가난해 해마다 나라의 곡식을 꾸어다 먹었는데 해가 거듭되니 꾸어 먹은 곡식이 천 석石에 이르렀다.

어느 날 강원도 관찰사가 여러 고을을 순행하다가 정선에 이르러 환곡 장부를 검열하고는 크게 노해 소리쳤다.

"대체 어떻게 생겨먹은 양반이기에 군량을 이토록 축냈단 말이냐?"

관찰사는 곧 그 양반을 잡아 가두게 했다. 군수는 그 양반이 워낙 가난해 관곡을 갚을 길이 없음을 딱하게 여기고 차마 가두지 못했지만, 그렇다고 별 뾰족한 방법도 없었다. 한편 당사자인 양반은 밤낮으로 울기만 할 뿐 해결 방안을 찾지 못하고 있었다. 부인이 기가 막혀 푸념을 했다.

"당신은 평생 책 읽기만 좋아하더니 관곡을 갚는 데는 소용이 없구려. 쯧쯧, 허구한 날 양반, 양반 하더니 그 양반이라는 것이 한 푼어치의 값도 안 되는 거였군요."

이때 마을에는 신분이 낮은 부자가 살고 있었다. 부자는 그 일을 듣고 가족과 의논을 했다.

"양반은 아무리 가난해도 존경을 받는데, 나는 비록 부자지만 항상 비천한 처지란 말이야. 감히 말을 함부로 할 수도 없고, 양반을 만나면 몸을 구부린 채 종종걸음을 쳐야 하지. 엉금엉금 마당에서 절하기를 코가 땅에 닿도록 해야 하질 않나, 무릎으로 기어 다니질 않나, 언제나 이런 더러운 꼴을 당하고 살았단 말이다. 그런데 지금 가난한 양반이 환곡을 갚지 못해 옥에 갇히게 되었다고 하니 그 양반은 더 이상 양반 신분을 지키지 못할 것이다. 이 기회에 우리가 빚을 갚아 주고 양반 신분을 사서 가져야겠다."

부자는 양반을 찾아가 빌린 곡식을 자신이 대신 갚아 주겠다고 자청했다. 이 말을 들은 양반은 크게 기뻐하며 그 자리에서 허락했다. 부자는 곧 관가로 가서 곡식을 대신 갚아 주었다.

군수는 가난한 양반이 환곡을 모두 갚은 것을 이상하게 여겼다. 그는 몸소 양반을 찾아가 위로하고 곡식을 갚게 된 사정을 물어보려 했다. 이때 양반은 벙거지를 쓰고 소매가 없는 짧은 옷을 입은 채 길에 엎드려 '소인'이라고 자청하며, 감히 군수를 쳐다보지도 못했다. 군수는 깜짝 놀라 그를 부축해 일으키며 물었다.

"선비님께서는 어찌 이다지도 스스로를 낮추시오?"

양반은 더욱 송구스러워하며 머리를 땅에 조아리고 엎드려 말했다.

"황송합니다. 소인은 감히 스스로를 낮추는 것이 아닙니다. 저는 이미 양반을 팔아서 관가의 곡식을 갚았으니, 이제부터는 곡식을 갚아 준 부자가 양반이옵니다. 그러니 소인이 어찌 감히 자신을 높이며 양반 행세를 할 수 있겠습니까?"

군수가 감탄하며 말했다.

"군자로구나, 부자여! 양반이로구나, 부자여! 부자이면서도 인색하지 않고 의리가 있으니, 그것이 군자이며 양반이지 무엇이란 말인가? 남이 당한 곤란을 그리도 급하게 여겼으니 어진 일이요, 천한 것을 싫어하고 존귀한 것을 추구하니 지혜로운 일이로다. 이 사람이야말로 진짜 양반이라고 할 수 있겠구나. 하지만 양반 자리를 사사로이 매매한 뒤 문서로 만들어 놓지 않는다면 훗날 송사의 꼬투리가 되기 쉽다. 내가 고을 사람들을 증인으로 한 뒤 문서를 만들어 신용이 될 수 있게 할 것이다. 그런 뒤 군수인 내가 서명을 할 것이다.”

이리하여 군수는 관아로 돌아가 고을의 사족들과 아울러 농공상農工商들도 모두 불러 모이라 했다. 사람들이 관아의 뜰에 모이자 군수는 부자를 향소鄕所 지방 수령의 자문 기관의 오른쪽 자리에 앉히고 양반은 공형公兄 호장, 이방, 수형리를 말함 아래 서게 했다. 그리고 문서를 만들었다.


건륭 10년 구월 모일 이 문서를 만든다. 위 증서는 관곡을 갚아 주고 양반을 샀다는 것인데 그 값은 천 곡斛 곡식을 재는 그릇으로 스무 말 또는 열다섯 말이다. 무릇 양반이라는 계급은 그 명칭이 여러 가지이니 글을 읽는 자는 ‘선비’라 하고, 정치에 관여하는 자는 ‘대부’라 하며, 덕이 있는 자는 ‘군자’라 한다. 임금에게 하례를 할 때 무반武班은 서쪽에 서고 문반文班은 동쪽에 서는데, 이를 합쳐 양반이라고 하니 이 중에서 네 마음대로 고르면 된다.

그러나 양반이 되면 야비한 일을 절대 하면 안 되고, 옛사람을 본받아 그 뜻을 고상하게 지녀야 한다. 오경五更 오전 세 시에서 다섯 시 사이이면 잠자리에서 일어나 등불을 밝히고, 눈은 코끝을 바라보고 발꿈치는 엉덩이에 모으고 앉아 『동래박의』를 얼음판 위 표주박 밀듯 줄줄 외워야 한다. 굶주림과 추위를 참고 입으로 가난하다는 말을 하지 않는다. 이를 딱딱 부딪치며 뒤통수를 가볍게 두드리고 기침은 작게 해야 하고 입안에서 침을 가늘게 내뿜어 연진도가의 양생법 중 하나을 한다. 탕건이나 갓을 쓸 때면 소맷자락으로 먼지를 쓸어 털어 내야 한다. 세수할 때는 얼굴을 세게 문지르지 말아야 하고 양치질을 하더라도 요란하게 소리를 내서는 안 된다. 계집종을 부를 때는 소리를 길게 하여 부르며, 신발을 땅에 끌며 느릿느릿 걸어야 한다. 『고문진보』나 『당시품휘』를 깨알같이 베껴 쓰되 작은 글씨로 한 줄에 백 자를 쓴다. 손으로는 돈을 집지 말고 쌀값을 묻지 않는다. 아무리 더워도 버선을 벗지 않고 식사를 할 때에도 맨상투 바람으로 밥상에 앉지 않는다. 밥을 먹을 때도 국부터 떠먹어서는 안 되고 씹을 때는 소리가 나지 않아야 한다. 또한 젓가락으로 방아 찧듯이 해서는 안 되고, 생파는 먹지 않는다. 술을 마실 때 수염을 빨아서는 안 되고 담배를 피울 때도 볼우물이 파이도록 많이 빨아서는 안 된다. 화난다고 아내를 때려서도 안 되고 성이 나더라도 그릇을 던져서는 안 된다. 아이들에게 주먹질을 하지 말고 종들을 야단쳐 죽여서도 안 된다. 소나 말을 꾸짖을 때도 그것을 판 주인을 욕해서는 안 된다. 아파도 무당을 불러서는 안 되고, 제사 지낼 때도 중을 불러서 재를 드리면 안 된다. 추워도 화로에 손을 쬐지 말고, 말할 때도 침이 튀지 않게 해야 한다. 소를 잡아서도 안 되고, 도박을 해서도 안 된다. 이러한 모든 품행에 한 가지라도 어긋남이 있으면 이 문서를 관청에 가지고 가서 바로잡을 수 있다.

작성을 마친 다음 성주城主인 정선 군수가 결재하고 좌수座首 향청의 우두머리와 별감이 서명했다. 이렇게 한 뒤 통인通引 잔심부름을 하던 구실아치이 큰북을 치듯 여기저기 도장을 찍는데, 그 모양이 북두칠성이 종으로, 삼성參星 오리온자리에 있는 세 개의 큰 별이 횡으로 늘어서 있는 것 같았다. 문서를 호장戶長 고을 아전의 우두머리이 다 읽고 나자 부자는 멍하니 있다가 말했다.

"양반이란 것이 겨우 이것뿐입니까? 나는 양반이 신선과 같다고 들었

야밤이 되면 야비한 일은 절대 하지 말아야 하고

패거리를 불러모아 그 뜻을 광활하게 지켜야 한다

야영이면 잠자리에서 일어나 들불을 밝히고, 늙음은

반쳐보고 발맞춰 언덕에 많은 쌓아야 한다... 이빨은 따라

부딪히며 뒤틀고 기쁘게 두드리고, 가볍고 작게 내야하고 짓고

남겨야 한다, 탐거나 가을 들 때면 소리라으로 얼리를

쓰어야한다, 새수를 편안하게 내서는 안 된다... 야우라

야지기을 하려라도 버선 벗어

맨상투 바람으로 밥상에 앉지 않는다 밥을 먹을 때도 3부터 마셔서는

안돼고 씹을 때는 느리가 나지 않아야 한다 또한 잡거리은 밭아

결혼 해서는 안되고 날 것으로 먹지 않는다 술을 마실때

스아을 밭아서도 안된다 한되록 당배을 다을 때도 불붙이 파일러들 많이

아리고, 심이 나려라도 그긋을 던져서는

아된다 아이에게 주먹걸을 가지야

굿들을 야단쳐 죽여서을 안된다... 아프다고 우땅을 불버서는 안되고,

...... 하지 말아야 한다...

는데 겨우 이 정도라면 억울하게 곡식만 날린 것 같습니다. 원하건대 좀 더 이익이 있도록 고쳐 주시기 바랍니다."

그래서 다시 문서를 고쳤는데 거기에는 다음과 같이 써 있었다.

무릇 하늘이 백성을 만들 때 넷으로 구분을 했다. 네 백성 가운데 가장 존귀한 것은 선비이니 이는 곧 양반이다. 양반의 이익은 막대하니 그들은 밭을 갈지도 않고 장사를 하지도 않는다. 글만 조금 하면 크게는 문과文科에 오르고, 그렇지 않더라도 진사進士는 할 수 있다. 문과에 급제하여 받는 홍패 紅牌 급제한 사람에게 준 문서. 붉은색 종이에 성적, 등급, 성명을 먹으로 적었음는 두 자밖에 안 되지만, 수많은 것이 갖추어져 있으니 돈주머니와 다를 바 없다. 진사는 나이 삼십에 처음 벼슬을 하더라도 이름 있는 음관蔭官 조상의 공덕으로 과거 시험을 보지 않고 벼슬을 하는 것이 될 수 있다. 귀밑이 일산日傘 햇볕을 가리기 위해 쓰는 양산 바람에 하얗게 되고, 배가 하인들의 "예." 소리에 커진다. 방에는 기생이 치장하고 있고 정원에는 목청 좋게 우는 학을 기른다. 가난해서 시골에 살더라도 모든 것을 제 마음대로 할 수 있다. 이웃의 소를 몰아다가 자기 밭을 먼저 갈고, 마을 일꾼들을 불러다가 제 논을 김매도 탓할 사람이 없다. 상놈들 코에 잿물을 들이붓고 상투를 잡아당기며 수염을 뽑는다 한들 어느 누구라도 불평하지 않을 것이다.

부자는 그 문서가 다 작성되기도 전에 혀를 내두르며 말했다.

"그만두시오, 그만둬. 참으로 어이가 없구려. 장차 나를 도둑놈으로 만들 작정이오?"

부자는 말을 마치자마자 머리를 이리저리 흔들면서 가 버렸다. 그리고 죽을 때까지 '양반'이라는 말을 두 번 다시 꺼내지 않았다고 한다. 🖉

# 양반전

## 작품 정리

- **작가**  박지원(17쪽 '작가 소개' 참조)
- **갈래**  한문 소설, 풍자 소설, 단편 소설
- **성격**  풍자적, 사회 비판적, 사실적
- **배경**  시간 - 18세기 / 공간 - 강원도 정선
- **시점**  3인칭 전지적 작가 시점
- **구성**  '발단 - 전개 - 결말'의 3단계 구성
- **특징**  • 몰락하는 양반들의 위선적인 모습을 비판함
  - 현실적 소재를 사실적으로 묘사함
- **주제**  양반들의 무기력하고 위선적인 생활에 대한 비판과 풍자
- **출전**  『연암집』 권8 「방경각외전」

## 구성과 줄거리

- **발단**  **한 양반이 환곡 빚이 많아 관가에 잡혀 옴**

  정선에 사는 한 양반이 관가의 환곡을 빌려다 살아가는데, 그것이 어느덧 천 석이나 되었다. 어느 날 관찰사가 나와 환곡을 조사하다가 이 사실을 알고 그 양반을 옥에 가두라 한다. 양반의 처지를 잘 아는 군수는 이러지도 저러지도 못한 채 난감해한다.

- **전개**  **한 부자가 환곡을 대신 갚아 주고 양반 신분을 사려고 함**

  이웃에 사는 한 부자가 이 소식을 듣고 양반을 찾아가 자신이 대신 곡식을 갚아 줄 테니 양반 신분을 달라고 제안한다. 이에 양반은 쾌히 승

낙하고 부자는 약속대로 천 석의 곡식을 관아에 대신 갚아 준다. 이 이
야기를 들은 군수는 남의 어려움을 도와주는 의로운 사람이라고 부
자를 칭찬하고, 양반 문서를 써 주겠다고 한다.

- **결말**　**부자는 양반 노릇의 어려움을 알고 양반 되기를 포기함**
  군민이 모두 모인 자리에서 군수는 양반 매매 계약서를 작성한다. 부
  자는 양반으로서 지켜야 할 까다로운 품행 절차와 양반이 저지를 수
  있는 횡포에 기겁해 양반 되기를 포기한다.

### ✏️생각해 보세요

#### 1 이 작품의 배경인 조선 후기의 모습은 어떠했는가?

조선 후기에는 농업 생산력이 증가하고 상공업이 발달함에 따라 부를 축적한
농민과 신흥 상인 계층이 등장했다. 이들은 사회적 지위가 높아지면서 신분
상승을 꾀하게 되었다. 반면 임진왜란과 병자호란을 거치면서 경제적으로 몰
락하는 양반이 속출했다. 이러한 상황 속에서 부족한 국가 재정을 메우기 위
해 돈을 받고 양반 신분을 파는 일이 생기게 되었다. 한편 몰락한 양반 가운데
일부는 실학에 관심을 보이며 부패한 현실을 개혁하려고 했다. 이들이 바로
정약용과 박지원 등을 대표로 하는 실학자들이었다. 이들은 현실과 동떨어진
지배 계층의 공론空論과 부정부패를 비판하며, 실사구시實事求是 사실에 토대를 두어
진리를 탐구함를 바탕으로 백성의 생활을 향상시키는 데 관심을 쏟았다.

#### 2 '부자'와 '군수'는 이 작품에서 어떤 역할을 하는가?

'부자'는 조선 후기 신흥 상인 세력을 보여 주는 전형적인 인물이다. 돈을 많이
벌어 넉넉한 생활을 하지만 신분 질서에 얽매여 살았던 그는 가난하고 무능
력한 양반의 빚을 갚아 준다. 이는 부모의 신분이 자식에게 대물림되는 '귀속
신분 사회'에서 본인의 노력 여하에 따라 신분을 획득할 수 있는 '취득 신분 사
회'로 이행하고 있음을 암시한다. 여기서 한 가지 주목할 점은 '부자' 역시 당

시 신분 제도의 피해자이면서도 개혁하거나 바꾸려 하지 않고 제도 안에 편입되고자 하는 소극성을 보여 준다는 것이다. 하지만 '부자'는 결국 양반이 지닌 위선과 허위 의식을 깨닫고 양반 신분을 거부함으로써 양반을 비판하는 역할을 하고 있다. '군수'는 양반의 빚을 갚아 준 '부자'를 의로운 인물이라고 칭찬하고 양반 매매 계약서를 만든다. 하지만 '부자'가 양반이 되는 것을 방해하기 위해 문서를 만들었다는 점에서 이중적인 모습을 보이기도 한다. 이를 통해 '군수' 또한 양반이 가진 모순과 비합리적인 모습을 비판하는 인물로 그려지고 있음을 알 수 있다.

### 3 박지원이 이 작품을 집필하게 된 동기는 무엇인가?

박지원은 「방경각외전」 자서自序에서 "무릇 선비란 하늘이 내리는 법이므로 사士와 심心이 더해지면 지志뜻가 된다. 그렇다면 그 뜻은 모름지기 어떠해야 할 것인가? 권세와 이익을 염두에 두지 않고, 이름을 널리 알린다고 해도 선비의 입장을 떠나지 않고, 곤궁해도 선비의 지조를 잃지 말아야 할 것이다. 명분과 절의를 닦지 않고 부질없이 가문을 상품으로 삼아 남에게 팔았으니 장사치와 무엇이 다르리오. 이에 「양반전」을 쓴다."라고 했다. 요컨대 「양반전」은 양반다운 양반이 사라지는 세태가 안타까워 집필한 것이라고 할 수 있다.

# 조선 시대2 朝鮮時代

• **염정 소설** 艶情小說

염정 소설은 남녀 간의 사랑을 다루는 소설을 가리킵니다. 일반적으로 염정 소설에서는

봉건적인 제도나 도덕규범 등 사회적 장애물로 인해 사랑하는 남녀가 고난과 시련을 겪

게 되는 것을 문제 삼습니다. 염정 소설이「금오신화」이후 조선 중기를 지나면서 양산되

기 시작한 까닭은 양란 이후 강력한 이데올로기였던 유교적 이념이 제대로 힘을 발휘할

수 없게 되었기 때문입니다.

• 구운몽 • 심생의 사랑 • 춘향전

# 인물관계도

육관 대사

제자

(위부인의 인부를 전함)

성진

(회롱)

팔선녀

양 처사 — 부인 유씨

(꿈)

노승
(-육관 대사)

(꿈을 깨움)

양소유 (성진)

진채봉, 계섬월, 적경홍, 정경패,
가춘운, 이소화, 심요연, 백능파
(팔선녀)

저(성진)는 스승님(육관 대사)의 심부름으로 용궁에 다녀오다가 팔선녀를 만났어요. 그 후 선녀들을 그리워하던 저는 꿈을 꾸었지요. 꿈속에서 양 처사와 부인 유씨의 아들로 태어난 저는 팔선녀와 결혼하고 부귀영화를 누렸어요. 벼슬에서 물러나 인생의 허무함을 느끼던 중에 한 노승(육관 대사)을 만나 꿈에서 깨었지요. 세속적인 욕망은 하룻밤 꿈에 불과하다더군요.

# 구운몽 九雲夢

　천하에 다섯 명산이 있었으니 동악 태산, 서악 화산, 남악 형산, 북악 항산, 중악 숭산을 가리켜 사람들은 오악五嶽이라 불렀다. 오악 중에 형산이 중국에서 가장 먼데, 구의산이 그 남쪽에 있고, 동정호가 그 북쪽에 있고, 소상강이 그 삼면에 둘러 있으니 경관이 가장 수려했다. 축융과 자개, 천주, 석름, 연화 다섯 봉우리가 가장 높으니, 수목이 울창하고 늘 구름과 안개로 가려져 있어 햇빛이 밝지 않으면 사람들이 그 진면목을 쉽게 볼 수 없었다.

　당나라 때 한 노승이 서역 천축국에서 중국으로 들어왔다. 노승은 제자 오륙백 인을 데리고 연화봉 아래에 초암을 크게 지었는데, 사람들은 그를 육여 화상이라 부르기도 하고 육관 대사라 부르기도 했다. 대사가 대승법大乘法 중생을 제도하여 불타의 경지에 이르게 함을 이상으로 하는 교법으로 중생을 가르치고 귀신을 다스리니 사람들은 대사를 공경해 생불生佛 살아 있는 부처라는 뜻으로, 덕행이 높은 승려를 이르는 말이라 불렀다. 많은 제자 가운데 성진이라는 중이 있었는데, 삼장경문三藏經文 불전을 세 종류로 분류한 문장을 모르는 것이 없고 총명함을 당할 사람이 없었다.

　대사는 매일 제자에게 불법을 강론했는데, 동정洞庭 용왕이 흰옷을 입은 노인으로 변해 함께 경문을 들었다.

어느 날 대사는 제자들을 불러 말했다.

"나는 늙고 병들어 산문 밖에 나가지 못한 지 십여 년이다. 너희 중에 누가 수부水府 물을 다스린다는 신의 궁전에 들어가 나를 대신하여 용왕께 보답하고 돌아오겠는가?"

제자 성진이 대답했다.

"소자가 불민不敏 어리석고 둔함하오나 명을 받들겠습니다."

대사는 크게 기뻐하며 성진을 보냈다. 성진은 일곱 근이나 되는 가사袈裟 승복를 입고 육환장六環杖 승려가 짚는 고리가 여섯 개 달린 지팡이을 짚고 표연히 용궁을 향해 갔다.

이때 남악 위부인이 여덟 선녀를 보내어 대사에게 안부를 전했다. 대사가 부르니 팔선녀는 차례로 들어와 인사하고 무릎을 꿇고 앉아 부인의 말씀을 전했다.

"대사는 산 서편에 계시고 저는 산 동편에 있는데도 일이 많아 한 번도 불경을 듣지 못하오니, 사람을 대하는 도리가 없사옵니다. 또한 이웃과 교제하는 뜻도 없기에 시비侍婢 곁에서 시중을 드는 계집종를 보내어 안부를 묻고, 하늘 꽃과 신선의 과일 그리고 칠보문금七寶紋錦 일곱 가지 보배로 짠 비단으로 정성을 표하고자 합니다."

하고 각각 선과仙果와 보배를 높이 들어 대사에게 드리니 대사가 친히 받아 제자에게 주어 불전에 공양하도록 하고 합장하며 말했다.

"노승이 무슨 공덕이 있기에 이렇듯 풍성한 선물을 받겠는가?"

하고 팔선녀를 잘 대접해 보냈다. 팔선녀는 대사에게 하직下直 먼 길을 떠날 때 웃어른께 작별을 고하는 것하고 산문 밖으로 나와 서로 손을 잡고 말했다.

"이 남악의 물 한 줄기, 산 하나가 다 우리 집 경계인데 육관 대사가 기거하신 후로는 동서로 나누어져 연화봉의 아름다운 경치를 지척에 두고

도 구경하지 못한 지 오래되었다. 봄빛이 좋고 아직 해가 저물지 아니했으니 연화봉에서 시를 읊고 풍경을 구경한 뒤 돌아가 궁중에 자랑하는 것이 어떠한가?"

팔선녀는 서로 손을 잡고 천천히 걸어 올라가 폭포를 굽어본 뒤 물을 따라 내려가 돌다리에서 쉬었다. 때는 춘삼월이었다. 팔선녀는 몸과 마음이 산란하고 춘흥이 일어나 웃고 말하며 돌다리에 걸터앉아 경치를 즐겼다. 낭랑한 웃음이 물소리에 어울리고, 아름답고 고운 얼굴은 물 가운데 비치니 마치 주방周昉 중국 당나라 때의 화가이 미인도를 갓 그려 낸 듯했다.

한편 성진은 용궁이 있는 동정으로 가서 물결을 헤치고 수정궁에 들어갔다. 용왕은 크게 기뻐하며 여러 신하를 거느리고 궁궐 문밖에 나와 성진을 맞았다. 궁에 들어가 자리를 정한 후에 성진이 대사의 말씀을 전하니 용왕은 잔치를 크게 베풀어 성진을 대접했다. 신선의 과일과 채소는 인간 세상의 음식과 달리 화려했다. 용왕은 잔을 들어 성진에게 삼 배를 권했다.

"이 술이 좋지는 않으나 인간 세상의 술과는 다르니 과인이 권하는 성의를 생각하라."

"술은 사람의 정신을 해하는 것이라 불가에서 크게 경계하니 감히 먹지 못하겠습니다."

용왕이 간곡히 권하니 성진은 감히 거절하기 힘들어 석 잔 술을 마신 후에 용왕에게 하직하고 연화봉으로 향했다. 성진이 산 아래에 이르자 취기가 크게 일어났다. 그는 사부가 취한 얼굴을 보면 무거운 벌을 내릴 것이라고 생각했다. 가사를 벗어 모래 위에 놓고 맑은 물에 얼굴을 씻는데, 문득 기이한 향내가 바람결에 진동하니 마음이 자연 호탕했다. 성진은 이를 이상히 여겼다.

"이 향내는 예사로운 초목의 향내가 아니다. 이 산중에 무슨 기이한 것이라도 있는가?"

하고 의관을 정제하고 길을 나서니, 팔선녀가 돌다리 위에 앉아 있었다. 성진이 합장하며 말했다.

"모든 보살님은 잠깐 소승小僧의 말씀을 들어 주시오. 천승賤僧 지체가 낮은 승려은 연화 도량 육관 대사의 제자로서 사부의 명을 받아 용궁에 갔다 오는 길입니다. 이 좁은 다리 위에 보살님들이 앉아 계셔서 천승이 지나갈 수가 없으니 잠깐 자리를 옮겨 주실 수 있는지요."

팔선녀가 절하며 대답했다.

"화상이 정말 육관 대사의 제자라면 신통한 도술을 부릴 수 있을 터인데, 어찌 이같이 좁은 다리를 건너는 것을 염려하시며 아녀자와 길을 놓고 다투십니까?"

성진은 크게 웃으며 대답했다.

"모든 낭자의 뜻을 헤아려 보니 값을 받고 길을 내주시고자 하는 듯하나 가난한 중이라 다른 보화는 없고 다만 백팔 염주가 있으니, 이것으로 값을 대신하겠습니다."

하고 목의 염주를 벗어 손으로 만지더니 복숭아꽃 한 가지를 던지거늘 꽃이 네 쌍의 구슬로 변해 그 빛이 땅에 가득하고 향기가 천지에 진동했다. 팔선녀는 그제야 일어나며 말했다.

"과연 육관 대사의 제자로구나."

하며 각각 하나씩 손에 쥐고 성진을 서로 돌아보고 웃으며 바람을 타고 공중을 향해 갔다. 성진이 돌다리 위에서 눈을 들어 보니 팔선녀는 간 곳이 없었다. 한참 후에 성진은 마음을 홀린 듯 돌아와 용왕의 말씀을 대사에게 전하자 대사가 말했다.

"어찌하여 늦었는가?"

"용왕이 극구 만류하기에 차마 떨치지 못하고 지체했습니다."

대사는 더 묻지 않았다.

성진이 돌아와 방에 누우니 팔선녀의 목소리가 귀에 쟁쟁하고 얼굴이 눈에 아른거려 마음을 진정하지 못하다가 문득 이런 생각이 미쳤다.

'남자로 태어나서 어려서는 공맹孔孟 공자와 맹자의 글을 읽고, 자라서는 요순堯舜 고대 중국의 요임금과 순임금 같은 임금을 섬기고, 밖으로는 백만 대군을 거느려 적진을 종횡무진으로 누비고, 안으로는 백관을 장악하는 재상이 되어 임금을 섬기고 백성을 달래며, 눈은 아리따운 미색을 희롱하고, 귀는 좋은 풍류 소리를 들으며, 공명을 후세에 전하는 것이야말로 진실로 대장부의 일일 터인데 슬프다. 우리 불가에는 다만 한 바리때 밥과 한 잔 정화수에 수삼 권 경문과 백팔 염주가 있을 따름이구나. 그 도는 허무하고 그 덕은 사라져 없어지는 것이니 설사 도통한다 한들 넋이 한 번 불꽃 속에 흩어지면 그 누가 성진이 세상에 태어났던 것을 알아주리오.'

이런저런 생각으로 잠을 이루지 못하다 눈을 감으면 팔선녀가 앞에 앉았고 눈을 떠 보면 문득 간 데가 없었다. 성진은 크게 뉘우쳐 말했다.

"불법 공부는 마음을 정하는 것이 제일인데 사사로운 마음이 이렇듯 일어나니 어찌 앞날을 바라겠는가?"

하고 즉시 염주를 굴리며 염불을 하는데, 갑자기 창밖에서 동자가 급히 부르며 대사가 찾는다고 알렸다. 동자를 따라 들어가니 대사가 소리를 높여 꾸짖었다.

"성진아, 네 죄를 아느냐?"

성진은 놀라 엎드리며 말했다.

"소자가 사부를 섬긴 지 십 년이 넘었지만 조금도 불순 불공한 일이 없었으니 무슨 죄인지 알지 못하겠습니다."

대사는 크게 화를 내며 말했다.

"네 용궁에서 술을 먹은 죄도 있고, 돌다리 위에서 팔선녀를 희롱한 죄는 어찌하며, 돌아온 뒤 선녀를 그리워하여 불가의 경계는 잊고 인간 부귀를 생각하니 어찌 공부를 제대로 하겠느냐? 네 죄가 중하니 이곳에서 벗어나 가고 싶은 데로 가거라."

대사는 성진의 마음을 속속들이 들여다보고 있었다.

"소자가 죄가 있어 아뢸 말씀이 없습니다만, 용궁에서 술을 먹은 것은 용왕이 권했기 때문이요, 돌다리에서 수작한 것은 길을 건너기 위함이었습니다. 그리고 방에서 망령된 생각을 했지만 바로 잘못인 줄을 알고 다시 마음을 정했습니다. 설사 죄가 있다면 종아리를 때리셔서 경계하실 것이지 박절迫切 인정이 없고 쌀쌀함하게 내치십니까?"

"네 마음이 크게 변해 산중에 있어도 공부를 이루지 못할 것이니 어서 나가거라. 연화봉을 다시 생각한다면 찾아올 날이 있을 것이다."

하고 크게 소리쳐 황건역사黃巾力士 신장의 하나로 힘이 셈를 불러 죄인을 염라대왕에게 보내라 분부했다. 성진은 눈물을 흘리며 사죄했다.

"옛적에 아난존자阿難尊者 석가모니의 제자 가운데 한 사람는 창가娼家에서 창녀와 동침했지만 석가여래께서는 벌하지 아니했나이다. 소자가 비록 근신하지 않은 죄가 있으나 아난존자에 비하면 오히려 가벼운데 어찌 연화봉을 떠나 풍도酆都 도가에서 지옥을 이르는 말로 가라고 하십니까?"

"아난존자는 창녀와 동침했으나 그 마음이 변치 않았지만, 너는 한번 요색妖色 아름다운 여자을 보고 본심을 잃어버렸으니 어찌 아난존자와 비교할 수 있겠느냐? 썩 물러가거라."

성진은 마지못해 부처와 대사에게 하직하고 사제들과 헤어져 사자使者를 따라 수만 리를 걸어 풍도에 들어섰다. 황건역사가 문을 지키는 군졸에게 말했다.

"육관 대사의 명으로 죄인을 잡아 왔노라."

귀졸鬼卒 온갖 잡스러운 귀신이 대문을 열자, 황건역사가 성진을 삼라전森羅殿 우주 만물이 존재하는 궁전의 염라대왕에게 데리고 가니 대왕이 말했다.

"너는 무슨 일로 이곳에 왔느냐?"

성진은 부끄러워하며 대답했다.

"소승이 사리가 밝지 못해 사부께 죄를 짓고 왔으니 대왕의 처분을 기다리겠습니다."

한참 후에 또 황건역사가 여덟 죄인을 데리고 들어왔다. 성진이 눈을 들어 보니 남악산 팔선녀였다. 염라대왕이 팔선녀에게 물었다.

"남악산의 아름다운 경치를 뒤로하고 왜 이런 데로 왔느냐?"

선녀들은 부끄러움을 감추지 못하며 대답했다.

"첩들이 위부인의 명을 받아 육관 대사께 문안하고 돌아오는 길에 우연히 성진 화상을 만나 문답한 일이 있었는데, 첩들이 경계를 더럽혔다 하여 대사께서 위부인에게 첩들을 넘겨 이곳에 오게 됐습니다. 첩들의 운명이 대왕의 손에 달렸으니, 원컨대 좋은 땅을 점지해 주십시오."

염라대왕은 저승사자에게 명해 성진과 팔선녀를 인간 세상으로 보냈다. 성진이 저승사자를 따라가는 도중에 큰바람이 일어 공중에 뜨는 바람에 천지를 분간하지 못했다. 바람이 그치고 눈을 떠 보니 땅에 서 있었다. 이윽고 한곳에 이르니 푸른 산이 사면을 둘러싸고 푸른 물이 잔잔한데에 마을이 있었다. 사자는 성진을 기다리게 하고 마을로 들어갔다. 성진은 서너 명의 여인이 서로 말하는 소리를 들었다.

"양 처사 부인이 오십이 넘은 후에 태기가 있어 임신한 지 오래인데 아직 해산하지 못했으니 이상한 노릇이다."

한참 후에 저승사자는 성진의 손을 잡고 말했다.

"이 땅은 당나라 회남도淮南道 수주秀州 고을이요, 이 집은 양 처사의 집이다. 처사는 너의 부친이요, 부인 유씨는 네 모친이다. 네 전생의 연분으로 이 집 자식이 되었으니 때를 잃지 말고 급히 들어가라."

성진이 들어가며 보니 처사는 갈건葛巾 갈포로 만든 두건을 쓰고 학창의鶴氅衣 선비가 입던 윗옷를 입고 화로 앞에서 약을 달이고 있었다. 부인이 신음하자 저승사자가 성진을 뒤에서 재촉하며 밀쳤다. 부인이 아기를 낳으니 남자였다. 성진은 점점 자라 연화봉에서 놀던 전생 일을 아득히 잊었다. 양 처사는 아들을 낳은 후에 매우 사랑해 말했다.

"이 아이의 골격이 맑고 빼어나니 천상의 신선이 귀양 왔다."

하고 이름을 소유라 하고 자는 천리라 했다. 양생이 십여 세가 되자 얼굴이 옥 같고 눈이 샛별 같아 풍채가 준수하고 지혜가 무궁하니 실로 대인 군자였다.

하루는 처사가 부인에게 말했다.

"나는 세속 사람이 아니오. 봉래산 선관仙官으로 부인과 전생연분이 있어 내려왔는데, 이제 아들을 낳았으니 봉래산으로 돌아가겠소. 부인은 말년에 영화를 보시고 부귀를 누리시오."

하고 학을 타고 공중으로 올라갔다. 양생이 이십 세가 되자 얼굴은 백옥 같고, 글은 이태백 같고, 글씨는 왕희지 같고, 지혜는 손빈과 오기도 그에게 미치지 못했다. 하루는 양생이 모친에게 말했다.

"과거 시험이 있다 합니다. 소자는 모친 슬하를 떠나 서울 황성에 유학하고자 합니다."

유씨는 양생을 만 리 밖으로 보내기 걱정되었으나 그의 뜻이 평범하지 않음을 알고 봉황이 새겨진 금비녀를 팔아 행장을 차려 주었다. 양생은 모친에게 하직하고 나귀 한 필과 서동書童 글방에서 글을 배우는 아이 한 명을 데리고 떠났다. 양생은 여러 날 가다가 화주 화음현에 이르렀다. 양생이 춘흥을 이기지 못해 버들을 잡고 '양류사楊柳詞'를 지어 읊으니 그 소리가 청아하여 옥을 깨치는 듯했다.

버드나무 푸르러 베를 짠 듯하구나
긴 가지가 그림 같은 누각에 드리웠으니
원컨대 그대는 부지런히 심으시오
이 버들이 가장 멋지다오

버드나무 어찌 이리 푸르고 또 푸를까
긴 가지가 비단 기둥에 드리웠으니
원컨대 그대는 꺾지 마시오
이 나무가 가장 다정하답니다

마침 누각 위에 옥 같은 처자가 있었는데 낮잠을 자다가 그 청아한 소리를 듣고 잠에서 깼다. 처자는 '이 소리는 필연 인간의 소리가 아니다. 반드시 이 소리를 찾으리라'라고 생각하고 베개를 밀치며 주렴珠簾 구슬 따위를 꿰어 만든 발을 반만 걷고 사방을 두루 보았다. 이때 양생과 눈이 마주쳤다. 이 처자는 진 어사의 딸로서 성은 진秦씨요, 이름은 채봉彩鳳이었다. 소저는 일찍이 모친을 잃고 형제가 없었다. 부친은 서울에서 벼슬을 하므로 소저가 홀로 종만 데리고 머무르던 차에 양생을 본 것이다.

"여자가 장부를 섬기는 것은 인간의 대사요, 백년고락이라. 상공의 거주지와 성명을 묻지 않았다가 후에 부친께 고해 매파媒婆 혼인을 중매하는 할멈 를 보내려 한들 어디 가서 찾겠는가?"

집으로 돌아온 소저는 즉시 편지를 써 유모에게 주며 말했다.

"여관에 가서 '양류사'를 읊던 상공을 찾아 이 편지를 전하고 내 뜻을 전하십시오."

양생은 여관 밖에서 글을 읊다가 늙은 할미가 '양류사' 읊은 나그네를 찾는 것을 보고 할미를 이끌고 여관에 들어가 물으니 소저의 유모가 말했다.

"혹시 '양류사'를 읊으실 때 상면한 사람이 있으십니까?"

하며 찾아온 연유를 설명했다.

양생은 크게 기뻐하며 말했다.

"하늘의 신선이 누각에 있어 아리따운 거동이 아직도 눈에 선하구려. 내 성은 양씨요, 이름은 소유요. 집은 초나라 수주 고을이고 나이가 어려 배필을 정하지 못했소. 노모가 계시니 서로 부모께 고해야겠지만 배필 정하기는 한마디로 결단하겠소."

유모는 크게 기뻐하며 '양류사'에 화답한 진 소저의 편지를 건네주었다.


누각 앞에 버들을 심은 것은

낭군의 말을 매어 머물게 하려 함입니다

어찌 버들을 꺾어 채를 만들어

장대章臺 진나라의 궁전 이름 길로 향하시는지요

양생은 글을 보고 탄복하고 즉시 글 한 수를 지어 유모에게 주었다.

버들 천만 실이
실마다 마음을 맺었구려
원컨대 달 아래 만나
즐거운 봄소식 전할까 하오

유모는 이를 받아 품 안에 넣고 여관 문밖으로 나갔다.

양생은 잠을 이루지 못하고 새벽닭 우는 소리를 들었다. 날이 밝으려하자 서동을 불러 말을 먹이는데 갑자기 여관 밖이 소란했다. 양생이 놀라 밖을 보니 피난하는 사람들이 분주하게 달아나고 있었다. 양생은 한 사람을 붙잡아 그 이유를 물었다.

"신책장군 구사량이라는 사람이 반역하여 자칭 황제라 칭하고 군사를 일으켰소. 이에 천자께서 노여워하시어 신책의 대병大兵을 단번에 쳐부수니 도적이 패군해 왔소."

하니 양생은 더욱 놀라 서동을 재촉해 남전산으로 들어갔다. 산수를 구경하다가 문득 보니 절벽 위에 수간 초당이 있는데 구름에 가렸고 학의 소리가 들렸다. 분명 인가가 있다고 생각한 양생은 바위 사이 돌길로 올라 찾아갔다. 도사가 앉았다가 양생을 보고 기뻐하며 물었다.

"너는 회남 양 처사의 아들이 아니냐?"

양생은 재배再拜하고 눈물을 머금으며 대답했다.

"소생은 양 처사의 아들입니다. 아버지와 이별하고 어머니를 의지하며 살았습니다. 재주가 심히 미련하나 요행으로 과거를 보러 가다가 화음 땅에 이르렀는데, 난리를 만나 살기를 도모해 이렇게 왔나이다."

도사는 벽 위의 거문고를 가리키며 물었다.

"너는 저것을 타느냐?"

양생이 대답했다.

"좋아하지만 선생을 만나지 못해 배우지는 못했습니다."

도사는 세상에 전하지 않은 곡조를 가르쳤는데, 그 소리는 청아하고 또렷해 인간 세상에서 듣지 못하던 소리였다. 도사는 양생에게 타라고 권했고, 양생은 도사의 곡조를 본받아 연주했다. 이를 기특히 여긴 도사는 옥통소 한 곡조를 불며 양생을 가르쳤고, 양생은 또 능히 따라했다. 도사가 크게 기뻐하며 말했다.

"거문고와 통소를 네게 줄 테니 잃어버리지 말거라. 차후에 쓸 때가 있을 것이다."

양생은 절을 하며 말했다.

"바라건대 제자가 되고 싶습니다."

도사가 웃으며 대답했다.

"인간의 공명이 너를 따르니 네 피하지 못할 것이다. 어찌 나와 같은 노부老夫를 좇아 속절없이 늙겠느냐? 말년에 네 돌아갈 곳이 있으니 그런 생각은 하지 마라."

양생이 다시 재배하고 말했다.

"소자가 화음 땅의 진씨 여자와 혼사를 의논했는데, 난리에 바쁘게 도망했으니 이 혼사가 이뤄지겠습니까?"

"네 혼사는 여러 곳에 있다. 진씨와의 혼사는 어두운 밤 같으니 생각지 마라."

어느 날 양생은 도사를 모시고 자는데 문득 동방이 밝아 왔다. 도사는 양생을 불러 말했다.

"이제 난이 평정되었고 과거는 다음 봄으로 연기되었다. 대부인이 너를 보내고 주야로 염려하시니 어서 가거라."

하고 행장을 차려 주었다. 양생이 재배하고 거문고와 퉁소를 가지고 동구 밖으로 나와 돌아보니 그 집과 도사는 간데없었다. 처음 양생이 들어갈 때는 춘삼월이었는데 나올 때에는 다른 것 같아 행인에게 물으니 추팔월이었다.

양생이 진 어사 집을 찾아오니 버들은 간데없고 집은 쑥밭이 되어 있었다. 양생은 속절없이 빈터에 서서 소저의 '양류사'를 읊으며 소식을 묻고자 했지만, 인적이 없어 어쩔 수 없이 여관으로 가 물었다.

"진 어사 가족은 어디로 갔소?"

"진 어사는 역적에 참여하여 죽고 그 소저는 서울로 잡혀갔는데, 죽었다고도 하고 궁중 노비가 되었다고도 하니 자세히 알지 못하겠습니다."

양생은 이 말을 듣고 슬픔을 이기지 못해 말했다.

"남전산 도사가 진씨와의 혼사는 어두운 밤 같다 하더니 진 소저는 분명히 죽었구나."

하고 즉시 행장을 꾸려 수주로 돌아갔다. 유씨는 양생을 보낸 후에 경성이 어지럽다는 소식을 듣고 주야로 염려했는데 돌아온 양생을 보고 붙들며 울었다.

"작년에 황성으로 가 난리 중에 위험을 면하고 살아와 모자가 다시 상면하니 실로 천행이로다. 네 나이 열여섯 살이니 배필을 구해야겠지만 가문과 재주와 얼굴이 너와 같은 사람이 없구나. 경성 춘명문 밖 자청관紫淸觀의 두련사라 하는 사람은 나의 외사촌 형제다. 지혜롭고 기개가 높아 명문 귀족을 다 알고 있다. 내가 그에게 편지를 부치면 너를 위해 어진 배필을 구해 줄 것이다."

하고 편지를 주었다. 양생은 행장을 차려 하직하고 떠났다.

  천자가 머무르는 낙양 땅에 이르러 풍경을 보기 위해 천진교天津橋에 가니 낙숫물은 동정호를 지나 천 리 밖으로 흐르고, 다리는 황룡이 굽이를 편 듯했다. 다리 가에 누각이 있었는데 단청은 찬란하고 난간은 층층했다. 금 안장을 한 좋은 말들이 좌우에 매여 있고 누각의 비단 장막은 은은한 가운데 온갖 풍류 소리가 들렸다. 양생은 누각 아래에 도착해 사람들에게 어떠한 잔치인가 물었다. 선비들이 이름난 기생을 데리고 잔치한다는 대답을 듣자 양생이 누각 위로 올라갔다. 모든 선비가 미인 수십 명을 데리고 떠들썩하게 담소하다 양생의 거동과 풍채가 단아함을 보고 모두 일어나 읍揖 두 손을 맞잡고 허리를 굽히는 인사하며 맞은 뒤 자리에 앉았다. 성명을 주고받은 후에 노생이라 하는 선비가 양생에게 과거를 보러 가는지 물었다.

"재주는 없지만 굿이나 보러 가는 길입니다. 오늘 잔치는 문장을 겨루기 위한 뜻이 있는 듯합니다. 소제小弟 자기를 낮추어 겸손히 이르는 말와 같이 지식이 비루鄙陋 품위가 없고 천함하고 재주가 용렬한 사람이 여러 공의 잔치에 참여하는 것은 극히 외람됩니다."

  선비들은 양생이 나이가 어리고 언어가 겸손함을 보고 오히려 쉽게 여겨 말했다.

"양 형은 나중에 왔으니 글을 짓든 말든 술이나 먹고 가시오."
하고 이어서 잔 돌리기를 재촉하고 온갖 풍류를 일시에 울리게 했다. 양생이 눈을 들어 보니 모든 창기娼妓 몸을 파는 천한 기생가 풍악을 울리는데 한 미인만이 풍류도 말도 않고 앉아 있었다. 그 미인의 아름다운 얼굴과 얌전한 태도가 천하일색이었다. 양생은 정신이 황홀한데 그 미인도 자주 추파秋波 미인의 맑고 아름다운 눈길로 정을 보내는 듯했다. 그 미인의 앞에 글 지은 종이가 여러 장 있어 양생은 여러 선비를 향해 읍하고 말했다.

"저 글은 형님들의 글입니까? 주옥 같은 글들을 제가 구경해도 되겠습니까?"

여러 선비가 미처 대답하지 못하자 그 미인이 급히 일어나 글들을 양생 앞에 갖다 놓았다. 양생이 차례로 보니 글들이 모두 평범했다.

'낙양에 인재가 많다고 들었는데 이 글들을 보니 헛된 말이로구나.'

양생은 글들을 미인에게 주고 여러 선비에게 읍하며 말했다.

"궁벽한 벽지의 미천한 선비가 여러 뛰어난 문장을 보니 어찌 즐겁지 않겠습니까?"

이때 여러 선비가 술에 취해서 웃으며 말했다.

"양 형은 글만 좋은 줄 알고 더욱 좋은 일이 있는 줄을 알지 못하는구려."

"소제가 모든 형님의 배려로 함께 취했는데 제게도 더 좋은 일을 알려 주십시오."

하고 말하니 왕생이라는 선비가 웃으며 대답했다.

"낙양은 예부터 인재의 고장이오. 저 미인의 성은 계요, 이름은 섬월이오. 얼굴이 아름답고 가무가 출중할 뿐 아니라 글을 알아보는 슬기 또한 신통해 한 번 보면 과거의 합격과 낙제를 정할 정도이오. 우리도 글을 지어 계랑과 오늘 밤 연분을 정하고자 하니 어찌 더욱 좋은 일이 아니겠소. 양 형도 흥이 돋거든 우리와 함께 글을 지어 우열을 다투는 게 어떻겠소?"

양생은 처음 계랑을 봤을 때부터 시를 지어 뜻을 시험코자 했지만, 여러 선비가 시기할까 주저했는데 이 말을 듣고 즉시 종이와 붓을 들었다. 거침없는 필체로 순식간에 세 장의 시를 쓰니, 바람 돛대가 바다에서 달리는 것 같고 목마른 말이 물에 닿은 듯했다. 여러 선비는 시구가 민첩하고 필법筆法이 생생함을 보고 크게 놀랐다. 양생은 여러 선비를 향해 읍하며 말했다.

"이 글을 먼저 여러 형님께 드려야 마땅하나 오늘 좌중의 시관試官은 계랑이오니 먼저 계랑에게 보여 주겠습니다."

하고 시 쓴 종이를 계랑에게 주니 계랑은 샛별 같은 눈을 뜨며 옥 같은 소리로 높이 읊었다. 계랑의 소리는 외로운 학이 구름 속에서 우는 듯해 쟁과 거문고라도 미치지 못할 정도였다.

초나라 손이 서쪽에서 놀다가 진나라로 접어들어
누각에서 술을 마시며 낙양의 봄 경치에 취했도다
달 가운데 붉은 계수나무를 누가 먼저 꺾을 것인가
오늘날 문장이 스스로 거리낌 없는 사람을 만든다

여러 선비는 양생을 쉽게 여겨 글을 지어 보라 했지만 양생의 글이 섬월의 눈에 든 것을 보고 낙담하여 아무 말도 하지 못했다. 양생은 선비들의 기색을 보더니 일어나 하직 인사를 했다.

"소제가 여러 형님의 배려로 술에 취하니 감사하거니와 갈 길이 멀어 종일 담화하지 못하겠습니다. 훗날 여러 형님과 함께 벼슬해 잔치할 때 다시 뵙겠습니다."

하고 내려가니 선비들이 만류하지 않았다. 양생이 누각에서 내려가자 계랑이 바삐 내려와 말했다.

"이 길로 가시면 길가의 분칠한 담장 밖에 앵두화가 성한 곳이 나오는데 그곳이 바로 첩의 집입니다. 원컨대 상공께서 먼저 가시어 첩을 기다리시면 첩 또한 곧 따라가겠습니다."

양생은 머리를 끄덕이며 대답하고 알려준 길로 갔다. 계랑은 누각에 올라가 여러 선비에게 고했다.

"사람이 신의가 없으면 어찌 옳다 하겠습니까? 첩은 병이 있어 먼저 가니 원컨대 상공들은 종일토록 즐기십시오."

계랑은 하직하고 천천히 걸어 누각에서 내려갔다. 날이 저물자 객점客店에 머물던 양생이 계랑의 집을 찾아가니 계랑이 먼저 와 있었다. 계랑은 문 두드리는 소리를 듣고 내달아 손을 이끌고 중당으로 들어갔다. 둘은 이부자리에 누웠는데 즐거움이 그지없었다. 밤이 깊은데 계랑은 눈물을 머금고 탄식하며 말했다.

"첩의 몸을 이미 상공께 의탁했으니 이제 첩의 사정을 들어 보십시오. 첩은 조나라 땅 사람입니다. 첩의 부친이 이 고을 태수가 되었는데 타향에서 세상을 떠났습니다. 그때 가세가 기울고 고향이 멀어서 장사를 치를 길이 없었습니다. 결국 계모가 첩을 창가에 팔아 장례를 치렀습니다. 첩은 슬픔을 머금고 지금까지 부지했는데, 천행을 입어 낭군을 만나니 해와 달이 다시 밝은 듯합니다. 원컨대 낭군께서 첩을 비루하게 생각지 아니하신다면 물 긷는 종이라도 될까 합니다."

양생이 말했다.

"나는 본디 가난하여 처첩을 두는 것이 어려우니 자당慈堂 어머니께 말씀 드려 아내로 삼겠네."

계랑이 바로 앉으며 말했다.

"낭군께서는 어찌 그런 말씀을 하십니까? 천하의 재주를 헤아려도 낭군께 미칠 사람이 없습니다. 과거 시험의 장원은 물론이거니와 승상과 장군까지 될 분이시니 천하 미색인들 어느 누가 따르지 않겠습니까? 그러니 어찌 저 같은 사람이 낭군의 아내가 되겠습니까? 낭군은 대부인을 모신 후에 첩을 버리시지나 마십시오."

"내 일찍이 화음 땅을 지나다가 진씨 가문 여자를 보았는데 그 얼굴과 재주가 계랑과 비슷했으나 불행하게 죽었으니 어디 가서 다시 어진 아내를 얻겠는가?"

"그 처자는 진 어사의 딸 채봉입니다. 진 어사가 낙양 태수로 오셨을 때 첩이 그 낭자와 더불어 친하게 지냈습니다. 그 낭자 같은 얼굴과 재주는 얻기 어려우나 이제는 속절없으니 다른 곳과 구혼하십시오."

"진 낭자와 계 낭자가 있는데 또 어디 가서 천하절색을 다시 구하겠는가?"

"낭군의 말씀이 진실로 우물 안 개구리 같습니다. 우리 창가로 말하면 절색이 셋이 있으니 강남의 만옥연이요, 하북의 적경홍이요, 낙양의 계섬월입니다. 첩은 모처럼 허황된 이름을 얻었지만 만옥연과 적경홍은 실로 절색입니다. 어찌 천하에 절색이 없다 하겠습니까? 옥연은 보지 못했지만, 경홍은 저와 형제처럼 지냈는데 반주 양민의 딸입니다. 일찍이 부모를 잃고 고모께 의탁했는데 열 살 때부터 빼어난 미색으로 하북에서 이름을 떨쳐 매파가 구름같이 모였지만 모두 물리쳤습니다. 하루는 첩이 경홍과 함께 상국사上國寺에 놀러 갔는데 경홍이 첩에게 '우리 두 사람이 진실로 뜻하던 군자를 만나면 서로 천거하여 함께 한 사람을 섬겨 백년을 해로하자'라고 제안했습니다. 첩은 이 제안을 허락했고 낭군을 만난 뒤 바로 경홍을 생각했지만 경홍은 산동 제후의 궁중에 있으니 이는 분명히 호사다마好事多魔 좋은 일에는 나쁜 일이 끼어들기 쉬움입니다. 제후의 첩이 되어 부귀가 극진하나 그것은 경홍이 원하는 바가 아닙니다. 어찌 한 번 경홍을 보고 이 정회를 풀겠습니까?"

양생이 물었다.

"창가에 비록 재색이 많으나 사대부 집의 규수는 보지 못하니 어찌 알겠는가?"

계랑이 대답했다.

"원컨대 낭군은 경성에 가서서 두루 방문하십시오."

이때 닭이 울어 날이 샜다. 계랑이 말했다.

"이곳은 오래 머물 곳이 아니니 상공은 어서 떠나십시오. 이후에 모실 날이 있을 것이니 슬퍼 마십시오. 어제 여러 공자의 앙심 품은 마음이 없겠습니까?"

양생은 눈물을 뿌리고 떠났다.

양생은 장안으로 들어가 숙소를 정한 후에 주인에게 자청관이 어디 있는지 물었다.

"저 춘명문 밖에 있습니다."

양생은 즉시 예단禮緞을 갖추고 두련사를 찾아가니 나이 육십이 넘은 연사가 양생을 맞이했다. 양생이 재배하고 모친의 편지를 드리니 연사가 그 편지를 보고 말했다.

"혼처가 있는데 처자의 얼굴과 재주는 양생과 배필이다. 그 처자의 집안은 육대六代 공후公侯요, 삼대 정승이다. 양생이 이번에 장원 급제하면 혼사를 바랄 것이나 그 전에는 의논하지 못할 것이니, 양생은 보채지 말고 공부해 장원 급제부터 하라."

"누구의 집입니까?"

"춘명문 밖의 정 사도 집이다. 사도가 딸 하나를 두었는데 신선이요, 인간 사람이 아니다."

"원컨대 저를 불쌍히 여겨 그 소저를 보게 해 주십시오."

"죽기는 쉬워도 정 소저를 보기는 어렵다. 어이하면 좋은가? 너는 혹시 음률音律 소리와 음악의 가락을 아느냐?"

"지난해 한 도사를 만나 한 곡조를 배워 압니다."

"재상가의 뜰이 엄숙하니 날지 못하면 들어갈 길이 전혀 없고, 또 경서와 예문禮文에 능통한 소저가 외출도 하지 않으니 어찌 그림자라도 볼 수 있겠는가? 다만 한 가지 계책이 있지만 듣지 아니할까 염려되는구나."

양생은 이 말을 듣고 일어나 재배하며 말했다.

"정 소저를 볼 수만 있다면, 무슨 말씀을 하셔도 다 듣겠습니다."

연사가 말했다.

"이월 그믐날은 정 사도의 생일이다. 해마다 생일날 향촉을 갖추어 우리 자청관에 시비를 보낸다. 그때 양생이 여자 옷을 입고 거문고를 타면 시비가 보고 돌아가서 부인께 고할 것이다. 그러면 부인이 반드시 청할 것이고, 그때 소저를 볼 수 있을 듯하다."

과연 그날이 되니 정 사도의 시비가 부인의 명으로 향촉을 가지고 왔다. 연사가 향촉을 받아 삼청전三清殿에 가서 공양했다. 이때 양생이 여 도사의 의관을 하고 별당에 앉아 거문고를 탔다. 시비는 하직하다가 문득 거문고 소리를 듣고 물었다.

"내 일찍이 부인 앞에서 이름난 거문고 소리를 많이 들었지만 이런 소리는 듣지 못했는데 도대체 어떤 사람입니까?"

연사가 대답했다.

"엊그제 나이 어린 여관女官 나인이 초나라 땅에서 와 황성을 구경하고 여기 와 머물고 있다. 거문고를 타니 그 소리가 심히 사랑스럽더구나. 나는 본디 곡조를 모르는데 그대의 말을 들으니 진실로 잘하는 것 같구나."

"부인이 이 말씀을 들으면 반드시 청하실 것이니 사부님이 이 사람을 잡아 두십시오."

연사에게 이 일을 전해 들은 양생은 부인의 부르심을 기다렸다. 시비가 다시 돌아와 두련사에게 청했다. 연사는 시비를 데리고 별당으로 가 양생에게 물었다.

"최 부인께서 부르시니 여관은 나를 위해 잠깐 가 보는 것이 어떠한가?"

하니 양생이 여자 옷을 입고 화관花冠을 바로 쓰고 거문고를 안고 나오는데 옛 여자 신선의 자태였다. 가마를 타고 정부鄭府 정씨의 집에 가니 최 부인의 위의威儀 위엄가 엄숙했다. 양생이 나아가 재배하니 대부인은 시비에게 명해 자리를 내주고 말했다.

"우연히 시비의 말을 듣고 신선의 음악 소리를 듣고자 청했는데 과연 여관을 보니 천상 선녀를 만난 듯하구나."

양생이 말했다.

"첩은 본디 초나라의 천한 사람이라 구름같이 동서로 떠돌다가 오늘날 부인을 모시니 하늘의 뜻인가 합니다."

부인이 양생의 거문고를 건네받아 무릎에 놓고 손으로 만지며 말했다.

"재목材木이 진실로 묘하도다."

양생이 말했다.

"이 재목은 용문산에서 백 년 자란 오동나무로 만든 것입니다. 천금을 주고 사려고 해도 얻지 못하는 것이지요."

양생이 사지死地에 들어온 이유는 정 소저를 보기 위함인데 날이 늦도록 소저를 보지 못하니 답답해 부인에게 고했다.

"첩은 예부터 전해 오는 곡조를 타오나 청탁을 알지 못합니다. 자청관에 와 들으니 소저가 지음知音 음악의 곡조를 잘 앎을 잘하신다 합니다. 한 곡조 올려 가르치는 말씀을 듣고자 했는데 소저가 안에만 계시니 마음이 섭섭합니다."

부인은 정 소저를 불러오라고 시비에게 명했다. 한참 후에 소저가 비단 장막을 잠깐 걷고 나와 부인 앞에 앉았다. 양생이 일어나 절하고 눈을 들어 바라보니 태양이 붉은 안개 속에서 비치는 듯, 아리따운 연꽃이 물 가운데 핀 듯 심신이 황홀했다. 양생은 멀리 앉아 있는 소저의 얼굴을 자세히 보기 힘들어 일어나서 다시 고했다.

"한 곡조를 들려 드려 소저의 가르침을 듣고자 했는데, 화당華堂이 멀어 소리가 흩어지면 소저의 귀에 자세히 닿지 못할까 염려됩니다."

부인은 즉시 시비에게 명해 자리를 옮겼다. 양생이 고쳐 앉으며 거문고를 무릎 위에 놓고 줄을 고른 후 한 곡조를 타니 소저가 말했다.

"아름답다, 곡조여! 이 곡조는 '예상우의곡霓裳羽衣曲'이다. 그러나 음란한 곡조니 듣지 않는 것이 좋겠구나. 예부터 전해 오는 다른 곡조를 듣고자 한다."

양생이 이어 한 곡조를 타니 이는 진후주陳後主 남북조 시대 진나라의 마지막 임금의 '옥수후정화玉樹後庭花'로 나라를 망친 음악이고, 양생이 또 한 곡조를 타니 이는 오랑캐에게 잡혀간 채문희蔡文姬 중국 여성 문학가가 두 자식을 생각한 곡조라 절개를 잃었다 하고, 또 한 곡조를 타니 이는 왕소군王昭君 중국의 미인의 '출새곡出塞曲 함경도 지방의 출행을 읊은 노래'으로 오랑캐 땅의 곡조라 했다. 양생이 또 한 곡조를 타니 소저가 말했다.

"이 곡조를 듣지 못한 지 오래되었다. 여관은 보통 사람이 아니다. 옛날 혜숙야嵇叔夜 죽림칠현의 한 사람인 혜강의 '광릉산廣陵散'이라 하는 곡조다. 혜숙야가 도적을 쳐 파하고 천하를 맑게 하려고 하다가 뜻밖에 참소를 당했다. 이에 분을 이기지 못하고 이 곡조를 지었거니와 후세에 전할 사람이 없었는데 여관은 어디서 배웠느냐?"

양생이 일어나 절하며 말했다.

"소저의 총명은 세상에 없습니다. 소첩의 스승 말씀도 그러했습니다."

또 한 곡조를 타니 소저가 말했다.

"이는 백아佰牙 초나라 때 거문고의 달인의 '수선조水仙操'다. 백아의 지음이구나."

또 한 곡조를 타니 소저가 옷깃을 여미고 꿇어앉아 말했다.

"이는 공자의 '의란조倚蘭操'다. 우뚝 솟아서 어찌 이름을 붙이겠는가. 아름다움이여! 이에 지날 것이 없으니 어찌 다른 곡조를 원하겠는가?"

양생이 말했다.

"첩이 듣자오니 아홉 곡조를 이루면 천신이 내린다 하는데, 이미 여덟 곡조를 탔고 한 곡조가 남았으니 마저 탈까 합니다."

줄을 고쳐 다스려 타니 그 소리가 청량해 사람의 마음을 방탕放蕩 마음이 들떠 갈피를 잡을 수 없음하게 했다. 소저가 눈썹을 나직이 하고 말하지 아니하니 양생은 곡조를 더욱 빠르게 몰아쳤다.

"봉鳳이여, 봉이여."

황凰을 구하는 곡조에 이르자 소저는 눈을 들어 양생을 자주 돌아보며 옥같이 아름다운 얼굴에 부끄러운 빛을 띠었다. 그러다가 갑자기 일어나 안으로 들어갔다. 양생은 놀라 거문고를 밀쳐 내고 소저가 가는 데만 바라보니, 부인이 말했다.

"여관이 아까 탄 곡조가 무슨 곡조냐?"

양생이 말했다.

"선생께 배웠지만 곡조 이름은 알지 못하기에 소저의 가르침을 듣고자 했는데 소저는 이제 안 오십니까?"

부인이 시비를 명해 소저를 불렀으나 몸이 편치 않다고 전해 왔다. 양생은 이 말을 듣고 소저가 알아챘는지도 몰라 즉시 일어나 재배하며 말했다.

"소저가 옥체 불편하시다 하오니 소첩은 이만 물러가겠습니다."

부인은 양생에게 많은 비단을 주었지만 양생은 사양하고 돌아갔다. 부인이 들어가 물으니 소저의 병은 이미 나았다. 소저는 침소로 가 시녀에게 춘랑<sub>정 소저의 여종</sub>의 병이 어떠한지 물었다.

"오늘은 잠깐 나아 소저가 거문고 소리를 희롱하심을 듣고 일어나 세수했습니다."

춘운이 소저를 모시고 밤낮을 함께 거처하니 비록 주인과 종의 분수는 있으나 정은 형제 같았다. 이날 춘운이 소저의 방으로 와 물었다.

"아침에 어떤 여관이 거문고로 좋은 소리를 탄다 하여서 병을 억지로 참고 왔는데 무슨 까닭으로 그 여관이 속히 갔습니까?"

소저는 낯빛이 붉어지며 가만히 대답했다.

"내가 몸 가지기를 법대로 하고 말씀을 예대로 하여 나이가 열여섯 살이 되었지만 밖에 나가 외부 사람을 대면하지 아니했는데, 하루아침에 간사한 사람에게 평생 씻지 못할 욕을 입었으니 무슨 면목으로 너를 대면하겠느냐."

춘운은 놀라며 그 연유를 물었다.

"아까 왔던 여관은 얼굴이 아름답고 기상이 준수했다. 처음에 '예상우의곡'을 타고 나중에 '남훈곡南薰曲'을 타기에 내가 그만하라 했지만 또 한 곡조를 타니 이는 사마상여가 탁문군을 유혹하던 '봉구황곡鳳求凰曲'이었다. 그제야 자세히 보니 그 여관이 얼굴은 아름다우나 기상이 호탕해 아마도 계집이 아니었을 것이다. 분명 간사한 사람이 내 이름을 듣고 춘색을 구경코자 변장을 하고 온 것이다. 내 평생에 보지 못하던 사내를 데리고 반나절 서로 말을 주고받았으니 천하에 이런 일이 있을 수 있겠느냐? 부모님께도 차마 아뢰지 못했는데 춘랑에게만 말하는 것이다."

춘운이 웃으며 말했다.

"소저는 여관의 '봉황곡'을 듣고 사마상여의 '봉황곡'은 듣지 않았으니 어찌 그리 과하게 생각하십니까? 그 여관은 얼굴이 아름답고 기상이 호방하며 음률에 능통하니 참으로 사마상여인가 합니다."

소저가 말했다.

"비록 사마상여라도 나는 탁문군이 되지 않을 것이다."

하루는 소저가 부인을 모시고 중당에 앉아 있었는데 사도가 과거 방목榜目 과거 합격자 명부을 가지고 희색이 만연하여 들어오며 부인에게 말했다.

"내 아기의 혼사를 정하지 못해 밤낮으로 염려했는데 오늘 어진 사위를 얻었소. 이번에 장원한 사람은 성이 양씨이고 이름은 소유요, 나이는 열여섯 살, 회남 땅 사람이오. 풍채와 재주가 매우 뛰어나니 이 사람을 얻으면 어찌 즐겁지 아니하겠소."

부인이 말했다.

"열 번 듣는 것이 한 번 보는 것만 못하니 친히 본 후에 정하십시오."

이때 양생이 급제하여 임금이 한림학사를 제수하니 이름이 천하에 가득했다. 딸을 둔 명문 귀족들은 앞다퉈 매파를 보냈으나 한림은 정 사도와의 혼사를 생각해 모두 물리쳤다. 하루는 한림이 정 사도를 만나러 갔다. 사도는 머리에 계수나무 꽃을 꽂은 한림의 풍채가 아름답고 예의를 지키는 태도나 행동이 거룩해 기뻐하며 말했다.

"나는 팔자가 기구하여 아들이 없고 다만 딸자식만 있는데 혼처를 정하지 못했으니 한림이 내 사위가 되는 것은 어떠한가?"

"소자가 경성에 들어와 소저의 요조한 얼굴과 그윽한 재주와 덕행을 일찍부터 들었습니다. 하지만 문벌이 하늘과 땅 차이고 봉황과 오작烏鵲 까막까치 같으나 버리지 아니하시면 하늘 같은 은덕으로 여기겠습니다."

사도는 크게 기뻐하며 술과 안주를 대접했다. 한참 후에 부인이 소저를 불러 말했다.

"새로 장원으로 뽑힌 양 한림은 만인이 칭찬하는 인물이다. 네 부친이 이미 혼인을 허락하셨으니 우리 부처는 몸을 의탁할 곳을 얻었구나. 이제 무슨 근심이 있겠느냐."

"소녀가 말씀드리기 부끄러워 모친께 아뢰지 못했지만, 양 한림은 이전에 거문고를 타던 여관입니다. 간사한 사람의 꾀에 빠져 종일 말을 주고받았으니 어찌 그럴 수 있겠습니까?"

부인이 바로 대답하지 못하자 사도가 한림을 보내고 소저를 불러 말했다.

"오늘 용을 타고 하늘에 올라가는 경사를 보았으니 어찌 기쁘지 않겠느냐?"

부인이 소저의 말을 전하자 사도가 크게 웃으며 말했다.

"양 한림은 진실로 만고의 풍류남아로다. 옛적 왕유王維 중국 당나라의 시인이자 화가도 악공이 되어 태평 공주太平公主의 집에 들어가 비파를 타고 돌아와 장원 급제해 만고에 칭찬이 자자했는데, 한림이 그렇게 했다니 참으로 기이한 일이로다. 너는 여관만 보고 한림은 보지 않았으니 무슨 상관이 있겠느냐? 그 일은 훗날 한림에게 물어보아라."

사도가 부인에게 말했다.

"올가을에 한림의 대부인을 모셔 온 후에 혼례를 행하겠지만 납채納采 신랑 측 혼주가 신부 집에 청혼 편지를 내는 의례는 먼저 받을 것이오. 그 뒤 즉시 날을 잡아 한림을 데려와 사위의 예로 대접할 것이오."

하루는 부인이 한림의 저녁 반찬을 장만하는데 소저가 이를 보고 말했다.

"한림이 화원에 오신 뒤로 의복과 음식을 어머니가 직접 챙기셔서 소저가 그 일을 하고자 했으나 인정이나 예법에 맞지 않아 못하고 있습니다. 춘운을 화원으로 보내 한림을 섬기게 해 어머니의 수고를 덜까 합니다."

부인이 말했다.

"춘운의 얼굴과 재주로 무슨 일을 못하겠느냐마는 얼굴과 재주가 너와 진배없지 않느냐. 이에 춘운이 먼저 한림을 섬기면 부인의 권한을 빼앗길까 염려되는구나."

소저가 말했다.

"춘운의 뜻은 소저와 함께 한사람을 섬기고자 하는 것이니 따르지 않을 이유가 없을 것입니다. 어머니는 춘운을 염려하시지만 한림이 나이 어린 서생으로 재상가 규방에 들어와 처녀를 희롱한 일을 보면 어찌 한 아내만 지키며 늙겠습니까?"

사도가 소저의 생각에 동의하자 이날 소저가 춘운에게 말했다.

"한림이 거문고 한 곡조로 규중처녀를 희롱했으니 그 욕이 중하구나. 춘운이 아니면 누가 나를 위해 그 치욕을 씻어 주겠느냐? 종남산 자각봉은 산이 깊고 경개가 좋다. 춘운을 위해 별도의 작은 방을 지어줄 테니 화촉을 베풀어라. 또 사촌 형 십삼랑十三郎과 기특한 꾀를 내면 내 부끄러움을 씻게 될 것이다. 춘운은 내 뜻을 알고 수고를 아끼지 마라."

춘운이 말했다.

"소저의 말씀을 어찌 사양하겠습니까마는 훗날 무슨 면목으로 한림을 뵙겠습니까?"

"군사의 무리는 장군의 명령을 듣는다 했는데 춘랑은 한림만 두려워하는구나."

"죽기도 피하지 못하는데 소저의 말씀을 어찌 좇지 않겠습니까?"

한편 한림은 한가한 날이면 술집으로 가 술을 먹으며 기생도 구경했는데, 하루는 정 십삼이 한림에게 말했다.

"종남산 자각봉이 산천이 아름답고 경개가 좋으니 한번 구경함이 어떠하오?"

한림은 흔쾌히 승낙하고 술과 안주를 준비해 갔다. 한곳에 도착하니 아리따운 꽃과 풀이 흐드러지게 피어 있었다. 문득 시냇물에 나뭇잎이 떠내려와 건져 보니 '신선운외폐神仙雲外吠 신선의 개가 구름 밖에서 짖으니, 지시양랑래知是楊郎來 양랑이 오는 것을 알겠구나'라고 써 있었다. 한림은 크게 놀라 층암절벽으로 올라갔다. 날이 점점 저물고 길은 험했다. 의탁할 곳이 없어 배회하는데 갑자기 푸른 옷을 입은 어린 선녀가 한림을 보고 "양랑이 오십니다."라고 했다. 한림은 놀라 어린 선녀를 따라가니 층암절벽 위에 정자가 있었다. 온갖 화초가 만발하고 앵무와 공작이며 두견새 소리가 낭자하니 실로 선경仙境이었다. 한림이 황홀해하며 들어가니 비단 장막에 공작 병풍이 있었다. 한 선녀가 촛불을 밝게 켜고 서 있다가 한림을 보고 예를 올린 후 어찌 이제야 오시느냐고 물었다.

한림이 대답했다.

"소생은 인간 사람이라 신선과 혼약할 연분이 없는데 어찌 더디다 하십니까?"

선녀는 여동女童 여자아이을 불러 차를 내오라 했다. 여동이 즉시 백옥 쟁반에 담은 신선의 과일과 유리잔에 넣은 자하주紫霞酒를 내왔는데 그 술이 인간의 술과 달랐다. 한림이 말했다.

"선녀는 무슨 일로 요지瑤池 곤륜산에 있는 못의 무한한 경개를 버리고 이 산중에 와 외로이 머무십니까?"

선녀가 탄식하며 말했다.

"첩은 서왕모西王母 중국 신화에 나오는 선녀의 시녀로서 광한궁의 잔치 때 낭군이 첩을 보고 희롱했다 하여 옥황상제玉皇上帝께서 진노하시어 낭군은 인간계로 귀양 보내고 첩은 이 산중에 와 있습니다. 낭군은 전생의 일을 알지 못하시는군요. 상제께서 첩의 죄를 용서하셔서 곧 승천하라는 분부가 있었지만 낭군을 만나 전생의 회포를 풀고자 아직 머물렀으니 한림은 의심치 마십시오."

한림은 이 말을 듣고 선녀의 손을 이끌어 침소로 들어가 회포를 풀었다. 어느덧 사창紗窓 깁으로 바른 창이 밝아 오자 선녀가 한림에게 말했다.

"오늘은 첩이 승천하는 날이어서 모든 선관仙官이 첩을 데리러 올 것입니다. 낭군이 첩을 잊지 않으신다면 다시 만날 수 있을 것입니다."

하고 수건에 이별시를 써서 한림에게 주었다. 한림은 옷소매를 떼어 그 글에 화답했다. 선녀는 그 글을 보고 눈물을 지으며 말했다.

"서산에 달이 지고 두견이 슬피 우니 한번 이별하면 이 글귀뿐이군요."

선녀는 글을 받아 품에 품고 어서 가라고 재촉했다. 한림은 선녀의 손을 잡고 눈물로 이별했다. 한림은 집에 돌아와도 선녀의 말소리가 귀에 쟁쟁해 꿈을 깬 듯했다. 도저히 잊을 수 없어 하는데 정 십삼이 돌아와서 한림에게 말했다.

"어제 선경을 구경하지 못해 한이 되었으니 다시 놀아 봄이 어떠하오?"

한림은 기뻐하며 선녀가 있던 곳이나 보려고 성 밖으로 나와 보니 녹음방초綠陰芳草 우거진 나무 그늘과 싱그러운 풀가 꽃보다 아름다운 초여름이었다. 한림과 정 십삼이 술을 부어 마시는데 길가에 퇴락한 무덤이 있었다. 한림은 잔을 잡고 탄식하며 말했다.

"슬프다. 사람이 죽으면 다 저렇게 되는구나."

정 십삼이 말했다.

"형은 저 무덤을 알지 못할 것이오. 옛 장녀랑의 무덤이오. 장녀랑의 얼굴과 재덕은 만고에 으뜸이었는데 나이 스물에 죽자, 후세 사람들이 불쌍히 여겨 그 무덤 앞에 화초를 심어 망혼을 위로했소. 우리도 마침 이곳에 왔으니 한 잔 술로써 위로함이 어떠하오?"

하고 각각 제문을 지어 한 잔 술로 위로했다. 정 십삼은 무덤을 돌아다니다가 문득 비단 적삼 소매에 쓴 글을 주워서 읊었다. 한림이 살펴보니 자각봉에서 선녀와 이별할 때 건네주었던 글이었다. 땀이 나 등허리가 젖고 머리털이 하늘로 솟았다. 한림은 정생이 없는 때를 틈타 다시 술을 한 잔 부어 가만히 빌며 말했다.

"비록 유명幽明 저승과 이승은 다르지만 정은 같으니 혼령을 다시 보게 하라."

이날 밤 한림이 화원 별당에 앉아 있었는데 창밖에서 발자취 소리가 나기에 문을 열어 보니 자각봉 선녀였다. 한편으로는 반갑고 한편으로는 놀라며 옥 같은 손을 이끌자 선녀가 말했다.

"첩의 근본을 낭군이 아셨으니 더러운 몸을 어찌 가까이하겠습니까? 처음에 낭군을 속인 것은 행여 놀라실까 봐 선녀라 하고 하룻밤을 모셨던 것인데, 오늘 첩의 무덤을 찾아와 제사를 올리고 술을 부어 주시니 실로 즐거웠습니다. 또 제문을 지어 임자 없는 혼을 위로해 주시니 어찌 감격하지 않겠습니까? 은공을 잊지 못해 보답하러 왔지만 더러운 몸으로는 다시 상공을 모시지 못하겠습니다."

한림은 선녀의 소매를 잡고 말했다.

"사람이 죽으면 귀신이 되고 환생하면 사람이 되는 그 근본은 한가지다. 유명은 다르나 어찌 한번 맺은 연분을 잊을 수 있겠는가?"

하고 허리를 안고 들어가니 연모하는 정이 전날보다 백배나 더했다. 선녀는 날이 밝으면 출입을 할 수 없어서 그 뒤로는 밤에만 왕래했다. 하루는 정생이 두진인이라는 사람을 데리고 화원에 들어왔다. 한림은 일어나 예를 올렸다. 정생은 두진인에게 한림의 관상을 보라 했다.

"두 눈썹이 빼어나 눈초리가 귀밑까지 갔으니 정승을 지낼 상이요, 귀밑이 분을 바른 듯하고 귓밥이 구슬을 드리운 듯하니 어진 이름이 천하에 진동할 것입니다. 또 권세의 골격이 낯에 가득하니 병권兵權을 잡아 봉후封侯 제후로 봉함가 될 관상이지만 한 가지 흠이 있습니다. 상공은 숨겨 둔 첩을 가까이하십니까? 혹 옛 무덤을 지나다 슬픈 마음이 일어난 적이 있으십니까? 꿈속에서 계집을 가까이하십니까?"

하고 계속 물으나 한림이 없다고 하자 두진인이 또 말했다.

"임자 없는 귀신이 한림의 몸에 어리었으니 여러 날이 지나지 않아 병이 골수에 들 것이나 구완아픈 사람이나 해산한 사람을 간호함치 못합니다."

한림이 인정하며 말했다.

"진인의 말이 그러하나 장녀랑이 나와 정회가 깊으니 어찌 나를 해하겠소? 사람이 오래 살고 일찍 죽는 것은 다 하늘이 정한 것이니, 내 관상이 부귀영화를 누릴 상이라면 장녀랑의 혼인들 어찌하겠소?"

하자 진인은 한림의 마음대로 하라며 떠났다. 한림은 술에 취해 누웠다가 밤에 일어나 앉아 향을 피우고 장녀랑이 오기를 기다렸다. 그런데 갑자기 창밖에서 장녀랑이 박절하다며 우는 소리가 들렸다. 한림은 놀라며 문을 열고 들어오라고 했다. 장녀랑이 울면서 "나를 오라고 하면서 왜 부적은 머리에 붙이셨습니까?"라고 하니 한림이 머리를 만져 보았다. 과연 귀신을 쫓는 부적이 붙어 있었다. 한림은 크게 화가 나서 부적을 찢고 내달아 장녀랑을 잡으려 했다. 하지만 장녀랑이 안부를 전하고 울며 담을 넘어가니 붙잡지 못했다. 한림은 쓸쓸한 빈방에 혼자 누워 잠도 이루지 못하고 음식도 먹지 못하니 자연 병이 들어 얼굴이 파리해지고 몸도 말랐다. 사도 부부가 큰 잔치를 배설하고 한림을 청했다. 사도가 한림에게 어떤 계집과 함께 자느냐고 물었다. 한림이 부인하자 정생이 말했다.

"형은 어찌 아녀자같이 부끄러워하는가? 형이 두진인의 말을 깨닫지 못하기에 형의 상투 밑에 부적을 넣고 그날 밤에 꽃밭 속에 앉아서 지켜보았소. 그때 어떤 계집이 울며 창밖에 와 하직하고 가니 과연 두진인의 말이 그르지 아니했소."

한림이 더 이상 속이지 못하고 일의 전후를 아뢰자 사도가 웃으며 말했다.

"나도 젊었을 때 부적을 배워 낮에 귀신을 불렀는데, 이제 양랑을 위해 그 미인을 불러 양랑의 마음을 위로하겠다."

사도가 파리채로 병풍을 치며 장녀랑을 부르자 한 미인이 웃음을 머금고 병풍 뒤에서 나왔다. 한림이 눈을 들어 보니 과연 장녀랑이었다. 한림은 황홀해하며 사도에게 물었다.

"저 미인이 귀신입니까, 사람입니까? 귀신이면 어찌 대낮에 나옵니까?"

사도가 대답했다.

"저 미인의 성은 가씨요, 이름은 춘운이다. 한림이 빈방에 외로이 있어 춘운을 보내어 위로하기 위해 계획한 일이었다."

이에 한림은 웃으며 이는 위로가 아니라 희롱이라고 했다.

한편 한림은 고향에 계신 대부인을 모시고 와서 혼례를 치르려고 했다. 그런데 이때 토번吐蕃 티베트 족이 변방에 쳐들어와 하북河北을 나누었다. 연나라, 위나라, 조나라로 나뉘게 되자 천자가 진노해 조정 대신을 불러 의논했다. 양 한림이 천자 앞에 나아가 아뢰었다.

"옛날 한 무제는 조서詔書 임금의 명령을 적은 문서를 내려서 남월왕의 항복을 받아 냈으니, 원컨대 폐하는 천자의 위엄을 보이십시오."

천자는 즉시 한림에게 명해 조서를 만들어 세 나라에 보냈다. 조왕과 위왕은 즉시 항복하고 무명 천 필을 올렸지만, 오직 연왕은 땅이 멀고 군병이 강해 항복하지 않았다. 천자는 한림을 불러 말했다.

"선왕先王이 십만 군병으로도 항복 받지 못한 나라를 한림은 짧은 글로써 항복을 받고 천자의 위엄을 만 리 밖에 빛나게 했으니 어찌 장하지 아니하겠는가?"

천자는 한림에게 비단 이천 필과 말 오십 필을 상으로 내렸으나 한림은 사양하며 말했다.

"모두 현명한 임금님의 덕이오니 소신이 무슨 공이 있겠습니까? 연왕이 항복하지 않았으니 연국에 가서 연왕을 달래고 듣지 않으면 연왕의 머리를 베어 오겠습니다."

천자가 한림을 장하게 여겨 허락하고 병부兵符 병권을 맡은 관리의 신표를 주니 한림이 경건하게 절하고 나왔다. 한림이 정 사도에게 하직하고 가려는데 사도가 말했다.

"슬프다. 양랑이 열 여섯 살 서생의 몸으로 만 리 밖으로 가니 늙은이의 불행이다. 내 늙고 병들어 조정 의논에 참여하지 못하나 상소해 다투고자 한다."

"장인께서는 염려하지 마십시오. 연나라는 구멍에 든 개미이니 심려 거두십시오."

한림이 화원에 들어가 행장을 차리고 떠나려 할 적에 춘운이 눈물을 흘리며 소매를 잡았다. 한림이 웃으며 말했다.

"대장부는 국사를 마주해 생사를 돌아보지 않으니 어찌 사사로운 감정을 생각할 시간이 있겠는가? 춘랑은 부질없이 슬퍼해 꽃 같은 얼굴을 상하게 하지 말고 내가 공을 이뤄 돌아올 때까지 소저를 편히 모셔라." 하고 길을 떠났다. 한림이 낙양 땅을 지날 때 열여섯 소년으로 옥절玉節 돌이나 대나무 쪽으로 만든 사신의 신표을 가지고 병부를 차고 비단옷을 입으니 위의가 늠름했다. 한림은 서동을 보내 계섬월을 찾았으나 이미 산중으로 들어간 지 오래였다. 한림은 크게 섭섭해하며 여관에 들어가 촛불로 벗을 삼고 앉았다가 날이 새자 글을 지어 벽 위에 쓰고 갔다.

연국에 도착한 한림이 연왕에게 천자의 위엄을 베푸니 연왕은 즉시 땅에 엎드려 항복하고 황금 일만 냥과 명마 백 필을 올렸다. 하지만 한림은 받지 않았다. 한단邯鄲 땅에 이르렀을 때 한 나이 어린 서생이 혼자 한 마리 말을 타고 행차를 피해 길가에 섰는데 한림이 자세히 보니 풍채와 거동이 비범했다. 한림은 소년을 불러 누군지 물었다.

"소생은 하북 사람입니다. 성은 적씨요, 이름은 생이라 합니다."

"내 어진 선비를 얻지 못해 세상일을 의논하지 못했는데 그대를 만나니 어찌 즐겁지 아니하겠는가?"

한림은 적생을 데리고 산수를 구경하고 낙양 여관에 다다랐다. 계섬월이 높은 누각 위에 올라 한림의 행차를 기다리다가 한림을 보자 절하고 앉았다. 계섬월은 기쁨을 이기지 못해 눈물을 흘리며 말했다.

"첩이 상공과 이별한 후에 깊은 산중에 들어갔다가 상공이 급제하여 한림 벼슬을 하신다는 기별은 들었습니다. 하지만 이리 지나실 줄을 모르고 산중에 있었습니다. 이제 연나라의 항복을 받아 꽃 장식한 덮개 가마를 앞세우고 돌아오실 때 천지 만물과 산천초목이 다 환영하오니 첩이 어찌 모르겠습니까? 부인은 정하셨습니까?"

한림이 대답했다.

"정 소저와 혼사를 정했지만 예식은 치르지 못했다."

날이 저물자 서동이 말했다.

"한림께서 적생을 어진 선비라 하셨는데 지금 섬랑의 손을 잡고 희롱하고 계십니다."

한림이 난간에 숨어 거동을 보니 과연 적생이 섬월의 손을 잡고 희롱하고 있었다. 한림이 나아가니 적생이 한림을 보고 놀라서 도망갔다.

섬월이 말했다.

"첩이 적생의 누이와 형제의 정을 맺었는데 그 정이 동기 같습니다. 적생을 만나니 반가워 안부를 물었는데 상공께서 의심하시니 첩의 죄가 백번 죽어도 아까울 것이 없습니다."

한림이 말했다.

"내 어찌 섬랑을 의심하겠는가? 어진 사람을 잃었으니 내 잘못이다."

하고 섬월과 함께 잤는데 닭이 울어 날이 샜다. 섬월이 먼저 일어나 촛불을 돋우고 단장하는데 한림이 눈을 들어 보니 밝은 눈과 고운 태도가 섬월이었으나 자세히 보면 또 아니었다. 한림은 놀라며 물었다.

"그대는 누구인가?"

미인이 대답했다.

"첩은 본디 하북 사람입니다. 제 성명은 적경홍으로 섬랑과 결의형제한 사이인데, 오늘 밤 섬랑이 칭병稱病 병이 있다고 핑계함하며 저에게 상공을 모시라 하여 첩이 대신 모셨습니다."

이때 섬월이 문을 열고 말했다.

"상공께서 새 사람을 얻은 것을 축하합니다. 첩이 일찍이 하북의 적경홍을 상공께 천거했었는데 어떠십니까?"

한림이 말했다.

"듣던 말보다 훨씬 낫구나. 어제 적생의 누이가 있다 하더니 그러하냐? 얼굴이 아주 똑같구나."

경홍이 말했다.

"첩은 본디 동생이 없습니다. 첩이 적생입니다."

"홍랑은 어찌 남장을 하고 나를 속였느냐?"

"첩은 본디 연왕의 궁중 사람입니다. 재주와 얼굴이 남보다 못하나 대인군자를 섬기는 것이 소원이었습니다. 지난번 연왕이 상공을 맞아 잔치할 때, 벽 틈으로 상공의 기상을 잠깐 본 뒤부터 정신이 혼미해졌습니다. 그래서 죽기를 각오하고 남자의 복장을 한 채 연왕의 천리마를 훔쳐서 타고 상공을 따라 왔으니 엎드려 사죄합니다."

한림은 섬월을 시켜 경홍을 위로했다. 이날 한림이 떠나려 할 적에 섬월과 경홍이 말했다.

"상공이 부인을 얻으시고 나중에 첩 등이 모실 날이 있으니 상공은 평안히 행차하십시오."

이때 한림이 연왕에게 항복 받은 문서와 조공 받은 보화를 경성으로 들여가자, 황제는 크게 기뻐하며 모든 관리를 보내어 맞아들였다. 또 상을 내리고 예부 상서의 벼슬을 내렸다. 한림이 은혜에 깊이 감사하고 물러나와 정 사도 집으로 가니, 사도는 반가움을 이기지 못했다. 한림은 화원에 나와 춘운에게 소저의 안부를 묻고 귀한 정을 나누었다.

한림이 하루는 한림원에서 난간에 붙인 글귀를 읊으며 달을 구경하는데, 갑자기 바람결에 통소 소리가 들렸다. 한림이 하인을 불러 연유를 물으니 달이 밝고 바람이 순하게 불면 때때로 들린다 했다. 한림이 백옥 통소를 내어 곡조를 부니 맑은 소리가 청천에 사무쳐 오색구름이 사면에 일어나며 청학과 백학이 공중에서 내려와 뜰에서 춤을 추었다.

한편 황태후에게는 두 아들과 딸이 하나가 있었는데, 맏아들은 천자고 다른 아들은 월왕에 봉했고 딸은 난양 공주였다. 선녀가 명주를 가져와 공주의 팔에 걸자, 공주가 태어나니 옥 같은 얼굴, 난초 같은 태도, 민첩한 재주와 늠름한 풍채는 천상의 선녀였다. 서역국에서 백옥 통소를 진상했거늘 어떤 악공도 소리를 내지 못했다. 공주가 꿈을 꿀 때 선녀가 곡조를 가르쳤다. 공주가 깨어나 그 통소를 불어 보니 소리가 청아하여 세상에 듣지 못하던 곡조였다. 황제와 태후가 사랑해 항상 달 밝은 밤이면 불게 했는데 그때마다 청학이 내려와 춤을 추었다. 이날 밤 공주의 통소 소리에 춤추던 학이 한림원에 가서 춤을 추었다. 후에 궁인이 이 말을 황제에게 전하니 듣고 기특히 여겨 말했다.

"양 소유는 진실로 난양의 배필이다."

하고 부마로 정하려 하니 태후가 크게 기뻐했다. 난양의 이름은 소화인데 통소에 그렇게 새겨져 있어서 소화라는 이름을 붙인 것이다.

천자의 명을 받고 입조한 양 상서尙書가 고금의 제왕을 역력히 의논하고 문장을 차례로 헤아리니, 황제가 기뻐하며 말했다.

"내 이태백을 보지 못해 한이었는데 경을 얻었으니 어찌 이태백을 부러워하겠는가? 경이 궁녀들에게 각각 글을 지어 주면 그 재주를 보고자 한다."

상서가 취흥이 일어나 붓을 한 번 휘두르니 구름과 바람이 일어나며 용과 뱀이 뒤트는 것 같았다. 순식간에 궁녀들에게 글을 지어 주니 궁녀들이 그 글을 황제에게 드렸다. 황제는 글을 보고 가상히 여겨 궁녀들에게 명해 어주御酒를 내리라 했다. 궁녀들이 다투어 각각 술을 드리니 상서가 삼십여 잔을 마셨다. 황제가 말했다.

"이 글 한 구절의 값을 논하면 천금과 같다. 옛글에 '모과木果 나무의 열매를 던지거든 구슬로 보답하라' 했으니, 너희는 무엇으로 상서가 문장을 써 준 대가를 치르겠느냐?"

모든 궁녀가 봉황을 새긴 금비녀와 옥과 금으로 된 노리개, 옥가락지를 벗어 상서에게 내놓으니 잠깐 동안에 산같이 쌓였다. 황제는 웃으며 상으로 필묵과 벼루와 연적을 내렸다. 상서는 황제의 은혜에 깊이 감사하고 일어나 화원의 춘운에게 갔다. 상서는 춘운에게 종이, 필묵, 벼루, 연적과 봉황을 새긴 비녀, 가락지, 금 노리개를 보여 주었다.

다음 날 상서가 일어나 세수를 하는데 문지기가 월왕이 오셨다고 급하게 전했다. 상서는 월왕을 맞아 윗자리를 내주었다. 월왕이 말했다.

"과인은 황제의 명을 받고 왔소. 난양 공주가 자랐지만 부마를 정하지 못하고 있는 차에 황제께서 상서의 재덕을 사랑하시어 공주와 혼인하기를 원하십니다."

상서는 크게 놀라며 말했다.

"소신이 무슨 재덕이 있습니까? 황제 폐하가 이렇듯 은혜를 베푸시니 아뢸 말씀이 없지만 정 사도 여자와 혼인을 정해 납폐를 한 지 삼 년이니, 원컨대 대왕은 저의 뜻을 황제께 아뢰어 주십시오."

하자 월왕이 아쉬워하며 돌아갔다.

한편 천자가 상서의 글과 글씨를 잊지 못해 태감太監 내시에게 명해 '즉시 다시 거두라' 했다. 궁녀들이 그 글을 깊이 간직했는데, 한 궁녀는 상서의 글이 쓰여진 부채를 들고 제 침실에 들어가 슬피 울었다. 이 궁녀는 진채봉으로 진 어사의 딸이다. 진 어사가 죽은 후에 궁의 노비가 되었는데 천자가 후궁으로 봉하려 했다. 그런데 황후가 진채봉의 재덕을 보고 자기 권리를 휘두를까 염려하여 말리자 천자가 난양 공주를 모시게 한 것이다. 하루는 진씨가 황태후를 모시고 봉래전에 갔다가 양 상서를 보게 되니 비록 상서는 진씨를 알아보지 못했지만, 진씨는 상서를 알아보고 슬픈 마음을 이기지 못했다. 눈물을 머금고 남이 알까 두려워 부채만 들고 물러가 상서를 피해 글을 읊으니 흐르는 눈물이 일천 줄이었다. 진씨가 옛일을 생각하며 상서의 글에 화답해 그 부채에 썼는데, 갑자기 태감이 급히 들어와 양 상서의 글을 다 거둬들이라 하신다 하자 진씨가 크게 놀라며 화답 글을 부채에 썼다 고하고 죄를 지었으니 자결하겠다고 했다.

태감이 말했다.

"황상이 인후仁厚 어질고 덕이 두터움하시니 벌하지 않으실 것이오. 내 힘써 구완할 테니 염려 말고 갑시다."

진씨는 마지못해 태감을 따라갔다. 태감이 모든 궁녀의 글을 차례로 드리자 황제는 글마다 보다가 부채에 쓴 진씨의 글을 보고 괴이히 여겨 물었다. 태감이 말했다.

"진씨의 말을 들어 보니 '황상이 다시 찾으실 줄을 모르고 외람되게 화답해 썼습니다' 하고 죽으려 하기에 소신이 말린 다음 데려왔습니다."

황제는 진씨의 글을 다시 보았다.

비단 부채 둥긋해둥근 듯해 달 같으니

누각 위에서 부끄러워하며 만나던 생각이 나는구나

그대가 지척에 계셔도 나를 알아보시지 못하니

잠시나마 자세히 보게나 할걸

황제가 보고 말했다.

"어떤 사람을 보았기에 글이 이러한가? 그러나 재주가 아까우니 살려는 주겠다."

하고 태감에게 명해 진씨를 불러 그 사정을 묻자 진씨가 눈물을 흘리며 말했다.

"황상께서 하문下問하시니 어찌 속이겠습니까? 첩의 집이 망하지 않았을 때, 양 상서가 과거를 보러 가다가 첩을 보고 '양류사'로 서로 화답하고 결친結親 친분을 맺음하기를 언약한 일이 있었습니다. 상서가 봉래전에서 글을 지을 때 첩은 상서를 알아보았지만 상서는 첩을 알지 못해서 슬픈 마음을 이기지 못해 우연히 화답했으니, 첩의 죄는 백번 죽어 마땅합니다."

"너는 '양류사'를 기억하겠느냐?"

진씨가 즉시 '양류사'를 써서 주니 황상이 보고 말했다.

"너의 죄가 중하나 네 재주가 기특하니 용서한다. 돌아가 난양을 정성으로 섬겨라."

이날 황상이 황태후를 모시고 잔치를 하는데, 월왕이 양 상서의 집에서 돌아와 정 사도의 집에 납폐한 말을 고하니 황태후가 크게 노했다. 다음 날 황상이 양소유를 불러서 말했다.

"짐에게 누이동생이 있는데 경이 아니면 배필될 사람이 없어 청했다. 그런데 경이 정 사도와의 집일 때문에 사양한다 들었다. 예부터 부마를 정하면 얻은 아내라도 소박하거늘 상서는 정씨 가문 여자에게 행례行禮 예를 처름한 일이 없으니 무슨 해가 되겠는가?"

상서는 머리를 조아리며 말했다.

"소신은 먼 지방 사람으로 경성에 와 몸을 맡길 곳이 없어 정 사도의 은혜를 입어 묵을 곳을 정하고 납례納禮를 해 장인과 사위의 의리를 맺고 부부의 뜻을 정했습니다. 이제까지 혼례를 이행치 못한 것은 맡은 국사가 매우 바빠 모친을 모셔 오지 못했기 때문입니다. 이제 소신을 부마로 정하시면 여자는 죽을 때까지 수절할 것이니 어찌 나라의 정치에 해롭지 않겠습니까?"

황상이 듣고 태후에게 말하니 태후가 크게 화를 내며 양 상서를 감옥에 가두라 명했다. 조정 백관이 모두 다투어 간했지만 태후는 듣지 않았다.

이때 토번이 중국을 얕보아 삼만 명의 병사를 거느리고 쳐들어왔다. 군사들은 변경 지방에 있는 군과 현을 노략하고 선봉先鋒은 이미 위교渭橋에 이르렀다. 황상이 조정 대신을 불러 의논하니 모든 대신이 아뢰어 말했다.

"양 상서가 전일에도 삼 진陳을 정벌했으니 지금도 양 상서가 아니면 당할 사람이 없을까 합니다."

황상은 태후에게도 말을 하고 허락해 달라 했다. 태후가 허락하자 즉시 사자使者를 보내 양 상서를 불러 물었다.

"도적을 막는 일이 급한데 경이 아니면 제어하지 못할 것이니 어찌하면 좋은가?"

"신이 비록 재주는 없으나 수천 군사로 도적을 파해 죽을 목숨을 구해 주신 은덕을 만분지일이나 갚을까 합니다."

황상은 크게 기뻐하며 즉시 상서를 대사마大司馬 대원수로 봉하고 삼만 군사를 내주었다. 상서가 바로 황상에게 하직하고 군사를 거느려 위교로 나가 좌현왕을 사로잡으니 적의 기세가 크게 꺾여 도망가거늘 쫓아가 삼전 삼승하고 삼만 머리와 좋은 말 팔천 필을 얻었다. 상서가 황상에게 승전을 고하니 황상은 크게 기뻐하며 칭찬했다. 상서가 군중에서 상소했다.

"도적을 비록 파했으나 저들의 땅에 들어가 완전히 멸하고 돌아오겠습니다."

황상은 상서를 장하게 여겨 병부 상서 대원수 벼슬을 내리고 좋은 검과 도끼를 주고 하북, 농서 지방의 말을 징발해 상서를 돕게 했다. 상서가 수일 사이에 오십여 성城을 항복 받고 적절산 아래에 군사를 머물게 했는데, 갑자기 찬바람이 일어나며 까치가 진 안으로 들어와 울고 가기에 점을 쳐 보니 나쁜 것이 나타난 후에 좋은 일이 발생할 괘卦였다. 상서가 촛불을 밝히고 병서를 보는데 삼경三更 밤 열한 시에서 새벽 한 시 사이쯤 되어 촛불이 꺼지며 냉기가 퍼져 깜짝 놀랐다. 문득 한 여자가 공중에서 내려오더니 팔 척의 비수를 들고 상서 앞으로 왔다. 상서는 자객인 줄 알고 태연한 기색으로 물었다.

"그대는 어떤 사람이기에 밤에 군중에 들어왔는가?"

"저는 토번국 찬보의 명으로 상서의 머리를 베러 왔습니다."

상서가 웃으며 말했다.

"대장부가 어찌 죽기를 두려워하겠는가?"

상서의 안색이 변함없자 검객은 칼을 땅에 던지고 염려하지 말라고 했다. 상서가 붙들어 일으키며 물었다.

"그대는 무슨 연유로 나를 해치지 않는가?"

"첩은 본디 양주 사람인데 이름은 심요연입니다. 일찍이 부모를 여의고 한 도사로부터 검술을 배웠습니다. 진해월, 김채홍과 함께 검술을 배운 지 삼 년 만에 바람을 타고 번개를 쫓아 천 리를 가게 되었습니다. 스승이 혹 원수를 갚거나 사나운 사람을 죽이고자 하면 항상 해월과 채홍을 보내고 첩은 보내지 아니하므로 연유를 물으니 스승이 말했습니다. '어찌 네 재주가 부족하겠는가? 너는 인간 세상의 귀한 사람이다. 대당국 양 상서의 배필이 될 것이니 어찌 사람을 살해하겠는가?', '그러면 검술은 배워 무엇하느냐?'라고 첩이 물었더니 '양 상서를 백만 군중에서 만나 연분을 맺을 것이다. 또 토번이 천하 자객을 모아들여 양 상서를 죽이려 하니 네 어서 나가 자객을 물리쳐 양 상서를 구완하라'라고 말씀하셨습니다. 첩이 토번국에 와 모든 자객을 물리치고 왔는데 어찌 상공을 해하겠습니까?"

상서는 여인의 말을 듣고 기뻐하며 말했다.

"낭자가 죽어 가는 목숨을 구완하고 또 몸을 허락하니 이 은혜를 어찌 갚겠는가? 낭자와 함께 백년해로하겠다."

하고 옥장玉帳 옥으로 장식한 장막에 들어가니 달빛이 뜰에 가득하고 옥문관玉門關 밖에 봄빛이 향기로웠다. 이때 요연이 문득 하직을 청했다. 상서가 말리자 요연이 말했다.

"상공의 용맹이라면 패한 도적을 쉽게 칠 수 있습니다. 첩이 돌아가 스승을 모시고 있다가 상서께서 회군하신 후에 가서 모시겠습니다. 반사곡盤蛇谷에 가서 물이 없거든 샘을 파 군사에게 먹이고 돌아가십시오."

또 무슨 말을 묻고자 했으나 문득 공중으로 올라가 온데간데없었다.

상서가 군사를 거느리고 돌아오는 길에 좁은 곳에 이르니 군대가 지나가기 어려웠다. 겨우 수백 리를 기어 나와 들에 군대를 머물게 하니 군사들이 목말라했다. 마침 못의 물을 먹으니 일시에 몸이 푸르게 되고 말을 못하며 죽어 갔다. 상서는 크게 놀라며 문득 요연이 전해 준 반사곡이라는 말을 생각하고 즉시 샘을 팠지만 물이 나오지 않았다. 상서가 염려해 진을 옮기고자 하는데, 갑자기 북소리가 천지를 진동하며 산천이 다 웅하니, 이는 적병이 험한 길을 막아 습격하고자 하는 것이었다. 여러 장수와 군사가 배고픔과 목마름이 심해 적병을 당할 재간이 없었다. 상서가 옥장 안에 앉아 묘책을 생각하다가 잠이 들었는데 꿈에 푸른 옷을 입은 여동이 나타나 상서에게 고했다.

"우리 낭자는 동정 용왕의 작은 따님이신데 상서께 말씀을 아뢰고자 하니 상서는 잠깐 행차하시지요."

상서가 여동을 따라 한참 들어가니 용궁의 위의가 찬란했다. 여동 여러 사람이 나와 상서를 맞아 백옥으로 꾸민 의자에 앉혔다. 시녀 수십 명이 한 낭자를 모시고 나오는데, 아름다운 자태와 선명한 의복은 형언하지 못할 정도였다. 용녀龍女 용궁의 선녀가 들어와 예를 갖추어 절을 한 후 무릎을 꿇고 앉자 상서가 물었다.

"양 소유는 인간 천하 사람이요, 낭자는 용궁 선녀인데 어이 이토록 과히 하십니까?"

용녀가 일어나 재배하고 말했다.

"첩은 동정 용왕의 딸입니다. 부왕이 옥황상제께 조회朝會 임금에게 문안드리고 정사를 아뢰던 일할 때, 장張 진인眞人을 만나 첩의 팔자를 물어보니 진인이 말했습니다. '이 아기는 천상 선녀인데 죄를 짓고 용왕의 딸이 되었다. 그러나 인간 양 상서의 첩이 되어 백년해로하다가 다시 불가로 돌아가 극락세계에서 천만 년을 지낼 것이다.' 부왕이 이 말을 듣고 첩을 각별히 사랑하셨는데, 뜻밖에 남해 용왕의 태자가 첩의 자색을 듣고 구혼했습니다. 우리 동정은 남해 소속이라 부왕이 거역하지 못해 몸소 가서 장 진인의 말을 전하셨지만, 남해왕이 요망하다 하고 구혼을 더욱 재촉했습니다. 첩은 이를 피해 백룡담이라는 물에 와 살고 있습니다. 그러면서 물빛과 맛을 변하게 해 사람과 물상을 통하지 못하게 했습니다. 이제 귀하신 분이 오셨으니 첩이 의지할 곳을 얻었습니다. 상서의 근심은 첩의 근심이라 어찌 구완치 않겠습니까? 물맛을 다시 달게 할 것이니 군사가 먹으면 병이 나을 것입니다."

이 말을 듣고 상서가 동침을 원하니 용녀가 말했다.

"첩의 몸을 이미 상서께 허락하기로 했으나 부모께 고하지 아니했으니 불가하고, 또 남해 태자가 수만 군을 거느리고 첩을 얻고자 하니 그 우환이 상서께 미칠 것입니다. 또한 첩이 몸의 비늘을 벗지 못했으니 귀인의 몸을 더럽힘이 불가합니다."

"낭자의 말씀이 아름다우나 낭자의 부왕이 나를 기다리니 고하지 않아도 부끄럽지 않고, 몸에 비늘이 있으나 신선의 연분을 정했으면 관계치 않으며, 내 백만 군병을 거느렸으니 남해의 태자를 어찌 두려워하겠소?"

하고 용녀를 이끄니 그 즐거움은 인간 세상보다 백배나 더했다. 날이 새기도 전에 북소리가 급히 들리거늘, 용녀가 잠에서 깨어 일어나 앉으니 궁녀가 들어와 급히 고했다.

"지금 남해 태자가 무수한 군병을 거느리고 와 산 아래에 진을 치고 양 상서와 사생을 다투고자 한다고 합니다."

상서가 크게 웃으며 일어나 보니 남해 군병이 백룡담을 여러 겹으로 에워싸고 있었고 함성 소리는 천지에 진동했다. 남해 태자가 외쳤다.

"네 어떤 놈이기에 남의 혼사를 방해하느냐? 너와 사생을 결단하겠다."

하자 상서는 크게 웃으며 말했다.

"동정 용녀와 내가 부부의 인연이 있는 것은 하늘과 귀신도 다 아는 일인데 너 같은 놈이 감히 천명을 거스르느냐?"

하고 깃발로 지휘해 백만 군병을 몰아 싸우자 천만 수족水族 수중 종족이 다 패했다. 별참군鼈參軍 별주부와 잉어 제독을 한칼에 베고 남해 태자를 사로잡아 죄를 묻고 놓아주었다. 용녀가 음식을 장만해 축하하고 천 석 술과 천 필 소로 군사를 먹였다. 양 원수가 용녀와 함께 앉았는데, 한참 후에 동남쪽에서 붉은 옷을 입은 사자使者가 공중에서 내려와 원수에게 고해 말했다.

"동정 용왕이 상서의 공덕을 치하하고자 했지만, 맡은 일이 있어 떠나지 못해 지금 응벽전에서 잔치를 벌여 상서를 청하십니다."

상서가 용녀와 함께 수레에 오르니 바람이 수레를 몰아 공중으로 날아가 동정호 용궁에 이르렀다. 용왕은 상서를 맞아 장인과 사위의 예를 갖추며 잔을 잡고 상서에게 사례했다.

"과인이 덕이 없어 딸 하나를 두고 곤란한 일이 많았는데, 양 원수의 위엄과 덕망으로 근심을 없애니 어찌 즐겁지 않겠소?"

"모두 대왕의 신령하심 때문인데 무슨 사례를 하십니까?"

상서는 술에 취해 하직을 고하며 말했다.

"궁중에 일이 많으니 오래 머물지 못하겠습니다. 바라건대 낭자와 훗날 기약을 잊지 마십시오."

하고 용왕과 함께 궁문 밖으로 나왔다. 이때 문득 한 산을 보니 다섯 봉우리가 구름 속에 높이 있는데, 붉은 안개가 사변에 둘러 있었다. 상서가 용왕에게 물었다.

"저 산은 무슨 산입니까?"

"남악산이라 하는데 산천이 아름답고 경개가 거룩합니다."

"어떻게 해야 저 산에 올라 구경할 수 있겠습니까?"

하고 상서가 수레를 타니 벌써 연화봉에 이르렀다. 죽장을 짚고 천봉만학千峰萬壑 수많은 산봉우리와 산골짜기을 차례로 구경하며 전쟁을 한탄했다. 이때 갑자기 종소리가 들려 그곳으로 올라가니 절이 있는데 법당이 아주 맑고 깨끗하고 중은 다 신선 같았다. 눈썹이 긴 한 노승은 골격이 푸르고 정신이 맑아 보였으나 그 나이를 헤아리기 어려웠다. 노승은 모든 제자를 거느리고 상서에게 예를 표했다.

"깊은 산중에 있는 중이 귀먹어 대원수의 행차를 알지 못해 산문 밖에

나가 대령치 못했습니다. 청컨대 상공은 허물하지 마십시오. 또 이번은
대원수가 아주 오신 길이 아니니 어서 법당에 올라 예불하고 가십시오.”

상서는 즉시 불전으로 가 향을 피우고 두 번 절하고 계단을 내려왔다.
이때 발을 헛디디는 바람에 잠에서 깨니 몸이 옥장 속에 앉아 있었다. 상
서가 장수들에게 꿈속 일을 말한 다음 함께 물가로 가 보니 부서진 비늘
이 땅에 깔려 있고 피가 흘러 물 색깔이 붉었다. 상서가 물을 맛보니 과
연 달거늘 군사와 말에게 먹이니 병에 즉시 효험이 있었다. 적병이 이 말
을 듣고 크게 놀라 즉시 항복했다. 상서가 전령을 시켜 승전한 첩서捷書 싸
움에서 승리한 것을 보고하는 글를 올리자 천자가 크게 기뻐했다.

하루는 천자가 황태후에게 아뢰었다.

“양 상서의 공은 만고의 으뜸이니 돌아온 후에 즉시 승상으로 봉할 생
각입니다. 기왕이면 난양과의 혼사 문제 또한 양 상서가 마음을 바꾸어
허락하면 좋겠습니다만 만일 고집하면 공신功臣을 주지 못할 것이요, 혼
인을 우격다짐으로 하지 못할 것이니 어찌하면 좋겠습니까?”

“양 상서가 아직 돌아오지 않았으니 정 사도의 여자를 다른 이와 혼인
하게 하면 어떠한가?”

황상이 대답하지 않고 나가니 난양 공주가 이 말을 듣고 태후에게 들
어갔다. 태후가 말했다.

“양 상서는 풍채와 문장이 세상에서 으뜸일 뿐 아니라, 퉁소 한 곡조
로 네 연분을 정했으니 어찌 이 사람을 버리고 다른 데서 구하겠느냐?
양 상서가 돌아오면 먼저 네 혼사를 치르고 정 사도의 여자를 첩으로
삼게 하면, 양 상서가 사양할 바가 없을 텐데 네 뜻을 알지 못해 염려스
럽구나.”

공주가 대답했다.

"양 상서가 처음에 납폐했다가 다시 첩을 삼으면 예가 아니옵니다. 또 정 사도는 여러 대에 걸친 재상의 집인데 어찌 남의 첩이 되게 하겠습니까? 양 상서가 성공하고 돌아오면 후왕侯王으로 봉할 것이니, 두 부인을 취함이 마땅치 않겠습니까? 제가 직접 정 소저의 사람됨을 시험해 볼까 합니다."

한편 혼사를 파할 위기에 놓인 정 소저는 부모를 위해 태연한 척했으나 모습은 초췌했다. 하루는 한 여동이 비단 족자를 팔러 왔는데 이를 춘운이 보니 꽃밭 속에 공작이 수놓여 있었다. 춘운이 족자를 가지고 들어가 소저에게 보이며 말했다.

"이 족자는 어떠합니까?"

소저는 족자를 보고 놀라 춘운으로 하여금 출처를 묻게 했다.

"우리 소저의 재주인데, 우리 소저가 객중에 계셔 급히 쓸 곳이 있어 팔러 왔으니 값의 많고 적음은 상관없습니다. 우리 소저는 이李 통판通判 중국에서, 조정의 신하 가운데 군에 나아가 정치를 감독하던 벼슬아치의 누이입니다. 이 통판이 절동浙東 땅에 벼슬하러 갈 때 부인과 소저를 모시고 갔는데 소저가 병이 들어 가지 못하니 연지촌 사삼낭의 집에 처소를 정해 계십니다."

정 소저는 많은 값을 주고 그 족자를 사서 중당에 걸어 두고 족자의 임자를 보고자 했다. 시비가 사삼낭 댁으로 가 임자를 보고 돌아와 고했다.

"세상에 우리 소저 같은 사람은 없었는데 이 소저는 우리 소저와 버금가게 매우 훌륭하셨습니다."

하루는 사삼낭이 부인과 정 소저에게 와서 이 통판댁 낭자가 소저를 한번 뵙기를 청한다고 말했다. 다음 날 이 소저가 시비와 함께 왔다. 정 소저가 나와 이 소저를 맞아 침실로 들어가 서로 마주 앉으니 월궁月宮의 선녀를 만난 듯 그 광채가 비할 데 없었다. 정 소저가 말했다.

"저는 팔자가 기박하여 가 뵈옵지 못했는데, 이런 누추한 곳에 오시니 매우 감사합니다."

이 소저가 말했다.

"저는 본디 초야에 묻힌 사람입니다. 부친을 일찍 여의고 모친을 의지해 배운 일이 없었습니다. 마침 소저의 아름다운 행실을 듣고 한번 모시어 배움을 청하고자 했는데, 저의 더러운 몸을 무시하지 않으시니 평생의 소원을 푼 듯합니다. 또 듣자 하니 댁에 춘운이 있다 하오니 만나 볼수 있겠습니까?"

춘운이 들어오자 이 소저가 감탄하며 '듣던 말과 같구나. 정 소저가 저러하고 춘운이 또 저러하니 양 상서가 어찌 부마를 구하겠는가?'라고 생각했다.

정 소저는 다음 날 또 시비를 보내 이 소저를 청해 춘운과 함께 앉아 종일토록 문장을 의논했다. 하루는 이 소저가 와서 부인과 정 소저에게 하직을 고했다.

"소저께 한 말씀 아뢰고자 하나 좇지 아니하실까 염려됩니다. 늙은 어미를 위해 남해 관음보살의 얼굴과 모습을 그린 그림을 수놓았는데 문장 명필을 얻어 제목을 쓰고자 합니다. 원컨대 소저께서 찬문贊文 서화 옆에 쓰는 글을 지어 제목을 써 주시면 한편으로는 부모님의 마음을 위로하고, 한편으로는 서로 잊지 못할 정표로 삼겠습니다. 소저가 허락하지 않으실까 염려하여 족자를 가져오지 않았으나 거처하는 곳이 멀지 않으니 잠시 생각해 주십시오."

정 소저가 말했다.

"부모님을 위하는 일을 어찌 따르지 않겠습니까?"

이 소저는 크게 기뻐하며 일어나 절하고 말했다.

"날이 저물면 글을 쓰기가 어려울 것이니 제가 타고 온 가마가 비록 더러우나 함께 가셨으면 합니다."

정 소저가 허락하니 이 소저는 정 소저와 함께 흰 옥으로 꾸민 가마를 타고 갔다. 정 소저가 이 소저의 침실에 들어가니 보배와 음식들이 보통과 달랐다. 이 소저가 족자도 내놓지 않고 문필도 청하지 않자 정 소저가 민망해하며 말했다.

"날이 저물어 가는데 관음화상은 어디에 있습니까?"

말을 미처 마치기도 전에 군마軍馬 소리가 진동하며 기치창검旗幟槍劍 군대에서 쓰던 깃발과 창, 칼 따위를 통틀어 이르던 말이 사면을 에워쌌다. 정 소저가 크게 놀라 피하려 하자 이 소저가 말했다.

"소저는 놀라지 마십시오. 저는 난양 공주로 이름은 소화입니다. 태후 낭랑의 명으로 소저를 모셔 가려 합니다."

정 소저는 공주의 말을 듣고 재배하며 말했다.

"여염집 천한 사람이 귀한 공주님을 알아 뵙지 못했으니 죽어 마땅합니다."

난양 공주가 말했다.

"태후 낭랑께서 지금 난간에 의지해 기다리시니 원컨대 소저는 함께 가십시다."

하고 둘이 같이 가마를 타고 갔다. 난양 공주는 소저를 궐문 밖에 세워 놓고 궁녀에게 명해 호위하게 했다. 공주가 들어가 태후에게 입조하고 정 소저의 자색과 덕행을 아뢰었다. 태후가 감탄하며 말했다.

"과연 소문이 사실이었구나."

소저가 예를 마치자 태후는 자리를 내주며 말했다.

"양 상서는 일대 호걸이요, 만고 영웅이다. 부마로 삼으려 했는데 너의 집이 납채納采 신랑 집에서 신부 집에 혼인을 구함를 먼저 받았다기에 억지로 빼앗지 못해 난양의 뜻으로 너를 데려왔다. 한 딸이 죽은 후에 난양이 외롭게 자랐는데, 네 자색과 덕행이 족히 난양과 형제가 될 만하구나. 너를 양녀로 정해 난양이 너를 잊지 못하는 정을 표하고자 한다."

소저가 말했다.

"첩은 여염집 천인인데 어찌 난양 공주님과 형제가 되겠습니까? 복을 잃을까 두렵습니다."

태후가 말했다.

"내가 이미 정했으니 어찌 사양하느냐? 또 네 글재주가 용하다 하니 글 한 구절을 지어 나를 위로하라. 너의 재주를 보고자 한다."

난양이 말했다.

"정씨에게 혼자 시키기 미안하니 소녀가 함께 짓겠습니다."

태후는 기뻐하며 붓과 먹을 갖추라 명했다. '벽도화碧桃花 복숭아꽃가 많이 핀 가운데 까치가 울자'를 글제로 내었다. 난양과 소저가 각각 붓을 잡고 글을 써 드렸는데 태후가 보시고 칭찬하며 말했다.

"내 두 딸에게는 이태백과 조자건이라도 그 실력이 미치지 못할 것이다."

이때 천자가 태후에게 입조하자 태후가 말했다.

"내 난양의 혼사를 위해 정 소저를 데려다가 양녀로 삼아 함께 양 상서를 섬기고자 하니 어떠하오?"

황상이 찬성하자 태후는 정 소저를 불렀다. 정 소저가 즉시 들어와 뵈니 황상이 여중서女中書 진채봉에게 명해 비단과 필묵을 가져오라고 한 뒤 친필로 '정씨를 영양 공주로 봉한다'라고 썼다. 이에 영양 공주가 땅에 엎드려 절했다.

황상이 태후에게 말했다.

"두 누이의 혼사를 이미 결정하셨으니 진채봉을 생각하십시오. 진채봉은 본디 조관<sup>朝官</sup>의 자식입니다. 그의 집이 비록 망했으나 그 재주와 심덕이 기특하고 또 양 상서와 언약이 있었다 하니, 공주 혼사에 첩으로 삼았으면 합니다."

태후는 즉시 진채봉을 불러 말했다.

"너를 양 상서의 첩으로 정하니 두 공주의 시를 차운<sup>次韻 한시에서 남이 지은</sup> <sup>시의 운자를 따서 시를 지음</sup>하라."

진채봉이 즉시 글을 지어 올리니 의사<sup>意思</sup>와 필법이 신묘해 태후와 황상이 칭찬해 마지않았다.

한편 태후가 정 사도 집에 조서를 보내 이와 같은 사실을 정식으로 통보했다. 정 사도의 아내 최씨가 입조하자 태후는 정 소저를 양녀로 삼은 것에 대해 말했다. 최씨는 감사의 뜻을 전했다. 영양과 난양이 부인을 보고 서로 반겨함은 헤아리지 못할 바였다. 태후가 또한 춘운을 찾아 입조하게 하자 태후가 그 외모에 놀랐다. 또한 두 공주와 진씨가 지은 글을 말한 후 차운하라 하자 춘운이 사양치 못해 글을 지어 올리니 태후가 보고 탄복했다. 춘운이 물러가 두 공주를 뵙고 앉으니 공주가 진씨를 가리키며 말했다.

"그대는 화음 진씨 가문의 여자로 우리와 백 년을 함께할 사람이다."

춘운이 '양류사'를 지은 진씨냐고 물었다. 진씨가 눈물을 흘리며 '양류사'에 대해 말하자, 춘운과 진씨가 함께 슬퍼했다.

태후가 최 부인에게 말했다.

"양 상서를 속일 묘책이 있으니 부인도 나가서 정 소저가 죽었다고 하시오."

두 공주는 최 부인을 전송하고 춘운에게 말했다.

"너는 상서에게 정 소저가 죽었다고 속여라."

춘운이 말했다.

"전에 속인 일도 죄가 큰데 다시 속이면 무슨 면목으로 상서를 섬기겠습니까?"

두 공주가 말했다.

"태후께서 명하신 일이니 문제가 없을 것이다."

한편 양 상서가 돌아온다는 소문이 돌자 천자는 친히 위교에 나와 상서를 맞았다.

"만 리 밖에 가서 역적을 깨끗이 쓸어버린 공을 어찌 갚겠는가?"

하고 바로 그날 상서를 대승상大丞相 위국공魏國公으로 봉하고 화상畵像을 기린각麒麟閣에 그려 놓게 했다. 승상이 성은을 표하고 물러 나와 정 사도 집으로 가자 정 사도 일가가 모두 외당外堂사랑에 모여 정 소저 죽은 일을 말하고 승상을 위로했다. 승상이 사도 부처를 뵈니 별로 서러워하는 빛이 없었다.

사도가 말했다.

"사람의 생사는 하늘에 달려 있는 것이다. 오늘은 승상의 날이니 어찌 슬퍼하겠는가?"

승상이 화원에 들어가니 춘운이 달려 나오며 반겼다. 승상이 소저를 생각하며 눈물을 흘리자 춘운이 위로하며 말했다.

"승상께서는 너무 슬퍼 마시고 첩의 말을 들으십시오. 소저는 본디 천상에서 귀양 왔는데 하늘로 올라갈 때 첩에게 이르되 '양 상서가 납채를 도로 내주었으니 부당한 사람이다. 혹 내 무덤이나 내 제사를 지내는 대청에 들어와 조문弔問하면 나를 욕하는 일이니 아무리 죽은 혼령인들 어찌 노하지 않겠는가?'라고 하셨습니다."

하루는 천자가 승상을 보시고 말했다.

"승상이 부마를 사양했지만 이제 정 소저가 죽었으니 또 무슨 말로 사양하겠는가?"

승상이 재배하며 말했다.

"정녀가 죽었으니 어찌 항거하겠습니까만 소신의 문벌이 미천하고 재덕이 천하고 비루하오니 당치 않다고 생각합니다."

천자는 기뻐하며 태사太史를 불러 좋은 날을 가리니 구월 보름이었다. 황상이 승상에게 말했다.

"경의 혼사를 확정하지 못했기에 미처 이르지 못했다. 짐에게 두 누이가 있으니 하나는 영양 공주요, 다른 하나는 난양 공주이다. 영양 공주는 정부인正夫人으로 정하고, 난양 공주는 둘째 부인으로 정해 한날에 혼사를 행할 것이다."

구월 보름에 궐문 밖에서 혼례를 행할 때, 승상이 비단으로 만든 도포와 옥으로 된 띠를 하고 두 공주와 예를 이루니 그 위엄 있는 거동은 다 헤아리지 못할 바였다. 이날 밤은 영양 공주와 동침하고, 다음 날은 난양 공주와 동침했다. 또 다음 날에는 진씨 방으로 갔는데, 진씨가 승상을 보고 슬픔을 이기지 못해 눈물을 흘리자 승상이 연유를 물었다.

"승상이 첩을 알아보지 못하시니 저를 잊으신 것 같습니다. 그래서 슬퍼하는 것입니다."

승상은 자세히 보고 옥수玉手를 잡고 말했다.

"낭자가 화음 진씨인 줄을 알겠구나. 낭자가 죽은 줄 알았는데 오늘 궁중에서 볼 줄 어찌 알았겠는가?"

하고 서로 즐기는 정이 두 날 밤보다 백배나 더했다. 다음 날 두 공주가 승상에게 술을 권하다가 영양 공주가 시비를 불러 진씨를 청하니 승상은 그 소리를 듣고 마음이 자연 감동해 갑자기 생각했다.

'내 일찍이 정 소저와 거문고 한 곡조를 의논할 때, 그 소리와 얼굴을 익히 듣고 보았는데 오늘 영양 공주를 보니 얼굴과 말소리가 매우 똑같구나. 나는 두 공주와 함께 즐거움을 나누는데 정 소저의 외로운 혼은 어디에 가서 의탁했을까?'

영양 공주를 보고 눈물을 머금자 영양 공주가 그 연유를 물었다.

"내 일찍이 정 소저를 알았는데 공주의 얼굴과 소리가 정 소저와 매우 같아 그러합니다."

영양 공주가 승상의 말을 듣고 낯빛이 변해 안으로 들어가자 승상이 부끄러워 난양 공주에게 고했다.

"영양이 내 말을 그릇되다 여깁니까?"

난양이 말했다.

"영양 공주는 태후의 딸이요, 천자의 누이입니다. 정씨 여자가 비록 아름다우나 여염 처녀요, 또 이미 죽었는데 어찌 그러하십니까?"

승상은 즉시 진씨를 불러 '술을 마시고 영양 공주께 망발을 했다'라고 사죄의 말을 전했다. 진씨가 즉시 돌아와 승상에게 고했다.

"공주께서 막 화를 내시며 이르시되 '나는 황태후의 딸이요, 정녀는 여염집 천인입니다. 제 얼굴만 자랑하고 상공과 반나절을 함께 거문고로 수작했으니 행실이 아름답지 못하고, 또 혼인이 시기를 놓쳐 이루어지지 못하게 된 것에 심술이 나 청춘에 죽었으니 복도 좋지 못한 사람입니다. 죽은 정씨와 나를 비교하고 행실 없는 사람이라 생각하니 상공 섬기기를 원치 않습니다. 난양은 성질이 양순하고 인정이 많으니 상공과 백년해로하십시오'라고 말했습니다."

승상은 이 말을 듣고 크게 화를 내며 말했다.

"영양 공주는 천하의 형세만 믿고 가장을 업신여기는구나. 내가 부마 되기를 싫어한 것은 이 때문이다."

이에 난양 공주가 잘 타이르겠다 말하고 돌아갔으나 날이 저물도록 나오지 않다가 늦게야 시비를 시켜 승상에게 전갈했다.

"백번 알아듣도록 잘 타일렀지만 도무지 듣지 않습니다. 첩은 영양과 사생고락을 함께하기로 했습니다. 영양이 깊은 방에서 혼자 늙기를 결단하니 첩도 상공을 모시지 못하겠습니다. 바라건대 진씨와 함께 백년해로하십시오."

승상은 이 말을 듣고 분을 이기지 못해 빈방에 촛불만 대하고 앉아 있었는데 진씨도 승상에게 '첩 상공을 모시지 못하겠다' 하고 안으로 들어가 버렸다. 승상이 더욱 분해 잠을 이루지 못하는데 영양 공주의 방에 등촉이 휘황하고 웃음소리가 자자했다. 승상이 창틈 사이로 보니 진씨가 춘운과 함께 두 공주 앞에서 쌍륙雙六 주사위 놀이을 치고 있었다. 승상이 춘운을 보고 '어찌 왔을까?' 하고 의문을 품는데, 문득 진씨가 쌍륙을 다시 벌이며 말했다.

"내 말씀을 들으니 춘랑이 신선도 되고 귀신도 된다 하니 그 말을 자세히 듣고자 하오."

춘운은 쌍륙판을 밀치고 영양 공주를 향해 말했다.

"소저가 평소 저를 사랑하시면서 어찌 그런 말씀을 공주께 하십니까? 진씨가 들었으니 궁중에 귀 있는 사람이면 누가 아니 들었겠습니까?"

진씨가 말했다.

"춘랑은 어찌 우리 공주께 소저라 하는가? 공주는 대승상 위국공 부인이시오. 비록 나이는 어리나 작위가 이미 높으신데 어찌 춘랑의 소저이겠는가?"

춘운이 웃으며 말했다.

"십 년 넘게 부르던 습관을 고치기 어렵습니다. 꽃을 다투며 희롱하던 일이 마치 어제인 듯해서 그러했습니다."

하고 서로 소리 내 웃었다. 춘랑의 일을 묻자 영양이 말했다.

"승상이 겁내는 거동을 보고자 했는데 승상이 사리에 어둡고 완고해 귀신을 꺼릴 줄 모르니, 예부터 색色을 좋아하는 사람을 색중아귀色中餓鬼라더니 과연 승상 같은 사람을 두고 말하는 것입니다."

하니 모두 크게 웃었다. 비로소 승상은 영양 공주가 정 소저인 줄 알아보고 반가워 문을 열고 급히 보고자 하다가 갑자기 생각을 고쳐먹었다. '저들이 나를 속이니 나도 또한 속이리라' 하고 가만히 진씨의 방으로 돌아와 누웠는데 날이 이미 밝았다. 진씨가 나와 승상이 일어나기를 기다리는데, 승상의 신음 소리가 때때로 들리거늘 진씨가 들어가 물었다.

"승상께서는 기체氣體 몸과 마음가 평안치 않으십니까?"

승상이 헛소리를 하며 손을 내젓고는 "너는 어떤 사람이냐?" 하고 묻자 진 숙인이라 대답하니 모른다고 했다. 진씨가 놀라 머리를 만져 보니 심히 뜨거웠다. 진씨가 승상의 병환을 안타까워하자 승상이 말했다.

"내 꿈에 정씨와 함께 밤새도록 말했더니 내 기운이 이러하다."

진씨가 두 공주에게 보고했다. 태후는 이 말을 듣고 두 공주를 불러 꾸짖었다. 두 공주가 마지못해 승상의 침소로 와서 영양은 밖에 서 있고 난양과 진씨가 먼저 들어갔다. 승상은 난양을 보고 알아보지 못하고 소리쳐 말했다.

"내 명이 다해 영양과 영결永訣 영원히 이별함하고자 하는데 영양은 왜 오지 않는가?"

난양이 말했다.

"승상은 어찌 그런 말씀을 하십니까?"

"오늘 밤 정씨가 와 나에게 이르되 '상공은 어찌 약속을 저버리십니까?' 하고 술을 주기에 마셨더니 눈을 감으면 내 품에 눕고 눈을 뜨면 내 앞에 서니 정씨가 나를 원망함이 깊은 모양인데 내 어찌 살 수 있겠는가?" 하고 벽을 향해 헛소리를 하고 기절한 척하자, 난양이 병세를 보고 겁이 나서 급히 나와서 영양에게 말했다.

"승상이 정 소저를 보고자 병이 들었으니 정 소저는 급히 들어가 보십시오."

영양은 의심했으나 난양이 영양의 손을 잡고 함께 들어가니 승상이 헛소리를 하는데 모두 정씨에 대한 말이었다. 승상이 잠깐 일어나려고 하자 진씨가 몸을 붙들어 일으켜 앉혔다. 승상이 두 공주에게 말했다.

"내 두 공주와 백년해로하려 했는데 지금 나를 잡아가려 하는 사람이 있으니 나는 세상에 오래 머물지 못할 것 같습니다."

영양은 승상의 병세가 흉함을 보고 더 이상 속이지 못하고 나아가 앉으며 말했다.

"승상이 죽은 정씨를 이렇듯 생각하니 산 정씨를 보면 어떠하겠습니까? 첩이 정씨입니다."

승상이 믿지 않자 난양은 승상 앞으로 나아가 앉아 말했다.

"승상은 의심하지 마십시오. 태후가 정씨를 영양 공주로 봉해 첩과 함께 상서를 섬기게 했으니, 오늘의 영양 공주는 전일 거문고를 희롱하던 정 소저입니다. 그렇지 않으면 어찌 얼굴과 말소리가 같겠습니까?"

승상은 대답하지 않고 가만히 소리 내어 말했다.

"내가 정가鄭家에 있을 때 정 소저에게는 시비 춘운이 있었는데 춘운에게 물을 것이 있습니다."

난양은 즉시 춘운을 불렀다. 춘운이 들어와 앉으니 승상은 춘운만 남고 다 나가라 했다. 모두 나가자 승상이 일어나 세수하고 의관을 정제해 춘운으로 하여금 '데려오라' 하니 춘운이 웃음을 머금고 나와 전하자 모두 들어왔다. 승상이 화양건을 쓰고 궁금포를 입고 백옥선을 들고 안석에 비스듬히 앉으니 기상이 봄바람같이 호탕하고 정신이 가을 달같이 맑아 병들었던 것 같지 않았다. 난양이 말했다.

"상공의 기체가 지금 어떠하십니까?"

승상은 정색하며 말했다.

"요새는 풍속이 좋지 못해 부인들이 작당하고 가장을 조롱하니 내가 비록 어질지 못하나 대신의 위치에 있어 문란해진 풍속을 바로잡을 일을 생각해 병이 들었는데 이제는 나았으니 염려 마시오."

정 소저가 죽은 줄로 알고 있다가 살아 있다는 것을 알게 된 승상이 비록 정 소저를 속였으나 그리워하던 심사를 참지 못해 크게 웃으며 말했다.

"부인을 지하에 가서야 만날 수 있을까 했더니 오늘 일은 진실로 꿈속입니다."

하고 옥수를 잡고 희롱하니 원앙새가 초목 사이의 푸른 물을 만난 듯, 나비가 붉은 꽃을 본 듯 그 사랑함을 이루 헤아리지 못할 바였다.

하루는 승상이 대부인을 모시고자 해 상소를 하는데 말이 지극하고 간절해 황상이 "양소유는 극진한 효자이다." 하고 황금 일천 근과 비단 팔백 필과 백옥으로 꾸민 가마를 주며 잔치하고 모셔 오라 했다. 승상이 물러나와 두 공주와 진씨, 춘랑과 이별하고 길을 떠나 낙양에 다다르니 계섬월과 적경홍이 벌써 여관에 와 기다리고 있었다. 승상이 웃으며 말했다.

"두 낭자는 어찌 알고 왔는가?"

"대승상 위국공이자 부마도위駙馬都尉 임금의 사위의 행차를 깊은 산골에서 도 다 아는데 첩들이 산림에 숨은들 어찌 모르겠습니까? 또한 승상의 부 귀는 천하의 으뜸이라 첩들도 즐겁거니와 소문에 두 공주를 부인 삼으 셨다 하니 첩들을 받아들이시겠습니까?"

"한 분은 황상 폐하의 누이요, 또 한 분은 정 사도의 소저이다. 황태후 가 양녀로 삼아 영양 공주로 봉했으니 계랑이 정한 바이다. 무슨 투기가 있겠는가? 두 공주가 다 유한한인품이 조용하고 그윽한 덕이 있으니 두 낭자의 복이다."

섬월과 경홍은 크게 기뻐했다. 승상은 길을 떠나 고향으로 갔다. 승상 이 열여섯 살에 모친과 이별하고 과거에 갔다가 다시 사 년 사이에 대승 상 위국공이 된 위의를 갖추고 대부인에게 돌아가 뵈니 부인 유씨가 손 을 잡고 등을 어루만지며 말했다.

"네가 진실로 내 아들 양소유냐? 근근이 너를 키울 때 이리될 줄 어찌 알았겠느냐?"

하고 반가운 마음을 헤아리지 못해 승상의 손을 잡고 눈물을 흘렸다. 승 상은 조상의 무덤에 제사 지내고 임금이 준 금과 비단으로 대부인을 위 해 친구와 일가친척을 다 청해 큰 잔치를 베풀었다. 대부인을 모셔 경성 으로 올라갈 때 각 도의 수령이며 여러 고을의 태수들이 모두 승상과 대 부인을 모셨다.

황성에 이르러 대부인을 모시고 승상부에 들어가 황제와 태후에게 입 조하니 황제가 만나 보시고 금과 비단을 많이 내리셨다. 택일하여 임금 이 내려 준 새집에 대부인을 모시고 두 공주와 진 숙인 등을 다 예로써 알현하고 만조백관을 청해 삼 일을 잔치하니 그 휘황찬란함은 세상에 비할 데 없었다.

한참 후에 문지기가 고했다.

"문밖에서 두 여자가 승상과 대부인 뵙기를 청합니다."

승상이 대부인에게 고하고 부르자, 섬월과 경홍이 머리를 숙여 계단 아래에 서서 뵈니 진실로 절대가인이어서 모든 손님이 다 칭찬해 마지 않았다. 진 숙인과 섬월이 옛정이 있기에 서로 만나 슬픔과 기쁨을 이기지 못했다. 영양 공주는 섬월을 불러 술 한 잔을 주며 말했다.

"이것으로 나를 천거한 공을 사례한다."

이로부터 승상부 창기 팔백 인을 동부와 서부를 만들어, 동부 사백 인은 섬월이 가르치고 서부 사백 인은 경홍이 가르치니 가무가 날로 새로워 그 누구도 미치지 못할 정도였다. 하루는 공주와 여러 낭자가 대부인을 모시고 앉았는데, 승상이 월왕의 편지를 들고 들어와 난양에게 주었다. 난양이 펴 보니 다음과 같았다.

"지난번 국가에 일이 많아 낙유원樂遊原에 말을 머물게 하는 좋은 기회와 곤명지昆明池에서 배 타고 노는 즐거움을 이제껏 나누지 못했습니다. 지금 황상의 넓으신 덕과 승상의 공명에 힘입어 천하가 태평하니, 원컨대 승상과 함께 봄빛을 구경코자 합니다."

난양이 승상에게 말했다.

"월왕이 본디 풍류를 좋아해 무창武昌의 명기名妓 만옥연을 얻어 두고, 승상 궁중에서 보았던 미인들과 한번 다투어 보고자 하는 것입니다."

승상은 웃으며 고개를 끄덕였다. 영양 공주가 말했다.

"그렇다면 아무리 노는 일이라도 어찌 남에게 질 수야 있겠습니까?"

하고 계섬월과 적경홍을 쳐다보며 말했다.

"군병을 십 년 가르치는 것은 한 번 싸움의 승패를 위한 것이니 이날 승부는 다 두 낭자에게 있다. 부디 힘써 하라."

경홍이 큰 소리로 말했다.

"우리 두 사람이 관동 칠십여 주를 돌아다녔지만 당할 사람이 없었는데 만옥연 한 사람을 두려워하겠습니까?"

이럭저럭 월왕과 모이는 날이 되자, 승상이 의복과 안장 없는 말을 각별히 가다듬어 모양을 내고 계섬월과 적경홍 등 팔백 창기를 거느려 좌우에 있게 하니 진실로 춘삼월 복숭아꽃 속이었다. 월왕은 풍류를 성대히 하고 승상을 맞아 자리를 정했다. 승상과 월왕은 말도 자랑하고 활 쏘는 법도 시험했으며 어명을 받아 내려 준 황봉주黃封酒를 부어 서로 권하고 황제에게 각각 사운四韻 시를 지어 보냈다.

이때 여러 빈객은 차례대로 쭉 벌여 앉아 있고 좋은 술과 맛난 안주를 한꺼번에 올리니, 위의가 찬란하고 음식이 충만했다. 월왕과 승상이 서로 첩 등을 불러 재주를 보이기로 했다. 이에 계섬월과 적경홍, 월궁의 네 미인이 나와 뵈니 승상이 네 미인의 이름을 물었다.

월왕이 말했다.

"저 미인은 금릉金陵의 두운선이요, 진류陣留의 소채아요, 무창武昌의 만옥연이요, 장안長安의 호영영입니다."

승상이 말했다.

"만옥연의 이름을 들은 지 오래되었는데, 그 얼굴을 보니 과연 소문과 같습니다."

이때 두 미인이 수레를 타고 와 고했다.

"양 승상의 소실小室입니다."

하고 수레에서 내리거늘 하나는 심요연이요, 또 하나는 완연히 꿈속에서 보던 동정 용녀였다. 두 사람은 예로써 알현했다. 두 사람은 계섬월, 적경홍과 함께 앉았다. 월왕이 그 두 사람을 보니 자색이 섬월과 같았지만 고고한 태도와 뛰어난 기운은 더했다. 월왕이 기이히 여기고 월궁의 미인들도 다 안색이 바뀌었다. 월왕이 물었다.

"두 낭자는 어디 사람이며 성명은 무엇이냐?"

각각 심요연, 백능파라 답했다. 월왕이 또 물었다.

"두 낭자에게 무슨 재주가 있느냐?"

요연이 말했다.

"변방 밖 사람이라 음악 소리를 듣지 못했으니 대왕께서 즐기실 바는 없지만 다만 허랑한 검무를 배웠습니다."

월왕은 크게 기뻐하며 승상에게 말했다.

"낭자가 검무를 안다 하니 심히 유쾌한 일이다."

하고 칼을 끌러 주었다. 요연이 한 곡조에 맞춰 검무를 추니 자유자재로 변화하고 기이한 법이 많아 월왕이 놀라 정신을 잃었다가 한참 후에야 말했다.

"세상 사람으로서 어찌 저럴 수 있겠는가? 낭자는 진실로 신선이로다."

하고 또 능파에게 물으니 대답했다.

"첩은 상강湘江 가에 살기에 항상 비파 타는 노래를 때때로 익혔으나 귀한 분께서 들음직은 할 듯합니다."

월왕이 말했다.

"상비湘妃 아황·여영 자매. 순임금의 아내의 비파 소리를 옛사람의 시구를 통해서나 알 수 있었을 뿐이다. 낭자가 능히 하면 유쾌할 일이다. 어서 타 보라."

능파가 한 곡조를 타니 맑은 노래와 신통한 술법이 사람을 슬프게 하고 조화를 아는 듯했다. 월왕은 기이히 여겨 말했다.

"진실로 인간의 곡조가 아니다. 참으로 선녀로구나."

날이 저물어 잔치를 파하니 상으로 내린 금과 비단이 헤아리지 못할 정도였다.

이튿날 승상이 황상에게 입조할 때, 태후가 월왕에게 물었다.

"어제 승상과 춘색을 다투었다 하더니 승부는 어찌했는가?"

월왕이 대답했다.

"자고로 부마 중에 누가 승상같이 방탕했겠습니까? 청컨대 승상을 벌하십시오."

태후는 크게 웃고 술 한 잔으로 벌했다. 승상이 크게 취해 돌아올 때 두 공주도 함께 왔다.

한편 두 부인이 여섯 낭자와 서로 즐기는 뜻이 고기가 물에서 놀고 새가 구름에서 나는 것 같아서 서로 정을 잊지 못하니 비록 두 부인의 현덕賢德 현명함과 덕성에 감화를 받아서였지만 실은 전생의 인연 때문이었다. 하루는 두 공주가 서로 의논해 말했다.

"우리 이처육첩二妻六妾은 의가 골육 같고 정이 형제 같으니 어찌 천명이 아니겠는가? 타고난 성이 한 가지가 아니고 지위의 높고 낮음이 같지 않음은 족히 거리낄 일이 아니다. 마땅히 결의형제해 일생을 지내는 것이 어떠한가?"

여섯 낭자가 다 겸손히 사양하고 춘운과 섬월이 더욱 응하지 않자 정 부인이 말했다.

"유비, 관우, 장비 세 사람은 군신 관계였지만 형제의 의가 있었으니 당초 미천함이 앞날을 성취하는 데 무슨 상관이었겠는가?"

두 공주는 이에 여섯 낭자를 데리고 관음화상 앞에 나아가 분향재배焚香再拜 향을 피우고 두 번 절을 함한 뒤 형제의 의를 맺는 맹세를 하고 글을 지어 '각각 자매로 스스로 처신하라' 했다. 그러나 여섯 낭자가 오히려 명분을 지키어 말이 공순하나 정의情誼 서로 사귀어 친하여진 정는 더 각별했다.

이때 천하가 아주 태평해 승상이 나가면 현명한 임금을 모셔 후원에서 사냥하고 승상이 들어오면 대부인을 모셔 북당北堂에서 잔치하니 세월이 물 흐르는 듯했다. 승상이 장상將相이 되어 권세를 잡은 지 이미 수십 년이었다. 슬하에 육남 이녀를 두어 자식 운도 다복했다.

어느 날 유 부인이 천수를 다하고 별세하자 승상이 슬퍼서 야윔이 점점 심해졌다. 승상은 나라의 일을 더 이상 하기 어렵다고 생각했다. 황상에게 상소해 '물러가고자 합니다'라고 했지만, 황상이 친필로 답장을 써 만류했다. 그 뒤 또 상소해 뜻을 간절히 하자 황상이 친필로 답장을 썼다.

"경의 높은 절개를 이루어 주고자 하지만, 황태후께서 승하하신 후에 어찌 차마 두 공주를 멀리 떠나보낼 수 있겠는가? 성남 사십 리에 별궁이 있으니 이름은 취미궁翠微宮이다. 이 궁은 한적하니 경이 은거함에 마땅할 것이다."

하고 승상을 위국공魏國公에 봉하고 오천 호를 더 하사했다.

그럭저럭 구월이 되니 국화가 만발해 구경하기 좋은 때였다. 취미궁 서편에 누각이 있는데 올라 보면 팔백 리 진천秦川이 손바닥 펼친 모양으로 훤히 보였다. 승상이 부인과 낭자를 데리고 올라가 가을 경치를 즐기는데, 어느덧 석양은 기울고 구름은 나직이 깔렸으며 가을빛이 찬란하니 마치 그림 같았다.

승상이 옥통소를 내어 한 곡조를 부니 그 소리가 처량해 형경荊卿 진시황을 살해하려다가 실패한 인물이 역수易水 연나라와 조나라의 국경을 이루는 강를 건널 때 고점리高漸離 형경의 벗가 비파를 켜고, 초패왕楚覇王 항우이 해하垓下 항우가 유방과 싸워 패한 곳에서 삼경에 우미인虞美人 항우의 애첩과 이별하는 노래 같았다. 모든 미인이 다 슬픔을 이기지 못하니 두 부인이 물었다.

"승상이 일찍이 공명을 이루고 오래 부귀를 누려 오늘날 좋은 풍경을 맞았는데, 퉁소 소리가 처량하게 들려 예전과 다르니 어찌된 일입니까?"

승상은 옥퉁소를 던지고 난간에 기대어 밝은 달을 가리키며 말했다.

"동쪽을 바라보니 진시황의 아방궁阿房宮 진시황이 세운 궁궐이 풀 속에 외롭게 서 있고, 서쪽을 바라보니 한 무제의 무릉茂陵이 가을 풀 속에 쓸쓸하며, 북쪽을 바라보니 당명황唐明皇 중국 당나라 현종의 화청궁華淸宮 현종과 양귀비가 머물던 궁궐에 빈 달빛뿐이라오. 이 세 임금은 천고의 영웅이어서 사해四海로 집을 삼고 억조창생億兆蒼生 만백성으로 신첩臣妾을 삼아 해와 달과 별을 돌이켜 천세를 지내고자 했지만 이제 어디 있는가? 내 장차 남해를 건너 관음께 뵈고, 오대五臺에 올라 문수보살에 예불해 불생불멸의 도를 얻고자 하나, 다만 그대들과 함께 반평생을 서로 따르다가 장차 멀리 이별하려 하니 자연 슬픈 마음이 퉁소 소리에 나타났던 것이오."

여러 낭자도 다 남악 선녀로서 세속의 인연이 장차 다한 가운데 승상의 말을 들으니 더욱 감동했다. 여러 낭자가 일제히 말했다.

"상공이 변화한 중에 이런 마음이 있으니 분명 하늘의 뜻입니다. 저희 여덟 사람이 마땅히 아침저녁으로 예불하며 상공을 기다릴 것입니다. 상공은 밝은 스승을 얻어 큰 도를 깨달은 후에 첩 등을 가르치십시오."

승상은 크게 기뻐하며 말했다.

"우리 아홉 사람의 마음이 서로 맞으니 무슨 근심이 있겠소."

낭자들이 술을 내어 와 작별하려 할 때, 문득 지팡이 끄는 소리가 난간 밖에서 나더니 한참 후에 한 노승이 나타났다. 눈썹이 한 자나 길고 눈은 물결 같아 얼굴과 동정이 보통 중은 아니었다. 대臺 위에 올라 승상과 자리를 맞대고 앉아 말했다.

"산야山野의 사람이 대승상 뵙기를 청합니다."

승상은 일어나 답례하며 말했다.

"사부師傅는 어디에서 오셨습니까?"

노승은 웃으며 대답했다.

"승상은 평생 사귀던 오랜 벗을 모르십니까?"

승상은 한참 보다가 드디어 깨닫고 여러 낭자를 돌아보며 말했다.

"내 토번을 치러 갔을 때 꿈에 동정호에 갔다가 남악산에 올라 늙은 화상이 제자를 데리고 강론하는 모습을 보았는데 사부가 바로 그분이십니까?"

노승이 박장대소하며 말했다.

"옳소, 옳소. 비록 옳으나 꿈속에서 잠깐 만나 본 일은 기억하면서 십 년을 함께 머물렀던 일은 기억하지 못하니, 어느 누가 승상을 총명하다 하더뇨?"

승상은 노승의 말을 듣고 의아해하며 물었다.

"저는 열다섯 살 전에는 부모님 곁을 떠나지 않았고 열여섯 살에 급제해 줄곧 벼슬을 했습니다. 그리고 연국에 사신의 신분으로 갔었던 일과 토번을 정벌한 것 외에는 이곳을 떠나지 않았습니다. 그런데 십 년 동안 사부와 함께 생활했다니 저는 이해가 잘 되질 않습니다."

노승은 웃으며 말했다.

"승상은 오히려 꿈을 깨닫지 못했소."

승상이 말했다.

"사부께서 저를 깨닫게 하시겠습니까?"

노승이 대답했다.

"그건 어렵지 않습니다."

하고 막대기를 들어 난간을 치니, 문득 흰 구름이 사면에 일어나 지척을 분간치 못했다. 승상이 크게 놀라 말했다.

"사부께서는 바른 도리로 가르치지 아니하시고 어찌 환술幻術 남의 눈을 속이는 술법로 희롱하십니까?"

말을 마치기도 전에 구름이 걷히며 노승과 여러 낭자는 간데없었다. 승상은 놀라며 자세히 보니 누대 궁궐은 간데없고, 몸은 홀로 작은 암자 가운데 앉아 있었다. 손으로 머리를 만지니 새로 깎은 흔적이 송송하고 백팔 염주가 목에 걸려 있으니 대승상 위의는 없고 연화 도장의 성진 소화상小和尙에 불과했다.

성진이 생각하되 '당초 한 번 잘못 생각한 것을 사부가 경계하려고 인간 세상에 나가 부귀영화와 남녀 정욕을 알게 하신 게구나' 하고 즉시 샘으로 가 세수한 뒤 장삼長衫을 바로 입고 고깔을 쓰고 방장房丈에 들어가니 모든 제자가 다 모여 있었다.

대사가 큰 소리로 말했다.

"성진아, 인간 세상의 재미가 어떠하더냐?"

성진은 고두叩頭 공경하는 뜻으로 머리를 땅에 조아림하고 눈물을 흘리며 말했다.

"이제야 깨달았습니다. 제가 함부로 굴어 도심道心이 바르지 못하니 마땅히 앙화殃禍 지은 죄의 앙갚음으로 받는 재앙를 받을 것을 염려하시어 사부께서 꿈을 통해 저의 마음을 깨닫게 하시니, 사부의 은덕은 천만 년이라도 갚지 못하겠습니다."

대사가 말했다.

"네 흥을 띠어 갔다가 흥이 다해 왔으니 내가 무슨 간섭을 하겠느냐? 또 네가 세상과 꿈을 다르게 아니, 꿈을 오히려 깨지 못했구나."

성진은 사죄하고 스승의 설법으로 꿈을 깨게 해 주도록 청했다.

이때 팔선녀가 들어와 사례하며 말했다.

"제자 등이 위부인을 모셔 배운 것이 없기에 정욕을 금치 못해 중한 죄를 입었었습니다. 사부의 구제하심을 입어 한 꿈에서 깨어났으니, 원컨대 제자 되어 같은 길을 가기를 바랍니다."

대사가 팔선녀에게 말했다.

"비록 뜻은 아름다우나 불법을 행하는 일은 깊고도 먼 것이오. 큰 역량과 큰 발원發願 신이나 부처에게 소원을 빎이 아니면 능히 이르지 못하는 것이니 선녀들은 스스로 헤아려 결정하시오."

팔선녀는 대사의 말을 듣고 곧 얼굴 위의 연지분을 씻어 버리고 각각 금전도金剪刀 금으로 만든 가위를 꺼내어 흑운 같은 머리를 깎고 다시 돌아와 말했다.

"제자 등이 이미 마음가짐과 얼굴을 다르게 했사오니 맹서하여 사부의 교령을 게을리하지 않겠습니다."

대사는 크게 웃으며 말했다.

"너희들이 진실로 꿈을 알았으니 다시는 망령된 생각을 하지 마라."

하고 즉석에서 대경법大經法을 베풀어 성진과 팔선녀를 가르치니 인간 세상의 모든 변화는 다 허망한 꿈 밖의 꿈이었다. 그들이 한마음으로 불법에 정진하니 모두 큰 깨달음을 얻어 극락세계로 들어갔다. ✏

# 구운몽

## ✏ 작가 소개

**김만중**(金萬重, 1637~1692)

조선 후기의 문신으로 호는 서포西浦이고 본관은 광산光山이다. 현종 6년(1665) 문과에 급제한 뒤, 1671년 암행어사가 되어 경기도와 삼남 지방의 민정을 살폈다. 숙종의 폐비에 반대하다가 1689년 남해에 유배되어 그곳에서 병으로 죽었다. 유복자로 태어난 그는 효성이 지극해 어머니 윤씨를 위로하기 위해「구운몽」을 썼다.「구운몽」은 전문을 한글로 집필한 소설 문학의 선구적 작품으로 손꼽힌다. 김만중이 남긴 문집으로는『서포집』,『서포만필』,『고시선』등이 있다.

## ✏ 작품 정리

- **갈래**  국문 소설, 양반 소설, 몽자류 소설, 영웅 소설, 염정 소설
- **성격**  불교적, 구도적, 전기적
- **배경**  • 시간 – 중국 당나라 때
  - • 공간  현실 – 중국 남악 형산의 연화봉 선계
    꿈 – 당나라의 수도와 변방
- **시점**  3인칭 전지적 작가 시점
- **구성**  • '발단 – 전개 – 절정 – 결말'의 4단계 구성
  - • '현실(도교적 세계) – 꿈(유교적 세계) – 현실(도교적 세계)'의 액자 구성
- **특징**  • 꿈과 현실의 이중적 환몽 구조임
  - • 구성과 문체가 고대 소설의 전형이 됨
- **주제**  인생무상, 부귀영화의 덧없음

- **의의**  몽자류 소설의 효시임
- **연대**  조선 숙종 15년(1689)
- **출전**  완판본 『구운몽』

## 🖊 구성과 줄거리 - - - - - - - - - - - - - - - - - - - - - - - - -

- **발단**  **성진은 육관 대사의 심부름으로 용궁에 감**

  당나라 때 천축에서 온 육관 대사는 중국에 큰 절을 세운다. 그의 제자
  중에 성진이 가장 뛰어났는데 대사의 심부름으로 용궁에 가게 된다.
  성진은 용왕의 대접을 받고 술까지 마신다. 마침 선녀 위부인이 대사
  에게 팔선녀를 보내 선물을 전한다. 심부름을 마치고 돌아오던 성진
  이 팔선녀를 만나 희롱한다.

- **전개**  **절로 돌아온 성진은 속세의 부귀영화를 그리워함**

  성진은 선녀들을 그리워하며 속세의 부귀영화를 생각한다. 결국 그
  는 지옥에 떨어져 인간 세상으로 환생하는 꿈을 꾼다. 꿈속에서 양소
  유가 된 성진은 진채봉, 계섬월, 적경홍, 정경패, 가춘운, 이소화, 심요
  연, 백능파로 환생한 팔선녀와 결혼도 하고 승상에까지 올라 온갖 부
  귀영화를 누린다.

- **절정**  **벼슬에서 물러난 양소유는 인생의 덧없음을 깨닫게 됨**

  벼슬에서 물러난 양소유는 어느 가을날 처첩을 거느리고 뒷동산에
  올랐다가 폐허가 된 궁궐 터를 보고 문득 인생의 허무함을 느낀다. 이
  때 마침 한 노승을 만나는데, 노승이 지팡이로 난간을 두드리자 꿈에
  서 깬다. 모든 것이 온데간데없이 사라지고 양소유는 다시 성진으로
  돌아온다.

• 결말 　성진은 큰 깨달음을 얻고 극락세계로 감

육관 대사는 성진에게 세속적인 욕망이 하룻밤 꿈에 불과하다는 가
르침을 준다. 꿈에서 깬 성진과 팔선녀는 대사 앞에 엎드려 제자가 되
기를 청한다. 육관 대사는 금강경을 통해 인생무상의 진리를 설법한
다. 큰 깨달음을 얻은 성진과 팔선녀는 후에 극락세계로 간다.

📝 **생각해 보세요**

**1 「구운몽」에 담겨 있는 사상적 배경은 무엇인가?**

이 작품에는 한국 전통 사상의 기반이라 할 수 있는 유교, 불교, 도교 사상이
모두 섞여 있다. 실제로 성진이 양소유가 되어 누리는 입신출세와 부귀영달
의 과정은 유교의 현세주의와 일치하고, 소설의 배경인 신선계는 도교에 뿌
리를 두고 있다. 아울러 인생의 무상함을 깨닫는 성진의 모습은 불교의 핵심
사상인 공空 사상과 일치한다.

**2 육관 대사가 성진에게 깨우쳐 주려고 했던 진정한 가르침은 무엇인가?**

육관 대사는 꿈에서 깨어난 성진이 감사하다고 말하자 아직도 꿈에서 깨지
못했다고 꾸짖는다. 육관 대사는 꿈과 현실을 다르다고 생각하는 성진에게
꿈과 현실은 다르지 않다고 말한다. 다시 말해 소유가 곧 무소유이고, 무소유
가 곧 소유이듯이 "모든 유형의 사물은 공허하며, 공허한 것이야말로 모든 유
형의 사물과 결코 다르지 않다."라는 진리를 설파한 것이다.

사대부 가문

중인 집안

심생

소녀

(비극적 사랑)

사대부 가문의 자제인 저(심생)는 중인 집안의 외동딸인 소녀를 만나게 되었어요. 우리는 사랑하는 사이가 되었지요. 우리 사이를 눈치챈 부모님의 압력과 친구들의 권유로 저는 절에 들어가 공부하게 되었어요. 한 달 정도 지난 어느 날, 저는 소녀가 보낸 유서를 받았습니다. 내용을 보니 어찌나 슬프던지요. 제 사랑은 이렇게 끝이 났답니다.

# 심생의 사랑

심생은 서울에 사는 선비였다. 스무 살의 나이에 용모가 매우 준수했고 풍치 있는 마음이 흘러넘쳤다.

심생이 운종가에서 임금님 행차를 구경하고 돌아오는 길이었다. 건실하게 생긴 여종 하나가 한 소녀를 자줏빛 비단 보자기로 덮어씌워 업고 가는 것이 보였다. 또 다른 여종 하나는 붉은 비단 꽃신을 들고 그 뒤를 따르고 있었다. 보자기 겉으로 드러난 여인의 몸집을 어림해 보니 어린 아이는 아닌 듯싶었다. 심생은 바짝 뒤를 쫓기도 하고, 졸졸 꽁무니를 따르기도 하고, 소매가 휙 스치게 곁을 지나기도 하면서 한시도 여인에게서 눈을 떼지 않았다.

소광통교小廣通橋 남쪽 청계천의 지류인 청동천에 있던 다리에 이르렀을 때 문득 회오리바람이 일더니 자줏빛 보자기가 반쯤 젖혀졌다. 복사꽃 같은 뺨에 버들잎 같은 눈썹을 가진 소녀의 얼굴이 살포시 드러났다. 초록 저고리에 붉은 치마를 입고 화장을 짙게 한 것이 얼핏 보기에도 절세미인이었다. 소녀 또한 어떤 미소년이 남색 저고리를 입고 초립草笠 어린 나이에 관례를 한 사람이 쓰던 갓을 쓴 채 왼쪽으로 오른쪽으로 따라 걸으며 자신에게 은근한 눈길을 주는 것을 보자기 속에서 희미하게나마 보고 있었다.

그러다 보자기가 벗겨지면서 버들잎 같은 눈매, 별 같은 눈동자의 두

눈이 순간 마주쳤다. 소녀는 놀랍고도 부끄러워 보자기를 여며 덮어쓰고 떠났다. 심생이 곧장 뒤따라갔으나 소공동 홍살문 안에 이르러 소녀는 어느 집 문으로 들어가 버렸다.

심생은 뭔가 잃어버린 듯이 멍하니 한참을 서성였다. 그러다가 이웃의 한 노파를 만나 그 집에 대해 자세히 물었다. 노파의 말에 따르면, 그 집은 호조戶曹에서 회계 일을 맡아보다 퇴직한 중인의 집인데 시집을 가지 않은 열예닐곱 살의 딸이 하나 있다는 것이었다.

소녀가 거처하는 방을 묻자 노파는 손가락으로 가리키며 말했다.

"이쪽 좁은 길로 죽 들어가면 회칠한 담장이 나오고, 담장 안을 보면 곁방이 하나 있을 거요. 거기가 바로 그 처녀가 기거하는 방이라오."

심생은 그 말을 잘 기억해 두었다.

이날 저녁, 심생은 부모님에게 거짓말을 아뢰었다.

"같이 공부하는 친구가 밤을 함께 보내자고 청해 그리할까 하옵니다."

마침내 인정人定 밤 열 시경에 통행금지를 알리던 종소리이 울리자 심생은 소녀의 집 담장을 넘어 들어갔다. 은은한 초승달 아래서 보니 창밖의 꽃나무들이 꽤나 아담했으며, 등불은 창호지를 환히 비추고 있었다. 심생은 등을 벽에 기댄 채 처마에 의지하고 앉아 숨을 죽이고 기다렸다. 방 안에는 여종 둘이 있었고, 소녀는 소리를 낮추어 꾀꼬리가 지저귀듯이 소설을 읽고 있었다.

삼경三更 밤 열한 시에서 새벽 한 시 사이이 되자 여종들은 이미 깊이 잠들었는데 소녀는 그제야 등불을 끄고 잠자리에 들었다. 그러나 한참 동안 잠을 이루지 못하고 뒤척이는 것이 무언가를 생각하는 듯싶었다. 심생은 소리도 내지 못한 채 그대로 앉아 있다가 새벽종이 울리자 다시 담장을 기어 넘어 밖으로 나왔다.

심생은 이때부터 날이 저물면 소녀의 집으로 갔다가 새벽녘에야 집으로 돌아오는 일을 습관처럼 되풀이했다. 스무날이 지나도록 그렇게 하기를 멈추지 않았다.

소녀는 초저녁엔 소설을 읽거나 바느질을 하다가 한밤중이 되면 등불을 끄고 그대로 잠들기도 하고 혹 번뇌하며 잠을 이루지 못하기도 했다. 심생이 그런 지 예니레<sup></sup>엿새나 이레쯤 되는 날, 소녀는 문득 몸이 좋지 않다며 초저녁부터 자리에 누웠다. 소녀는 자주 손으로 벽을 치며 길고 짧은 한숨을 내쉬었는데, 그 소리가 창밖까지 들려왔다. 이런 일은 날이 갈수록 심해졌다.

스무날째 밤이었다. 소녀는 홀연 대청마루 뒤로 나오더니 벽을 따라 돌아와 심생이 앉아 있는 자리에 나타났다. 심생은 캄캄한 어둠 속에서 불쑥 일어나 소녀를 붙잡았다. 소녀는 조금도 놀라지 않으며 소리를 낮추어 이렇게 말했다.

"낭군은 소광통교에서 만났던 그분이 아니신지요? 저는 처음부터 낭군이 와 계시는 걸 알고 있었습니다. 벌써 스무날째로군요. 저를 붙들지 마시어요. 제가 소릴 지르면 여기서 나가실 수 없을 것이옵니다. 저를 놓아주시면 저쪽 문을 열고 낭군을 맞이하겠사오니 어서 제 말대로 하시지요."

심생은 그 말을 믿고 물러서서 기다렸다. 소녀는 다시 벽을 따라 빙 돌아 들어가더니 방에 이르자 여종을 불러 말했다.

"어머니께 가서 주석으로 만든 큰 자물쇠를 좀 얻어 오너라. 밤이 너무 깜깜해 무섬증이 이는구나."

여종은 안방으로 가 자물쇠를 가지고 왔다. 소녀는 심생과 약속했던 뒷문으로 가 자물쇠를 걸더니 일부러 딸가닥 소리를 내며 손수 열쇠로 자물쇠를 채웠다. 그러고는 즉시 방으로 들어가 등불을 끄고 기척도 내지 않고 깊이 잠든 체했지만 실은 잠들지 않았다.

심생은 속은 것이 마음 아팠지만 한 번 보게 된 것을 다행으로 여겼다. 이날도 잠긴 문 앞에서 밤을 새우고 새벽에야 돌아갔다.

심생은 다음 날에도 또 갔으며, 그다음 날에도 또 갔다. 문이 잠겼다고 해서 조금도 게을리하지 않았다. 비 오는 날이면 비옷을 입고 갔으며 비에 젖는 것쯤은 개의치 않았다. 그렇게 또 열흘이 지났다.

한밤중이었다. 온 집안 사람들은 잠들었고 소녀 또한 등불을 끈 지 오래였다. 그런데 소녀가 갑자기 벌떡 일어나더니 여종들에게 불을 켜라 이르고 이렇게 말했다.

"너희들은 오늘 밤 윗방에 가서 자거라!"

두 여종이 문을 나서자, 소녀는 벽 위에서 열쇠를 가져다 자물쇠를 풀더니 뒷문을 활짝 열고 심생을 불렀다.

"방으로 들어오시지요."

심생은 생각해 볼 겨를도 없이 어느새 몸이 먼저 방에 들어와 있었다. 소녀는 다시 문을 잠그더니 심생에게 말했다.

"잠시만 앉아 계세요."

소녀는 안방으로 가더니 부모님을 모시고 왔다. 소녀의 부모는 심생을 보고 깜짝 놀랐다. 소녀가 말했다.

"놀라지 마시고 제 말을 들어 보세요. 제 나이 열일곱, 그동안 문밖에 나가 본 적이 없었습니다. 그러하온데, 지난달 처음으로 집을 나서 임금님의 행차를 구경하고 돌아오던 길이었지요. 소광통교에 이르렀을 때, 불어온 바람에 보자기가 걷혀 올라가 마침 초립을 쓴 낭군과 얼굴을 마주치게 되었답니다. 그날 밤부터 이분이 매일 밤 오셔서 뒷문 아래 숨어 기다리신 게 오늘로 이미 서른 날이 되었어요. 비가 와도 오고 추워도 오고 문을 잠가 거절해도 또한 오셨습니다.

이 일을 어이할까 오랫동안 이리저리 헤아려 보았사온데, 만일 소문이 밖에까지 퍼져 이웃에서 알게 된다면, 저녁에 들어와 새벽에 나간 일을 두고 누군들 낭군이 그저 창밖의 벽에 기대어 있기만 했다고 여기겠어요? 실은 아무 일도 없었건만 저는 추악한 소문을 뒤집어쓰고 개에게 물린 꿩 신세가 되겠지요.

이분은 사대부 가문의 낭군으로, 한창나이에 혈기를 진정하지 못하고 벌과 나비가 꽃을 탐하는 것만 알아 바람과 이슬 맞는 것을 걱정하지 않으니 얼마 못 가 병이 들지 않겠습니까? 병들면 필시 일어나지 못할 터이니, 그리된다면 소녀의 손으로 해한 것은 아니오나 결국 소녀가 해한 꼴이 되겠지요. 남들이 모르는 일이라 해도 언젠가는 하늘이 제게 벌을 내릴 것입니다.

게다가 소녀는 중인 집안의 계집에 지나지 않아요. 절세의 미모를 가진 것도 아니요, 물고기가 숨고 꽃이 부끄러워할 만큼 아름다운 얼굴도 아니지요. 그렇건만 낭군은 못난 솔개를 송골매라 여기고 이처럼 제게 지극정성을 다하십니다. 이러한데도 낭군을 따르지 않는다면 하늘이 소녀를 미워하고 분명 복을 내리지 않을 것이옵니다.

아버지, 어머니. 소녀는 뜻을 굳혔사옵니다. 부디 걱정하지 마세요.

아아! 부모님은 늙어 가시는데 자식이라곤 저 하나뿐이니 사위를 맞아 그 사위가 부모님 살아 계실 적엔 봉양을 다하고 돌아가신 뒤엔 제사를 모셔 준다면 더 바랄 게 무엇이 있겠사옵니까? 일이 어쩌다 이렇게 되고 말았으나 이것도 하늘의 뜻입니다. 더 말해 무엇하겠어요?"

부모는 묵묵히 말이 없었고 심생 또한 할 말이 없었다.

심생이 잠시 후 소녀와 함께 있게 되었으니, 그토록 원하던 일이었으므로 그 기쁨은 짐작하고도 남는다.

심생은 그날 밤 이후 저녁에 가 새벽에 돌아오는 일을 하루도 거르지 않았다. 소녀의 집은 본래 부유해서 심생을 위해 화려한 옷을 많이 장만해 주었다. 그러나 심생은 집에서 이상하게 볼까 봐 그 옷을 입지 못했다.

심생은 비밀을 깊이 감추었지만, 심생의 집에서는 심생이 밤마다 밖으로 나가서 오래도록 돌아오지 않는 것을 의심하게 되었다. 마침내 심생은 산사에 가서 공부에 전념하라는 분부를 받았다. 심생은 불만스러웠으나 집에서 다그치고 친구들이 이끌자 책을 싸 짊어 메고 북한산성으로 올라갔다.

선방禪房 참선하는 방에 머문 지 한 달이 가까워 올 즈음, 어떤 이가 찾아와 소녀가 쓴 한글 편지를 전했다. 뜯어보니 이별을 알리는 유서였다. 소녀가 이미 죽었던 것이다. 그 편지 내용은 대략 다음과 같았다.

봄추위가 매서운데 산사에서 공부는 잘되시는지요? 저는 낭군을 잊은 날이 없답니다. 저는 낭군이 떠나신 뒤 우연히 병을 얻었습니다. 병이 깊어져 약을 먹어도 소용이 없으니, 이제 곧 죽게 될 듯하옵니다. 저처럼 박명한 사람이 살아 무엇하겠는지요. 다만 세 가지 큰 한이 남아 있어 죽어도 눈을 감지 못할 것 같사옵니다.

저는 무남독녀인지라, 부모님의 사랑을 한껏 받으며 자라났지요. 부모님은 장차 데릴사위처가에서 데리고 사는 사위를 얻어 늘그막에 의지하려는 생각을 가지셨어요. 하온데 뜻하지 않게 좋은 일에 마가 끼어 천한 제가 지체 높은 낭군과 만났으니, 같은 신분의 사위를 얻어 오순도순 살리라던 꿈은 모두

어그러지게 되었습니다. 이 일로 인해 소녀는 시름을 얻어 끝내 병들어 죽기에 이르러 늙으신 부모님은 이제 영영 기댈 곳이 없어졌으니, 이것이 첫째 한이옵니다.

여자가 시집을 가면 계집종이라도 남편과 시부모가 계시지요. 세상에 시부모가 알지 못하는 며느리는 없는 법이랍니다. 하오나 저는 몇 달이 지나도록 낭군 댁의 늙은 여종 한 사람 본 일이 없사옵니다. 살아서는 부정한 자취요, 죽어서는 돌아갈 곳 없는 혼백이 되리니, 이것이 둘째 한이옵니다.

아내가 남편을 섬기는 일이란, 음식을 잘해 드리고 옷을 잘 지어 드리는 일일 것입니다. 낭군과 함께 보낸 시간이 짧다고 할 수 없고, 제가 손수 지어 드린 옷도 적다고 할 수 없겠지요. 하오나 제가 낭군의 집에서 낭군께 밥 한 그릇 대접한 일이 없고 옷 한 벌 입혀 드릴 기회가 없었으니, 이것이 셋째 한이옵니다.

인연을 맺은 지 오래지 않아 급작스레 이별을 하고 병들어 누워 죽음이 가까워 오건만, 낭군을 뵙고 마지막 작별 인사도 할 수가 없사옵니다. 이런 아녀자의 슬픔이야 말해 무엇하겠사옵니까. 애간장이 끊어지고 뼈가 녹는 듯하옵니다. 연약한 풀은 바람 따라 흔들리고 꽃은 흙이 된다지만, 아득히 깊은 이 한은 어느 날에야 사라질는지요?

아아! 창을 사이에 두고 만나던 것도 이것으로 끝이옵니다. 낭군께서는 미천한 저 때문에 마음 쓰지 마시고 학업에 정진하시어 하루빨리 벼슬길에 오르시기를 바라옵니다. 부디 안녕히 계십시오. 부디 안녕히 계십시오.


편지를 본 심생은 울음이 터져 나오는 것을 참을 수 없었다. 그러나 소리 내어 통곡해 본들 이미 어쩔 수 없는 일이었다.

그 뒤 심생은 붓을 던지고 무과에 나아가 벼슬이 금오랑金吾郎 조선 시대에

의금부에 속한 도사를 이르던 말에 이르렀으나 그 또한 일찍 죽고 말았다.

매화외사梅花外史 글쓴이인 이옥의 호는 말한다.

"내가 열두 살 무렵, 시골 서당에서 공부하던 시절에는 날마다 동무들과 옛날이야기 듣기를 좋아했다. 하루는 선생님께서 심생의 일을 매우 자세히 이야기해 주시고는 이렇게 말씀하셨다.

'심생은 내 어린 시절의 동무이다. 이 사람이 산사에서 편지를 읽고 통곡할 때 내가 곁에서 지켜보았으며, 급기야 심생이 겪은 일을 듣게 되었고 지금까지 잊지 못하고 있다.'

또 이런 말씀도 하셨다.

'너희더러 심생의 풍류를 본받으라고 이 이야기를 해 준 게 아니다. 사람이 어떤 일에 대해서든 반드시 이루겠다는 뜻이 있다면 규방 여인의 마음도 얻을 수 있거늘, 하물며 글을 짓고 과거에 합격하는 일이 그보다 어렵겠느냐?'

우리는 그때 이 이야기를 듣고 참신한 이야기라 여겼는데, 훗날『정사情史 명나라 풍몽룡이 편찬한 책으로 남녀의 정을 다룸』라는 책을 읽어 보니 이와 비슷한 것이 퍽 많았다. 이에 심생의 일을 적어『정사』에 빠진 것을 보충한다."

# 심생의 사랑

## 🖉 작가 소개

**이옥**(李鈺, 1760~1815)

조선 후기 정조 때 문신이다. 자는 기상其相이며 호는 매화외사梅花外史이다. 태종의 둘째 아들인 효령 대군의 후손이지만, 문신에서 무신으로 전신한 가문인 데다가 서자로 대를 이었다는 점, 소북 출신이라는 점 때문에 권력의 주변부로 밀려났다. 문체반정 당시 문체가 이상하다고 하여 정조로부터 과거에 응시하지 못하게 하는 벌인 정거停擧를 당했고 군역에 강제로 복무케 하는 충군充軍을 두 차례나 받았다. 주요 작품으로 「열녀이씨전」 외 23편의 전傳이 있고 귀향 가는 길에 쓴 「남정십편」과 영남 지방 견문기인 「봉성문여」 등이 있다.

## 🖉 작품 정리

- **갈래**　한문 소설, 염정 소설
- **성격**　비극적, 애상적, 교훈적
- **배경**　시간 - 조선 시대 / 공간 - 종로 근처
- **시점**　3인칭 전지적 작가 시점
- **구성**　'발단 - 전개 - 위기 - 결말'의 4단계 구성
- **특징**　• 전傳의 장르적 성격상 사건의 결말이 비극적임
　　　　• 조선 후기 신분 질서가 동요되는 사회상을 반영함
　　　　• 자신의 삶에 적극적이면서도 주체적인 태도를 보이는 여성상을 묘사함
- **주제**　신분제의 속박으로 인한 양반 자제와 평민 처녀의 비극적인 사랑
- **출전**　『담정총서』 권11 「매화외사」

## 🖋 구성과 줄거리

- **발단    심생과 소녀의 만남**

  어느 날 심생은 운종가雲從街 지금의 종로에서 임금의 행차를 구경하고 돌아오다가 계집종에게 업혀 가는 한 소녀를 보게 된다. 뒤를 따라가 보니 호조戶曹에서 회계 일을 맡아보다 퇴직한 한 중인의 외동딸로 아직 혼사를 정하지 못했다는 것을 알게 된다.

- **전개    심생과 소녀의 사랑**

  심생은 사랑하는 마음을 억누를 수가 없어 밤마다 소녀의 집 담을 넘어가기를 계속하나 좀처럼 만나지 못한다. 결국 심생의 진실된 사랑을 안 소녀는 심생을 자신의 방으로 불러들이고 자신의 부모를 설득한 뒤 동침한다.

- **위기    심생과 소녀의 이별**

  그 뒤 심생은 밤마다 소녀를 찾았고 이를 눈치챈 심생의 부모는 심생에게 절에 들어가 공부하라고 한다. 심생은 불만이 컸으나, 부모의 압력과 친구들의 권유에 못 이겨 책을 싸 들고 북한산성으로 올라간다.

- **결말    소녀와 심생의 죽음**

  심생이 선방에 머문 지 한 달 가까이 되었을 무렵, 소녀가 보낸 유서를 받는다. 자신의 처지를 한탄하는 내용이 담겨 있는 편지를 읽고 심생도 슬픔에 싸여 일찍 죽고 만다.

## 🖋 생각해 보세요

**1 소녀가 자신의 처지를 '개에게 물린 꿩'에 비유한 까닭은 무엇인가?**

소녀는 늙은 부모를 봉양하던 효녀로서 데릴사위와 혼인하려는 소박한 꿈을 가지고 있었다. 그런데 자신과 신분이 다른 심생을 사랑하면서 시부모가 될 사람들의 얼굴도 보지 못하고, 심생에게 손수 옷을 입혀 주지도 못하고, 따뜻한 밥 한 끼를 차려 주지도 못하는 신세가 되고 말았다. 누구에게도 축복받지 못하는 사랑을 하게 된 것이다. 게다가 절로 쫓겨 간 심생에게서는 끝내 짧은 소식조차 없었다. 어쩌면 소녀는 심생을 사랑하는 순간부터 이러한 상황을 예견하고 있었는지도 모른다. 자신의 신분과 처지를 비관할 수밖에 없었던 것이다.

## 2 소녀의 죽음이 갖는 의미는 무엇인가?

결과적으로 두 사람의 사랑이 이루어질 수 없었던 것은 뿌리 깊은 신분의 벽때문이었다. 그러한 신분 질서를 뛰어넘지 못했다는 점에서 소녀의 죽음은 제도와 규범의 승리로 볼 수 있다. 하지만 심생이 소녀의 유서를 받고 난 뒤에 학업을 중단하고 무관이 되었다가 곧 소녀의 뒤를 따라 죽었다는 점에서 당대 사회의 신분적 폐쇄성이 인간의 욕망을 심각하게 위협하고 있음을 고발하는 작품으로 볼 수도 있다.

# 인물관계도

부인 ─ 이 한림 (양반)   월매 (기생) ─ 성씨 양반

이몽룡   성춘향

(사랑 고백) (충정)   (수청) (수청 요구) (몽총)

방자   변학도   향단

저(이몽룡)는 퇴기 월매의 딸인 춘향을 보고 첫눈에 반했어요. 춘향과 저는 하루하루 사랑을 키워 갔지요.
어느 날, 저는 아버지(이 한림)를 따라 한양으로 떠나게 되었어요. 암행어사가 되어 남원에 내려오자
춘향이 옥에 갇혀 있더군요. 변 사또가 춘향에게 수청을 강요하고 춘향이 이를 거절한 것이었어요.
저는 변 사또를 벌하고 춘향과 행복한 일생을 보냈답니다.

# 춘향전 春香傳

숙종 대왕肅宗大王 즉위 초의 일이라. 대왕의 성덕聖德이 넓어 성자성손聖子聖孫 어진 임금의 자손이 대를 이으니 금고金鼓 군졸을 호령할 때 사용하는 징과 북 옥적玉笛 대금 비슷한 취악기은 요순堯舜 고대 중국의 요임금과 순임금 시절이고 의관문물衣冠文物 문화와 문물은 우탕禹湯 중국 하나라의 우왕과 은나라의 탕왕의 버금이라. 좌우보필左右輔弼은 주석지신柱石之臣 나라에 중요한 구실을 하는 신하이라. 조정에 흐르는 덕화德化가 향곡鄕曲 시골구석에까지 퍼졌으니 사해四海에 굳은 기운이 원근에 어려 있다. 충신은 만조滿朝 조정에 가득 참하고 효자와 열녀가 집집마다 있으니 미재미재美哉美哉 아름답고 아름다움라. 우순풍조雨順風調 비와 바람이 때를 어기지 아니하고 순조로움하고 함포고복含哺鼓腹 배불리 먹고 배를 두드리며 즐겁게 지냄하니 처처處處 곳곳에 '격양가擊壤歌 농부가 태평한 세월을 읊은 노래'가 끊이지 않더라.

이때 전라도 남원부에 월매라 불리는 기생이 있었다. 삼남三南 충청도, 경상도, 전라도의 명기였는데 일찍이 퇴기退妓해 성씨 성을 가진 양반과 함께 세월을 보냈다. 다만 연장사순年將四旬 나이가 장차 마흔 살이 됨을 당해 일점혈육이 없는 것이 한스러웠다. 하루는 크게 깨쳐 가군家君 남편을 청입請入 들어오기를 청함해 여쭈었다.

"전생에 무슨 은혜 입었던지 이생에서 부부 되어 창기 행실 다 버리고 예모禮貌 예절에 맞는 몸가짐를 숭상하고 여공女功 여자들이 하는 길쌈에 힘썼건만 무슨 죄가 진중珍重한지 일점혈육이 없으니 육친무족肉親無族 가까운 피붙이가 하나도 없음 우리 신세 선영향화先塋香火 조상의 제사를 받듦는 누가 하며 사후감장死後勘葬 죽은 뒤 자손들이 장사를 치름은 어이 하리. 명산대찰名山大刹 이름난 산과 큰 절에 신공을 드려 자식을 낳게 되면 평생 한을 풀겠습니다."

이날부터 목욕재계하고 명산승지를 찾아가 지성으로 공을 들인 탓인지 그달부터 태기가 있었다. 십 삭十朔 열 달이 되매 하루는 향기 만실滿室 방에 가득참하고 채운이 영롱하더니 혼미한 가운데 옥녀玉女를 낳으니 남자는 못 낳았지만 월매의 일구월심日久月深 날이 오래고 달이 깊어짐 바라던 마음이 잠깐 동안 풀리는구나. 이름을 춘향이라 하고 장중보옥掌中寶玉 손안의 귀한 보물같이 길러내니 일고여덟 살쯤 되었을 때 서책書冊에 취미를 붙여 예모정절을 일삼으니 효행을 일읍一邑 온 고을이 칭송하더라.

이때 서울 삼청동에 이 한림翰林 예문관의 정구품 벼슬이라 하는 양반이 살았는데 세대명가世代名家 대대로 내려오는 명문가요 충신의 후예라. 하루는 임금이 충효록을 보고 충효자를 택출擇出해 자목지관字牧之官 지방의 원이나 수령 임용했다. 이 한림을 과천 현감縣監에서 금산 군수郡守로 이배移拜 전근 명령해 남원 부사府使 제수하니 이 한림은 사은숙배謝恩肅拜 임금의 은혜를 사례해 공손하게 절함 하직下直 먼 길을 떠날 때 웃어른께 작별을 고하는 것하고 치행治行 길 떠날 여장을 준비함 차려 남원부에 도임했다. 그 뒤 사방이 안정되고 백성은 소리 높여 그를 칭송하더라.

이때 이 한림의 자제 이 도령이 나이는 이팔이요 풍채는 두목지杜牧之 중국 당나라의 시인 두목을 말하며 미남으로 유명함라. 도량은 창해滄海 같고 지혜는 활달했다. 문장은 이백이요 필법은 왕희지라. 이 도령이 하루는 방자를 불러 말했다.

"이 골에서 제일 아름다운 경치는 어디매뇨? 시흥춘흥詩興春興 시를 짓고 싶은 마음과 봄철에 절로 일어나는 흥과 운치 도도하니 절승경처 말해라.”

방자가 대꾸했다.

“글공부하시는 도련님이 아름다운 경치를 찾아 무엇하리오.”

이 도령은 짐짓 꾸짖었다.

“이놈, 무식한 말이로다. 자고로 문장재사文章才士 문장이 뛰어나고 재주가 많은 선비도 절승강산 구경하기는 풍월작문 근본이라. 시중천자詩中天子 시의 천자 이태백은 채석강에서 놀았고 적벽강 추야월秋夜月에 소동파蘇東坡가 놀았고 심양강 명월에 백낙천白樂天 중국 당나라의 시인 백거이이 놀았고, 보은 속리산 문장대文藏臺 속리산에 있는 누대에서 세조 대왕世祖大王 노셨으니 아니 놀든 못하리라.”

이때 방자가 이 도령의 뜻을 받아 사방경개 아뢰었다.

“남원의 아름다운 경치 들어 보시오. 동문 밖으로 나가면 장림 숲 속 선원사가 좋사옵고, 서문 밖 관왕묘關王廟 관우의 영정을 모신 사당는 천고 영웅 엄한 위풍 어제오늘 같사옵고, 남문 밖으로 나가면 광한루廣寒樓 오작교 영주각瀛洲閣이 좋고, 북문 밖으로 나가면 청천삭출青天削出 푸른 하늘에 깎은 듯이 돌출해 있음 금부용金芙蓉 햇빛에 비치는 수려한 고산이 괴이하게 우뚝 서 있으니 기암奇巖 둥실 교룡산성蛟龍山城 남원 서쪽 칠 리 밖에 있는 산이 좋사옵니다.”

이 도령은 고개를 끄덕이며 말했다.

“방자야, 네 말 들어 보니 광한루 오작교가 경개로다. 구경 가자.”

이 도령은 사또 전에 들어가서 이 한림에게 공순히 여쭈었다.

“오늘은 화난和暖 날씨가 화창하고 따뜻함하니 잠깐 나가 풍월음영 시 운목韻目 한시에서 끝구가 두 자 또는 석 자의 운으로 된 글도 생각하고자 싶으니 순성巡城 성을 한 바퀴 돌아 봄이나 할까 하나이다.”

사또는 크게 기뻐하며 허락했다.

"남주 풍물을 구경하고 돌아오되 시제詩題를 생각하라."

이 도령이 대답했다.

"부교父教 아버지의 가르침대로 하오리다."

이 도령은 물러 나와 방자에게 분부했다.

"방자야, 나귀 안장 지워라."

"나귀 등대等待 미리 준비하고 기다림했소."

이 도령 거동 보소. 옥안선풍玉顔仙風 고운 얼굴을 채머리 곱게 빗어 밀기름에 잠재워 궁초댕기 석황石黃 천연 비소 화합물 물려 맵시 있게 잡아 땋고 성천수주成川水紬 성천 지방에서 나는 품질이 좋은 비단 접동베 세백저細白苧 올이 가늘고 고운 하얀 모시 상침上針 옷의 가장자리를 실밥이 드러나 보이게 꿰매는 것 바지 극상세목極上細木 최고로 좋은 세목 겹버선에 남갑사藍甲紗 대님 치고 쌍문초 긴 동정 중치막소매가 넓고 길며 옆이 터지고 네 폭으로 된 윗옷에 도포 받쳐 흑사黑絲 검은색의 실 띠를 가슴 위로 눌러 매고 육분 당혜唐鞋 예전에 사용하던 울이 깊고 앞코가 작은 가죽신 끄는구나.

"나귀를 붙들어라."

오작교 다리 가의 광한루에 서부렁섭적힘들이지 않고 거볍게 선뜻 건너뛰거나 올라서는 모양 올라 좌우를 둘러보니 산천물색이 새롭더라. 웨양루 고소대姑蘇臺 오왕 부차가 월나라를 격파하고 얻은 서시를 위해 쌓은 누대와 오초吳楚 중국 오나라와 초나라 동남수東南水는 동정호로 흐르고 연자燕子 누대 이름 서북의 패택沛澤 숲이 우거져 들짐승이 숨어 사는 곳이 완연하더라. 또 한곳 바라보니 백백홍홍白白紅紅 흰 꽃과 붉은 꽃 난만爛漫 꽃이 활짝 많이 피어 화려함 중에 앵무 공작 날아든다. 이곳이 호남의 제일성이라 했것다. 오작교가 분명하면 견우직녀는 어디 있나? 이런 승지勝地에 풍월이 없을쏘냐?

고명오작선高明烏鵲船 높고 밝은 오작의 배에

광한옥계루廣寒玉階樓 광한루 옥섬돌 다락이라

차문천상수직녀借問天上誰織女 감히 묻노니 하늘의 직녀 누구인가

지흥금일아견우至興今日我牽牛 지극히 흥겨운 오늘 내가 바로 견우로다

이때 내아內衙 지방 관청의 안채에서 술상이 나와 일배주一盃酒 한 잔의 술 먹은 후에 취흥이 도도하고 경처의 흥에 겨워 이리저리 거닐었다. 황봉백접黃蜂白蝶 꿀벌과 흰나비 왕나비는 향기 찾는 거동이라. 날아가고 날아오니 춘성春城의 안이요, 영주, 방장, 봉래가 눈앞이니 물은 은하수요, 경개는 옥경이다. 옥경이 분명하면 월궁항아月宮姮娥 달에 있는 궁에 산다는 선녀 없을쏘냐?

때는 춘삼월 오월 단오일이렷다. 천중지가절天中之佳節 좋은 명절이라는 뜻으로 단오를 이름이라. 이때 월매 딸 춘향이도 또한 시서음률에 조예가 있으니 천중절을 모를쏘냐? 추천鞦韆 그네뛰기을 하려고 향단이 앞세우고 내려올 적에 난초같이 고운 머리 두 귀를 눌러 곱게 땋아 금봉채金鳳釵 봉황 모양의 금비녀를 정제하고 나군羅裙 엷은 비단치마을 두른 허리 가는 버들 힘이 없이 드리운 듯, 아름답고 고운 태도로 가만가만 걸어 장림長林 속으로 들어가네. 녹음방초 우거지고 금잔디 좌르륵 깔린 곳에 황금 같은 꾀꼬리는 쌍거쌍래 날아들 적에 무성한 버들 백척장고百尺長高 백 자나 되는 높은 곳 높이 추천을 했다. 수화유문水禾有紋 무늬 있는 질 좋은 비단 초록 장옷부녀자가 나들이할 때 머리에 써서 온몸을 가리던 옷 남방사藍紡紗 남빛 누에고치의 실을 켜서 짠 명주 홑치마 훨훨 벗어 걸어 두고 자주 영초 수당혜繡唐鞋 아름답게 수놓은 당혜를 썩썩 벗어 던져 두고 백방사白紡絲 진솔속곳새 속곳 턱 밑에 훨씬 추켜올리고 연숙마練熟麻 잿물에 담갔다가 솥에 쪄 삼 껍질 추천 줄을 섬섬옥수 넌지시 들어 양손에 갈라 잡고 백릉白綾 흰빛의 얇은 비단 버선 두 발길로 섭적 올라 발을 굴렀다. 세류細柳

가지가 몹시 가는 버드나무 같은 고운 몸을 단정히 놀리는데 옥비녀 은죽절銀竹節 대마디 모양으로 만들어 여자의 쪽에 꽂는 은 장식품과 밀화장도蜜花粧刀 평복에 차는 작은 칼 옥장도玉粧刀며 광원사光原絲 윤기 나는 가공하지 않은 실 겹저고리 제색 고름에 태가 났다.

"향단아, 밀어라."

한 번 굴러 힘을 주고 두 번 굴러 힘을 주니, 발밑에 가는 티끌 바람 좇아 펄펄, 앞뒤 점점 멀어졌다. 머리 위의 나뭇잎이 몸을 따라 흔들흔들 오고갈 적에 살펴보니 녹음 속의 홍상紅裳 붉은 치마 자락이 바람결에 내비쳤다. 한없이 높고 넓은 하늘에 떠 있는 흰 구름 사이에 번갯불이 쏘는 듯, 바라보니 앞에 있다가 갑자기 뒤에 가 있는지라. 앞으로 얼른 하는 양은 가벼운 저 제비가 도화 한 잎 떨어진 것을 찾으려고 좇는 듯하고, 뒤로 번듯 하는 양은 광풍에 놀란 나비가 짝을 잃고 가다가 돌이키는 듯 무산선녀 구름 타고 양대陽臺 위에 내리는 듯, 나뭇잎도 물어 보고 꽃도 질끈 꺾어 머리에다 얹었다.

"향단아, 그네 바람이 독한지 내 정신이 어찔하다. 그넷줄 붙들어라."

그넷줄 붙들려고 무수히 진퇴하며 한창 노닐 적에 시냇가 반석磐石 위에 옥비녀 떨어져 쟁쟁하고 '비녀 비녀'하는 소리 산호채珊瑚釵 산호 비녀를 들어 옥반玉盤 옥으로 만든 예반을 깨뜨리는 듯 그 모습은 세상 인물 아니로다.

이 도령이 혼비중천魂飛中天 혼이 중천에 날아다님하니 진실로 미혼지인未婚之人 아직 결혼하지 않은 사람이로다.

"방자야, 저 건너 화류花柳 꽃과 버들 중에 오락가락 희뜩희뜩 어른어른하는 게 무엇인지 알겠느냐?"

방자가 그쪽을 자세히 살피더니,

"이 고을 기생 월매의 딸 춘향이란 계집아이로소이다. 제 어미는 기생이오나 춘향이는 백화초엽百花草葉 온갖 종류의 꽃과 풀잎에 글자도 생각하고 여공재질女工才質 바느질이나 길쌈 등 여인으로서 갖추어야 할 기술이며 문장을 겸전兼全 겸비해 여염처자閻閻處子 여염집의 처녀와 다름이 없나이다."

이 도령은 허허 웃고 방자를 불러 분부했다.

"기생의 딸이라 하니 당장 가 불러오너라."

방자가 여쭈었다.

"설부화용雪膚花容 눈처럼 흰 살갗과 꽃처럼 아름다운 얼굴이 남방南方에 유명해 방方 관찰사, 첨사僉使 무관, 병부사兵俯使, 군수郡守, 현감縣監 작은 현의 수령, 관장官長님 네 양반 오입쟁이들도 무수히 보려 했습니다. 그러나 장강莊姜 중국 춘추 시대 위장공의 부인의 색色과 임사의 덕행이며, 이두李杜 이백과 두보의 문필이며 이비二妃 순임금의 비인 아황과 여영의 정절을 품었으니 금천하지절색今天下之絶色이요, 만고여중군자萬古女中君子오니 불러오기 어렵나이다."

이 도령이 크게 웃으며 말했다.

"방자야, 네가 물각유주物各有主 물건마다 각기 임자가 있음를 모르는구나. 형산 백옥과 여수황금이 제각각 임자가 있느니라. 잔말 말고 불러오너라."

방자는 분부 듣고 서왕모西王母 중국 신화에 나오는 신녀 요지연瑤池宴에 편지 전하던 청조靑鳥 반가운 사자나 편지를 이르는 말같이 이리저리 건너갔다.

"여봐라, 이 애 춘향아."

방자가 소리 질러 부르니 춘향이 깜짝 놀라며 말했다.

"무슨 소리를 그 따위로 질러 사람을 놀라게 하느냐?"

"이 애야, 말 마라. 일이 났다. 사또 자제분이 광한루에 놀러 오셨다가 너 노는 모양 보고 불러오라고 하신다."

춘향은 발끈 화를 내며 말했다.

"네가 미쳤구나. 사또 자제분이 나를 어떻게 알고 부른단 말이냐?"

"내가 네 말을 할 리가 없으니 네가 그르지 내가 그르냐? 너 그른 내력을 한번 들어 보라. 계집아이 행실로 추천을 할 양이면 네 집 후원 담장 안에 줄을 매고 추천하는 게 도리인지라. 광한루 멀지 않고 방초는 푸르렀는데 앞내 버들 뒷내 버들 광풍을 겨워이기지 못해 흐늘흐늘 춤을 추는데 광한루 구경처求景處에 그네를 매고 네가 뛸 적에 외씨 같은 두 발길로 백운白雲 간에 노닐 적에 홍상 자락이 펄펄, 백방사 속곳 갈래 동남풍에 펄렁펄렁, 박속 같은 네 살결이 백운 간에 희뜩희뜩하니 그걸 도련님이 보시고 너를 부르시니 내가 무슨 말을 한단 말이냐. 잔말 말고 건너가자."

춘향이 대답했다.

"네 말이 일리가 있지만 오늘은 단오일이다. 나뿐 아니라 다른 집 처자들도 여기에서 추천했으니 그럴 수 있을 뿐 아니라, 내가 지금 시사時仕아전이나 기생 등이 소속 관아에서 맡은 일을 치르는 것가 아니거든 여염집 사람을 호래척거呼來斥去사람을 오라고 불러 놓고 다시 곧 쫓아 버리는 것로 부를 리도 없고 부른다 해도 갈 리 만무하다."

방자가 광한루로 돌아와 이 도령에게 말하니 이 도령이 그 말 듣고 다시 분부했다.

"기특한 사람이구나. 언즉시야言則是也 말인즉 옳다는 뜻로다. 다시 가서 말을 전하되 이리이리해라."

방자가 춘향에게 건너갔지만 그사이에 제 집으로 돌아간 뒤였다. 춘향의 집을 찾아가니 모녀간에 마주 앉아 점심을 먹으려던 찰나였다.

"너 왜 또 왔느냐?"

"도련님이 다시 전갈하시더라. 너를 기생으로서가 아니라 네가 글을 잘한다는 소문 듣고 청하는 것이니라. 여염집에 있는 처자 불러 보는 것이 이상하나 혐의嫌疑 꺼리고 미워함로 알지 말고 잠깐 다녀가라 하시더라."

춘향의 도량한 뜻이 연분 되려고 그러한지 홀연히 생각하니 갈 마음이 생겼지만 모친의 뜻을 몰라 침음양구沈吟良久 무엇을 깊이 생각하느라고 한참 있음에 말을 하지 않고 앉았더니 모친이 썩 나앉아 정신없이 말했다.

"꿈이라 하는 것이 모두 허사는 아니로다. 간밤에 꿈을 꾸니 청룡 하나가 벽도지碧桃池 가장자리에 벽도나무가 서 있는 연못에 잠겨 있거늘 무슨 좋은 일이 있을까 했더니 우연한 일이 아니구나. 도련님 이름이 몽룡이라 하니 꿈 몽夢 자 용 룡龍 자 신통하다. 그나저나 양반이 부르시는데 아니 갈 수 있겠느냐? 잠깐 다녀오너라."

춘향은 그제야 못 이기는 척 백모래 밭의 금자라가 걷듯, 대명전大明殿 대들보 호연胡燕 새의 한 종류 걸음으로 살짝 걸어갔다. 이 도령은 방자에게 "앉으라고 일러라."라고 분부하고 춘향의 고운 태도 단정히 앉는 거동을 자세히 살펴보았다. 마치 백색창파白色滄波 흰 바다 물결 새 비 뒤에 목욕하고 앉은 제비가 사람을 보고 놀라는 듯, 별로 단장한 일 없이 국색國色 나라 안의 첫째 가는 미인이라. 옥안玉顏 아름다운 얼굴을 상대하니 구름 사이로 내보이는 밝은 달이요, 단순丹脣 붉은 입술을 반개半開하니 못에 떠 있는 연못이로다. 네 얼굴 네 태도는 세상 인물 아니로다. 춘향이 추파秋波 미인의 맑고 아름다운 눈길를 잠깐 들어 이 도령을 살펴보니, 만고의 호걸이요 진세간塵世間 인간 세상의 기남자奇男子 뛰어난 남자라. 천정天庭 두 눈썹 사이 또는 이마의 복판이 높으니 소년공명少年功名 아주 젊은 사람으로 공적을 쌓고 명성을 얻음할 것이고 오악五嶽 이마와 턱, 코, 좌우 광대뼈에 조귀朝歸 아침이 돌아옴하니 보국충신輔國忠臣 나라를 돕는 충성스러운 신하 될 것이니 더욱 흠모해 아미蛾眉 미인의 눈썹를 숙이고 무릎을 단정히 하고 앉았더라. 이 도령이 물었다.

"성현聖賢도 불취동성不取同姓 같은 성끼리는 결혼하지 않음이라 일렀으니 네 성은 무엇이며 나이는 몇 살인가?"

"성은 성成가이옵고 나이는 열여섯 살입니다."

"허허, 그 말 반갑도다. 네 나이 들어 보니 나와 동갑 이팔이라. 성자姓字를 들어 보니 천정天定 하늘이 정함일시 분명하다. 이성지합二姓之合 결혼은 좋은 연분, 평생동락平生同樂해 보자. 부모 구존俱存 부모가 다 살아 계심하신가?"

"편모하偏母下입니다."

"몇 형제나 되는가?"

"올해 육십인 저의 모친과 무남독녀 저 하나뿐입니다."

"너도 남의 집 귀한 딸이로다. 하늘이 정해 준 연분으로 우리가 만났으니 만년락萬年樂을 이뤄 보자."

춘향 거동 보소. 춘향은 팔자청산八字靑山 미인의 고운 눈썹 찡그리며 주순朱脣 붉은 입술을 반개해 가는 목 겨우 열어 옥성玉聲 고운 음성으로 말했다.

"충신은 불사이군不事二君 두 임금을 섬기지 않음이고 열녀는 불경이부절不敬二夫節 두 남편을 섬기지 않는 정절이라고 일렀습니다. 도련님은 귀공자貴公子요 소녀는 천첩賤妾이라. 한번 탁정托情 정을 맡김한 후에 버리시면 일편단심 이내 마음 독숙공방獨宿空房 홀로 누워 우는 신세 되고 싶지 않나이다. 그런 분부 마시옵소서."

"네 말을 들어 보니 기특하구나. 우리 인연 맺을 적에 금석뇌약金石牢約 쇠나 돌처럼 굳은 약속 맺으리라. 네 집이 어디냐?"

"방자를 불러 물으소서."

이 도령이 허허 웃었다.

"내 너더러 묻는 일이 허황하다. 방자야, 춘향의 집이 어디냐?"

방자는 손을 넌지시 들어 한쪽을 가리키며 말했다.

"행자목杏子木 은행나무은 음양을 좇아 마주 서고, 초당문전草堂門前 오동 대추나무 깊은 산중 물푸레나무, 포도다래 으름으름덩굴 나무 넌출칡 따위가 길게 뻗어 너절너절하게 늘어진 줄기 **휘휘친친** 감겨 **단장**短墻 나지막한 담 밖에 우뚝 솟았는데 송정松亭 소나무 정자 죽림竹林 사이로 은은히 보이는 게 춘향의 집입니다."

이 도령이 말했다.

"장원墻垣 담이 정결淨潔하고 송죽이 울밀鬱密 빽빽함하니 여자 절행 알 만하도다."

춘향이 일어나며 부끄러워하며 말했다.

"시속인심時俗人心 세상 사람들의 마음 씀씀이 고약하니 이만 가 보겠습니다."

"그럴듯한 말이로다. 오늘 밤 퇴령退令 아전이나 심부름꾼 등에게 퇴근을 허락하던 명령 후에 너의 집에 갈 것이니 부디 괄시나 마라."

"저는 모르옵니다."

"네가 모르면 쓰겠느냐. 잘 가거라. 오늘 밤 다시 상봉하자."

춘향이 누에서 내려 건너가니 춘향 모가 나와 있었다.

"애고, 내 딸 다녀오냐. 도련님이 뭐라고 하시더냐?"

"조금 앉았다가 가겠노라 하고 일어나니 오늘 밤 우리 집에 오겠다고 하시옵니다."

"그래 어찌 대답했느냐?"

"모른다 했지요."

"잘했다."

이때 이 도령은 춘향을 보낸 후에 책실冊室 독서하는 방로 돌아왔지만 만사萬事에 뜻이 없고 춘향 생각뿐이었다. 말소리 귀에 쟁쟁하고 고운 태도 눈에 삼삼하니 해가 지기를 기다리며 방자를 계속 불러 물었다.

"해가 어느 때나 되었느냐."

"동에서 아귀 트나이다 아침 해가 떠오르나이다."

이 도령이 크게 화가 나 말했다.

"이놈, 서쪽으로 지는 해가 동쪽으로 도로 가랴. 다시 살펴보라."

이윽고 방자가 말했다.

"일락함지日落咸池 해가 짐 황혼 되고 월출동령月出東嶺 달이 동쪽 고갯마루에서 나옴 하옵니다."

조금 있으니 하인 물리라는 퇴령 소리 길게 나니 이 도령은 신이 났다.

"좋다 좋다. 방자야, 등롱燈籠 등불을 켜서 어두운 곳을 밝히는 기구에 불 밝혀라."

이 도령은 통인 대령하고 춘향의 집으로 건너갈 적에 가만가만 걸으며 말했다.

"방자야, 상방上房 사또가 거처하는 방에 불 비친다. 등롱을 옆에 껴라."

삼문三門 밖 썩 나서 협로지간狹路之間 좁은 길 사이에 달빛이 영롱하고 화간花間 꽃들이 피어 있는 사이에 푸른 버들 여러 번 꺾었으며 투계소년鬪鷄少年 닭싸움을 붙이는 소년 아이들은 야입청루夜入靑樓 밤에 기생집에 들어감했으니 지체 말고 어서 가자. 그렁저렁 춘향집 문전 당도하니 인적야심人寂夜深 사람의 발길도 끊어진 깊은 밤한데 월색은 삼경이라. 이때 춘향은 칠현금七絃琴 일곱 줄을 매어 만든 거문고을 비껴 안고 남풍시南風詩 천하가 잘 다스려져 백성이 잘사는 것을 노래한 시를 희롱하다가 잠자리에서 졸고 있구나. 방자는 안으로 들어가면서 개가 짖을까 걱정돼 가만가만 춘향 방 영창映窓 방을 밝게 하기 위해 낸 두 쪽의 미닫이 밑에 들어가서 기척을 냈다.

"이 애 춘향아, 잠들었느냐?"

춘향이 깜짝 놀라며 물었다.

"네 어찌 왔냐?"

"도련님이 와 계시다."

춘향은 이 말을 듣고 가슴이 울렁울렁 부끄럼을 못 이기며 문을 열고 나왔다. 춘향은 바로 건넌방으로 건너가서 저의 모친을 깨웠다.

"애고 어머니, 무슨 잠을 이렇게 깊이 주무시오."

"아가, 무엇을 달라고 부르느냐?"

"누가 무엇을 달래었소?"

"그러면 어찌 불렀느냐?"

"방자가 도련님 모시고 오셨다오."

춘향 모는 이 말 듣고 향단에게 바삐 당부했다.

"향단아, 뒤 초당草堂 별채에 좌석座席 등촉燈燭 등불과 촛불을 마련해 두어라."

춘향 모가 나오는데 과연 인물이로다. 자고로 사람이 외탁용모와 재질 등이 외가 쪽을 닮음을 많이 하니 춘향 같은 딸을 낳았구나. 춘향 모가 두 손을 모으고 우뚝 서서 안부를 물었다.

"그새에 도련님 문안이 어떠하시오?"

"춘향의 모라고 하지? 평안한가?"

"겨우 지내옵니다. 오실 줄 몰라 영접이 불민不敏 어리석고 둔함하옵니다."

"그럴 리 있나."

춘향 모가 앞에서 인도해 대문 중문 다 지나 후원을 돌아가니 연구年久 오래 묵음한 별초당에 등롱을 밝혔는데 못 가운데 쌍오리는 손님 오시노라 둥덩실 떠서 기다리는 모양이다. 처마에 다다르니 그제야 춘향이 사창紗窓 깁으로 바른 창을 반쯤 열고 나오는데 뚜렷한 일륜명월一輪明月 하나의 둥글고 맑은 달이 구름 밖에 솟아난 듯 황홀했다. 부끄러이 당에 내려 천연히 서 있는 거동은 사람의 간장을 다 녹이는구나. 이 도령은 반만 웃고 춘향에게 물었다.

"곤困치 않고 밥은 잘 먹었느냐?"

춘향이 부끄러워 대답지 못하고 묵묵히 서 있거늘 춘향 모가 먼저 당에 올라 이 도령을 자리로 모신 뒤 말했다.

"귀하신 도련님이 누추한 곳에 오시니 황감하옵니다."

이 도령이 그 말 한마디에 말 궁기躬氣 말이 궁색한 지경에 처함가 열렸구나.

"그럴 리가 있는가. 광한루에서 우연히 춘향을 보고 연연히애틋할 정도로 그립게 보내다가 탐화봉접探花蜂蝶 꽃을 찾아 여기저기 날아다니는 벌과 나비 취한 마음에 오늘 밤 온 뜻은 춘향 어미 보고 춘향과 백년언약을 맺고자 하니 자네 마음은 어떠한가?"

춘향 모가 말했다.

"가세家勢가 부족해 재상가 부당하니 춘향과 백년가약한단 말씀 마시고 쉬시다 가옵소서."

"호사다마好事多魔로세. 춘향도 혼인 전이고 나도 미장전未丈前 장가들기 전이다. 육례六禮 혼인의 여섯 가지 의식는 못할망정 양반이 일구이언一口二言을 하겠는가? 내 저를 초취初娶 첫 번째 장가로 맞아들인 아내같이 여길 테니 시하侍下 부모 또는 조부모가 생존한 사람라고 염려 말고 미장전도 염려 마소. 허락만 해 주소."

춘향 모가 이 말 듣고 앉았더니 몽조夢兆 꿈자리가 있는지라 연분인 줄 짐작하고 흔연히 허락했다.

"봉鳳이 나매 황凰이 나고 장군 나매 용마龍馬 나고 남원에 춘향 나매 이화춘풍이 꽃답구나. 향단아, 주반酒盤 술상 등대했느냐?"

"예."

앵무배에 술 가득 부어 이 도령에게 주니 이 도령이 잔 받아 손에 들고 탄식했다.

"내 육례를 하고 싶으나 그러지 못하고 개구멍서방남의 눈을 피해 드나들면서 서방 노릇을 하는 남자를 얕잡아 일컫는 말으로 들고 보니 이 아니 원통하랴. 춘향아,

우리 이 술을 대례大禮 혼인을 치르는 큰 예식 술로 알고 마시자꾸나."

이 도령은 일배주 부어 들고 말했다.

"내 말 들어 보라. 첫째 잔은 인사주요, 둘째 잔은 합환주合歡酒 혼례 때 신랑 신부가 서로 잔을 바꾸어 마시는 술라. 이 술로 근본 삼으리라. 대순大舜 순임금의 아황娥皇 여영女英 귀히귀히 만난 연분 지중至重타 했으되, 월하노인月下老人 부부의 인연을 맺어 준다는 전설상의 노인의 우리 연분 삼생가약三生佳約 맺은 연분, 천만년이라도 변치 아니할 연분, 백세 상수百歲上壽 상수는 나이가 썩 많다는 뜻 하다 한날한시에 죽게 되면 천하제일 연분이다."

춘향과 이 도령이 마주 앉았으니 일이 어찌 되겠는가? 사양斜陽 저녁때 비껴 비치는 햇빛을 받으면서 삼각산 제일봉에 봉학이 앉아 춤추는 듯, 두 팔을 들고 춘향의 섬섬옥수 겨우 겹쳐 잡고 의복을 공교하게 벗기는데 두 손길 썩 놓더니 춘향의 가는 허리를 담쏙 안았다.

"나삼을 벗어라."

춘향이 첫 경험이라 부끄러워 고개를 숙여 몸을 틀 적에, 이리 곰실 저리 곰실 녹수에 홍련화紅蓮花 붉은 빛깔의 연꽃 미풍 만나 굼니는자꾸 부드럽고 가볍게 움직임 듯 이 도령이 치마 벗겨 제쳐 놓고 바지 속옷 벗길 적에 무한히 실랑이질이러니저러니 남을 못살게 구는 짓을 했다. 이리 굼실 저리 굼실 동해 청룡이 굽이를 치는 듯하구나.

"아이고 놓아요, 좀 놓아요."

"에라, 안 될 말이다."

실랑이 중에 옷끈 끌러 발가락에 딱 걸고 끼어 안으면서 진득이 누르니 옷이 발길 아래 떨어졌다. 옷이 활딱 벗겨지니 형산의 백옥덩이를 이에 비할쏘냐? 이 도령은 춘향의 거동을 보려고 슬그머니 놓으면서,

"아차차, 손 빠졌다."

춘향이가 침금 속으로 들어가니 이 도령도 저고리 벗고 들어가 마주 누웠으니 그냥 잘 리가 없다. 골즙骨汁 뼈의 즙 낼 제 삼승 이불석새삼베로 만든 이불 춤을 추고, 샛별 요강은 장단 맞추어 청그렁 쟁쟁, 문고리는 달랑달 랑, 등잔불은 가물가물하는구나.

어린것들이라 하루 이틀 지나니 부끄럼은 차차 멀어지고 이제는 기롱 譏弄 실없는 말로 놀림도 하고 우스운 말도 하니 자연 사랑가가 되었다.

"춘향아, 이리 와 업히거라."

춘향이 샐쭉 부끄러워했다.

"부끄럽긴 무엇이 부끄럽단 말인가. 이미 다 아는 바이니 어서 와 업히 거라."

이 도령은 춘향을 업고 추어올렸다.

"어따 그 계집아이, 똥집 장히 무겁구나. 네가 내 등에 업히니 기분이 어떠냐?"

"아주 좋소이다."

"나도 좋다. 좋은 말을 할 것이니, 너는 대답만 해라. 사랑이로구나, 사 랑이야. 어화둥둥 내 사랑이야. 네가 금이냐?"

"금이라니 당치 않소. 팔년풍진 초한八年風塵楚漢 중국 초나라와 한나라 간에 팔 년 동안 벌어졌던 전쟁을 말함 시절에 육출기계六出奇計 여섯 번의 기이한 계책을 냄 진평陳平 중국 전한의 공신이 범아부范亞父 항우의 신하, 범증를 잡으려고 황금 사만을 흩었 으니 금이 어이 남았으리까?"

"그러면 진옥이냐?"

"옥이라니 당치 않소. 만고영웅 진시황이 형산의 옥을 얻어 이사李斯 중 국 전국 시대의 정치가의 명필로 명을 하늘로부터 받았으니 오래 살 것이며 길 이 번창하리로다. 옥새玉璽를 만들어서 만세유전萬世遺傳 영원히 후손에게 물려줌

을 했으니 옥이 어이 되오리까?"

"그러면 네가 무엇이냐. 해당화냐?"

"해당화라니 당치 않소. 명사십리明沙十里 곱고 부드러운 모래가 끝없이 펼쳐진 바닷가 아니거든 해당화가 되오리까."

"네가 그러면 반달이냐?"

"반달이라니 당치 않소. 오늘 밤 초생이 아니거든 내가 어찌 벽공碧空 푸른 하늘에 돋은 명월이 되오리까?"

"에라 요것, 안 될 말이로다. 어화둥둥 내 사랑이지. 춘향아, 그만 내려오려무나. 백사만사百事萬事 모든 일가 다 품앗이가 있느니라. 내가 너를 업었으니 너도 나를 업어야지."

"애고, 도련님은 기운이 세서 나를 업었지만 저는 기운이 없어 못 업겠소."

"업는 수가 있느니라. 나를 돋워 업으려 말고 발이 땅에 자운자운하게 닿을 듯 말 듯하게 뒤로 잦은 듯하게 업어다오."

춘향이 도련님을 업고 툭 추어 놓으니 대중대강 어림잡아 헤아림이 틀렸구나.

"춘향아, 우리 말놀음이나 좀 해 보자."

"애고 우스워라. 말놀음이 무엇이오?"

"그야, 천하에 쉬운 일이지. 너와 내가 벗은 김에 너는 온 방바닥을 기어다녀라. 내가 너의 궁둥이에 딱 붙어서 네 허리를 꽉 끼고 볼기짝을 치거든 흐흥거려 퇴김질모았던 힘을 갑자기 탁 놓아 내뻗치는 동작로 물러서며 뛰어라. 알심보기보다 야무진 힘 있게 뛰면 탈 승자乘字 노래가 있느니라."

이때 뜻밖에 방자가 달려와 이 도령을 찾았다.

"도련님, 사또께서 부르시오."

이 도령이 들어가니 사또가 말했다.

"서울서 동부승지同副承旨 승정원의 정삼품 벼슬 교지敎旨 임금이 관직을 임명하는 뜻을 적어 주던 문서가 내려왔다. 나는 문부사정文簿査定 문서나 장부상의 일을 조사하고 처리함하고 갈 테니 너는 내행內行 집안 아낙네들의 여행을 배행陪行 윗사람을 모시고 따라감 해 내일 떠나거라."

이 도령은 부교 듣고 한편 반갑지만 한편 춘향을 생각하니 가슴이 답답해 맥이 풀리고 간장이 녹는 듯했다. 두 눈으로 더운 눈물이 펄펄 솟아 옥면玉面을 적시니 사또가 물었다.

"너 왜 우느냐. 내가 남원에서 일생 살 줄 알았느냐. 내직內職으로 승차陞差 윗자리 벼슬로 오름하니 섭섭하게 생각 말고 오늘부터 치행등절治行等節 행장을 차리는 등의 절차 급히 차려 내일 오전에 떠나거라."

겨우 대답하고 물러나와 내아內衙로 들어가 모친에게 춘향의 말을 울며 청했지만 실컷 꾸중만 들었다. 춘향의 집으로 가는데, 설움은 기가 막히나 길에서 울 수 없어 억지로 참는데 속에서 두부장 끓듯걱정이 있어 마음이 어지럽고 속이 부글부글 끓는 모양을 비유하는 말 했다. 이 도령은 춘향 집 앞에 당도하니 눈물이 왈칵 쏟아졌다. 춘향은 깜짝 놀라 왈칵 뛰어나오며 말했다.

"애고, 이게 웬일이오. 안으로 들어가시더니 꾸중 들으셨소. 오시다가 무슨 분함을 당하셨소. 서울서 무슨 기별이 왔다더니 중복重服 대공친의 상사 때 아홉 달 동안 입던 복제을 입어 계시오. 점잖은 도련님이 이게 웬일이오."

춘향은 이 도령의 목을 안고 치맛자락을 걷어잡아 옥안玉顏에 흐르는 눈물을 이리 씻고 저리 씻어 주었다.

"울지 마오. 울지 마오."

울음이란 게 말리는 사람이 있으면 더 우는 법이니 춘향이 화를 내며 말했다.

"여보 도련님, 우는 모습 보기 싫소. 그만 울고 내력이나 말하오."

"사또께서 동부승지 하여 계시단다."

"댁의 경사인데 왜 운단 말이오?"

"너를 두고 가야 하니 내 아니 답답하냐."

"언제는 남원 땅에서 평생 사실 줄 아셨소. 어찌 나와 함께 가기를 바라오. 도련님 먼저 올라가시면 나는 여기서 팔 것 팔고 나중에 올라갈 테니 아무 걱정 마시오. 내가 올라가더라도 도련님 큰댁으로 가서 살 수 없을 것이니 큰댁 가까이 방이나 두엇 되는 조그마한 집이면 족하오니 염탐해 사 두소서. 우리 권구眷口 한집에 같이 사는 식구 가더라도 공밥 먹지 아니할 것이오. 그렁저렁 지내다가 도련님 나만 믿고 장가 아니 갈 수 있소? 부귀영총富貴榮寵 부귀를 누리며 임금의 은총을 받음 재상가의 요조숙녀 가리어서 혼정신성昏定晨省 아침저녁으로 부모의 안부를 물어서 살핌할지라도 아주 잊지는 마소."

"그게 이를 말이냐. 사정이 여의치 않아 네 얘기를 사또께는 말씀 못 드리고 대부인전에 여쭈오니 꾸중이 대단하시며 양반의 자식이 부형 따라 하향遐鄕 서울에서 멀리 떨어진 시골에 왔다 화방작첩花房作妾 기생집에서 첩을 얻음하며 데려간단 말이 전정前程 앞길에도 괴이하고 조정에 들어 벼슬도 못한다는구나. 이러니 우리는 불가불 이별할 수밖에 없다."

춘향은 이 도령의 말을 듣고 고대이제 막 발연변색勃然變色 갑자기 와락 성이 나서 얼굴빛이 변함했다. 붉으락푸르락 눈을 간잔지런하게눈꺼풀이 내려앉아 맞닿을 듯하게 떠니 눈썹은 꼿꼿, 코는 발심발심, 이는 뽀드득뽀드득, 매가 꿩 차는 듯했다.

"허허, 이게 웬 말이오."

춘향은 왈칵 뛰어 달려들며 치맛자락 와드득 좌르륵 찢어 버리고 머리도 와드득 쥐어뜯어 싹싹 비벼서 이 도령 앞에 내던졌다.

"무엇이 어쩌고 어째요. 이것도 쓸데없구나."

명경明鏡 맑은 거울 과 체경體鏡 온몸을 비출 수 있는 거울, 산호죽절珊瑚竹節 산호로 만든 대마디처럼 생긴 비녀을 내던지자 방문 밖에 탕탕 부딪쳤다. 춘향은 발도 동동 구르고 손뼉도 치며 돌아앉아 자탄했다.

"서방 없는 춘향이가 세간살이 무슨 소용이며 단장하여 누구 눈에 괴일꼬사랑을 받을꼬. 몹쓸 년의 팔자구나. 이팔청춘 젊은 것이 이별할 줄 어찌 알았으랴. 애고애고, 내 신세야."

춘향은 천연히 돌아앉아 다시 신세타령을 했다.

"여보 도련님, 방금 하신 말씀 참말이오, 농말이오. 우리 둘이 처음 만나 백년언약 맺은 일이 대부인과 사또께옵서 시키시던 일입니까? 빙자憑藉 내세워서 핑계함가 웬일이오. 광한루에서 잠깐 보고 내 집으로 찾아와서 침침무인沈沈無人 밤이 깊어 인적이 끊어짐 야삼경에 도련님은 저기 앉고 나는 여기 앉아 날더러 하신 말씀 '언덕을 두고 맹세하는 것은 하늘을 두고 맹세하는 것만 같지 못하고, 산을 두고 맹세하는 것은 하늘을 두고 맹세하는 것만 같지 못하다'라고 전년 오월 단오야에 내 손길 부여잡고 맑은 하늘 천 번이나 가리키며 만 번이나 맹세하시기에 내 정녕 믿었더니, 가실 때는 톡 떼어 버리시니 이팔청춘 젊은 것이 낭군 없이 어찌 살꼬? 침침공방沈沈空房 깊은 밤에 홀로 빈방을 지킴 추야장秋夜長 기나긴 가을밤에 상사相思 남녀가 서로 생각하고 그리워함 어이할꼬. 모질도다, 모질도다, 도련님이 모질도다. 독하도다, 독하도다, 서울 양반 독하도다. 원수로다, 원수로다, 존비귀천尊卑貴賤 사회적 지위나 신분의 높고 낮음 원수로다. 부부정夫婦情 유별하건만 이렇게 독한 양반 이 세상에 또 있을까? 애고애고 내 신세야. 여보 도련님, 춘향 몸이 천하다고 함부로 버리셔도 되는 줄 아시오. 첩지박명妾之薄命 자신의 좋지 못한 팔자 춘향이가 식불감食不甘 음식을 먹어도 단맛을 모름 밥 못 먹고 침불안석寢

不安席 잠자리가 편하지 않음 잠 못 자면 며칠이나 살 것 같소. 상사로 병이 들어 애통하게 죽으면 애원哀怨 슬프고 원망스러움한 내 혼신魂神 원귀가 될 것이니 존중하신 도련님이라 한들 어이 아니 재앙이리오? 사람 대접 그리 마오. 애고애고 설운지고."

한참 이리 자진自盡 제 스스로 목숨을 끊지 않고 저절로 죽어지게 함하여 섧게 울 적에 춘향 모가 상황도 모르고 나섰다.

"애고, 저것들 또 사랑싸움 났구나. 거참, 아니꼽다. 눈구석 쌍 가래톳허 벅다리의 임파선이 부어 아프게 된 멍울 설 일 많이 보는구나."

하지만 아무리 들어도 울음이 길구나. 하던 일 밀쳐놓고 춘향 방 영창 밖으로 가만가만 들어가 아무리 들어 봐도 이별이로구나.

"허허, 이것 큰일 났다. 동네 사람들 내 말 좀 들어 보오. 우리 집에 사람 둘 죽습니다."

춘향 모는 어간마루방과 방 사이의 마루 섭적 올라 영창문을 두드리며 우루룩 춘향에게 달려들어 주먹으로 겨누었다.

"이년 이년, 썩 죽어라. 살아서 쓸데없다. 시체라도 저 양반이 지고 가게 썩 죽어라. 저 양반 올라가면 누구 간장을 녹이려냐? 내 늘 이르기를 도도한 마음을 먹지 말고 여염 사람 가리어서 형세形勢 살림살이의 경제적 형편지체대대로 전해 내려온 지위나 문벌 너와 같고 재주 인물이 모두 너와 같은 봉황의 짝을 얻어 내 앞에 노는 모습 보았으면 너도 좋고 나도 좋지. 마음이 도고道高 도덕이 높은 체해 교만함해 남과 다르더니 잘됐구나, 잘됐어."

이번에는 두 손뼉 짱짱 마주치면서 이 도령 앞으로 달려들었다.

"나와 말 좀 합시다. 내 딸 춘향을 버리고 간다 하니 무슨 죄로 그러시오. 춘향이 도련님 모신 지 거의 일 년인데 행실이 그르던가, 예절이 그르던가, 침선針線 바느질이 그르던가, 언어가 불순하던가, 행실이 잡스러워

노류장화路柳墻花 몸을 파는 여자 음란하던가? 이 봉변 웬일인가. 칠거지악七去之惡 아내를 내쫓을 수 있는 일곱 가지 허물 아닌 다음에야 버리면 안 되는 줄 모르는가. 양류천만사楊柳千萬絲 버들가지 천만 개인들 가는 춘풍 어이 막으며 낙화 낙엽되면 어느 나비 다시 올까? 백옥 같은 내 딸 춘향 화용신花容身 꽃같이 아름다운 얼굴과 몸도 세월 지나 백수白首 허옇게 센 머리 되면 아름다운 시절은 다시 돌아오지 않고 다시 젊어질 수 없나니 무슨 죄가 진중하여 허송세월을 보내리까? 애고애고 설운지고. 못하오, 그리 못하오. 몇 사람 신세를 망치려고 안 데려가오?"

"여보 장모, 춘향만 데려가면 그만 아니오."

"그래, 안 데려가고 견뎌 낼까?"

"너무 거세게 굴지 말고 여기 앉아 말 좀 들어 보소. 내 이 기가 막히는 중에 꾀 하나를 생각하고 있네만은 이 말이 입 밖에 나가면 양반 망신만 하는 게 아니라 우리 선조까지 망신당할 것일세. 내일 내행內行이 나오실 적에 내행 뒤에 사당祠堂 신주를 모셔 놓은 집이 나올 테니 배행은 내가 하겠네."

"나는 그 말 모르겠소."

"신주神主는 모셔 내어 내 창옷 소매에다 모시고 춘향은 요여腰輿 장사 뒤에 혼백과 신주를 모시고 돌아오는 상여에다 태워 갈 수밖에 없네. 걱정 말고 염려 마소."

춘향은 이 말 듣고 이 도령을 물끄러미 바라보았다.

"어머니, 마소 마소. 도련님 너무 조르지 마소. 우리 모녀 평생 신세 도련님 장중掌中에 매었으니 알아서 하라 당부나 하시오. 이번은 이별할밖에 수가 없네. 어차피 이별할 바에는 가시는 도련님을 왜 조르리까마는 우선 갑갑해 그러지요. 어머니는 건넌방으로 가옵소서. 내일은 이별인가 보오. 애고애고 내 신세야. 이별을 어찌할꼬. 여보 도련님, 정말 이별을 할 테요?"

춘향과 이 도령은 촛불을 돋우어 켜고 서로 마주 앉아 갈 일 생각하고 보낼 일 생각하니 오열嗚咽 목메어 욺하며 얼굴도 대 보고 수족도 만져 보았다.

"날 볼 날이 몇 밤이오. 나쁜 수작 오늘 밤이 끝이니 나의 설운 원정原情 사정을 하소연함 들어 보오. 연근육순年近六旬 나이가 육순에 가까움 나의 모친 일가 친척 하나 없고 다만 나 하나라. 도련님께 의탁해 영귀榮貴 지체가 높고 귀함할까 바랐더니 조물造物이 시기하고 귀신이 작해作害 해를 입힘해 이 지경이 됐구나. 도련님 올라가면 누구를 믿고 살아가리까? 천수만한千愁萬恨 겹겹이 쌓인 근심과 한 나의 회포 어이하리. 온갖 꽃들이 만발할 제 수변행락水邊行樂 물가에서의 놀이 어이하며 황국黃菊 단풍 늦어갈 제 고절숭상孤節崇尙 높은 절개를 숭상함 어이할꼬. 독숙공방 긴긴 밤에 전전반측輾轉反側 누워서 몸을 이리저리 뒤척이며 잠을 이루지 못함 어이하리. 쉬느니 한숨이요 흐르느니 눈물이라. 적막강산 달 밝은 밤에 두견의 울음소리를 어이하리."

"춘향아, 울지 마라. 너를 두고 가는 내가 일일一日 평분平分 고르게 나눔 십이시十二時를 낸들 어이 무심하랴. 울지 마라, 울지 마라."

"도련님 올라가면 행화춘풍杏花春風 봄날의 화창한 풍경 거리거리 취하느니 장진주將進酒 술을 권함요, 청루미색靑樓美色 집집마다 보이느니 미색이라. 호색하신 도련님이 밤낮으로 호강하실 때 나 같은 하방천첩遐方賤妾 먼 시골에 있는 천한 계집이야 손톱만큼이나 생각하오리까? 애고애고, 내 신세야."

"춘향아, 울지 마라. 한양성 남북촌에 아름다운 여인이야 많겠지만은 규중심처閨中深處 규중의 깊은 곳 깊은 정 너밖에 없었으니 한시라도 잊을쏘냐?"

서로 기가 막혀 못 떠날지라. 이때 이 도령을 데리고 갈 후배사령後陪使令 벼슬아치가 다닐 때 따라다니던 사령이 헐떡헐떡 들어왔다.

"도련님, 어서 행차하옵소서. 안에서 야단이오. 사또께서 도련님 어디 가셨느냐 물으시기에 소인이 친구 작별차 문밖에 잠깐 나가셨노라 대답했사오니 어서 행차하옵소서."

"말을 대령했느냐."

"말을 마침 대령했소."

말은 가자고 네 굽을 치는데 춘향이 마루 아래 툭 떨어져 이 도령 다리를 부여잡았다.

"날 죽이고 가려면 가시오. 살려 놓고는 못 가오."

말을 못 잇고 혼절하니 춘향 모 달려들며 향단에게 일렀다.

"향단아, 어서 찬물 떠 오너라. 차를 달여 약 갈아라. 네 이 몹쓸 년아, 늙은 어미 어쩌려고 이러느냐."

춘향이 정신 차리고 말했다.

"애고, 갑갑해라."

춘향 모는 기가 막혀 이 도령에게 내뱉었다.

"여보 도련님, 남의 생때같은<sup>몸이 튼튼하고 병이 없는</sup> 자식을 이 지경으로 만들다니 웬일이오. 우리 춘향 애통하게 죽게 되면 혈혈단신 이내 신세 누구를 믿고 사느냔 말인가?"

이 도령이 어이없어하며 말했다.

"이보게 춘향아, 네가 이게 웬일이냐. 나를 영영 안 보려느냐. 내가 한양 가면 장원 급제 출신<sup>出身 처음으로 관리가 됨</sup>해 너를 데려갈 것이니 울지 말고 잘 있거라. 너무 울면 눈도 붓고 목도 쉬고 머리도 아프니라. 돌이라도 망두석<sup>望頭石 무덤 앞에 세우는 두 개의 돌기둥</sup>은 천만 년이 지나가도 광석<sup>壙石 무덤 속에 묻는 지석</sup> 될 줄 모르고, 나무라도 상사목은 창밖에 우뚝 서서 일년춘절<sup>一年春節</sup> 다 지나도 잎을 피울 줄 모르고, 병이라도 훼심병<sup>毁心病 마음에 너무</sup>

슬퍼해 생긴 병은 오매불망 죽느니라. 네가 나를 보려거든 서러워 말고 잘 있거라."

"여보 도련님, 내 손으로 따른 술이나 받아 잡수시오. 행찬行饌 여행 갈 때 집에서 가지고 가는 음식 없이 가실진대 나의 찬합饌盒 충충이 포갤 수 있는 음식 그릇 간직해 숙소참宿所站 관원이 출장할 때 묵던 집 잘 자리에 날 본 듯이 잡수시오. 향단아, 찬합과 술병을 내오너라."

춘향은 일배주 가득 부어 눈물을 섞어 올렸다.

"한양성 가시는 길에 강수 푸르거든 원함정遠含情 먼 곳에서 정을 품고 있는 사람을 생각하시오. 천시가절天時佳節 때가 되어 세우細雨 가는 비 뿌리거든 길 가는 사람 가슴에는 수심이 가득하겠지요. 마상馬上에 곤핍困乏 고단해 병날까 염려되니 방초무초芳草茂草 풀이 향기롭고 무성함 저문 날에는 일찍 주무시고, 아침 날 풍우상風雨上에 늦게야 떠나시어 한 채찍 천리마에 모실 사람 없사오니 부디부디 천금귀체千金貴體 천금같이 귀한 몸 조심히 천천히 걸으시옵소서. 한양에 평안히 행차하시고 일자一字 음신音信 소식 듣사이다. 종종 편지나 하옵소서."

"소식 듣는 것은 걱정 마라. 남원으로 가는 인편人便 없을쏘냐. 슬퍼 말고 잘 있거라."

춘향은 하릴없어 자던 침방으로 들어갔다.

"하루아침에 낭군과 이별하니 언제 다시 만나 보리. 천수만한千愁萬恨 이 것저것 슬퍼하고 원망함 가득하여 끝끝내 느꺼워라어떤 느낌이 마음에 북받쳐서 벅차다. 옥안 운빈玉顔雲鬢 아름다운 얼굴과 구름처럼 탐스러운 머리채 공로한空老恨 헛되이 늙어 가는 한에 일월이 무정하다. 오동추야 달 밝은 밤은 어이 그리 더디 새며, 녹음방초 비낀 곳에 해는 어이 그리 더디 가는고. 이 상사 아시면 임도 나를 그리련만 독숙공방 홀로 누워 한숨짓나니 구곡간장九曲肝腸 굽이굽이 사무친 마음속 굽이 썩어 솟아나니 눈물이라. 야색夜色 아득한데 가물가물 비치는 게 창밖의 형화螢火 반딧불로다. 밤은 깊어 삼경인데 앉았다 한들 임이 올까, 누웠다 한들 잠이 올까? 임도 잠도 오지 않네. 이 일을 어이하리? 흥진비래興盡悲來 기쁨이 다하면 슬픔이 옴 고진감래苦盡甘來 고생이 다하면 즐거움이 옴 예부터 있건마는 기다림도 적지 않고 그린 지도 오래건만 일촌간장一寸肝腸 애달프거나 애가 타는 마음 굽이굽이 맺힌 한을 임 아니면 누구라서 풀어 줄꼬? 애고애고, 내 신세야."

앙천자탄仰天自嘆 하늘을 우러러 탄식함하며 세월을 보내는데 이때 이 도령은 한양으로 올라가며 숙소마다 잠 못 이루었다. '보고 지고 나의 사랑 보고 지고 주야불망 우리 사랑 날 보내고 그린 마음, 속히 만나 풀리라' 하고 일구월심日久月心 마음을 굳게 먹고 등과외방登科外方 과거에 급제해 지방관에 임명되던 일 바라더라.

이때 수삭數朔 몇 달 만에 신관新官 사또 났으니 자하골 변학도라 하는 양반이었다. 문필도 유여有餘 넉넉함하고 인물 풍채 활달하고 풍류 속에 달통하나 성정 괴팍한 중에 사증邪症 멀쩡한 사람이 때때로 미친 듯이 하는 짓을 겸해 실덕失德도 하고 오결誤決 잘못 처결함하는 일도 많았다. 그래서 변학도를 아는 사람들은 다 고집불통이라고 했다. 변학도가 부임하자 신연하인新延下人 도·군의 장교나 이속 등이 신임 감사나 수령을 그 집에 가서 맞아 오던 일을 맡은 하인이 현신現身 아랫사람이 윗사람에게 예를 갖추어 자신을 보이는 일했다.

"사령 등 현신이오."

"이방이오."

"그새 너희 골에 일이나 없느냐."

"예. 아직 아무 일 없습니다."

"네 골 관노官奴 관노비가 삼남에 제일이라지."

"예. 그러하옵니다."

"또 네 골에 춘향이란 계집이 매우 절색이라지."

"예."

사또는 마음이 바쁜지라 바삐 명했다.

"급히 치행하라."

이때 신관 사또 출행 날을 급히 받아 내려올 제 위의威儀 위엄도 장할시고.

"에라 물러서거라."

행군 취타吹打 군중에서 나발 등을 불고, 징·북 따위를 치던 군악 풍악 소리 성동城東에 진동하고, 삼현육각三絃六角 세 가지 현악기와 여섯 가지 관악기 권마성勸馬聲 고관의 행차 때 행렬 앞에서 목청을 길게 빼서 부르던 소리은 원근에 낭자했다. 사또는 광한루에 포진하여 개복改服 옷을 갈아입음하고 객사에 남여藍輿 어깨에 메는 뚜껑이 없는 작은 가마 타고 들어갈 때 백성에게 엄숙하게 보이려고 눈을 궁글궁글 돌리며 쳐다보았다. 사또는 객사에 연명延命 감사나 수령이 부임할 때 관청의 궐패 앞에서 임금의 명령을 알리던 의식하고 동헌東軒에 좌기坐起 관아의 으뜸 벼슬에 있던 이가 출근해 일을 시작함한 뒤 도임상到任床 지방 관리가 근무지에 도착했을 때 대접하기 위해 차리는 음식상을 받았다.

"행수行首 이속의 두목 문안이오."

행수, 군관軍官 집례執禮 지켜 행해야 할 예를 받고 육방 관속 현신을 받은 뒤 사또는 분부를 내렸다.

"수노首奴 관노의 우두머리 불러 기생 점고點考 일일이 점을 찍어 가며 사람의 수를 조사함하라."

호장戶長 각 고을 아전의 맨 윗자리이 분부 듣고 기생 안책案冊 각 관청에서 전임 관원의 성명 따위를 기록하던 책 들여 놓고 차례로 호명하는데 낱낱이 글귀로 부르는 것이었다.

"우후동산雨後東山 명월이."

명월이가 나군羅裙 얇은 비단 치마 자락을 걷어다가 세요흉당에 딱 붙이고 아장아장 들어왔다.

"점고 맞고 나오나왔소."

"고깃배는 강물을 따라 산의 봄을 사랑하니 이 아니 고운 춘색이냐. 도홍이."

도홍이가 들어오는데 홍상 자락을 걷어 안고 아장아장 걸어 들어왔다.

"점고 맞고 나오."

"단산丹山에 저 봉이 짝을 잃고 벽오동에 깃드니 산수와 새가 신령스럽구나. 기불탁속飢不啄粟 굶주려도 조를 쪼아 먹지 않음 굳은 절개 채봉이."

채봉이는 나군 두른 허리 맵시 있게 걷어 안고 연보蓮步 미인의 고운 걸음걸이를 정히 옮겨 아장아장 걸어 들어왔다.

"점고 맞고 나오."

"청정지연淸淨之蓮 깨끗해 속되지 않은 연꽃 불개절不改節 절개를 지켜 마음을 고치지 않음에 문노라. 저 연화蓮花 어여쁘고 고운 태도 화중군자花中君子 연심이."

연심이는 나상羅裳 비단 치마을 걷어 안고 나말羅襪 비단 버선 수혜繡鞋 수놓은 신 끌면서 가만가만 들어왔다.

"좌부진퇴左符進退 좌부는 지방의 관원로 나오."

"화씨和氏 중국 춘추 시대 초나라 사람으로 산에서 얻은 명옥을 왕에게 바친 인물같이 밝은 달 벽해碧海에 들었나니 형산백옥 명옥이."

사또는 마음이 바빠져 급히 분부했다.

"자주 불러라."

"예. …… 계향이 …… 운심이 …… 애절이 …… 강선이 …… 탄금이 …… 홍련이 …… 금낭이."

"한숨에 열두서넛씩 불러라."

호장은 분부 듣고 빨리 불렀다.

"양대선, 월중선, 화중선이, 금선이, 금옥이, 금련이, 농옥이, 난옥이, 홍옥이, 낙춘이."

"예, 등대했소."

고운 기생 그중에 많건마는 사또는 춘향의 소문을 높이 들었는데 아무리 들어도 춘향 이름 없는지라 수노 불러 친히 물었다.

"기생 점고 다 되어도 춘향은 왜 안 부르느냐. 퇴기라도 되느냐?"

"춘향 모는 기생이되 춘향은 기생이 아닙니다."

"춘향이가 기생이 아니면 어찌 규중에 있는 아이의 이름이 높이 나는가?"

"근본은 기생의 딸이온데 덕색德色이 장한 고로 권문세족 양반네와 일등재사一等才士 한량들과 내려오신 등내等內 벼슬아치가 그 벼슬에 있는 동안마다 구경코자 간청했습니다. 그런데 춘향 모녀 불청不聽하기로 양반 상하 물론하고 액내지간額內之間 한집안 사람 소인도 십 년에 한 번 정도 대면할 수 있사옵니다. 천정天定하신 연분인지 구관舊官 사또 자제 이 도령과 백년가약 맺사옵고 도련님 가실 때에 입장후入丈後 장가든 後에 데려가겠노라 당부하고 춘향이도 그리 알고 수절守節 절개를 지킴하고 있습니다."

사또가 분을 내었다.

"이놈, 그게 어떠한 양반이라고 엄부시하嚴父侍下 엄한 부모를 모시고 있음요미장전 도련님이 화방花房에 작첩作妾 첩을 얻음해 살자 할꼬. 이놈 다시는 그런 말을 입 밖에 내어서는 죄를 면치 못하리라. 잔말 말고 빨리 대령하라. 지체하다가는 공형公兄 각 고을의 호장, 이방, 수형리 이하로 각 청廳 두목을 일병태거一並汰去 모두 도태시킴할 것이니라."

육방이 소동, 각 청 두목이 넋을 잃고 "김 번수藩手 번갈아 가며 호위하는 사람이 번수야, 이런 일이 또 있느냐. 춘향의 정절이 가련하다. 사또 분부 지엄하니 어서 가자 바삐 가자." 하니 사령 관노 뒤섞여서 춘향의 집 앞에 당도했다. 재촉 사령이 앞으로 나오면서 외쳤다.

"이리 오너라."

　춘향이 깜짝 놀라 문틈으로 내다보니 사령 군노軍奴 관아에 속한 사내 종가 나왔구나.

"아차차, 잊고 있었네. 오늘이 그 삼일점고三日點考 수령이 부임한 뒤 사흘 만에 관속을 점고하던 일라 하더니 무슨 야단이 났나 보다."

　춘향은 밀창문 여닫으며 청했다.

"허허 번수님네, 이리 오소 어서 오소. 뜻밖이오. 이번 신연新延 길에 노독路毒이나 아니 났으며 사또 정체政體 통치 형태 어떠한가? 구관 댁舊官宅에 가 계신가. 도련님 편지는 한 장도 없던가. 들어가세, 들어가세."

　춘향은 김 번수며, 이 번수며 여러 번수 손을 잡고 제 방에 앉힌 후에 향단이를 불렀다.

"향단아, 주반상 들여라."

　춘향은 여러 번수를 취하도록 먹인 후에 궤문 열고 돈 닷 냥을 내어놓았다.

"여러 번수님네, 가시다가 술이나 잡숫고 가소. 뒷말 없게 해 주소."

　사령들이 약주에 취해 돈 받아 차고 흐늘흐늘 들어갈 제 행수 기생行首妓生 기생의 우두머리이 나오며 말했다.

"여봐라 춘향아, 너만 한 정절은 나도 있고 너만 한 수절은 나도 있다. 너 하나로 말미암아 육방이 소동하고 각 청 두목이 다 죽어난다. 어서 가자, 바삐 가자."

춘향은 할 수 없어 수절하던 그 태도로 대문 밖으로 썩 나서면서 말했다.

"형님, 형님, 행수 형님. 사람 그리 괄시하지 마소. 거기라고 대대 행수며 나라고 대대 춘향인가. 사람 한 번 죽으면 그만이오, 한 번 죽지 두 번 죽나."

춘향은 이리 비틀 저리 비틀거리며 동헌으로 들어갔다.

"춘향이 대령했소."

사또는 춘향을 보고 기뻐하며 말했다.

"춘향이 분명하구나. 어서 대상臺上으로 오르거라."

춘향이 상방上房에 올라가 염슬단좌斂膝端坐 무릎을 여미고 단정히 앉음하고 있을 뿐이로다. 사또는 춘향에게 크게 반해 분부했다.

"책방으로 가 회계會計 금품의 출납에 관한 사무를 보는 사람 나리를 모셔 오라."

회계 생원이 들어오니 사또 크게 기뻐하며 말했다.

"자네 보게. 저게 춘향일세."

"하, 고년 정말 예쁘구나. 잘생겼소. 사또께서 서울 계실 때부터 춘향, 춘향 하시더니 한번 구경할 만하오."

"자네 우리 둘 중신 서겠나."

"사또가 당초에 춘향을 부르시지 말고 매파를 보내시는 게 옳은 일이오만은 이미 불렀으니 이제 혼사할 수밖에 없소."

사또는 크게 기뻐하며 춘향더러 분부했다.

"오늘부터 몸단장 정히 하고 수청守廳을 들라."

"사또님 분부 황송하나 일부종사一夫從事 바라오니 분부를 시행 못하겠소."

사또가 웃으며 말했다.

"아름답구나. 네가 진정 열녀로다. 네 정절 굳은 마음 어찌 그리 어여

쁘냐. 당연한 말이로다. 하지만 이李 수재秀才는 한양 사대부의 자제로서 명문 귀족 사위가 되었으니 한때 사랑으로 잠깐 노류장화하던 너를 조금이라도 생각하겠느냐. 너는 근본 정절 있어 전수일절專守─節 오로지 한 가지 정절만을 지킴했다가 홍안이 낙조落照되고 백발이 난수亂垂 어지럽게 드리움하면 세월이 흐르는 물결과 같음을 탄식할 제 불쌍하게 가련한 게 바로 너이니라. 네 아무리 수절한들 열녀 포양褒揚 칭찬해 장려함 누가 하랴?"

춘향이 말했다.

"충신불사이군忠臣不事二君이요, 열녀불경이부烈女不更二夫이온대 수차로 분부가 이러하오니 생불여사生不如死 사는 게 죽는 것보다 못함이옵고 열불경이부烈不更二夫이오니 처분대로 하옵소서."

사또는 크게 화가 나 큰 소리로 분부했다.

"이년, 들어라. 모반대역謀反大逆 왕실을 뒤집기를 꾀함으로써 나라에 반역함하는 죄는 능지처참陵遲處斬 머리와 몸·손·발을 토막 내서 죽이던 극형하고, 거역 관장拒逆官長 백성이 고을 원의 뜻을 거스름하는 죄는 엄형정배嚴刑定配 엄중한 형벌을 내리고 귀양을 보냄하느니라. 죽는다고 서러워 마라."

춘향은 악을 쓰며 대답했다.

"유부녀를 겁탈하는 것은 죄가 아니고 무엇이오!"

사또는 어찌나 분하던지 연상硯床 문방제구를 놓는 작은 상을 두드릴 적에 탕건宕巾 갓 아래에 받쳐 쓰는 관의 한 가지이 벗겨지고 첫마디에 목이 쉬었다.

"저년을 잡아 내려라."

수청 통인이 달려들어 춘향을 대뜰 아래로 내리쳤다. 좌우에 나졸이 늘어서서 능장稜杖 잡인들의 출입을 막기 위해 대궐 문에 서로 어긋맞게 지르던 둥근 나무, 곤장棍杖 옛날 죄인의 볼기를 치던 곤봉, 형장刑杖이며, 주장朱杖 붉은 칠을 한 몽둥이을 집었다.

"형리刑吏를 대령하라."

"예, 형리요."

사또는 어찌나 분이 났던지 벌벌 떨며 기가 막혀 '허푸허푸'했다.

"여봐라, 그년에게 무슨 다짐이 필요하리. 묻지도 말고 형틀에 올려 매고 정강이를 부수고 물고장物故狀 죄인 죽인 것을 보고하는 글을 올려라."

춘향을 형틀에 올려 매고 쇄장鎖匠 옥사쟁이이 거동봐라. 형장이며 태장笞杖이며 곤장이며 한 아름 담쏙 안아다가 형틀 아래 좌르륵 놓으니 서로 부딪치는 소리에 춘향의 정신이 점점 혼미해졌다.

집장사령執杖使令 장형(杖刑)을 집행하는 일을 맡아 하던 사람이 호통했다.

"사또님 분부 지엄한데 이런 년한테 무슨 사정을 봐주오리까? 이년, 다리를 까딱 마라. 만일 요동하다가는 뼈 부러지리라."

집장사령은 검장檢杖 형장개비를 셈 소리에 발맞추어 서면서 가만히 춘향에게 말했다.

"한두 개만 견디소. 어쩔 수가 없네. 요 다리는 요리 틀고 저 다리는 저리 트소."

"매우 치시오."

"예잇, 때리오."

딱 붙이니 부러진 형장개비는 푸르르 날아 공중에 빙빙 솟아 상방 대뜰 아래 떨어지고 춘향이는 아픈 데를 참느라고 이를 박박 갈며 고개만 빙빙 돌렸다.

"애고, 이게 웬일이여."

곤장 태장 치는 데는 사령이 서서 하나 둘 세건마는 형장부터는 법장法杖 법률에 의한 형장이라 형리와 통인이 닭싸움하는 모양으로 마주 엎디어서 하나 치면 하나 긋고, 둘 치면 둘 긋고, 무식하고 돈 없는 놈이 술집 바람

벽에 술값 긋듯 그어 놓으니 한 일一 자가 되었구나.

춘향이는 저절로 설움에 겨워 맞으면서 울었다.

"일편단심 굳은 마음 일부종사 뜻이니 한낱 매를 친다고 일 년이 다 못 가서 일각인들 변하리까?"

이때 남원부 한량이며 남녀노소 없이 모여 구경할 제 좌우의 한량들이 한마디씩 했다.

"모질구나, 모질구나. 우리 고을 원님이 모질구나. 저런 형벌이 왜 있으며 저런 매질이 왜 있을까? 집장사령 놈 눈에 익혀 두어라. 삼문三門 밖에 나오면 급살急煞 갑자기 닥쳐오는 재액을 주리라."

보고 듣는 사람이라면 어느 누가 아니 낙루落淚 눈물을 흘림하랴.

열 치고는 그만둘 줄 알았더니 열다섯 채 딱 붙이니,

"십오야 밝은 달은 띠구름길게 떠처럼 공중에 떠 있는 구름에 묻혀 있고 서울 계신 우리 낭군 삼청동에 묻혔으니 달아 달아, 너는 임이 보이느냐. 임 계신 곳 나는 어이 못 보는고."

스물 치고 그칠까 여겼더니 스물다섯 딱 붙이니,

"저 기러기 너 가는 데 어디냐? 가는 길에 한양성 찾아가 삼청동 우리 임께 내 말 부디 전해 다오. 나의 형상 자세히 보고 부디부디 잊지 마라."

옥 같은 춘향 몸에서 솟느니 유혈이요, 흐르느니 눈물이라. 피와 눈물 한데 흘러 무릉도원 홍류수라. 춘향은 점점 악을 쓰며 말했다.

"소녀를 이리 말고 살지능지殺之陵遲 능지처참을 해서 죽임하여 아주 박살撲殺해 주면 초혼조招魂鳥 죽은 사람의 혼령을 부르는 새 넋이 되어 적막공산寂寞空山 달 밝은 밤에 도련님 계신 곳으로 가 파몽破夢 꿈에서 깨어남이나 할까 하나이다!"

말 못하고 기절하니 통인은 고개 들어 눈물을 씻고 매질하던 저 사령도 눈물 씻고 돌아서네.

"사람의 자식으로 이 짓 못하겠네."

좌우에 구경하는 사람과 거행하는 관속들도 눈물을 씻고 돌아섰다.

"춘향이 매 맞는 모습, 사람 자식이라면 못 본다. 모질도다, 모질도다, 춘향 정절이 모질도다. 출천열녀出天烈女 하늘로부터 타고난 열녀로다."

남녀노소 할 것 없이 낙루하며 돌아설 때 사또인들 좋을 리가 있으랴?

"네 이년 관정官庭에 발악하고 맞으니 좋은 게 무엇이냐. 앞으로 또 그런 거역 관장할까?"

반생반사半生半死 저 춘향은 점점 더 악을 쓰네.

"여보 사또, 들으시오. 일념포한一念抱恨 한결같은 마음으로 원한을 품음 부지생사不知生死 죽고 사는 것에 개의치 않음 어이 그리 모르시오. 계집의 간절한 마음 오뉴월에 서리 치네. 혼비중천魂飛中天 정신없이 허둥거림 다니다가 우리 성군聖君 앉은 곳에 이 원정怨情 원망하는 심정을 아뢰면 사또인들 무사할까? 그냥 죽여 주오."

사또는 기가 막혀 말했다.

"허허, 그년 말 못할 년이로고. 큰칼 씌워 하옥하라."

옥에 갇힌 춘향은 정신 차려 보니 신세 처량하여 통곡하며 울었다.

"송백松柏 소나무와 잣나무같이 굳은 절개 추호도 변할쏘냐?"

옥방 형상을 말하자면 무너진 헌 벽이며 부서진 창문 틈으로 바람 드나들고 헌 자리 벼룩 빈대 만신滿身 온몸을 침노하고, 흐트러진 머리카락은 이리저리 산발하니 수절 정절 절대가인 참혹하게 되었구나.

이때 한양성 이 도령은 밤낮 시서詩書『시경』과 『서경』 백가어百家語를 숙독했으니 글로는 이백이요, 글씨는 왕희지라. 국가에 경사 있어 태평과太平科 국가에 경사가 있을 때 보던 과거를 볼 때 서책을 품에 품고 장중場中 과거를 보는 마당 안에 들어가 좌우를 둘러보니 억조창생億兆蒼生 수많은 백성 선비 일시에 숙배

肅拜 백성들이 왕이나 왕족에게 절을 하던 일 **했다. 어악풍류청아성**御樂風流淸雅聲 궁중에서 벌이는 풍류의 속되지 않은 소리**에** 앵무새가 춤을 추었다. 대제학 택출하여 어제 御題 임금이 친히 보이던 과거의 글제**를 내리니** 도승지가 모셔 내어 홍장紅帳 위에 걸어 놓았다.

"춘당춘색이 고금동春塘春色古今同 춘당대의 봄빛은 예나 지금이나 같음**이라.**"

뚜렷이 걸었거늘 이 도령이 글제를 살펴보니 익히 보던 바라. 종이를 펼쳐 놓고 해제解題 문제를 풂를 생각해 벼루에 먹을 갈아 당황모唐黃毛 무심 필無心筆 중국에서 나는 족제비의 꼬리털로 만든 붓을 반중동 덤벅 풀어 왕희지 필법 으로 조맹부趙孟頫 원나라의 문인 체體를 받아 일필휘지一筆揮之 선장先場 가장 먼 저 글장을 바치던 일**하니** 상시관上試官 과거 때 시험관의 우두머리 관원**이** 글을 보고 글 자마다 비점批點 시문의 잘된 곳에 찍는 점**이요** 구절구절이 관주貫珠 글이나 글자가 잘 되었을 때 글자 옆에 치는 고리 같은 둥근 표**로다.** 용사비등龍蛇飛騰 용이 살아 움직이는 것같이 아주 활기 있는 필력을 비유적으로 이르는 말**하고** 평사낙안平沙落雁 모래펄에 기러기가 내려앉 듯이 글씨가 매끈한 모양**이라** 금세의 대재大才**로다.** 금방金榜 과거에 급제한 사람의 이름 을 써서 건 방**의 이름을 불러** 어주삼배御酒三盃 권한 후 장원 급제 휘장揮場 금방 을 들고 과거장을 돌아다니며 과거에 합격했다고 외치던 일**이라.** 신래新來 과거에 급제한 사람**의 진퇴**進退**를 나올 적에 머리에는** 어사화御賜花 임금이 문무과에 급제한 사람에게 내리 던, 종이로 만든 꽃**이요, 몸에는** 앵삼鶯衫 생원이나 진사에 급제했을 때 입던 연둣빛 예복**이라.** 허리에는 학대鶴帶 문관이 띠던 학을 수놓은 허리띠**로다.** 유가遊街 과거 급제자가 풍악을 울리며 거리를 돌고 선배나 친척을 찾아보던 일**한 후에 산소에** 소분掃墳 경사가 있을 때 조상 의 산소에 가서 제사 지내는 일**하고 전하에게 숙배하니** 전하가 친히 어사**또를 불** 러 말했다.

"경의 재주가 조정에서 으뜸이다."

도승지 입시入侍**하사** 전라도 어사를 제수하니 평생의 소원이라.

마패 하나 유척鍮尺 놋쇠로 만든 표준 자 일동 사모정 일벌 수의繡衣 암행어사가 입던 옷 일벌 내주니 전하에게 하직하고 본댁으로 나아갈 때 철관鐵冠 어사갓 풍채가 심산맹호深山猛虎 깊은 산속의 사나운 범이라는 뜻으로, 매우 사나운 위세나 그런 위세를 가진 사람을 이르는 말 같았다. 어사또는 집으로 돌아와 부모를 뵌 후에 선산에 성묘하고 전라도로 내려와 걸인 옷으로 갈아입고 역졸을 불러 명했다.

"너희는 이제 발행發行 길을 떠남하여 고산, 진산, 무주, 용담, 진안, 장수, 운봉으로 넘어 아무 달 아무 날에 남원 읍내로 모여라!"

어사또는 중방中房 수령의 심부름꾼을 불러 분부했다.

"너는 이제 발행하여 김제, 금구, 태인, 고부, 영광, 나주, 보성, 순천, 곡성으로 넘어, 아무 달 아무 날에 남원 읍내로 모여라."

어사또 행장을 차리는데 모양 보소. 뭇사람을 속이려고 모자 없는 헌 파립破笠 찢어진 헌 갓에 벌이줄물건을 버티어서 얽어매는 줄 총총 매어 초사草紗 품질이 낮은 명주실 갓끈 달아 쓰고 당망건의 윗부분만 남은 헌 망건에 갓풀관자아교로 만든 망건 당줄을 꿰는 고리 노끈 당줄 달아 쓰고 의뭉하게 헌 도복에 무명실 띠를 흉중에 둘러매고 살만 남은 헌 부채에 솔방울 선추扇錘 부채 고리에 매어 다는 장식품 달아 일광을 가리고 내려올 때 어사또가 임실 근처에 당도하니 마침 농사철이었다. 농부들이 '농부가農夫歌'를 부르며 열심이었다.

어사또는 주령지팡이 짚고 서서 '농부가'를 구경하다 한마디 했다.

"거기는 대풍大豊이로고."

또 한편을 바라보니 이상한 일이 있었다. 중씰한중년이 넘은 노인들이 끼리끼리 모여 서서 등걸밭흙 속에 나뭇등걸이 많은 밭을 일구는데 갈멍덕갈대를 엮어 만든 삿갓 숙여 쓰고 쇠스랑 손에 들고 '백발가白髮歌'를 불렀다.

"등장等狀 관청에 연명으로 하소연하는 일 가자, 등장 가자, 하느님 전에 등장 가면 무슨 말을 하실는지. 늙은이는 죽지 말고 젊은 사람 늙지 말게. 하느님 전에 등장 가세. 원수로다, 원수로다 백발이 원수로다. 오는 백발 막으려고 우수右手에 도끼 들고 좌수左手에 가시 들고 오는 백발 두드리며 가는 홍안紅顔 끌어당겨 청사靑絲로 결박해 단단히 졸라매되 가는 홍안 절로 가고 백발은 시시時時로 돌아와 귀밑에 살 잡히고 검은 머리 백발되었구나. 무정한 게 세월이라. 소년 향락 깊은들 왕왕이 달라가니 이 아니 광음光陰인가? 천금준마千金駿馬 잡아타고 장안대도長安大道 서울의 큰길 달리고저. 만고강산 좋은 경개 다시 한번 보고 지고. 절대가인 곁에 두고 백만교태百萬嬌態 사람의 마음을 끌기 위해 부리는 온갖 아양스러운 태 놀고 지고. 화조월석花朝月夕 꽃이 핀 아침과 달 밝은 저녁 사시가경四時佳景 눈 어둡고 귀가 먹어, 볼 수 없고 들을 수 없어 할 일 없는 일이로세. 슬프다, 우리 벗님 어디로 가겠는가? 구월 단풍잎 지듯이 떨어지고 새벽하늘 별 지듯이 쓰러지니 가는 길이 어디인고. 어여로 가래질가래로 흙을 파헤치는 일이야, 아마도 우리 인생 일장춘몽인가 하노라."

어사또 반말하기는 공성어떤 일에 익숙해져 습관이 되어 버린 것을 말함이 났다.

"저 농부 말 좀 물어보면 좋겠구먼."

"무슨 말이오."

"이 골 춘향이가 본관에 수청 들어 뇌물을 많이 먹고 민정民政에 작폐作弊 폐를 끼침한단 말이 사실인가."

"춘향이가 어디 사나?"

"아무 데 살든지."

"아무 데 살든지라니. 당신은 눈콩알 귀콩알눈구멍, 귓구멍이 없나? 지금 춘향이가 수청을 아니 들어 형장 맞고 옥에 갇혔으니 그런 열녀 세상에 드문지라. 옥결 같은 춘향 몸에 자네 같은 동냥치가 누설陋說 더럽고 추한 말을 하다간 빌어먹지도 못하고 굶어 뒤지리. 한양 올라간 이 도령인지 삼 도령인지 그놈의 자식은 일거후무소식一去後無消息 한번 가 버린 후 소식이 없음하 니 인사人士 사회적 지위가 높거나 사회적 활동이 많은 사람가 그래서는 벼슬은커녕 남 자 구실도 못하지."

"아니, 그게 무슨 말인고."

"왜? 어찌 되나."

"되기야 어찌 되랴마는 남의 말이라고 구습口쩝 말버릇을 너무 고약하게 하는고."

"자네가 철모르는 말을 하니 그렇지."

농부는 수작을 파하고 돌아섰다.

"허허, 망신이로고. 자, 농부네들 일들 하시오."

하직하고 한 모롱이를 돌아드니 한 아이를 만났다. 아이는 주령 막대 끌면서 시조時調 절반 사설辭說 절반 섞어 늘어놓았다.

"오늘이 며칠인고. 천 리 길 한양성을 며칠 걸어 올라가랴. 조자룡의 월강越江하던 청총마青驄馬가 있다면 오늘 안에 가련마는 불쌍하다. 춘향 이는 이 서방을 생각해 옥중에 갇혀서 명재경각命在頃刻 목숨이 꼭 죽을 지경에 이름이니 불쌍하다. 몹쓸 양반 이 서방은 일거 소식 돈절하니 양반의 도 리는 그러한가."

어사또는 이 말 듣고 아이에게 물었다.

"이 애, 어디 사니?"

"남원읍에 사오."

"어디를 가니?"

"서울 가오."

"무슨 일로 가니?"

"춘향의 편지 갖고 구관 댁에 가오."

"이 애, 그 편지 좀 보자꾸나."

"그 양반 철모르는 양반이네."

"웬 소리인고?"

"글쎄 들어 보오. 남아男兒 편지 보기도 어렵거든 하물며 남의 내간內簡 부녀자가 쓰는 편지을 보자고 한단 말이오."

"이 애 들어라. 행인임발우개봉行人臨發又開封 곧 길을 떠나려는 순간에도 편지의 겉 봉을 떼어 본다는 말이란 말이 있느니라. 좀 보면 어떠하랴?"

"그 양반 몰골은 흉악하구만 문자 속은 기특하오. 얼른 보고 주오."

"후레자식이로고."

편지 받아 읽어 보니 사연이 구구절절이었다.

일차 이별 후 소식이 적조積阻 오랫동안 소식이 막힘하니 도련님 시봉侍奉 모시어 받 들 체후만안體候萬安 살아가는 형편이 다 편안함하옵신지 원절복모願切伏慕 간절히 원하며 공손히 사모함하옵니다. 춘향은 장대뇌상杖臺牢上 곤장을 맞고 감옥에 갇힘에 관봉치패 官逢致敗 관으로부터 재난을 당하고 모든 것이 결딴남하고 명재경각이라. 지어사경至於死境 죽을 지경에 이름에 혼비황릉지묘魂飛黃陵之廟 혼이 황릉묘로 날아감해 출몰귀관出沒鬼關 혼이 저승으로 들어가는 문을 드나듦하니 첩신妾身이 수유만사雖有萬死 만 번 죽음나 단지 열불이경烈不二更이요 첩지사생妾之死生 첩의 죽고 삶과 노모 형상이 부지하경不知 何境 어떤 지경에 이를지 알지 못함이오니 서방님 심량처지深諒處之 깊이 헤아려 처리함하옵 소서.

편지 끝에

작년 어느 때에 임과 첩이 이별했던고

엊그제 겨울눈이 내리더니 또 가을이 가네

광풍 깊은 밤에 눈물이 눈처럼 떨어지니

어찌하여 남원 옥의 죄수가 되었나


혈서였는데 평사낙안 기러기 격으로 그저 툭툭 찍은 것이 모두 다 애고哀告 애처로운 고백로다. 어사또 보더니 두 눈에 눈물이 들거니 맺거니 방울방울 떨어지니 아이가 한마디 내뱉었다.

"남의 편지 보고 왜 우시오."

"여기 있다 이 애, 남의 편지라도 설운 사연을 보니 자연 눈물이 나는구나."

"여보, 인정 있는 체하다 남의 편지 눈물 묻어 찢어지오. 그 편지 한 장 값이 열닷 냥이오. 편지 값 물어내오."

"이것 보아라. 이 도령이 나와는 죽마고우인데 나와 함께 내려오다 볼일이 있어 완영完營 전주 감영에 들렀다. 내일 남원에서 만나자 언약했으니 나를 따라가 있다가 그 양반을 뵈어라."

"서울을 저 건너로 아시오. 편지 이리 내오."

상지相持 서로 자기의 의견만을 고집하며 양보하지 않음할 제 옷 앞자락을 잡고 실랑이하며 살펴보니 명주 전대돈이나 물건을 넣어 허리에 매거나 어깨에 두르기 편하도록 만든 자루를 허리에 둘렀는데 제기祭器 접시 같은 것이 들었거늘 깜짝 놀라 물러나며 물었다.

"이것 어디서 났소. 찬바람이 나오."

"이놈, 만일 천기누설하면 생명을 보전치 못하리라."

당부하고 남원으로 들어올 제 뒷산에 올라서서 사면을 둘러보니 산도 예전에 보던 산이요, 물도 예전에 보던 물이구나. 어사또는 남문 밖으로 썩 내달았다.

"광한루야, 잘 있었더냐. 오작교야, 무사하냐."

객사청청유색신客舍靑靑柳色新 객사의 푸른 버들색이 새로움은 나귀 매고 놀던 데요, 청운낙수靑雲洛水 푸른 구름 맑은 물는 내 발 씻던 청계수淸溪水라. 녹수진경綠樹秦京 푸른 나무가 늘어서 있는 진나라의 서울 넓은 길은 왕래하던 옛길이라.

오작교 다리 밑에 빨래하는 여인들이 계집아이와 섞여 앉아 있었다.

"애고애고, 불쌍하더라. 춘향이가 불쌍하더라. 모질더라, 모질더라. 우리 고을 사또 모질더라. 절개 높은 춘향이를 힘으로 겁탈하려 한들 철석 같은 춘향이 죽는 것을 두려워할까. 무정하다. 무정하더라. 이 도령이 무정하더라."

저희끼리 공론하며 추적추적 빨래하는 모양은 영양 공주, 난양 공주, 진채봉, 계섬월, 백능파, 적경홍, 심요연, 가춘운 『구운몽』에 나오는 팔 선녀 같다마는 양소유가 없으니 누구를 찾아 앉았는고.

일락서산 황혼시에 춘향 집 앞에 당도하니 행랑은 무너지고 몸채는 꾀기둥이나 그 밖의 구조물을 말하는 옛말를 벗었는데 과거에 보던 벽오동은 수풀 속에 우뚝 서서 바람을 못 이기어 추레하게겉모양이 허술해 보잘것없게 서 있었다. 단장 밑에 백두루미는 함부로 다니다가 개한테 물렸는지 깃도 빠지고 다리를 징금 끼룩 뚜루룩 울음 울고 문빗장전 누렁개는 기운 없이 졸다가 구면객舊面客을 몰라보고 꽝꽝 짖고 내달으니,

"개야, 짖지 마라. 주인 같은 손님이다. 네 주인 어디 가고 네가 나와 반기느냐."

중문을 바라보니 내 손으로 쓴 충성 충忠 자 완연하더니 가운데 중中 자는 어디 가고 마음 심心 자만 남아 있고 와룡장자臥龍莊字 용같이 힘 있는 글씨 입

춘서立春書는 동남풍에 펄렁펄렁 이내 수심 돋우었다. 그렁저렁 들어가니 내정內庭 안뜰은 적막한데 춘향 모 거동 보소. 미음솥에 불 넣으며 신세 한탄하고 있다.

"애고애고 모질도다, 모질도다. 이 서방이 모질도다. 위경危境 위태한 지경에 처해 있는 내 딸 아주 잊어 소식조차 돈절頓絶 편지나 소식 따위가 딱 끊어짐하네. 애고애고 설운지고. 향단아, 이리와 불 넣어라."

하고 나오더니, 울안의 개울물에 흰 머리 감아 빗고 정화수 한 동이를 단하에 받쳐 놓고 땅에 엎드려 축송했다.

"천지지신天地之神 일월성신日月星辰은 화위동심化爲同心 한 가지 마음으로 행하옵소서. 다만 독녀 춘향이를 금쪽같이 길러 내어 외손봉사外孫奉祀 직계 비속이 없어 외손이 대신 제사를 받음 바라더니 무죄한 매를 맞고 옥중에 갇혔으니 살릴 길이 없사옵니다. 천지지신은 감동하사 한양성 이몽룡을 청운에 높이 올려 내 딸 춘향을 살려 주시옵길 바라옵니다."

빌기를 다한 후에,

"향단아, 담배 한 대 붙여 다오."

춘향 모가 받아 물고 '후유' 한숨 눈물 지을 적에 어사또는 춘향 모의 정성을 보고 생각했다.

'내가 벼슬한 게 선영음덕先塋陰德 조상님의 숨은 덕행으로 알았더니 다 우리 장모 덕이구나.'

"그 안에 누구 있나."

"누구시오?"

"나일세."

"나라니 누구신가?"

어사 들어가며,

"이 서방일세."

"이 서방이라니. 옳지, 이풍헌 아들 이 서방인가."

"허허, 장모 망령이로세. 나를 몰라, 나를 몰라."

"자네가 누구여?"

"사위는 백년지객이라 했으니 어찌 나를 모르는가."

춘향 모 반겨하며,

"애고애고, 이게 웬일인고. 어디 갔다 이제 오나. 풍세대작風勢大作 바람이 세차게 붊 바람결에 실려 왔나. 하운기봉夏雲奇峰 기이한 모양의 산봉우리같이 솟아오르는 여름철의 구름 속에 싸여 왔나. 춘향의 소식 듣고 살리려고 와 계신가. 어서서어서 들어가세."

손을 잡고 들어가서 촛불 앞에 앉혀 놓고 자세히 살펴보니, 걸인 중에 상걸인이 되었구나.

"이게 웬일이오."

"양반이 그릇되매 형언할 수 없네. 그때 올라가서 벼슬길 끊어지고 탕진가산蕩盡家産해 부친께서는 학장질서당 훈장 가시고 모친은 친가로 가시니 제각기 갈리었네. 나는 춘향에게 내려와 돈 천이나 얻어 갈까 했더니 와서 보니 양가 이력 말이 아닐세."

춘향 모는 이 말 듣고 기가 막혀 말했다.

"무정한 이 사람아. 이별 후 소식이 없었으니 그런 인사가 있으며 후기後期 뒷날의 출세인지 바랐더니 어찌 이리됐나. 쏘아 놓은 살이 되고 엎질러진 물이 되었으니 수원수구誰怨誰咎 누구를 원망하고 누구를 탓하겠냐는 뜻할까마는 내 딸 춘향 어쩔라나."

어사또는 짐짓 춘향 모가 하는 거동을 보려고 수작을 건넸다.

"시장해 죽겠네. 나 밥 한술 주소."

"밥 없네."

어찌 밥 없을까마는 춘향 모 홧김에 하는 말이었다. 이때 향단이 옥에 갔다 오더니 저의 아씨 야단 소리에 가슴이 우둔우둔 정신이 울렁울렁, 정처 없이 들어가서 가만히 살펴보니 전의 서방님이 와 계시구나. 어찌 나 반갑던지 급히 들어갔다.

"향단이 문안드리오. 대감님 문안이 어떠하시며 대부인 기후 안녕하옵시며 서방님께서도 원로에 평안히 행차하셨습니까."

"오냐. 고생이 없느냐."

"소녀 몸은 무탈하옵니다. 아씨, 아씨 큰아씨. 마오, 마오, 그리 마오. 멀고 먼 천 리 길에 춘향 아씨 보려고 와 계신데 이 괄시가 웬일이오. 아씨가 아시면 지레 야단이 날 것이니 너무 괄시 마옵소서."

부엌으로 들어가더니 먹던 밥에 풋고추 저리김치<sup>무나 배추를 소금에 익힌 김</sup><sub>치</sub> 양념 넣고 단간장에 냉수 가득 떠서 모반에 받쳐 주었다.

"더운 진지 차릴 동안에 시장하신데 우선 요기부터 하옵소서."

"밥아, 너 본 지 오래로구나."

여러 가지를 한데다가 붓더니 숟가락 댈 것 없이 손으로 뒤적여 한편으로 몰아치더니 마파람에 게 눈 감추듯 하는구나.

춘향 모 하는 말이,

"얼씨구 밥 빌어먹기는 공성이 났구나."

향단이는 저의 아가씨 신세를 생각해 크게 울지도 못하고 체읍<sup>涕泣 눈물</sup><sub>을 흘리며 슬피 욺</sub>하며 우는 말이,

"어쩔거나, 어쩔거나. 도덕 높은 우리 춘향 아씨 어찌 살리시려오. 어쩔거나, 어쩔거나."

실성으로 우는 양을 어사또 보니 기가 막혔다.

"향단아, 울지 마라 울지 마라. 너의 아씨가 설마 살지 죽을쏘냐. 행실이 지극하면 사는 날이 있느니라."

춘향 모 듣더니,

"애고, 양반이라고 오기는 있어서 대체 자네가 왜 이 모양인가."

향단이 하는 말이,

"우리 큰아씨 하는 말을 조금도 괘념 마옵소서. 나이가 많아 노망한 중에 이 일을 당하니 홧김에 하는 말이라오. 더운 진지 잡수시오."

어사또 밥상 받고 생각하니 분기탱천慎氣撑天 분한 기운이 하늘을 찌를 것 같음하여 마음이 울적, 오장이 울렁울렁, 저녁밥이 맛이 없네.

"향단아, 상 물려라."

담뱃대 투툭 털며

"여보소 장모, 춘향이나 좀 보아야지."

"그러지요. 서방님이 춘향을 아니 보아서야 인정이라 하오리까."

향단이 말했다.

"지금은 문 닫았으니 파루罷漏 통행금지를 해제하기 위해 오경 삼점에 종각의 종을 서른세 번 치던 일 치거든 갑시다."

이때 마침 파루를 뎅뎅 치는구나. 향단이는 미음상 이고 등롱 들고 어사또는 뒤를 따라 옥문 앞에 당도하니 인적이 고요하고 쇄장이도 간곳없었다.

이때 춘향이 비몽사몽간에 서방님이 오셨는데 머리에는 금관이요, 몸에는 홍삼이라. 상사일념에 목을 안고 만단정회萬端情懷 온갖 정과 회포하는구나.

"춘향아."

부른들 대답이 있을쏘냐.

어사또 하는 말이,

"크게 한번 불러 보오."

"모르는 말씀이오. 예서 동헌이 마주치는데 소리가 크게 나면 사또 염문廉問 사정이나 형편 따위를 몰래 물어봄할 것이니 잠깐 기다리옵소서."

"무에 어때, 염문이 무엇인고. 내가 부를 테니 가만히 있소. 춘향아."

부르는 소리에 춘향이 깜짝 놀라 일어났다.

"허허, 이 목소리 잠결인가, 꿈결인가. 그 목소리 괴이하다."

어사또 기가 막혀 한마디 했다.

"내가 왔다고 말을 하소."

"왔다는 말을 하면 기절담락氣絶膽落 매우 놀라서 정신을 잃음할 것이니 가만히 계시옵소서."

춘향은 저의 모친 음성을 듣고 깜짝 놀라 말했다.

"어머니, 어찌 오셨소. 몹쓸 딸자식을 생각하며 천방지방天方地方 너무 급해 허둥지둥 함부로 날뜀 다니다가 낙상落傷하기 쉽소. 이후에는 오시지 마소서."

"나는 염려 말고 너나 정신을 차리어라. 여기 누가 왔다."

"오다니 누가 와요."

"그저 왔다."

"갑갑해 나 죽겠소. 일러 주오. 꿈속에서 임을 만나 만단정회했더니 혹시 서방님께서 기별 왔소? 언제 오신다는 소식 왔소? 벼슬 띠고 내려온다는 노문路文 옛날 벼슬아치가 당도할 때 날짜를 미리 갈 곳에 알리던 공문 왔소? 답답하오."

"너의 서방인지 남방인지, 걸인 하나 내려왔다."

"허허, 이게 웬 말인가. 서방님이 오시다니 몽중에 보던 임을 생시에 본다는 말인가."

문틈으로 손을 잡고 말 못하고 기가 막혀

"애고, 이게 누구시오? 아마도 꿈이로다. 상사불견相思不見 서로 그리워하면서도 만나지 못함 그린 임을 이리 쉽게 만날쏜가? 이제는 죽어도 한이 없네. 어찌 그리 무정한가. 박명하다 나의 모녀. 서방님과 이별 후에 자나 누우나 임 그리워 일구월심日久月深 날이 오래고 달이 깊어 간다는 뜻으로, 세월이 흐를수록 더함을 이름 한이더니 이내 신세 이리되어 곧 죽게 되니 날 살리려 오셨소?"

한참 이리 반기다가 임의 형상 자세히 보니 어찌 아니 한심하랴.

"여보 서방님, 내 몸 하나 죽는 것은 서러운 마음 없지만 서방님이 이 지경이 되다니 웬일이오."

"오냐 춘향아, 설워 마라. 인명이 재천인데 설마한들 죽을쏘냐."

춘향은 저의 모친을 불러 당부했다.

"한양성 서방님을 칠년대한七年大旱 가문 날에 갈민대우渴民待雨 가뭄에 지친 백성들이 비를 기다림 기다린들 나와 같이 자진턴가. 심은 나무가 꺾이고 공든 탑이 무너졌네. 가련하다 이내 신세 하릴없이 되었구나. 어머니, 나 죽은 후에라도 원이나 없게 해 주오. 내가 입던 비단 장옷 봉장鳳欌 봉황의 모양을 새겨 꾸민 옷장 안에 들었으니 그 옷 팔아다가 한산세저韓山細苧 충청남도 한산에서 나는 세모시로 바꾸어서 물색 곱게 도포 짓고, 백방사주 긴 치마를 되는 대로 팔아다가 관, 망, 신발 사 드리시오. 절병, 천은비녀, 밀화장도, 옥지환이 함 속에 들었으니 그것도 팔아다가 한삼汗衫 두루마기나 저고리 따위의 두 소매에 길게 덧댄 소매, 고의袴衣 속적삼과 속곳, 불초不肖 아버지를 닮지 않았다는 뜻으로 못나고 어리석은 사람을 말함치 않게 해 주소. 오늘 내일 사이에 죽을 년이 세간 두어 무엇할까? 용장, 봉장, 빼닫이서랍장를 되는대로 팔아다가 별찬別饌 유별나게 잘 만든 반찬 진지 대접하오. 나 죽은 후에라도 날 본 듯이 섬기소서.

서방님은 제 말씀 들으시오. 내일이 본관 사또 생신이라. 취중에 주망

酒毒 심한 술주정 나면 저를 올려 칠 것이니 형문 맞은 다리 장독杖毒 매를 심하게 맞아 생긴 상처의 독이 났으니 수족인들 놀릴쏜가? 만수운환漫垂雲鬟 가닥가닥 흩어져 드리워진 쪽 찐 머리 흐트러진 머리 이렁저렁 걸어 얹고 이리 비틀 저리 비틀 들어가서 장폐杖斃 곤장을 맞고 죽음하거들랑 삯군인 체 달려들어 둘러업고 우리 둘이 처음 만나 놀던 부용당芙蓉堂 남원에 있는 부용지의 별당의 적막하고 요적寥寂 고요하고 적적함한 데 뉘어 놓고 서방님 손수 염습殮襲 시신을 씻긴 후 수의를 갈아입히고 염포로 묶는 일하되 나의 혼백 위로해 입은 옷 벗기지 말고 양지 끝에 묻었다가 서방님 귀하게 되어 청운에 오르거든 일시도 두지 말고 육진장포六鎭長布 함경북도 육진에서 나는 척수가 긴 베 개렴改殮 다시 고쳐 염습함해 조촐한 상여 위에 덩그렇게 실은 후에 북망산천北邙山川 무덤이 많은 곳, 사람이 죽어서 가는 곳 찾아갈 제 앞 남산 뒷 남산 다 버리고 한양성으로 올려다가 선산 발치에 묻어 주고 비문에 새기기를 수절원사춘향지묘守節寃死春香之墓 수절하다 억울하게 죽은 춘향의 묘라 여덟 자만 새겨 주오. 망부석望夫石 여인이 남편을 기다리다 죽어 바위가 되었다는 전설적인 돌이 아니 될까? 서산에 지는 해는 내일 다시 오련마는 불쌍한 춘향이는 한번 가면 언제 다시 올까? 신원伸寃 가슴에 맺힌 원한을 풀어 버림이나 해 주오. 애고애고, 내 신세야. 불쌍한 나의 모친 나를 잃고 가산을 탕진하면 하릴없이 걸인되어 이집 저집 걸식하다가 언덕 밑에 조속조속꼬박꼬박 기운 없이 조는 모양 졸면서 자진하여 죽게 되면 지리산 갈까마귀 두 날개를 떡 벌리고 둥덩실 날아들어 까옥까옥 두 눈을 다 파먹은들 어느 자식이 쫓아 주리.”

애고애고 섧게 울 제 어사또가 달래었다.

“울지 마라. 하늘이 무너져도 솟아날 구멍이 있느니라. 네가 나를 어찌 알고 이렇듯이 설워하냐?”

어사또는 춘향과 작별하고 춘향 집으로 돌아왔다.

춘향이는 야삼경에 서방님을 번개같이 얼른 보고 옥방에 홀로 앉아 탄식했다.

"명천明天은 사람을 낼 제 별로 후박厚薄 두꺼움과 얇음이 없건마는 나는 무슨 죄로 이팔청춘에 임 보내고 모진 목숨 살아 이 형문 이 형장 무슨 일인고? 옥중 고생 삼사 삭에 밤낮 없이 임 오시기만 바라더니 이제는 임의 얼굴 보았으되 광채 없이 되었구나. 죽어 황천으로 돌아간들 제왕전諸王前에 무슨 말을 자랑하리."

애고애고 섧게 울 제 자진해 반생반사하는구나.

육방六房 승정원 및 각 지방 관아에 둔 여섯 부서 염문 다한 후에 춘향 집 돌아와서 그 밤을 샌 연후에 이튿날 조사朝仕 벼슬아치가 아침마다 으뜸 벼슬아치를 만나 봄 끝에 근읍近邑 수령이 모여들었다. 운봉 영장營將 팔도의 감영과 병영에 딸린 각 진영의 장관, 구례, 곡성, 순창, 옥과, 진안, 장수 원님이 차례로 모여들었다. 좌편에 행수군관行首軍官 우두머리 군관, 우편에 청령사령聽令使令 관에서 내리는 명령을 받아 전하는 사령, 한가운데 본관은 주인이 되어 하인 불러 분부했다.

"관청색官廳色 수령의 음식물을 맡아 보던 사령 불러 다담茶啖 손님 대접을 위해 내놓는 다과을 올리라. 육고자肉庫子 관청에 육류를 바치던 관노 불러 큰 소를 잡고, 예방禮房 불러 고인鼓人 악공을 대령하고, 승발承發 지방 관아의 아전 밑에서 잡무를 보던 사람 불러 차일遮日 천으로 만든 햇빛 가리개을 대령하라. 사령使令 각 관아에서 심부름하던 사람 불러 잡인을 금하라."

이렇듯 요란할 제, 기치旗幟 진중에서 쓰던 깃발 군물軍物이며 육각六角 북, 장구, 해금, 피리, 한 쌍의 태평소로 이루어진 악기 편성 풍류 반공에 떠 있고, 녹의홍상綠衣紅裳 연두저고리에 다홍치마 기생들은 백수나삼白手羅衫 흰 소매가 달린 비단 적삼 높이 들어 춤을 추고, 지화자 덩실 하는 소리 어사또 마음이 심란하구나.

"여봐라, 사령들아. 너희들의 원전에 여쭈어라. 먼 데 있는 걸인이 좋은 잔치에 왔으니 주효酒肴 술과 안주 좀 얻어먹자고 여쭈어라."

저 사령 거동 보소.

"어느 양반인데 우리 안전案前 하급 관리가 상급 관리를 일컫는 존칭님 걸인 혼금閽
禁 관아에서 잡인의 출입을 금하던 일하니 그런 말은 하지도 마오."

등을 밀쳐 내니 어찌 아니 명관名官인가? 운봉은 그 거동을 보고 본관
에게 청했다.

"저 걸인의 의관은 남루하나 양반의 후예인 듯하니 말석에 앉히고 술
잔이나 먹여 보냄이 어떠하오?"

"운봉 소견대로 하오마는……."

본관의 '마는……' 소리 뒷입맛이 사납것다.

운봉이 분부했다.

"저 양반 듭시라고 하라."

어사또가 들어가 단좌端坐 단정히 앉음하고 좌우를 살펴보니, 당상堂上의
모든 수령 다담을 앞에 놓고 진양조길고 느린 음조의 가락 양양洋洋 우렁차게 널리 퍼
짐할 제 어사또 상을 보니 어찌 아니 통분하랴? 모 떨어진 개상판개다리소
반에 닥채 저붐닥나무 가지로 만든 젓가락의 방언, 콩나물, 깍두기, 막걸리 한 사발
놓았구나. 상을 발길로 탁 차 던지며 운봉의 갈비를 직신거렸다짓궂은 말이
나 행동으로 자꾸 귀찮게 굴다.

"갈비 한 대 먹읍시다."

"다라도 잡수시오."

하고 운봉이 하는 말이,

"이러한 잔치에 풍류로만 놀아서는 맛이 없으니 차운次韻 남이 지은 시의 운
자를 따서 시를 지음 한 수씩 하면 어떠하오?"

"그 말이 옳다."

운봉이 운韻을 낼 제, 높을 고高 자, 기름 고膏 자 두 자를 내놓고 차례로 운을 달 제 어사또가 한마디 했다.

"걸인도 어려서 추구권抽句卷 옛글에서 잘된 구절을 뽑아 만든 책이나 읽었는데 좋은 잔치에 참석해 주효를 포식하고 그저 가기 무렴無廉 염치 없음하니 차운 한 수 하겠습니다."

운봉이 반겨 듣고 필연筆硯 붓과 벼루을 내주니 좌중이 다 못해 글 두 구句를 지었으되, 민정民情 백성의 형편을 생각하고 본관의 정체政體 통치 형태를 생각해 지었것다.

금준미주 천인혈金樽美酒 千人血 금동이의 향기로운 술은 일천 사람의 피요

옥반가효 만성고玉盤佳肴 萬姓膏 옥소반의 기름진 안주는 일만 사람의 기름이라

촉루낙시 민루락燭淚落時 民淚落 촛불 눈물 떨어질 때에 백성의 눈물이 떨어지고

가성고처 원성고歌聲高處 怨聲高 노랫소리 높은 곳에 백성의 원망 높더라

이렇듯이 지었으되, 본관은 몰라보고 운봉은 이 글을 보며 내념內念 속마음에 '아뿔싸, 일이 났다'라고 겁을 냈다.

이때 어사또 하직하고 간 연후에 운봉은 공형 불러 분부했다.

"야야, 일이 났다."

공방工房 불러 포진鋪陳 바닥에 까는 방석이나 돗자리 단속, 병방兵房 불러 역마驛馬 단속, 관청색 불러 다담 단속, 옥 형리刑吏 불러 죄인 단속, 집사執事 불러 형구刑具 단속, 형방刑房 불러 문부文簿 문서와 장부 단속, 사령 불러 합번合番 숙직 단속, 한참 이리 요란할 제 물색없는눈치 없는 저 본관이 운봉에게 물었다.

"여보, 운봉은 어디를 그리 바삐 다니시오?"

"소피所避 오줌을 완곡하게 이르는 말하고 들어왔소."

주광酒狂 술주정이 심함이 난 본관이 분부했다.

"춘향을 급히 올리라."

이때 어사또 군호軍號 서로 눈짓이나 말 따위로 몰래 연락함할 때 서리胥吏 보고 눈을 주니 서리, 중방中房 거동 보소. 역졸驛卒 불러 단속할 제 이리 가며 수군, 저리 가며 수군수군, 서리 역졸 거동 보소. 외올망건외올로 뜬 망건, 공단貢緞 무늬가 없는 두꺼운 비단 쎄기갓에 씌운 직물 새 평립平笠 역졸이나 보부상이 쓰던 갓의 일종 눌러 쓰고 석 자 감발버선이나 양말 대신 발에 감는 좁고 긴 무명 천 새 짚신에 한삼汗衫, 고의袴衣 남자의 여름 홑바지 산뜻 입고 육모방치 녹피鹿皮 사슴 껍질 끈을 손목에 걸어 쥐고 예서 번뜻 제서 번뜻, 남원읍이 우군우군, 청파 역졸靑坡驛卒 거동 보소. 어사또는 달 같은 마패를 번뜻 들었다.

"암행어사 출두요!"

외치는 소리에 강산이 무너지고 천지가 뒤눕는 듯, 초목금수草木禽獸 풀과 나무, 날짐승과 길짐승인들 아니 떨랴.

남문에서

"출두요!"

북문에서

"출두요!"

동문, 서문 출두 소리 청천에 진동하고

"공형 들라!"

외치는 소리에 육방이 넋을 잃어

"공형이오."

등채무장할 때 쓰던 채찍로 후다닥

"애고, 죽는다."

"공방, 공방!"

공방이 포진 들고 들어오며,

"안 하려던 공방을 하라더니 저 불속에 어찌 들랴."

등채로 후닥닥,

"애고, 박 터졌네."

좌수座首 향청의 우두머리, 별감別監 좌수에 버금가는 자리 넋을 잃고, 이방, 호방 실혼失魂 정신을 잃음하고, 삼색나졸三色羅卒 관아에 딸린 나장, 군뢰, 사령 분주하네. 모든 수령 도망할 제 거동 보소. 인궤印櫃 도장을 넣어 두던 궤 잃고 과줄꿀과 기름을 섞은 밀가루 반죽을 기름에 지진 과자 들고, 병부兵符 군대를 동원하는 표지로 쓰던 동글납작한 나무 잃고 송편 들고, 탕건宕巾 잃고 용수술이나 장을 거르는 데 쓰는 긴 통 쓰고, 갓 잃고 소반小盤 쓰고, 칼집 쥐고 오줌 누기. 부서지니 거문고요, 깨지느니 북, 장고라. 본관은 똥을 싸고 멍석 구멍 새앙쥐 눈 뜨듯 하고 내아로 들어갔다.

"어 추워라, 문 들어온다, 바람 닫아라. 물 마른다, 목 들여라."

관청색은 상을 잃고 문짝 이고 내달으니 서리, 역졸 달려들어 후닥닥,

"애고, 나 죽네!"

이때 수의사또繡衣使道 어사또가 분부했다.

"이 골은 대감大監 이몽룡의 아버지이 좌정하시던 골이라, 훤화喧譁 시끄럽게 지껄이고 떠듦를 금하고 객사客舍로 사처徙處 장소를 옮김하라."

"본관은 봉고파직封庫罷職 못된 짓을 한 원을 파면하고 관가의 창고를 봉해 잠금하라."

"본관은 봉고파직이오!"

어사또는 사대문에 방 붙이라 명했고 옥 형리 불러 호령했다.

"네 고을 옥수獄囚 옥에 갇힌 죄인를 다 올리라."

죄인을 올리거늘, 각각 문죄 후에 무죄자 방송放送 죄인을 감옥에서 풀어 주던 일할 제 형리에게 물었다.

"저 계집은 누구인가?"

"기생 월매의 딸이옵니다. 관정官庭에 포악한 죄로 옥중에 있사옵니다."

"무슨 죄인가?"

"본관사또 수청하라고 불렀더니 수절이 정절이라 수청 아니 들려 하고, 관전官前에 포악한 춘향이로소이다."

어사또는 춘향에게 분부했다.

"수절한다고 관정 포악했으니 살기를 바랄쏘냐. 죽어 마땅하되 내 수청도 거역할까?"

춘향은 기가 막혀,

"내려오는 관장官長마다 개개이 명관이로구나. 수의사또 들으시오. 층암절벽 높은 바위가 바람 분들 무너지며, 청송녹죽青松綠竹 푸른 소나무와 푸른 대나무 푸른 나무가 눈이 온들 변하오리까? 그런 분부 마옵시고 어서 바삐 죽여 주오."

어사또는 기가 막혀 금낭을 열고 옥지환을 꺼내 기생 불러 춘향 주니 춘향이 옥지환 보고 정신이 혼미해 어쩔 줄 모르다가 손에다 껴 보는구나.

"이전에 꼈을 때는 손에 꼭 맞았는데 그새 옥중 고생에 몸이 축나 그러한지 헐렁헐렁하는구나."

지환 보고 위를 보니 어제저녁 옥 문간에 걸객乞客 의관을 갖추고 다니며 얻어먹는 사람으로 왔던 낭군, 어사또 되어 앉았구나. 반웃음 반울음에,

"얼씨구나 좋을시고. 어사 낭군 좋을시고. 남원 읍내 추절秋節 들어 떨어지게 되었더니, 객사에 봄이 들어 이화춘풍李花春風 오얏꽃에 부는 봄바람. 이몽룡이 춘향을 구해 줌을 비유하는 말 날 살린다. 꿈이냐 생시냐, 꿈을 깰까 염려로다."

이때 춘향 모는 삼문 밖에 서서 가만히 지켜보다가 춘향 노는 거동 보고 들어가고 싶지만 전날 어사에게 과하게 해 차마 들어가지 못하다가 춘향이 찾는 소리에,

"어사 장모 들어간다. 아들 낳기 힘쓰지 말고 춘향 같은 딸을 낳아 이런 즐거움들 보소! 얼씨구절씨구! 지화자 좋을시고!"

어사또 반만 웃고 수형리<sup>형리의 우두머리</sup> 불러 본관의 전후 죄목 낱낱이 적어 내어 나라에 장계<sup>狀啓 왕명을 받고 지방에 나가 있는 신하가 자기 관하(管下)의 중요한 일을 왕에게 보고하던 일</sup>하고 옥중의 죄수들을 일병<sup>一竝 죄다</sup> 방송하니 갇혔던 죄인들이 춤을 추며 어사를 송덕하며 만세를 부르더라.

한참 즐길 적에 춘향 모 들어와서 가없이 즐겨 하는 말을 어찌 다 설화<sup>說話</sup>하랴? 춘향의 높은 절개 광채 있게 되었으니 어찌 아니 좋을쏜가? 어사또 남원 공사<sup>公事</sup> 닦은 후에 춘향 모녀와 향단이를 서울로 치행할 때 위의<sup>威儀</sup> 찬란하니 세상 사람들이 누가 아니 칭찬하랴. 이때 춘향이 남원을 하직할 때, 영귀<sup>榮貴 높고 귀함</sup>하게 되었건만 고향을 떠나니 일희일비라.


놀고 자던 부용당아

너 부디 잘 있거라

광한루, 오작교며 영주각도 잘 있거라

봄풀은 해마다 푸르건만

왕손<sup>王孫</sup>은 돌아가서는 돌아오지 않네

이는 나를 두고 이름이라

제각기 이별할 제 만세무량 하옵소서

다시 보긴 망연<sup>茫然 아득함</sup>하구나

이때 어사또는 좌우 도를 순읍巡邑 고을을 돌아봄해 민정을 살핀 후에 서울로 올라가 어전御前에 숙배하니 삼당상三堂上 육조의 판서와 참판, 참의 입시해 문부文簿를 사정査定한 후에 임금이 대찬大讚 크게 청찬함하고 즉시 이조 참의吏曹參議 이조 정삼품의 당상관 대사성大司成으로 봉하고, 춘향을 정렬부인貞烈夫人으로 봉했다. 사은숙배謝恩肅拜 임금의 은혜에 감사하며 공손하고 경건하게 절을 올리던 일하고 물러 나와 부모 전에 뵈오니 성은聖恩을 축수祝壽하더라.

이때 이판吏判, 호판戶判, 좌우 영상左右領相 좌의정과 우의정, 영의정 다 지내고, 퇴사退仕 벼슬아치나 구실아치가 직위를 내놓고 물러나던 일 뒤 정렬부인과 더불어 백년동락하니 삼남 이녀를 두었다. 개개이 총명해 그 부친을 압두壓頭 상대편을 누르고 첫째 자리를 차지함하더라. 계계승승繼繼承承해 직거일품職居一品 벼슬살이를 함에 있어 첫째 품계를 차지함하고 만세유전 했다. 🖊

# 춘향전

## 📝 작품 정리

- **작가**  미상
- **갈래**  국문 소설, 판소리계 소설, 염정 소설, 애정 소설
- **성격**  해학적, 풍자적
- **배경**  시간 – 조선 후기 / 공간 – 전라도 남원
- **시점**  3인칭 전지적 작가 시점
- **구성**  '발단 – 전개 – 위기 – 절정 – 결말'의 5단계 구성
- **특징**  • 4 · 4조 중심의 운문체와 산문체의 혼합형임
  - 해학과 풍자의 기법으로 희극미를 창출함
  - 한문체와 국문체, 문어체와 구어체, 한시와 민요 등을 사용함
- **주제**  신분을 초월한 남녀 간의 사랑
- **의의**  「구운몽」과 함께 대표적인 서민 소설임
- **출전**  완판본 『열녀춘향수절가』

## 📝 구성과 줄거리

- **발단**  **이몽룡과 춘향은 광한루에서 만나 사랑을 나눔**

  이몽룡의 아버지 이 한림은 남원 부사가 되어 부임한다. 어느 봄날, 남
  원 퇴기 월매의 딸인 춘향은 광한루로 나들이를 나온다. 마침 방자와
  함께 바람을 쐬러 나온 이 한림의 아들 이몽룡이 춘향을 보고 첫눈에
  반한다.

- **전개**  **이몽룡은 가족을 따라 서울로 떠남**

  춘향과 이몽룡은 하루하루 사랑을 키워 간다. 두 사람은 서로 사랑하는 마음이 깊어 잠시도 떨어져 있지 못한다. 어느 날 이몽룡은 아버지로부터 함께 서울로 떠날 준비를 하라는 통보를 받게 된다.

- **위기**  **춘향은 정절을 지키다가 옥에 갇힘**

  이 한림이 떠나고 남원 고을엔 변학도라는 부사가 부임한다. 변학도는 전형적인 탐관오리인데, 부임 첫날부터 기생 점고를 하더니 춘향에게 수청을 들게 한다. 변학도의 명령을 거절한 춘향은 옥에 갇혀 갖은 고초를 겪는다.

- **절정**  **이몽룡은 과거에 급제하고 암행어사가 되어 내려옴**

  이몽룡은 장원 급제해 삼남 암행어사에 임명된다. 때마침 변학도는 자신의 생일을 맞아 성대하게 잔치를 열고 이몽룡은 암행어사로 출두해 변학도의 죄를 벌한다.

- **결말**  **이몽룡과 춘향은 행복한 일생을 보냄**

  춘향은 이몽룡을 따라 서울로 올라가고 두 사람은 결혼해 백년해로한다.

## 생각해 보세요

### 1 춘향은 어떤 인물인가?

춘향은 이몽룡이 서울로 떠나게 되자 자신의 사랑을 지키기 위해 분노의 표현도 서슴지 않는다. 또 이몽룡에 대해서는 순종적이고 관능적인 태도를 취하지만 변학도에 대해서는 저항적이고 도덕적인 태도를 취한다. 이러한 도덕성과 저항심 덕분에 결국 사회의 인습을 극복한다.

## 2 「춘향전」의 판본에는 어떤 것들이 있는가?

「춘향전」은 목판본(경판본, 완판본, 안판본), 활자본, 필사본(만화본 춘향가), 판소리 사설 등 120여 종이 넘는 이본이 존재한다. 이 가운데 경판본과 완판본은 기본적으로 향유 계층이 다르다. 경판본은 지배 계층의 욕망이 반영되어 있어서 이몽룡에게 초점이 맞춰져 있고, 완판본은 피지배 계층의 욕망이 반영되어 있어서 춘향에게 초점이 맞춰져 있다.

## 3 서정주 시인의 「추천사」는 「춘향전」의 갈등 구조 가운데 어디에 초점을 맞춘 것인가?

향단아 그넷줄을 밀어라. / 머언 바다로 / 배를 내어 밀듯이 / 향단아. // 이 다소곳이 흔들리는 수양버들 나무와 / 배갯모에 뇌이듯 한 풀꽃 더미로부터, / 자잘한 나비 새끼 꾀꼬리들로부터 / 아주 내어 밀듯이, 향단아. // 산호珊瑚도 섬도 없는 저 하늘로 / 나를 밀어 올려다오. / 채색彩色한 구름같이 나를 밀어 올려다오. / 이 울렁이는 가슴을 밀어 올려다오! // 서西으로 가는 달같이는 / 나는 아무래도 갈 수가 없다. // 바람이 파도를 밀어 올리듯이 / 그렇게 나를 밀어 올려다오. / 향단아.

궁극적으로 춘향의 갈등은 이몽룡이나 변학도와는 무관하다. 춘향이 지닌 갈등의 원인은 어디까지나 자신의 비천한 신분에 근거하기 때문이다. 춘향이 이몽룡의 정실부인이 된 후에야 비로소 춘향과 사회와의 갈등이 해소된다. 따라서 「추천사」 속의 춘향이 가고자 하는 '저 하늘'은 신분 제약에서 벗어날 수 있는 장소이다. 즉, 「추천사」는 신분 제약에서 벗어나고 싶은 춘향의 욕망을 중점적으로 보여 준다고 할 수 있다.

# 조선 시대 2 朝鮮時代

### • 가정 소설 家庭小說

가정 소설이란 가정사를 다루는 소설을 말합니다. 가문 소설이나 가족사 소설이라는 새로운 용어가 등장하면서, 가족 당대當代의 사건만을 대상으로 하는 작품을 가정 소설이라고 규정하고 있습니다. 서구 문학에서 잘 쓰이지 않는 가정 소설이라는 용어를 한국 문학에서 쓴 이유는 처첩 간의 갈등, 전처소생과 후처의 갈등, 적통주의 등을 내세운 작품이 많이 쓰였기 때문입니다.

• 사씨남정기  • 창선감의록  • 장화홍련전

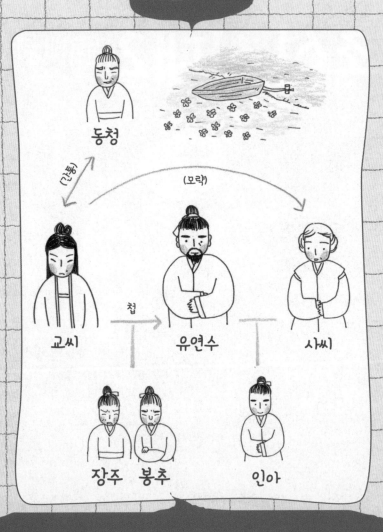

# 인물관계도

동청

(간통)

(모략)

교씨

첩

유연수

사씨

장주 봉추

인아

저(유연수)는 사씨와 혼인했지만 아들이 없었어요. 그래서 교씨를 첩으로 맞아 장주와 봉추를 낳았지요. 저는 교씨의 음해에 넘어가 사씨를 내쫓고 교씨를 정실로 삼았어요. 이후 저는 교씨와 가객 동청의 음모에 말려들어 유배를 가게 되었지요. 사씨와 극적으로 만난 저는 잘못을 뉘우치고 고향으로 돌아와 교씨를 처형했어요.

# 사씨남정기 謝氏南征記

명나라 가정嘉靖 명나라 11대 황제의 연호 연간의 일이다. 금릉 순천부 땅에 한 사람이 살았는데, 성은 유劉요, 이름은 현炫이다. 그는 개국 공신인 유기劉琦의 자손이다. 유현은 사람됨이 현명하고 문장과 풍채가 좋았으며 일찍 감치 벼슬에 들어 일세의 추앙을 받았다. 열다섯 살 때 시랑 최모의 딸을 아내로 맞았으나 자녀의 소생이 없었다. 근심으로 지내다가 늦게야 아들을 낳는데 얼마 되지 않아 부인이 세상을 떠났다. 부인을 잃은 그는 인생 무상을 느끼고 벼슬에 뜻이 없어졌다. 유현은 병을 빙자하여 사직한 뒤에 집으로 돌아와서 한가로이 세월을 보냈다.

그에게 매제妹弟 누이동생가 있었는데 성행이 유순하고 정숙했다. 일찍이 선비 두홍杜洪의 아내가 되었고 두홍은 늦게야 벼슬을 했다. 유공의 아들 이름은 연수延壽라 했는데 어려서부터 숙성淑性 얌전하고 착함했고 문장과 재주가 뛰어났다. 유공은 아들을 기특히 여겨 사랑했으나 그 재롱을 죽은 부인과 함께 즐기지 못하는 것이 한이었다. 유연수는 열 살 때 이미 향시에 장원으로 뽑혔고, 열다섯 살에 과거에 급제해 한림학사를 제수받았다. 일찍 벼슬길에 나간 유연수는 십 년 동안 학업에 힘쓴 뒤에 출사할 것을 황제에게 청했다. 황제는 그 뜻을 기특히 여겨 오 년간 수학할 말미를 주었다.

유 한림이 급제 후에 성혼하려고 할 때 구혼하는 규수가 많았으나 좀처럼 허락하지 않았다. 유공이 매제 두 부인<sub>妹夫人</sub>과 함께 성중의 모든 매파를 청해 현철<sub>賢哲 어질고 사리에 밝음</sub>한 소저가 있는 집안을 물었으나 마땅한 상대가 없어서 좀처럼 결정하지 못했다. 하루는 매파가 찾아와 말했다.

"모든 말이 공변되지<sub>한쪽으로 치우치지 않고 공평하지</sub> 못하니 제가 바른대로 소견을 말하겠습니다. 대감의 말씀이 부귀한 곳을 구하면 엄 승상 댁 만한 곳이 없고, 현철한 규수 낭자를 구하려면 신성현의 사<sub>謝</sub> 급사<sub>給事</sub> 댁 소저 밖에 없으니 두 댁 가운데 택하십시오."

유공이 대답했다.

"부귀는 본디 내가 원하는 바가 아니오. 어진 규수를 택하려고 하오. 사 급사는 본디 대간<sub>臺諫 사헌부와 사간원</sub> 벼슬을 하다가 적소<sub>謫所 귀양살이하는 곳</sub>에서 억울하게 죽은 사람이라 진실로 강직한 인물인데, 그 집에 소저가 있는 줄은 몰랐소."

"그 소저의 용모와 덕행이 일세에 뛰어나니 더 여쭐 말씀이 없습니다. 제가 중매 일을 본 지가 삼십여 년인데 모든 재상 댁을 다니며 신부를 많이 보았으나 이같이 뛰어난 소저를 보기는 처음입니다. 대감님은 두 번 묻지 마십시오."

매파가 돌아간 뒤에 유공은 매제와 상의했다. 그러자 두 부인이 묘한 제안을 했다.

"사람의 덕행과 성질은 필법에 나타나니 사 소저의 필체를 얻어 봅시다. 우화암의 묘혜 스님을 불러서 관음화상의 관음찬<sub>觀音讚 관세음보살의 공덕을 찬양해 부르는 글귀</sub>을 사 소저에게 짓도록 청탁합시다. 사 소저의 친필을 보면 재덕을 짐작할 수 있고, 또 그것을 청하러 갔을 때 사 소저의 선을 보고 올 것이니 묘혜 스님은 매파처럼 좋은 말로만 우리를 속이지는 않을 줄로 압니다."

"관음찬은 매우 어려울 텐데 여자의 글재주로 어찌 감당할까?"

"어려운 글을 짓지 못하면 어찌 재원才媛 재주 있는 여자이라 하겠습니까?"

유공은 매제의 말이 옳다 여기고 빨리 사 소저와 선을 볼 것을 재촉했다. 매제는 사람을 우화암으로 보내서 묘혜 스님을 불러왔다.

"신부의 재덕과 용모를 알 길이 없으니 묘혜 암자에 기부하려던 이 관음화상을 가지고 가서, 사 소저에게 관음찬을 받아서 보내 주시오."

하고 화상을 내주며 간곡히 부탁했다. 묘혜는 그 화상을 들고 자기 암자의 일처럼 간청하고자 사 급사 집으로 갔다. 소저의 모친은 본디 불법을 신앙했으므로 전부터 알고 지내던 묘혜를 보고 바로 불러들였다. 묘혜가 안부 인사를 하자 부인이 반겨 하며 물었다.

"오래 보지 못했는데 오늘은 무슨 바람이 불어서 우리 집에 왔소?"

"아시는 바와 같이 소승의 암자가 퇴락해 금년에 정재淨財 깨끗한 재물를 얻어서 중수重修 새로 고침하느라고 댁에 올 틈이 없었습니다. 이제 역사가 끝났으니 마침 부인께 한 가지 청이 있어서 왔습니다."

"불사佛事를 위한 일이라면 어찌 시주를 아끼겠소마는 빈한한 집에 재물이 없어서 걱정이오. 청이라 함은 무엇이오?"

"소승이 청하려는 것은 재물 시주가 아니옵니다. 소승의 암자를 중수한 뒤에 어떤 시주 댁에서 관음화상을 보내 주셨는데 그림 뒤에 찬미의 글이 없는 것이 큰 흠입니다. 댁의 소저가 금석 같은 친필로 찬문을 지어 주십사 하고 청하러 왔습니다. 찬문은 산문의 보배라 그 공덕이 칠보七寶 일곱 가지 보배를 시주하는 것보다도 더 중하며 찬문을 써 주신 소저에게도 복이 도래할 것입니다."

부인은 하인을 시켜 소저를 불러오라고 명했다. 묘혜가 소저를 보니 용모가 관음보살이 강림한 듯이 황홀했다. 묘혜는 마음속으로 놀라며 합장 배례合掌拜禮 두 손바닥을 마주 대고 절함했다. 소저와 묘혜의 인사가 끝난 뒤에 부인이 소저에게 물었다.

"스님이 멀리 찾아와서 네 필체로 관음찬을 구하는데 네가 그 글을 지을 수 있겠느냐?"

소저가 대답했다.

"소녀에게 지으라고 하시더라도 노둔한둔하고 어리석어 미련한 제 재주로 어찌 감당할 수 있겠습니까? 더구나 시부 짓는 것은 여자가 경계할 일이라 했으니 스님의 청일지라도 사양할 수밖에 없습니다."

"관음보살님은 본디 여자의 몸이기 때문에 여자의 글을 받아야 더욱 좋습니다. 그러니 요즘 여자 중에서 소저가 아니면 누가 이 글을 지을 수 있겠습니까? 이런 소승의 간청을 물리치지 마십시오."

묘혜는 얼른 족자를 싸 가지고 온 책보를 풀어서 관음보살의 화상을 펼쳤다. 그러자 관음보살이 흰옷을 입고 머리도 빗지 않은 채 어린 사내아이를 품에 안고 물결을 헤치고 앉아 있는 모습이 나왔다. 그 화법이 정묘해 관음보살과 동자가 살아서 움직일 듯이 보였다.

사 소저는 그제야 더 사양하지 않고 손을 정결히 씻은 뒤에 관음화상의 족자를 벽에 걸어 모시고 분향 배례했다. 그런 다음 채필을 들고 앞으로 가서 관음찬 일백이십 자를 족자 밑 여백에 가늘게 썼다. 다시 그 아래에 연월일과 '정옥은사 배작서精屋隱士 拜作書 정옥이 은혜를 감사하고 절하며 씀'라고 서명했다.

묘혜는 그 글의 뜻과 글씨의 모양을 극구 칭찬하고 유공 댁으로 돌아왔다. 묘혜의 회답을 기다리고 있던 유공과 두 부인은 묘혜가 돌려주는 관음화상의 족자를 받으면서 물었다.

"그 소저를 자세히 보았소?"

"족자 속의 관음님 얼굴과 같은 용모였습니다."

묘혜는 사 급사 댁의 모녀와 나눈 이야기를 자세히 보고했다. 유공은 묘혜의 말을 듣고 매우 기뻐했다.

"이 관음찬의 글과 글씨를 보니 그 재주와 덕행이 범인이 아니다. 매파의 말이 허언이 아니었으니 곧 예를 갖추어 다시 통혼하자."

남매가 합의하고 다시 매파를 사가謝家 사씨 가문로 보내서 통혼하려고 부탁했다. 매파는 즉시 행장을 꾸려 사 급사의 집으로 갔다. 사 소저는 개국 공신 사일청의 후예요, 사후영의 딸이었다. 사후영은 본디 청렴 강직하나 간신의 모해謀害 꾀를 써서 남을 해침를 받고 소주로 귀양을 가 그곳에서 죽었다. 부인은 비분을 참고 소저를 데리고 고향 본집에 돌아와서 슬픈 세월을 보내며 소저를 애지중지 길렀다. 딸이 성장해 혼기가 되었으나 마땅한 혼처가 없어서 근심으로 세월을 보내고 있던 차에 매파가 찾아왔던 것이다.

"제가 유씨 문중의 명을 받아 귀댁 소저와 혼인하겠다는 뜻을 전하러 왔습니다. 신랑 되실 유 한림으로 말하면 소년에 등과해 벼슬이 한림학사에 이르니 귀 소저의 용색容色 용모와 안색과 일대가 기연인가 하옵니다."

부인은 이미 유 한림의 풍채가 범류凡類 뛰어나거나 색다른 점이 없는 보통 사람의 부류에서 뛰어난 소문을 들은 지 오래였으나 인륜의 대사를 매파의 말만 듣고 혼인을 허락할 수가 없었으므로 소저가 아직 유약幼弱 여리고 약함하다는 핑계로 속 시원한 대답을 주지 않았다. 매파는 하는 수 없이 그냥 돌아와서 유공과 두 부인에게 사실대로 자세히 보고했다. 유공은 실망하고 오랜 생각 끝에 매파에게 물었다.

"그 댁에 가서 할멈은 뭐라고 말했나?"

매파는 처음 인사부터 하직하고 오던 인사말까지 자세히 되풀이해 말했다. 유공은 매파의 교섭 경과를 듣고 "내가 소홀하게 할멈에게 잘못 가르쳐 보냈었구나." 하고 매파를 돌려보냈다. 그리고 이튿날 유공이 직접 신성현으로 가서 지현知縣 지방을 다스리는 수령을 찾아보고 정중하게 중매를 부탁했다.

"아들의 혼사로 사가에 매파를 보냈더니 규수의 모친이 규수의 유약함을 핑계로 허혼하지 않으려고 하오. 귀관이 나를 위해 사가에 가 주시는 수고를 아끼지 마시오."

유공이 부탁하고 돌아간 뒤에 지현이 사가로 찾아갔다. 부인에게 만나기를 청하자 부인은 딸을 미리 객당의 옆방에 깊이 숨겨 두고, 노복奴僕 사내종을 시켜서 지현을 객당 안으로 인도했다.

"성주께서 친히 누추한 곳에 왕림해 주시니 저희 집의 영광이옵니다."

지현이 대답했다.

"소관이 귀댁을 찾아온 것은 다름이 아니라 귀댁 소저의 혼사를 꼭 이루어 드리고자 하는 뜻에서입니다. 전임 이부시랑 참지정사 유공이 귀댁의 소저가 재덕을 겸비하고 자색이 비상함을 듣고 기특히 여길 뿐 아니라 사 급사의 청명 정직함을 항상 흠앙欽仰 공경해 우러러 사모함하오니 귀댁 소저를 며느리로 삼고자 하옵니다. 좋은 때를 잃지 마시고 허락하시면 제가 돌아가서 유공을 뵈올 낯이 있을까 합니다."

부인이 다시 전언해 대답했다.

"용우庸愚 못생기고 어리석음한 여식이라 재덕이 부족하고 용모 또한 취할 것이 없는데 성주께서 이처럼 친히 오셨으니 어찌 사양하오리까? 성주께서는 돌아가셔서 쾌히 통혼하겠다는 뜻을 전해 주십시오."

지현은 크게 기뻐하며 돌아와서 유공에게 그 경과를 상세히 알렸다. 유공은 기뻐하며 지현의 수고를 치하했다. 곧 택일하고 혼례 준비를 시작하는 한편 사 급사의 가세가 빈한함을 알고 납폐納幣 혼인할 때 혼인의 증거로 신랑 집에서 신부 집으로 보내는 예물를 후하게 보냈다.

어느덧 길일이 되어 양가에서 큰 잔치를 베풀고 예식을 치르니 남풍여모男風女貌 남자의 풍채와 여자의 용모가 발월發越 용모가 깨끗하고 훤칠함해 봉황의 쌍을 이루었다. 신부의 모친은 신랑의 신선 같은 풍채를 사랑해 딸과 아름다운 쌍을 이룬 것을 즐기면서도 남편이 그 모양을 보지 못함이 슬퍼 눈물로 옷깃을 적시었다.

어느덧 날이 지고 잔치 손님들이 돌아갔다. 유 한림이 첫날밤에 신부와 더불어 운우지락雲雨之樂 남녀가 육체적으로 나누는 즐거움을 이루니 남녀의 정이 흡족했다. 이튿날부터 소저는 시아버지를 효성으로 받들고 남편을 즐겁게 섬겼다. 그러던 어느날 유공이 우연히 병을 얻어서 백약이 무효하니 유공은 자신이 소생하지 못할 것을 깨닫고 매제에게 탄식하며 유언했다.

"현매賢妹 어진 누이는 나 죽은 후에 자주 왕래해 가사를 주관하고 잘못이 없게 해 주오."

또 아들 한림의 손을 잡고 당부했다.

"너는 앞으로 가사를 고모와 상의해 가문을 빛내도록 하라. 네 아내는 덕행과 식견이 높으니 가부를 불의로 섬기지 않을 것이다. 함께 공경하고 화락하거라."

이날 유공은 유족들에게 일일이 유언한 뒤 엄연한 자세로 숨을 거두었다. 한림 부부의 호천애통呼天哀痛 하늘을 우러러 부르짖으며 슬퍼함은 비할 데 없었고 두 부인 또한 애통해했다. 영구를 선영에 안장하고 한림 부부가 집상

하니 슬픔이 뼈에 사무쳐서 통곡하는 정상이 모든 사람의 눈시울을 적셨다. 어느덧 삼년상을 마치고 유 한림이 직임에 나가니 황제가 중용하려고 했다. 그러나 유 한림이 조정의 소인을 배척하는 기개가 강직하므로 엄 승상이 꺼리고 방해했다.

이러는 사이 세월이 훌쩍 지나갔다. 금실이 원앙과 같았으나 유 한림 부부에게는 말 못할 고민이 있었다. 유 한림의 나이가 어느덧 삼십에 이르렀으나 슬하에 자녀가 없어서 늘 망연했다. 사 부인은 이를 근심하고 한림에게 호소했다.

"첩의 기질이 허약하고 원기가 일정치 못해 당신과 십여 년을 살았으나 아직까지 일점혈육이 없습니다. 첩의 무자한 죄가 존문尊門 남의 가문이나 집을 높여 이르는 말에 용납하지 못할 것이나 당신의 관용하신 덕으로 지금까지 부지해 왔습니다. 이대로 가다가는 유씨 종사가 위태로우니 첩은 개의치 마시고 어진 여인을 취해 득남 득녀하면 가문의 경사일 뿐 아니라 첩의 죄도 면할 수 있을까 합니다."

유 한림은 허허 웃고서 부인을 위로했다.

"소생이 없다고 해서 당신을 두고 다른 첩을 얻을 수야 있소? 첩이 들어오면 집안이 어지러워지는 것은 당연지사인데 당신은 왜 화근을 자청하는 거요? 그것은 천만부당하니 그런 생각은 하지 마시오."

이러던 어느 날 매파가 와서 사 부인에게 권했다.

"한곳에 마땅한 여자가 있는데 부인의 뜻에 맞을까 합니다."

"내가 구하는 여자가 어떤 줄 알고 하는 말이오?"

사 부인이 묻자 눈치 빠른 매파가 재빨리 대답했다.

"댁의 둘째 부인으로 구하시는 뜻이 요색을 취하심이 아니고 몸이 건강해 아들을 낳아서 후손을 이을 수 있는 여자인 줄로 압니다. 그렇지 못하고 용모와 재색만 잘난 여자는 부인께서 구하시지 않으실 줄 압니다."

"그 여자의 근본을 자세히 말해 보시오."

"양반댁 사람으로서 성은 교喬요, 이름은 채란彩蘭인데, 조실부모하고 지금은 그의 형에게 의지하고 있는데 방년 열여섯 살입니다."

부인이 남편 한림에게 매파의 말을 전하자 한림은 못 이기는 척 허락했다.

"내가 첩을 두는 것은 굳이 바쁘지 않은 일이오. 그러나 당신의 뜻이 정 그렇다면 받아들이겠으니 좋도록 하시오."

곧 교씨 집에 통혼하고 친척을 모아 간략한 잔치를 열어서 교씨를 두 번째 부인으로 데려왔다. 교씨는 유 한림과 본부인에게 재배하고 자리에 앉았다. 주빈 일동이 교씨를 바라보니 자태가 매우 아름답고 거동이 경첩輕捷 움직임이 가뿐하고 날쌤해 마치 해당화 꽃가지가 아침 이슬을 머금은 듯이 고왔다. 모두 입을 모아 교씨의 자색을 칭찬하는데 두 부인 혼자만은 안색이 우울해지며 한마디도 하지 않았다. 날이 저물자 교씨를 화원 별당에 머무르게 하고 유 한림이 새로운 둘째 부인과 밤을 지냈는데 남녀의 정분이 각별했다.

이튿날 두 부인은 사씨에게 새로 맞은 교씨를 조심하라고 거듭 이르고 돌아갔다. 유 한림은 교씨 처소의 당호를 고쳐서 백자당百子堂이라 하고, 시비 납매 등 다섯 명이 교씨의 시중을 들게 했다. 교씨는 총명함이 지나쳐 교활한 솜씨로 유 한림의 마음을 잘 맞추고 본부인 사씨도 잘 섬겼다. 곧 교씨 몸에 태기가 있었으므로 유 한림과 본부인 사씨는 매우 기뻐했다.

한편 간사한 교씨는 아들을 낳지 못할까 염려한 나머지 여러 무당을 불러서 미리 점을 쳤다. 그러나 어떤 자는 생남한다고 하고 어떤 자는 생녀한다고도 하고 의견이 분분했다. 교씨는 무당들의 불길한 점괘에 마음을 놓지 못하고 근심으로 하루하루를 지냈다. 하루는 시비 납매가 교씨에게 이상한 말을 속삭였다.

"동리에 어떤 여자가 있는데 호가 십랑이라 합니다. 본디 남방 사람인데 여기 와서 우거寓居 임시로 거주함 중입니다. 재주가 비상해 모르는 것이 없으니 그 사람을 불러다가 물어보십시오."

교씨는 기뻐하며 십랑을 자기 거처로 불러들였다. 십랑은 교씨의 맥을 짚더니 태연하게 말했다.

"계집이 들었습니다."

교씨가 깜짝 놀라며 대책을 물으니 십랑이 대답했다.

"제가 일찍이 산중에 들어가서 도인을 만나서 수업하고 복중의 여맥을 남태로 변화시키는 술법을 배운 적이 있습니다. 부인께서 꼭 생남하시고 싶으시면 저의 그 묘한 술법을 한번 시험해 보십시오."

교씨는 반색하며 후한 상을 주겠다고 약속했다. 십랑이 술법을 펼치고 돌아가니 어느덧 십 삭十朔 열 달이 차고 교씨는 다행스럽게도 득남했다. 어린아이의 이목이 뚜렷하고 세 살 된 아기만 하므로 한림은 본부인 사씨와 기쁨을 이기지 못했고 노복들도 모두 경희慶喜 경사스럽게 여겨 기뻐함하며 칭송했다.

교씨가 남아를 낳자 유 한림의 애정이 더욱 두터워지고 백자당을 떠나지 않았다. 아들의 이름 또한 장주라 부르며 장중보옥掌中寶玉 손안에 있는 보배로운 구슬같이 여겼다. 더구나 본부인 사씨가 아기에 대한 정이 극진했으므로 교씨가 낳은 아이인지 모를 정도로 둘의 정이 한층 깊어졌다.

이때 유 한림의 친한 벗이 하나 있었는데, 그 친구가 자기의 집사로 있던 남방 사람 동청을 천거해 문객門客 세력 있는 집에 머물면서 밥을 얻어먹고 지내는 사

랍으로 두라고 권했다. 유 한림이 동청을 불러서 사람됨을 보니 동청의 언사가 민첩해 흐르는 물 같았다. 유 한림은 믿는 친구의 추천이고 동청이 영리했으므로 집에 두고 서사書士 대서나 필사를 직업으로 하는 사람의 일을 시켰다. 동청의 위인이 간사하고 교활해 비위를 잘 맞추었으므로 순진한 유 한림은 동청을 신임하게 되었다.

한림의 사랑이 깊어가자 교씨는 노골적으로 사 부인을 밀어내고 자신이 그 자리에 앉을 생각을 드러냈다. 마침내 교씨는 무당 십랑을 불러서 사부인을 모해할 계교를 물었다. 재물에 매수된 십랑은 묘한 계교를 생각한 뒤에 교씨의 귀에 입을 대고 이리이리하면 사씨를 제거할 수 있다고 했다.

이때 마침 사 부인 몸에 태기가 있어 열 달 뒤에 순산 생남했다. 유 한림은 뒤늦게 얻은 아이를 인아라 이름 짓고 기뻐했다. 상하 비복婢僕 계집종과 사내종을 아울러 이르는 말들도 단념했던 본부인이 득남했으므로 신기히 여기고 교씨가 생남했던 때보다 몇 배로 경축했다. 교씨가 유 한림과 집안의 기색을 보고 질투가 더욱 심해져서 간장이 타오르는 듯 어쩔 줄 몰라 했다. 십랑을 불러서 이 사실을 전하고 빨리 사씨 음해의 비방을 행하라고 재촉했다. 십랑은 곧 요물을 만들어서 서면에 묻고 교씨의 심복 시비인 납매를 시켜서 이리이리하라고 가르쳐 주었다. 이런 간악한 음모가 비밀리에 진행되고 있는 것은 교씨, 십랑, 납매, 이 세 사람 이외에는 아무도 알지 못했다.

나아가 한술 더 떠 교씨는 교활한 집사 동청과 몰래 사통私通 간통하고 있었으니, 실로 한 쌍의 요악지물妖惡之物 요사스럽고 간악한 인물이었다. 교씨의 침소인 백자당이 밖으로 담 하나를 격해 화원이 있었으며 화원의 열쇠는 교씨가 가지고 있었으므로 유 한림이 내당에서 자는 밤에는 교씨가 동청을 화원 문으로 불러들여 동침하고 음란을 일삼았다. 그러나 엄중한 비밀의 사통이라 시비인 납매만이 알 뿐이었다.

하루는 유 한림이 조정에 입번入番 입직했다가 여러 날 만에 출번해 집으로 돌아와 보니 집안 분위기가 이상했다. 교씨 거처인 백자당으로 달려가니 교씨가 유 한림을 보고 울면서 호소했다.

"아이가 홀연히 발병해 죽을 지경이니 심상치 않습니다. 병세가 체증이나 감기가 아니고 필경 집안의 누가 모해를 해서 일으킨 귀신의 발동인가 합니다."

"설마 그럴 리야 있을까?"

유 한림이 교씨를 위로하고 아들의 방으로 가서 보니 아들이 헛소리를 하며 곧 죽기 직전이었다. 유 한림은 약을 지어다가 납매에게 급히 달여서 먹이게 하고 동정을 자세히 살펴보았으나 조금도 차도가 없었다. 유 한림의 총명도 점점 감해 갔는데 열 번 찍어서 안 넘어가는 나무가 없다는 속담처럼 교씨의 말에 귀를 점점 기울였다. 유 한림은 교씨에게 마음을 빼앗겨 시간이 흐를수록 의심이 늘어서 모든 일에 줏대를 잃었다.

유 한림이 장주의 병이 심상치 않음을 보고 매우 심통해 있을 때 교씨마저 칭병稱病 병이 있다고 핑계함하고 식음을 끊고 밤이면 더욱 슬퍼해 유 한림의 마음을 불안하게 했다. 하루는 납매가 부엌에서 소세梳洗 머리를 빗고 낯을 씻음하다가 한 봉의 괴이한 방예를 얻었다고 유 한림과 교씨에게 보였다. 그것을 본 교씨의 얼굴이 흙빛으로 변하고 말을 못하고 앉았다가 이윽고 울면서 말했다.

"제가 열여섯 살 때 이 댁에 들어와서 남에게 원망 들을 일은 하나도 하지 않았는데 누군가가 우리 모자를 이토록 모해하니 참으로 억울해서 죽을 지경입니다."

유 한림은 그 방예한 요물을 보고 묵묵히 말을 잇지 못하고 침통해하고만 있었다.

"한림께서는 이 일을 어떻게 처치하실 생각입니까?"

교씨는 이 기회에 유 한림의 결의를 촉구했다. 유 한림은 한참 생각한 끝에 대답했다.

"일이 비록 잔악하지만 집안에 의심할 잡인이 없으니 누구를 지목하고 문초하겠는가? 이런 요예지물은 아무도 모르게 불태워 버리는 것이 좋지 않겠는가?"

교씨는 문득 생각난 듯한 태도를 취하다가 참는 척하고

"말씀이 지당하십니다."

라고 대답했다. 유 한림은 안심한 듯 납매에게 불을 가져오라고 명해 뜰에서 친히 살라 버리고 아무에게도 누설하지 말라고 일렀다. 유 한림이 나가자 납매가 교씨에게 불평스럽게 물었다.

"낭자께서는 한림의 의심을 계속 부채질해서 예정대로 일을 진행시키지 않고 왜 좋은 기회를 잃게 만드셨습니까?"

교씨는 납매에게 다음 계교를 말했다. 유 한림은 그 방예의 글씨가 교씨의 글씨임을 알았는데 그것이 또한 교씨 부인의 필적을 모방한 줄로 짐작하고 불에 살라서 증거를 없었던 것이다. 유 한림은 전에 교씨가 사 부인의 투기를 은연중에 비방했을 때에도 믿지 않았는데 이번에 이런 일까지 있을 줄은 꿈에도 생각하지 못했다. 당초에 대를 이을 아들이 없어서 사 부인의 주선으로 교씨를 첩으로 맞아들였더니 지금 와서는 자기도 자식을 낳게 되자 악독한 계교로 교씨 소생을 저주해 없애려고 한다고 생각해 부인 대접을 소홀하게 했다.

이때 사 급사 댁에서 모친의 병환이 위중하다는 연락이 왔다. 사 부인은 연락을 받고 놀라서 유 한림에게 청했다.

"모친의 병환이 위중하시답니다. 지금 가 뵙지 못하면 평생의 한이 되겠으니 친정에 보내 주십시오."

"장모님 병환이 위독하시면 빨리 가시오. 나도 틈타 한번 가서 문안하겠소."

사 부인은 교씨를 불러서 자기 없는 사이의 가사를 부탁하고 인아를 데리고 친정으로 갔다. 이 무렵에 산동과 산서와 하남 지방에 흉년이 들어서 백성이 거산擧散 집안 식구나 한곳에 살던 사람들이 모두 뿔뿔이 흩어짐해 사방으로 유랑하게 되었다. 황제는 이 지방의 굶주림을 듣고 크게 근심해 조정에서 덕망 있는 신하 세 사람을 뽑아서 삼도로 나누어 보낸 뒤 백성을 살피라는 분부를 내렸다. 이때 유 한림이 세 신하의 한 사람에 뽑혀서 급히 산동 지방으로 가게 되었으므로 미처 사 부인을 보지 못하고 떠났다.

유 한림이 집을 떠난 뒤로 교씨가 더욱 마음을 놓고 방자하게 동청과 간통했다. 하루는 교씨가 동청에게 말했다.

"지금 한림은 멀리 지방을 순무巡撫 여러 곳을 돌며 백성을 살피는 일하고 있으며 사씨마저 집을 떠나서 없으니 계교를 단행할 가장 좋은 시기입니다. 사씨의 시비 설매가 우리 납매의 동생이니까 그 애를 달래서 사씨의 보물을 훔쳐 내게 하겠어요."

이런 뒤에 납매는 설매를 불러서 금은과 보물을 주면서 꾀었다. 이에 귀가 솔깃해진 설매가 열쇠 꾸러미를 숨겨 가지고 가서 골방에 간수해 둔 보석 상자를 열고 사씨가 아끼던 옥지환을 훔쳐다가 교씨에게 주면서 내력을 고했다.

"이 옥지환은 한림 부부께서 가장 소중히 여기신 것입니다."

교씨는 기뻐하며 설매에게 후한 상금을 주고 동청과 함께 흉계를 시행

시키기로 했다. 마침 이때 사씨를 모시고 갔던 하인이 신성현 친가에서 와서 사 급사 부인이 작고했다는 부고를 전해 왔다.

"사씨 댁에 무후無後 대를 이어 갈 자손이 없음하시고 가까운 친척도 없어서 우리 부인께서 손수 치상治喪 초상을 치름해 장례를 지내시니 교 낭자께 가사를 착실히 살피시라는 전갈이었습니다."

간사스러운 교씨는 부고를 받은 뒤 납매를 보내 극진히 사 부인을 위로하고 한편으로는 동청을 재촉해 흉계를 진행시켰다.

이때 유 한림은 산동 지방을 돌아보고 있었다. 하루는 배가 고파 주점에 들러서 밥을 사 먹는데 문득 어떤 청년이 들어와서 유 한림에게 읍했다. 유 한림이 답례하고 본즉 그 청년의 풍채가 매우 준매俊邁 재주와 지혜가 매우 뛰어남했다. 유 한림이 성명을 묻자 청년이 대답했다.

"소생은 남방 태생으로 성명은 냉진이라 하옵니다. 선생의 고성대명高聲大名 남의 성명과 이름을 높여 이르는 말을 듣고자 하옵니다."

암행 중인 유 한림은 다른 성명으로 대답하고 민간의 곤궁한 실정을 물었다. 그 청년의 대답이 영리하고 선명했으므로 유 한림은 감탄하고 계속 물었다.

"그대는 지금 어디로 가는 길인가? 그대가 비록 남방 사람이라 하나 서울말을 하는군."

"저는 구름같이 동서로 표박漂泊 여기저기 떠돌아다니며 사는 것하며 정처가 없는 사람입니다. 서울에도 수년간 있다가 올봄에 이곳 신성현에 와서 반년을 지내고 고향으로 돌아가는 길입니다. 다행히 함께 수일 동안 동행하게 되니 좋은 인연이 될까 합니다."

"그런가? 나도 외로운 길에서 마음이 울적한 참이니 자네를 만나서 다행일세."

이날 이후 두 사람은 서로 동행하게 되었다. 그들은 낮에는 길을 가고 해가 지면 주막에서 자고 닭이 울어 밤이 새면 또 떠나가곤 했다. 유 한림이 밤에 잘 때에 보니 냉진의 속옷 고름에 어디에서 본 적이 있는 듯한 옥지환이 매여 있었다. 유 한림이 이상히 여기고 자세히 본즉 아무래도 눈에 익은 옥지환이라 의심하지 않을 수 없었다.

"내가 일찍이 서연西燕 사람에게 배워서 옥류를 좀 분별할 줄 아는데 자네가 가진 그 옥지환이 예사 옥이 아닌 듯하니 좀 구경시켜 주게."

냉진은 옥지환 보인 것을 뉘우치는 듯 머뭇거리다가 마지못하는 듯이 옷고름을 끌러서 한림에게 내주었다. 유 한림이 손에 받아들고 자세히 보니 옥의 색깔과 형태, 새긴 제도가 자기 부인 사씨의 옥지환과 똑같았다. 의심하면서 더욱 자세히 살펴보니 더 이상하게 푸른 털실로 동심결이 맺어 있지 않은가. 더욱 의심이 깊어져 냉진에게 물었다.

"참 좋은 보배로군. 그대는 이것을 어디서 구했나?"

냉진은 한참 뒤에 입을 열었다.

"북방에 있을 때 마침 아는 사람에게 얻었는데 형은 왜 그리 캐묻습니까?"

하고 옥지환의 출처를 알려 주지 않았다. 유 한림은 어떤 도적이 자기 부인의 옥지환을 훔쳤던 것을 이 사람이 우연히 산 것이 아닐까 하고 그 내막을 알아내려고 다시 물었다.

"자네가 그 옥지환에 동심결을 맺은 이유를 좀체 말하지 않으니 어찌 그동안 길동무로 친해진 우정이라고 하겠는가?"

그러자 냉진이 마지못한 듯이 대답했다.

"그동안 형과 정의가 깊어졌으므로 숨길 필요도 없지만 정든 사람의 정표로만 알고 나를 비웃지 말아 주십시오."

두 길동무는 종일토록 통음痛飮 술을 매우 많이 마심하고 다음 날 오후 각각 길을 나누어 이별했다. 유 한림은 냉진과 우연히 길동무가 됐으나 여러 날 동안 동행한 자의 근본을 알지 못했다. 더구나 자기 부인의 옥지환의 행방이 어찌 되었는지 궁금했으나 집과 멀리 떨어진 산동 지방을 암행 중이라 알아볼 도리가 없었다. 그러나 유 한림의 의심과 걱정은 천 갈래 만 갈래로 심란하기만 했다. 반년 만에야 국사를 마치고 서울로 돌아온 유 한림은 즉시 사씨를 불러 옥지환에 대해 물었다.

"당신은 전에 부친께서 주신 옥지환을 어디에 간수해 두었소?"

"그대로 패물 상자에 넣어 두었는데 그건 왜 갑자기 물으세요?"

사 부인은 이상히 여기고 시비에게 금 상자를 가져오라고 명했다. 상자를 열고 안을 보니 다른 패물은 전부 그대로 있었으나 옥지환 한 개만 보이지 않았다. 사 부인은 깜짝 놀라서 고개를 내저었다.

"분명히 이 상자 속에 넣어 두었는데 이게 웬일일까요?"

유 한림의 안색이 급변하고 말을 하지 않으므로 더욱 당황해서 물었다.

"그 옥지환의 행방을 한림께서 아십니까?"

유 한림은 얼굴을 붉히고 대답했다.

"부인이 남한테 주고서 나에게 묻는 건 무슨 심사이오?"

이때 시비가 두 부인이 오셨다고 고했다. 유 한림은 황망히 나가서 고모를 맞아들여 인사를 나누었다. 두 부인이 먼 길의 무사 왕복을 위로했다. 유 한림이 두 부인에게 말했다.

"제가 출타 중 집안에 대변이 생겨서 고모님께 상의하러 가려던 참에 잘 오셨습니다."

"아니, 집안에 무슨 대변이 생겼기에?"

유 한림은 흥분을 진정하면서 냉진을 만난 일과 옥지환이 없어진 일을 낱낱이 고했다. 유 한림의 말을 듣고 있던 사 부인은 안색이 변하며 슬픔으로 몸을 떨었다.

"제가 못나서 이런 누명을 쓰게 되었으니 무슨 면목으로 한림을 대하겠습니까? 첩의 입으로는 변명하지도 않고 할 수도 없으니 죽이든지 살리든지 한림의 뜻대로 하십시오. 옛말에 이르기를 어진 군자는 참언讒言 모함을 신청信聽 믿고 곧이들음하지 말고 참소讒訴 모함하는 자를 엄중히 다스리라 했으니 한림은 살펴서서 억울함이 없게 하십시오."

두 부인은 변색을 하고 유 한림을 꾸짖었다.

"너는 어찌 누명을 씌워서 옥 같은 처자를 의심하느냐? 이것은 필경 집안에 악인이 있어 사씨를 모해함이 분명하다."

듣고 보니 고모의 말도 일리가 있었다. 유 한림은 곧 형장지구刑杖之具 죄인을 신문할 때 쓰는 도구를 갖추고 시비들을 엄중하게 문초했다. 애매한 시비는 죽어도 모를 수밖에 없었고 장본인인 설매는 바른대로 고백하면 죽을 것이 분명하므로 끝까지 고문을 참고 자백하지 않았다. 시비 가운데서 범인을 색출하지 못했으므로 두 부인도 할 수 없이 집으로 돌아갔다.

사 부인은 누명을 깨끗이 씻어 버리지 못하자 스스로를 죄인으로 자처했다. 유 한림은 유 한림대로 참언을 하도 많이 들었으므로 역시 사 부인에 대한 의심을 풀지 않았다. 이렇게 되니 집안에서 기뻐하는 자는 자연 교씨뿐이었다. 교씨는 이때다 싶어 유 한림에게 간했다.

"이제 사 부인을 어떻게 처리하실 생각입니까?"

유 한림은 묵묵히 대답했다.

"명백한 증거가 없으니 이대로는 다스릴 수 없고 선친께서 사 부인을 사랑하셨고, 숙모께서도 그토록 두둔하시니 어찌 처치하겠는가."

유 한림의 신중한 태도에 교씨는 불만을 더욱 키워 나갔다. 이 와중에

도 교씨가 잉태해 열 달이 차서 또 남아를 낳으니 한림이 이름을 봉추라 하고, 교씨 소생 형제를 사랑함이 장중보옥 같았다.

두 부인은 사 부인의 누명을 벗겨 주려고 사람을 시켜서 옥지환이 없어진 단서를 찾아보았다. 그러나 좀처럼 내막을 알 수 없었고 마침 아들 두억杜億이 장사부長沙府 총관으로 부임하므로 아들을 따라 장사로 가게 되니 자연스럽게 사씨의 일에서 멀어졌다. 사 부인은 가장 믿어 오던 보호자가 떠나감을 바라보며 슬피 울었다. 교씨는 원수같이 여기던 두 부인이 떠나자 기뻐하며 십랑을 불러들였다.

"두 부인이 이제 아들을 따라 멀리 가게 되었으니 이때에 빨리 계획대로 사씨를 해치우는 것이 좋겠네."

십랑이 찬성하고 계획을 진행하기로 하고 납매를 불러서 이리저리하라고 일렀다. 십랑의 말을 들은 납매는 설매를 불러서 계교를 일러 주었다.

"매우 중대한 일이니 교 낭자께 먼저 알리고 시작하는 것이 좋을 것 아니오?"

하고 설매가 교씨의 확실한 다짐을 받으려는 생각에서 말하자 납매도 찬성하고 교씨와 함께 만났다.

"지금 사 부인을 이 댁에서 내쫓으려면 아씨 아드님 장주 아기의 목숨을 끊어야 한림께서도 격분하시고 계교를 행할 수 있을까 합니다."

교씨도 자기 아들의 목숨을 희생으로 삼아야 되겠다는 말에는 깜짝 놀랐다. 그러나 사씨를 몰아내기 위해서는 다른 방도가 없는지라 마침내 허락했다.

유 한림은 아들 장주의 병이 낫지 않는 것을 근심하면서 납매와 설매에게 약시중을 시키고 있었다. 하루는 설매가 사씨 부인의 시비인 춘방을 시켜서 약을 달이게 한 후에 장주에게 먹일 때 몰래 독약을 섞어서 먹였다. 약을 먹은 장주는 전신이 푸르게 부어오르고 일곱 구멍에서 일시에 피를 흘리며 죽어 버렸다. 교씨와 유 한림이 대경실색하고 장주의 시체를 살펴보니 독약을 먹고 죽은 것 같으므로 약그릇을 가져와 남은 약을 개에게 먹여 보니 약을 먹은 개가 즉사했다. 유 한림은 얼굴이 흙빛으로 변하며 탄식했다.

"이건 필시 사씨의 소행일 것이다."

유 한림은 시비들을 시켜 사씨를 대문 밖으로 내치게 했다. 친척과 하인들은 대문 밖에서, 쫓겨 나가는 사씨와 이별하고 모두 동정의 눈물을 흘렸다. 뒤늦게 유모가 사씨 소생 인아를 안고 나오자 사 부인이 받아서 안고 차마 이별하지 못했다. 사 부인은 사랑스러운 아들 인아를 다시 유모에게 돌려주고 죽으러 가는 죄인처럼 가마에 올랐다. 가마가 떠나자 어린 인아는 엄마를 따라가려고 애처롭게 울어 댔다. 사 부인은 가마꾼에게 신성현으로 가지 말고 유씨의 묘소로 가라고 분부했다. 가마가 묘소에 이르자 사씨는 시부모 묘전에 수간초옥數間草屋 몇 칸 안 되는 작은 초가을 짓고 거기서 홀로 살았다. 그 뒤로 한적한 산중의 화조월석花朝月夕 꽃 피는 아침과 달 밝은 밤이라는 뜻으로 경치가 좋은 시절에 친부모와 시부모를 사모하는 효성이 지극했다.

사 부인을 태우고 갔던 가마꾼들이 유 한림 댁으로 돌아와서 사씨가 유 한림의 부친 묘소 밑으로 가서 거처를 삼으려 한다는 소식을 전했다. 교씨는 그 소식을 듣고 사씨가 친정으로 가지 않고 유씨 묘소로 간 것은 유씨 가문에서 축출당한 것을 거역하는 방자스러운 소행이라고 분하게 생각하고 유 한림에게 그 부당함을 주장했다.

"사 부인은 조상께 죄를 지은 몸인데 어찌 감히 유씨 묘하에 있을 수

있겠습니까? 빨리 거기서 쫓아 버려야 합니다."

유 한림은 침울한 마음으로 대답했다.

"이미 우리 집에서 쫓아 버렸으니 사 부인이 어디 가서 살든 죽든 상관
할 것 없지 않소. 하물며 산소 부근에는 다른 사람도 많이 사는데 그것을
금할 수도 없으니 모른 척하고 잊어버립시다."

교씨는 후환을 없앨 요량으로 동청과 더불어 새롭게 흉계를 꾸몄다.
즉, 사 부인을 납치해 냉진의 첩으로 삼을 생각을 하기에 이른 것이다.
교씨는 두 부인의 필체를 흉내 내어 즉각 사 부인에게 서신을 보냈다. 산
중에서 홀로 생활하다가 언제 무슨 변고를 당할지 알 수 없으니 자신을
찾아와 함께 보내자는 얘기였다. 평소 두 부인의 인정을 알고 있는지라
사 부인은 그렇게 하겠다는 답장을 써서 보냈다. 서신을 보낸 뒤 홀연히
잠이 와서 조는데 비몽사몽간에 전에 부리던 시비가 와서 시아버님 유
공이 부르신다고 말하면서 같이 가기를 청했다. 사 부인이 시비의 뒤를
따라서 어느 곳에 이르니 시비 여러 명이 나와서 맞아들였다. 사 부인이
시아버님의 침전에 이르러서 보니 완연히 생전 시아버님의 모습이었다.
사 부인이 반가워서 흐느껴 울었다. 유공은 사씨 부인을 가깝게 끌어서
슬하에 앉히고 말했다.

"두 부인의 편지는 진짜가 아니니 속지 마라. 더구나 자부子婦 며느리에겐
칠 년 재액의 운수이니 마땅히 남방으로 멀리 피신하는 것이 좋다. 박해
가 급하니 빨리 피신하라."

"외롭고 약한 여자의 몸으로 어찌 칠 년 동안이나 사고무친한 타향에
떨어져 있겠습니까? 앞으로 겪을 길흉을 가르쳐 주십시오."

"그 천수를 난들 어찌 알겠느냐? 다만 내가 일러두니 지금으로부터 육
년 뒤 사월 십오 일에 배를 백빈주白蘋洲 흰 마름꽃이 피어 있는 물가에 매어 두었

다가 목숨이 위급한 사람을 구해 주어라. 이 말을 명심불망銘心不忘, 마음에 깊이 새겨 두어 오래오래 잊지 아니함했다가 꼭 그래야만 네 운수가 대통한다.”

사 부인이 놀라서 눈을 뜨니 꿈결이었다. 사 부인이 꿈 이야기를 유모와 노복에게 해 주니 다들 신기하게 여겼다. 꿈에서 가르친 대로 두 부인이 보냈다는 서신을 꺼내서 글씨의 자획을 자세히 살펴보니 역시 가짜가 틀림없었다. 사 부인은 떠날 준비를 했으나 배를 얻지 못해 초조하게 배편을 기다렸다. 이때 노복이 안으로 달려 들어오면서 서울 두 부인으로부터 가마가 와서 사 부인을 맞아 가려고 하니 어찌할 것인지 물었다.

“내 어젯밤에 찬바람에 촉상觸傷 찬 기운이 몸에 닿아서 병이 일어남해 일어나지 못하니 몸이 나으면 수일 후에 갈 테니 가마를 가지고 온 하인들을 보내라.”

인부들은 어리둥절했으나 하는 수 없이 돌아갔다. 그들은 냉진이 사씨를 유괴하려고 보낸 사람들이었다. 가까스로 위기를 모면한 사씨는 마침내 남경으로 가는 장삿배를 발견하고 노복과 함께 달려가서 태워 주기를 간청했다. 천만다행으로 그 장사꾼이 일찍이 두 부인 댁에서 사 부인을 본 적이 있었으므로 사 부인의 곤경을 동정하고 태워다 줄 것을 약속했다.

사 부인은 시부님 묘전으로 가서 하직 배례하고 유모, 시비, 노복 세 사람을 데리고 배에 올라 먼 길을 떠났다. 사씨가 배를 타고 떠난 직후에 냉진이 강도 수십 명을 데리고 유씨 산소 밑에 있는 사씨의 집을 밤중에 습격했으나 텅 빈 집에 주종의 인적은 묘연히 사라지고 없었다.

사 부인이 배를 타고 남방으로 향해 갈 때 만경창파萬頃蒼波 한없이 너른 바다에 바람이 일어서 배를 나뭇잎처럼 희롱했다. 사씨는 풍랑 속에서 병을 얻어 급히 뭍에 내리게 되었다. 마침 한 채의 집이 있어 사씨는 그 집에서 병을 구완했다. 다행히 그 집의 여자가 매우 양순해 사씨 일행을 극진히 대접했다. 병이 나은 사씨가 감격하고 여자의 나이를 물었다. 처녀는 스무 살이라고 대답했다. 처녀의 덕택으로 병이 나아서 이별할 적에 사씨와 주변인 모두가 헤어짐을 여간 슬퍼하지 않았다. 사씨는 주인 여자에게 사례하려고 손에 끼었던 가락지를 주면서 치하했다.

"비록 미미하지만 이것을 그대 손에 끼고서 나의 마음으로 생각하시오."

사 부인이 굳이 가락지를 주었으므로 처녀는 감사하게 받고 이별을 안타까워했다. 사 부인도 그 처녀와 이별하기를 슬퍼하면서 집을 떠났다. 수일 뒤 이번에는 노복이 노독과 풍토병에 걸려 객사하고 말았다. 사 부인은 충성스러웠던 노복의 죽음을 슬퍼하고 시체를 남향 언덕에 정성껏 안장했다. 그 뒤 길을 떠나가는 동안에 또다시 폭풍이 몰려오므로 배는 위험을 피해서 동정호의 위수를 따라서 악양루에 이르렀다.

악양루 밑에 배를 내린 사 부인은 날이 밝은 후에야 비로소 인가를 발견했다. 뱃사람들은 갈 길이 바쁘기 때문에 사씨에게 몸조심하라는 당부를 하고 떠나갔다. 사 부인은 처량한 마음에 눈물을 흘렸다. 여비도 떨어지고 갈 곳도 없었다.

"의탁할 곳이 없으니 장차 어디로 가랴. 아무리 생각해도 강물 속으로 몸을 감추는 수밖에 없다."

사 부인은 크게 탄식하고 소나무 껍질을 파서 '모년 모일 사씨 정옥은 이곳에서 눈물을 뿌리고 강물에 몸을 던졌다'라고 유서를 새긴 뒤 강물에 몸을 던지려고 했다. 유모와 시비가 망극<sup>罔極</sup> 어버이나 임금에게 상서롭지 못한 일이 생기게 되어 지극히 슬퍼함해 통곡하며 말렸다. 사 부인은 전날부터 굶주리고 잠을 자지 못해 지칠 대로 지쳤으므로 잠시 유모의 무릎에 기댄 채 깜박 졸았다. 이때 비몽사몽간에 한 소녀가 와서 어깨를 흔들었다.

"저의 낭랑娘娘 왕비나 귀족의 아내를 높여 이르는 말께서 부인을 모셔 오라는 분부를 하셨습니다."

사 부인이 소녀를 따라서 어떤 곳에 이르니 고대광실高臺廣室 매우 크고 좋은 집의 전각이 강가에 즐비하게 빛나고 있었다. 전상으로 올라가서 보니 좌우에 두 분의 낭랑이 황금 교의에 앉아 있고, 그 좌우에 고귀한 여러 부인이 두 분의 낭랑을 모시고 있었다. 사 부인이 예를 마치자 낭랑이 자리를 권해 앉기를 청하니 사 부인은 자신이 처한 자초지종을 설명했다. 듣고 있던 낭랑은 눈물을 흘리며 참고 기다리라고 위로했다. 시간이 흘러 자리를 파하고 일어서니 문득 꿈이었다.

사 부인은 이상한 생각이 들어 강가의 대밭으로 들어가 보았다. 과연 한 묘당이 있고 현판에 황릉묘라고 써 있었다. 이것은 아황娥皇, 여영女英 두 비의 사당인데 사 부인의 꿈에 본 장소와 같으나 건물의 단청이 퇴색하고 황량하기 말이 아니었다. 사당 안으로 들어가서 전상을 바라보니 두 비의 화상이 꿈에 보던 용모와 조금도 다름이 없었다. 사씨는 사당 안에서 분향하고 축원했다.

"제가 낭랑의 가르치심을 입어 성덕을 잊지 않겠습니다."

사 부인이 길을 나서려고 할 때 홀연히 두 사람이 부인 앞에 나타났다. 사 부인이 놀라서 바라보니 하나는 여승이요, 하나는 여동女童이었다.

"그대들은 누구신가?"

여승이 황망히 읍하고 합장하며 대답했다.

"소승은 동정호洞庭湖 군산君山에 있는데 아까 비몽사몽간에 관음보살님이 나타나셔서 '어진 사람이 환란을 만나서 갈 바를 모르고 강물에 빠지려고 하니 빨리 황릉묘로 가서 구하라' 하시므로 급히 배를 저어 왔는데, 과연 부인을 만났으니 부처님 영험이 신기합니다."

여승은 사 부인 일행을 인도해 배에 태우고 여동에게 노를 저어 가게 하니 이내 순풍이 일어 배는 군산에 이르렀다. 일행이 다다른 곳은 동정호 한가운데라, 사면이 다 물이요, 산은 푸른 대숲으로 덮여서 인적이 없는 한적한 곳이었다. 여승이 사 부인을 부축해 길을 찾아갔으나 기운이 다했고 산길이 험해서 열 걸음에 한 번씩 쉬면서 암자에 이르렀다. 수월암이라는 이 절은 매우 한적하고 정결해 인세人世를 떠난 선경이었다.

사 부인은 곧 잠이 들어 이튿날 아침까지 깨지 못했다. 여승은 먼저 일어나서 불당을 소제하고 향을 피우며 부인을 깨워 예불하라고 권했다. 사씨는 유모들과 함께 불당에 올라 분향 배례했다. 사 부인이 눈을 들어 부처를 쳐다본 순간에 문득 놀라며 눈물을 흘렸다. 알고 보니 그 부처는 다른 불체佛體 불상가 아니라 사씨가 십육 년 전에 자기가 찬을 지어서 쓴 백의관음의 화상이었다. 화상에 쓴 자신의 글씨를 보니 자연 놀라움과 슬픈 회포를 금할 수 없었던 것이다. 여승은 그 모습을 보고 깜짝 놀라서 물었다.

"그렇다면 부인은 사 급사 댁 소저가 아니십니까?"

"그렇습니다. 스님이 어찌 제 신분을 아십니까?"

"부인의 용모와 음성을 어디선가 본 듯해서 이상하게 생각했습니다. 소승은 관음화상의 찬을 당시의 소저에게 받아 간 우화암의 묘혜입니다. 소승이 유 대감 댁의 명을 받고 부인에게 관음찬을 받아다가 보였는데 유 대감님이 크게 칭찬하시고 아드님 유 한림과 혼인을 정하셨던 것입니다."

사 부인이 유 한림의 부인이 된 이후의 전후 사실을 자세히 들려주자 묘혜는 탄식하며 사씨를 위로했다.

"세상일이 항상 이러한 법이니 부인은 너무 슬퍼하지 마십시오."

이런저런 말을 주고받는 중에 사부인은 배가 풍랑을 만나고 어떤 인가에 들러서 휴양한 이야기를 들려주었다. 묘혜는 사 부인의 말을 듣고 대답했다.

"이름이 취영이라 하지 않던가요? 그 처녀는 소승의 질녀姪女 조카딸입니다. 제 어미는 그 애가 어릴 때 죽고, 제 아비는 변씨를 후처로 취했는데 그 뒤 아비가 또 죽으니까 계모 변씨가 취영이를 소승에게 맡겨서 삭발시키라 하지 않았겠어요. 그래서 제가 취영이 관상을 보니 복록을 누릴 상이라 변씨에게 데리고 살도록 권했지요. 요사이 소문을 들으니 효성이 지극해 모녀가 잘 산다더니 부인이 우연히 만나 보셨습니다그려."

"역시 스님과의 인연으로 질녀의 덕을 보았던 모양입니다."

이날 이후 사 부인은 묘혜와 더불어 수월암에 머물렀다.

한편 교씨는 사 부인을 내쫓은 뒤 본실의 지위로 정당에 거처하면서 가사를 총괄했다. 그러나 간악이 날로 더해 가 비복들은 교씨의 혹독한 형벌을 견디지 못하고 사 부인의 인자한 대우를 그리워했다. 교씨는 유 한림이 조정에 입번할 때마다 동청을 백자당으로 불러들여 음란한 추행으로 밤을 새웠다. 교씨는 한술 더 떠 동청과 더불어 유 한림을 죽일 음모를 꾸몄다.

교씨와 동청이 이런 음모를 꾸미는 줄도 모르고 유 한림은 마음이 울적해서 친구를 찾아다니며 한담으로 기분을 풀었다. 하루는 동청이 책상 서랍에서 우연히 유 한림이 쓴 글을 보게 되었다. 동청은 그 글을 읽다가 희색이 만면해지며 말했다.

"하늘이 나를 돕는구나. 이제 어리석은 유 한림도 끝장이다."

옆에 있던 교씨가 의아한 얼굴로 물었다.

"무슨 좋은 방법을 찾았나요?"

"지금 한림이 쓴 글을 보니 황제와 엄 승상을 간악 소인에 비교해 비방하고 있습니다. 이 글을 가져다가 엄 승상에게 보이면 엄 승상이 황제께 알려서 한림을 엄형에 처할 것이 아닙니까? 그러면 우리는 이 집 재산을 차지해 마음 놓고 즐겁게 살 수 있지 않겠습니까?"

동청은 소매 속에 유 한림의 글을 넣고 엄 승상을 찾아갔다.

"그대는 누군데 어떻게 왔는가?"

"저는 한림학사 유연수의 문객입니다. 그 사람이 승상님과 나라에 대한 반역 죄인인 것을 알았기 때문에 참지 못해 그 비행을 알려 드리려고 왔습니다."

엄 승상은 평소에 못마땅하게 여기던 유 한림의 약점을 알리러 왔다는 말에 귀가 번쩍 뜨였다.

"그래, 그가 나를 어떻게 모해하던가?"

"그 사람의 말을 들으면 항상 승상을 해치려고 하더니 어제는 술에 취해서 저에게 하는 말이 엄 승상은 군부君父를 그르치는 놈이라고 욕하면서 모든 일을 송宋 휘종徽宗 시절에 비하고, 황제께서 엄명을 내려서 간하는 상소는 못할지라도 글을 지어서 내 뜻을 풀리라 하고 이 글을 쓰기에 글 뜻을 제가 물었습니다. 이에 유연수는 승상을 옛날의 유명한 간신들에게 비유하면서 짐짓 묘한 풍요風謠 그 지방의 풍속을 읊은 노래의 글이라고 자랑했습니다. 그래서 제가 속으로 분격해 이 글을 훔쳐서 승상께 드리는 것입니다."

동청은 그럴듯한 거짓말을 붙여서 참소했다. 엄 승상이 종이를 받아서 본즉 과연 자신의 간악을 풍자해서 지은 글이 분명했다.

"흠, 유연수 부자만이 내게 항복하지 않고 음으로 양으로 나를 거역하더니 이제 죽고 싶은 모양이로구나."

엄 승상은 즉각 글을 가지고 궁중으로 들어가서 황제를 만났다. 황제가 글을 받아 보고 대로해 유연수를 잡아서 멀리 북방으로 귀양 보내라고 엄명했다. 유 한림이 벼락같은 흉변을 만나서 귀양길을 떠나는 날 교씨는 비복을 거느리고 전송하면서 거짓으로 통곡했다.

"한림께서 먼 곳으로 고생길을 떠나시는데 첩이 어찌 떨어져서 홀로 살겠습니까? 한림을 따라가서 생사를 같이하고자 하옵니다."

한림이 당부했다.

"내 이제 흉지로 가서 생사를 기약하지 못하니 그대는 집을 잘 지키고 조상의 제사를 받들게. 또한, 비록 인아가 사나운 어미의 소생이나 골격이 비범하니 거두어 잘 기르면 내가 죽어도 눈을 감을 수 있을 것이네."

"한림의 아들이 곧 제 자식이니 어찌 제 배를 앓고 낳은 봉추와 조금이라도 달리 생각하겠습니까?"

이때 집사 동청이 보이지 않으므로 한림은 어찌 된 일이냐고 비복에게 물었다.

"집을 나간 지 삼사 일이 되었습니다."

유 한림은 동청이 집을 나갔다는 말을 듣고 속으로 잘되었다고 생각했다. 유 한림은 호위하는 관졸이 재촉하므로 비복 약간 명만 데리고 먼 귀양길을 떠났다. 동청은 유 한림을 음해해 귀양 보내게 한 후에 엄 승상의 가인이 되었다가, 진유현 현령으로 출세했다. 동청은 득의양양해져 교씨에게 사람을 보내 기별했다.

"내 이제 진유현 현령이 되어 재명일再明日 모레 부임하게 되었으니 함께 갈 수 있도록 차비를 차리시오."

기별을 받은 교씨는 기뻐하며 집안사람들에게 거짓말했다.

"내 사촌 형이 먼 시골에 살다가 병으로 세상을 떠났다는 부고가 왔으므로 가야겠다. 내가 돌아올 때까지 집을 잘 지켜라.”

교씨는 즉각 시녀 납매 등 다섯 명의 심복과 인아, 봉추 형제를 데리고 집을 떠났다. 집에 있던 금은주옥을 비롯한 값진 재물을 모두 꾸려 가지고 갔으나 아무도 막지 못했다. 교씨는 집을 떠난 사흘 동안 주야로 급행해 약속한 지점에 이르렀다. 동청은 부임 행차의 위의를 갖추고 벌써 와서 기다리고 있었다.

“인아는 원수 사씨의 자식인데 데려다 무엇하겠소? 빨리 죽여서 화근을 없앱시다.”

교씨는 동청의 말을 듣고 시비 설매에게 분부했다.

“인아가 장성하면 너와 내가 보복을 당할 테니 빨리 끌어다가 물에 넣어서 자취를 싹 없애 버려라.”

설매가 인아를 안고 강가로 가서 물에 던져 버리려고 할 때 천진난만한 어린아이는 색색 잠을 자고 있었다. 설매는 자기도 모르게 측은한 생각이 들어서 눈물을 흘리고 혼잣말을 했다.

“사 부인의 인덕이 저 강물같이 깊은데, 나는 부인이 억울하게 죽는 데 방조하고 이제 그 자식마저 해치니 어찌 천벌을 받지 않으랴?”

설매는 강가의 숲 속에 인아를 감추어 두고 돌아와서 교씨에게 거짓말했다.

“아이를 물속에 던졌더니 물속에서 잠깐 들락날락하다가 가라앉고 보이지 않았습니다.”

설매의 보고를 들은 동청과 교씨는 기뻐하며 임지로 부임했다.

한편 뜻밖의 화를 당한 유 한림은 고초를 겪으며 귀양지에 이르렀다. 날이 지날 때마다 유 한림은 눈물을 흘리며 옛일을 후회했다.

‘아무래도 내가 실수를 한 모양이구나. 사 부인이 동청을 집사로 채용

할 때부터 꺼려 하더니 그 슬기로운 사람 봄을 이제야 깨달았다. 내가 화근을 자초하고 사씨를 학대했으니 지하에 가서 무슨 면목으로 선조의 영혼을 대할 것이냐?'

한숨을 쉬는 동안에 눈물이 비 오듯 쏟아졌다. 이때부터 유 한림은 주야로 울화가 가슴을 태워 병이 들어 눕게 되었다. 그러나 약을 구할 길이 없어서 병은 점점 위중해질 뿐이었다. 그러던 중 하루는 비몽사몽간에 한 노인이 와서 말했다.

"한림의 병이 위중하시니 이 물을 잡수시고 쾌차하시기 바랍니다."

유 한림은 이상히 여기며 물었다.

"노인은 누구신데 이 외로운 적객의 병을 구해 주려고 하십니까?"

"저는 동정 군산에 사는 사람입니다."

노인은 물병을 마당에 놓고 홀연히 떠나갔다. 깨 보니 병석에서 꾼 꿈이었다. 유 한림이 이상한 꿈이라고 생각하고 있던 차 이튿날 아침에 노복이 뜰을 쓸다가 놀라며 중얼거렸다.

"뜰 안의 마른땅에서 갑자기 웬 물이 솟아 나올까? 참 이상도 하다."

유 한림이 목이 타서 신음하다가 창을 열고 내다보니 물 나오는 곳이 꿈에 나타났던 노인이 물병을 놓고 간 그 장소였다. 유 한림이 노복에게 그 물을 떠 오라 해서 먹어 보니 맛이 달고 시원해서 감로수같이 좋았다. 유 한림의 병이 안개 가시듯이 낫고 기분이 상쾌해졌으므로 보는 사람들이 모두 신기하게 여기고 탄복했다. 이 소문을 들은 지방 사람들이 모여 와서 먹고 모두 수토병水土病 지역의 물과 풍토로 인해 생기는 병이 나았다.

한편 동청은 교씨와 함께 진유현에 도임한 후에 착취를 일삼아 원성이 자자했다. 그럼에도 불구하고 엄 승상은 동청을 자기 사람으로 만들어 세력을 넓히려고 동청을 계림 태수桂林太守에 임명했다. 계림은 금은보화가 많이 나는 고을이었다. 동청은 교씨를 데리고 부임해 탐관오리의 수완으로 백성의 고혈을 수탈하기에 바빴다.

때마침 황제가 태자를 책봉하는 나라의 큰 경사가 있었다. 귀양지에 있던 유 한림도 임금의 은총을 입어 풀려났다. 유 한림은 서울 본집으로 돌아오지 않고 친척이 있는 무창으로 향했다. 여러 날 길을 가다가 장사 땅을 지나게 되었는데 마침 한여름이어서 여행이 어려웠다. 유 한림은 나무 그늘에서 쉬면서 전후사를 생각했다.

'신령의 도움으로 삼 년 동안의 귀양살이에서 수토병도 면했고, 또 집으로 돌아가게 되었으니 북경의 처자를 데려다가 고향에 두고 한가한 백성으로 지내면 얼마나 즐거우랴.'

하고 외로운 몸을 스스로 위로했다. 이때 갑자기 북쪽에서 왁자지껄하는 인성이 들리더니 붉은 곤장을 든 관졸과 각색 기치를 든 하인들이 쌍쌍이 오면서 길을 비키라고 호통을 했다. 유 한림이 무슨 어마어마한 행차인 줄 짐작하고 몸을 얼른 부근 숲 속으로 숨기고 보니 한 고관이 금안 金鞍 금으로 꾸민 안장 백마 위에 높이 타고 수십 명의 부하를 거느리고 지나갔다. 자세히 보니 그는 뜻밖에도 자기 집에서 집사로 일하던 동청이었다.

'아니, 저놈이 어떻게 높은 벼슬을 하고 이 지방을 행차해 갈까?'

하고 의심하며 일행의 거동을 살펴보니 태수의 지위임이 분명했다.

'아하, 저 간악한 놈이 천하의 세도가 엄 승상에게 아부해 저런 출세를 했구나.'

유 한림은 치밀어 오르는 분노를 느꼈다. 동청이 탄 말이 지나간 뒤에 곧 이어서 길을 비키라는 관졸의 호통이 들리더니 채의시녀彩衣侍女 무녀가 요란한 옷을 입은 시녀 십여 명이 칠보금덩을 옹위하고 지나갔다. 행렬이 다 지나간 후에 유 한림은 주점에 들러 점심을 사 먹었다. 이때 맞은편 집에서 여자 한 명이 나오다가 주점에서 점심을 먹는 유 한림을 보고 놀라면서 물었다.

"유 한림께서 어찌해서 이런 곳에 와 계십니까?"

유 한림도 놀라서 여자의 얼굴을 자세히 보니 다름 아닌 사씨의 시녀였던 설매였다.

"나는 이제 은사를 입고 귀양이 풀려서 황성으로 돌아가는 길이다마는 너는 어떻게 이곳에 왔느냐? 그래, 그동안 댁내가 평안하느냐?"

"대감님, 이리로 오십시오."

설매는 황망히 유 한림을 사람 없는 장소로 데리고 가 눈물을 흘리면서 말했다.

"사 부인께서는 비복을 사랑하셨는데 불충한 소비가 우둔한 탓으로 교 낭자의 시비 납매의 꾀임에 빠져 사 부인의 옥지환을 훔쳐 냈으며, 교 낭자 소생 장주를 죽였습니다. 그리고 사 부인에게 그 죄를 씌워 축출케 하는 계교에 방조한 것이 모두 소비의 죄올시다. 그 근원은 모두 교 낭자가 동청과 사통해 갖은 추행을 일삼으면서 요녀 십랑과 공모해 꾸민 간계였습니다."

"내가 어리석어서 음부에게 속아 무죄한 처자를 보전치 못했으니 무슨 면목으로 세상과 조상께 대하랴?"

유 한림이 탄식하자 설매는 인아를 죽이려던 경과에 대해 말을 계속했다.

"인아 공자를 물에 넣어 죽이라는 명을 받고 강가까지 갔으나, 차마 교 낭자 말대로 할 수가 없어서 길가의 숲에 숨겨 두고, 물에 넣었다고 거짓 보고했습니다. 그러니까 어쩌면 인아 공자는 어떤 사람이 데려다가 잘 키우고 있을지도 모릅니다. 다행히 그렇게라도 되었으면 제 죄의 만분지일이라도 덜어질까 하고 공자의 생존을 신명께 빌어 왔습니다."

설매의 말을 들은 유 한림이 약간 미간을 폈다.

"너의 그 갸륵한 소행 덕에 인아가 살아 있다면 너는 그 애의 생명의 은인이다."

"밖에 저를 데리러 온 사람이 있으니 더 이상 지체하면 의심받을까 겁이 납니다. 떠나기 전에 한 말씀 급히 아뢰고 가겠습니다. 어제 악주에서 행인을 만나서 들은 소식이온데 사 부인께서 장사로 가시다가 풍랑을 만나서 물에 빠져 돌아가셨다는 말도 하고, 다른 사람은 누군가의 도움으로 살아 계시다고 풍문이 자자해 갈피를 잡지 못하겠으니 한림께서 수소문해 자세히 알아보시고 선처하시옵소서."

설매는 말을 마치자 밖에서 부르는 동행 시비를 따라서 급히 나가 버렸다. 설매가 교씨의 행렬을 쫓아가자 교씨는 의심하며 늦게 온 이유를 추궁했다.

"낙마한 뒤 상처가 아파서 곧 오지 못했습니다."

그러나 교씨는 의심이 많고 간특한 인물이라 설매를 데리고 온 시비에게 다시 물었다.

"설매가 옷을 갈아입고 나오다가 그 앞집의 주점에서 어떤 관위를 만나서 한동안 이야기하느라고 이토록 늦게 되었습니다."

"그 사람이 누구더냐?"

"행주 땅에 귀양 갔다가 풀려서 돌아오는 유 한림이었습니다."

교씨는 깜짝 놀라서 행차를 멈추고 동청과 함께 선후책을 상의했다. 동청도 대경실색했다.

"그놈이 죽어서 타향 귀신이 될 줄 알았는데 살아서 돌아오니 만일 다시 득의하면 우리는 살지 못할 것이다."

동청은 건장한 관졸 수십 명을 뽑아서 유 한림의 목을 베어 오면 천금의 상을 주리라고 명했다. 소동이 일어난 것을 본 설매는 교씨에게 맞아 죽을 것을 겁내고 나무에 목을 매어 죽고 말았다. 소식을 들은 교씨는 잘되었다고 기뻐했다.

설매와 헤어진 유 한림은 강가를 떠나지 못하고 사방으로 배회했다. 그러다가 우연히 큰 소나무 껍질을 파서 거기에 글씨로 새긴 것을 발견했다.

'모년 모일 사씨 정옥은 이곳에서 눈물을 뿌리고 강물에 몸을 던졌다.'

유서를 발견한 유 한림은 그것이 곧 사 부인의 것임을 알아보고 깜짝 놀라서 통곡하다가 그대로 기절했다. 시동侍童 시중드는 아이이 황망히 구원하니 한림은 정신을 차리고 다시 탄식했다.

"현숙한 덕행을 지녔음에도 비명에 죽었으니 어찌 슬프지 않으랴. 억울하게 물귀신이 된 사씨에게 제사라도 지내서 위로하리라."

유 한림이 제문을 지으려 하자 눈물이 앞을 가려서 붓이 내려가지 않았다. 그 순간 갑자기 밖에서 함성이 진동했다. 놀라서 문을 열고 보니 장정 수십 명이 칼과 창을 들고서 들이닥쳤다.

"유연수만 잡고 다른 사람은 상하지 않게 하라!"

깜짝 놀란 유 한림은 뒷문으로 허둥지둥 달아났다. 그러나 얼마 가지 않아서 큰 물줄기가 앞을 가로막았다.

"유연수가 이 물가에 숨었으니 샅샅이 뒤져서 잡아라!"

뒤에서 추격하던 괴한들이 호통쳤다. 유 한림은 하늘을 우러러 호소했다.

"내가 선량한 처자를 학대했으니 어찌 천벌을 받지 않으랴. 남의 손에 죽느니보다는 차라리 물에 빠져 스스로 죽으리라."

유 한림은 물에 몸을 던지려는 순간 문득 배 젓는 소리가 들려왔다. 유 한림이 그 뱃소리 나는 곳을 찾아 허둥지둥 달려갔다.

한편 수월암의 묘혜 스님은 사 부인을 보호하며 세월을 보내고 있었는데 하루는 사씨에게 물었다.

"부인, 오늘이 사월 보름날인데 전에 하시던 말을 잊으셨나요?"

사씨가 놀라며 물었다.

"무엇 말이오?"

"금년 사월 보름날에 배를 백빈주에 매고 있다가 목숨이 위급한 사람을 구하라는 예언을 시부님 영혼이 말씀하셨다 했는데 오늘이 바로 그날입니다. 어서 백빈주로 배를 저어 가십시다."

사 부인은 급히 행장을 꾸렸다. 배에 올라 급히 노를 저어가니 과연 언덕에서 한 남자가 쫓기고 있었다. 남자는 배를 향해 살려 달라고 구원을 청했다. 물가에 배가 닿자 유 한림이 뛰어오르면서 애원했다.

"도적놈들이 내 뒤를 쫓아오니 빨리 배를 저어 주시오."

유 한림이 조금만 늦었으면 추격하던 동청의 부하 관졸에게 잡힐 뻔했다. 체포 직전에 뜻하지 않게 배를 타고 떠나는 것을 본 괴한들은 호통을 치며 불렀다.

"배를 도로 돌려 대라. 그렇지 않으면 전부 죽여 버리겠다!"

묘혜는 못 들은 척하고 배를 저어 그들의 추격을 피해 갔다.

"그 배에 태운 놈은 살인한 죄인이다. 계림 태수께서 잡으라는 놈이니 그놈을 잡아 오면 천금 상을 주실 것이다."

유 한림은 자기를 잡아 죽이려는 놈들이 보통 도적이 아니고 동청이 보낸 관졸임을 알았다. 머리끝이 쭈뼛해지고 전신에 소름이 끼친 유 한림은 묘혜를 향해 호소했다.

"나는 한림학사 유연수입니다. 살인한 죄가 없는데 저 도적놈들이 공연히 꾸며서 하는 소리입니다."

이때 배 안에 소복 차림으로 앉아 있던 젊은 여자가 유 한림을 보더니 깜짝 놀라며 울음을 터뜨렸다. 유 한림이 이상히 여기고 자세히 보니 자기의 부인 사씨였다.

"부인을 여기서 만나다니, 이것이 웬일이오?"

부부는 서로 부둥켜안고 한참을 통곡했다.

"내가 이제 무슨 낯을 들어 부인을 대하겠소. 부끄럽고 마음이 괴로워서 할 말이 없소. 그러나 부인은 정신을 진정하고 이 어리석은 연수의 불명을 허물하시오."

유 한림은 사 부인이 집을 떠난 후에 교씨가 십랑과 공모하고 방예로 저주한 일이며, 또 설매가 옥지환을 훔쳐 내다가 냉진과 더불어 갖은 흉계를 꾸민 말을 다 전했다. 사 부인은 떨리는 음성으로 대답했다.

"한림께 이런 말씀을 듣지 못했으면 죽어도 어찌 눈을 감았겠습니까?"

하고 흐느껴 울었다. 한림은 또 설매를 꼬여서 장주를 죽이고 춘방에게 죄를 미루던 말과, 동청이 엄 승상에게 참소해 자기가 죽을 뻔했다는 말과, 교씨가 집 안의 보물을 전부 가지고 동청을 따라간 경과를 알리자 사 부인은 기가 막혀서 묵묵히 울고만 있었다. 유 한림은 하늘을 우러러 길게 탄식했다.

"다른 것은 참을 수 있다 하더라도 어린 자식 인아가 죄도 없이 부인의 품을 잃고 아비도 모르게 강물 속의 무주고혼無主孤魂 받드는 이 없이 떠도는 혼이 되었으니 어찌 견딜 수 있겠소?"

유 한림의 눈에서 눈물이 비 오듯이 흘러내렸다. 사 부인은 처음부터 너무 놀라서 말도 못하고 있다가 유 한림의 말을 다 듣자 외마디 비명을 올리고 기절하고 말았다. 유 한림이 황급히 구호해 부인이 정신을 차리

자 유 한림은 실의 상태에 빠진 부인을 위로하려는 듯, 또는 요행을 바라는 듯이 말했다.

"설매의 말을 들으니 인아를 차마 물에 던져 죽이지 못하고 길가의 숲 속에 숨겨 두었다 하오. 혹 하늘이 도우셨으면 어떤 고마운 사람이 데려다 키워 주고 있을지도 모르니 만나지 못하더라도 어디서라도 상관없이 살아 있기만 해도 내 죄가 덜할까 하오."

사 부인은 흐느껴 울면서 입을 열었다.

"설매의 그 말인들 어찌 믿을 수 있겠습니까? 설사 숲 속에 놓아두었더라도 어린것이 어찌 살기를 바라겠습니까?"

서로 죽은 줄 알았다가 만난 부부는 반가운 것도 잠시 어린 인아의 생사로 새로운 슬픔에 사로잡혀서 오열했다.

"도대체 부인은 어떻게 이곳에 와서 나를 구해 주었소?"

"모년 모일에 이곳에서 사람을 구하라는 현몽을 들었습니다. 제가 아득히 잊고 있었던 것을 저 스님께서 기억하시고 있어서 오늘 배를 타고 왔습니다. 다행히 한림을 위급한 상태에서 구하게 되었으니 묘혜 스님은 우리 부부의 생명의 은인입니다. 아까 보셨다는 소나무에 유서를 새기고 물에 뛰어들려고 했을 때도 묘혜 스님이 구해 주시고 스님 암자에서 지금까지 보호해 주셨습니다."

유 한림은 즉시 일어나 묘혜 스님에게 사례했다.

"우리 부부가 묘혜 스님의 힘으로 살았으니, 그 태산 같은 은혜에 감사합니다."

그사이 배는 순풍을 타고 순식간에 암자가 있는 섬에 도달했다. 수월암에 이르자 묘혜는 객당을 소제해 유 한림을 맞아들이고 차를 대접했다. 사씨를 모시던 유모와 시녀가 유 한림을 보고 일희일비의 주종主從의 회포를 금하지 못했다. 유 한림은 부인을 보고 말했다.

"무창으로 돌아가서 약간의 전량田糧 땅과 곡식을 수습해 앞일을 정한 후에 서울로 올라가서 가묘를 모시고 전죄前罪를 사하고자 하니 부인이 나를 버리지 않는다면 동행하기 바라오."

"한림께서 저를 더럽다 하시지 않으시면 제가 어찌 역명하겠습니까? 제가 선산을 떠날 적에 친척을 모아서 가묘를 개축했습니다. 그런데 제가 이제 댁으로 돌아가는 것이 과연 어떨까 합니다. 제가 옛일을 죄로 생각한 적은 없으나 사람을 대하기가 부끄러워서 그렇습니다. 다시 입승하는 데 예절이 있어야 하지 않을까 합니다."

"아, 내가 너무 급하게 생각한 모양이오. 내가 먼저 가서 묘를 모셔 오고 다시 소식을 수소문한 후에 예를 갖추어서 데려가리다."

"한림의 외로운 몸이 또 도적의 무리를 만나시면 위태하니 조심해 가십시오. 동청이 폭도를 보내도 잡지 못했으니 필연 다시 잡아 죽이려고 할 것이 분명합니다. 한림은 성명을 바꾸고 변복으로 가십시오."

유 한림은 사 부인의 염려가 옳다 여기고 혼자 떠나서 여러 날 만에 고향땅 무창에 이르렀다. 유 한림은 남아 있는 약간의 재산을 수습하고 선산을 수축하는 동시에 노복을 시켜서 농업을 경영하도록 지시했다. 한편 계림 태수로 도임해 가던 동청은 유 한림을 죽이려던 일이 실패로 돌아가자 교씨와 함께 당황해서 어쩔 줄을 몰랐다.

"유연수가 무사히 서울로 가면 우리 죄상을 황제게 아뢰고 자신의 원한을 풀 것이니 어찌 방심하겠소?"

동청은 즉각 유연수를 극력 수색해 잡으라고 엄명했다. 동시에 사씨 학대에 가담한 냉진에게 큰 벼슬을 내려 심복으로 삼고 백성들의 재물을 약탈했다. 이리하여 남방의 사람은 모두 동청의 학정을 저주하고 그를 죽여 고기를 씹으려고 벼르고 있어 민심이 흉흉해졌다. 교씨가 계림에 간 지 얼마 되지 않아서 데리고 온 아들 봉추가 병들어 죽었다. 교씨는 어미의 정으로 번민했다.

큰 고을 계림에는 자연 관사가 많아서 분망奔忙 매우 바쁨했다. 동청이 자주 관하 소현에 순행해 집을 비우는 날이 많아 본아에 없는 동안은 냉진의 세상이었다. 냉진은 내외사를 다스리며 세도를 부리는 한편 요부 교씨와 새롭게 간통하고 추태를 재연했다. 교씨가 유 한림의 집에서 유 한림의 눈을 속이고 동청과 간통하던 버릇을 그대로 되풀이했던 것이다.

동청은 자기의 지위와 재산을 더 얻으려는 수단으로 계림 지방 백성의 재물을 수탈해 십만 보화를 만든 뒤 엄 승상에게 뇌물로 바치려고 했다. 냉진은 동청의 명을 받아 서울로 뇌물을 운반하는 책임을 졌다. 그런데 냉진이 서울에 와서 보니 이미 엄 승상의 세도가 무너진 뒤였다. 황제가 그의 간악함을 알고 관직을 삭탈하고 가산을 압수하는 소동 중이었다. 냉진은 깜짝 놀라서 등문고登聞鼓 신문고를 울려서 법관에게 민정을 호소했다. 법관이 무슨 소송이냐고 묻자 냉진은 천연덕스럽게 우국양민의 열변으로 진술했다.

"저는 북방 사람인데 남방에 다니러 갔다 왔습니다. 계림 지방에서는 태수 동청이 학정을 일삼을 뿐 아니라 하늘을 속이고 무소불위해 행인을 겁박하고 재물을 탈취하는 등의 열두 죄목을 황제께 아룁니다."

법관이 냉진의 진술대로 황제에게 아뢰자 황제가 대로하고 금오관을 파견해 동청을 잡아 가두라고 분부했다. 또한 따로 순찰관을 보내서 민정을 조사하니 냉진이 고발한 사실이 그대로 증명되었다. 동청의 죄를 비호해 줄 엄 승상이 숙청되었으므로 그를 구해 줄 사람은 조정에 아무도 없었다. 간악한 동청이 간신의 세도를 믿고 갖은 악행으로 재물을 구산같이 쌓고 살기를 원했지만 어찌 불의의 뜻대로 되리오. 그는 속절없이 잡혀 와서 장안 네거리에서 요참腰斬 죄인의 허리를 베어 죽이던 형벌을 받았다. 동청이 백성에게 도적질한 재산을 몰수한 황금이 사만 냥이고 그 밖의 재물은 헤아릴 수 없을 정도로 많아 사람들을 놀라게 했다.

냉진은 동청을 배반한 덕으로 제 죄를 면했을 뿐 아니라, 동청이 엄 승상에게 보내던 뇌물 십만 냥을 고스란히 착복하게 되었다. 그리고 동청의 덕을 볼 때 간통하던 교녀를 데리고 부부 행세를 하며 살았다. 그러나 역시 서울에서 살기에는 뒤가 켕겨서 멀리 산동으로 피해 갔다. 둘은 산동으로 가는 도중에 어떤 여관에서 술에 만취해 정신없이 자고 있었다. 그들을 태우고 가던 차부車夫 마차를 끄는 사람 성대관이라는 사람이 본디 도적놈이었으므로 냉진의 행장에서 큰돈 냄새를 맡고 기회를 노리고 있다가, 그날 밤에 냉진의 재물을 송두리째 훔쳐 가지고 도망가 버렸다. 냉진과 교녀는 함께 잠에서 깬 후 도적맞은 것을 알고 한탄했다. 이때 황제가 조회를 받고 각 읍 수령의 불치不治 정치를 제대로 하지 않음를 탐문하던 중 동청의 죄상 보고를 듣고 통탄했다.

"이런 도적을 누가 그런 벼슬에 천거했는고?"

"엄 승상의 천거로 진유현령에서 계림 태수로 승진했던 것입니다."

승상 석가뇌가 보고해 올렸다.

"그렇다면 이 한가지로 미루어 보면 엄 승상이 천거한 자는 모두 소인이요, 그가 배격하던 자는 모두 어진 사람임을 가히 알 수 있다."

황제는 엄 승상의 잔당殘黨 패망하고 조금 남아 있는 무리를 부정적으로 이르는 말은 모두 벼슬을 삭탈하고, 엄 승상의 질시로 몰려서 귀양 갔거나 좌천되었던 신료를 다시 불러 관기를 일신했다. 따라서 관직을 빼앗겼던 가의대부嘉義大夫 조선 시대에 둔, 종이품 문관의 품계 호연세로 도어사를 삼고, 한림학사 유연수로 이부시랑을 삼고 또 과거를 실시해 인재를 천하에서 구했다. 이때 외해랑이 급제해 문벌의 영화를 보전했으니 그는 유 한림의 부인 사씨의 남동생이었다.

사 부인이 두 부인을 찾아서 남방의 장사로 향할 때 두 부인은 이직하는 아들을 따라 함께 상경했다. 사 공자는 누님이 장사로 가다가 중간에서 낭패한 사실을 전혀 모르고 배를 얻어 타고 장사로 가려던 참에 서울의 조보를 보고 두 총관이 순천 부사로 영전된 것을 알았다. 마침 과거시행의 시일이 머지않아 있었으므로 두 부인이 상경하기를 기다리며 과거 공부를 하다가 다행히 과거에 급제했다. 이때 마침 순천 부사로 승진한 두 총관이 부임 준비차 상경했다.

사 공자는 곧 누님의 소식을 물었으나 부사는 소식을 모른다고 눈물을 머금고 슬퍼했다. 사 공자는 누님이 장사로 가다가 중도에서 낭패하고 진퇴유곡進退維谷에 처해 물에 빠져 죽었다는 소문을 듣고 소식을 알려고 물가에 가서 찾았으나 생사를 모른다는 소식을 두 부인에게 보고했다.

"그때 그곳의 어떤 사람 말로는 어느 해 유 한림이 그곳에 와서 사 부인이 물에 빠져 죽었다는 필적을 보고 슬퍼하고 제문을 지어 제사를 지내려고 하다가 그날 밤에 도적에게 쫓겨서 어디로 간지 모른다고 합니다. 그러나 이제 조정에서 유 한림을 다시 벼슬에 영전시키려고 찾으나 아무도 알지 못한다 하오니 기쁨이 도리어 더욱 슬픔이 되었사옵니다."

"그렇다면 한림은 살아 있지 못했을 듯하다."

두 부인이 여러 사람을 보내서 사방으로 탐문하니 유 한림이 아직 죽지 않았다는 소문이 더 많았다. 사 공자는 용기를 얻고 행장을 차렸다. 악양루 근처의 강가에 이르러서 극진히 누님과 유 한림의 행방을 찾았다. 그러나 역시 행방이 묘연해 알 길이 없었다. 사 공자는 일단 단념하고 남양 지경이 장사와 멀지 않으니 도임한 후에 찾으려고 생각했다. 이 때 유 한림은 이름을 고치고 행동을 취했으므로 그의 신분을 아는 사람이 없었다. 유 한림은 고향에서 비복에게 농사를 열심히 짓게 해 그 수확의 일부를 군산으로 보내니 심부름 간 동자가 돌아와 고했다.

"부인께서는 무사하십니다. 그런데 악주 관아에서 방을 붙이고 한림을 찾고 있습니다. 연고를 물어보았더니 황제께서 한림에게 이부시랑을 제수하시고 찾는 중이라 하십니다. 그래서 소복은 감격했으나 한림 허락을 받지 못했으므로 관원에게 고하지 못하고 빨리 소식을 알려 드리려고 달려왔습니다."

유 한림은 동자의 소식을 듣고 무창으로 나가서 신분을 밝혔다. 그리고 외로운 섬의 암자에서 좋은 소식을 기다리는 부인에게 이 소식을 전했다. 유 시랑의 신분이 된 유연수는 빨리 상경해 황제에게 복명하려고 역마를 몰아 길을 재촉해 갔다.

유 시랑이 남창부에 이르자 지방 장관이 명함을 드리고 인사하는데 뜻밖에도 처남인 남창부윤 사경안이었다. 반가운 마음에 서로가 술잔을 나누며 끝없는 이야기를 주고받다가 다하지 못하고 이별했다. 유 시랑이 서울로 나가서 황제에게 사은하자 황제가 친히 불러 보고 간신 엄 승상에게 속아서 유 시랑의 충성을 모르고 고생시킨 것을 후회했다.

유 시랑이 어전을 하직하고 집으로 돌아오니 비복들이 나와서 맞으며 눈물을 흘렸다. 당사가 황량하고 정자에 잡초가 무성해 주인이 없음을 여실히 나타내고 있었다. 유 시랑이 사당에 참배하고 통곡 사죄하고 두 부인을 찾아 사죄하매 부인이 흐느껴 울며 말했다.

"이 늙은 몸이 살았다가 현질賢姪어진 조카이 다시 벼슬하는 걸 보니 죽어도 한이 없다. 그러나 네가 제사를 폐한 지 오래니 그 죄가 어찌 가벼우랴?"

"제 죄는 만 번 죽어도 부족하오나 다행히 부부가 다시 만났으니 죄를 용서하소서."

두 부인은 사씨와 만났다는 말에 기쁨을 참지 못했다.

"조카의 액운이 이제야 다했구나. 옛날에 현인에게는 복을 내리고 악인은 재화를 만난다 하니 너는 이제 회과자책悔過自責 허물을 뉘우쳐 스스로 책망하겠느냐?"

유 시랑은 전후사를 모두 고하고 앞으로 다시는 그런 간악에 속지 않고 근신할 것을 다짐했다.

"그 같은 대악이 어찌 세상에 용납되겠습니까?"

하고 거듭 사과했다. 이때 모든 친척이 유 시랑을 찾아와서 하례하고 위로했다.

"이것은 모두 가운이니 어찌 인력으로 막을 수 있었으리오."

유 시랑이 친척들과 하직하고 강서로 갈 적에 그 위용이 매우 엄했다. 이때 사 추관이 누님을 데려오겠다고 말하자 유 시랑은 허락하고 자기는 강가에 가서 맞을 테니 먼저 떠나가라고 약속했다. 사 추관이 누님에게 미리 편지를 보내고 동정호의 섬 군산에 이르렀다. 사 부인이 미리 알고 기다리다가 만나서 수년 동안 그리던 정회를 푼 뒤에 유 시랑의 편지를 전했다. 사 부인이 편지를 받아 보니 남편은 방백을 했는지라 감격해 묘혜 스님에게 사은하고 유 시랑이 보내온 예물을 전했다.

"이것은 모두 부인의 복이지 어찌 소승의 공이겠습니까?"

부인은 묘혜 스님과 작별하고 강서로 향했다. 고향 집에 이르니 비복들이 감격해서 환영했다. 유 시랑 부부가 묘에 참배할 적에 제문을 지어서 부부가 재결합함을 보고하는 사의가 간절했다. 소문을 들은 강서 지방의 대소 관원이 모두 유 시랑을 찾아와서 예단을 드려 하례하고 또 사

추관에게 하례했다. 유 시랑은 큰 잔치를 베풀어 빈객을 접대했다.

사 부인은 남편을 만나서 다시 유씨 가문의 주부가 되었으나 새로운 슬픔이 있으니 바로 아들 인아의 생사 소식이었다. 사방으로 수소문했으나 인아의 행적은 묘연해 알 길이 없었다. 어느덧 신년을 맞으며 사 부인이 유 시랑에게 은근히 술회했다.

"그전에 제가 사람을 잘못 천거해 가사가 탁란했던 일을 회상하면 모골이 송연합니다. 지금은 그때와 다르고 제 나이도 사십에 이르러 생산하지 못한 지 십 년이라 밤낮으로 큰 걱정입니다. 후손을 위해 다시 숙녀를 얻어 생남의 길을 마련할까 합니다."

"후손을 위해 소실을 권하는 부인의 뜻은 고마우나 그 전에 교녀로 말미암아 인아의 생사를 알지 못하니 어찌 또다시 잡인을 집안에 들여놓겠소?"

사 부인은 한숨을 쉬며 말했다.

"제가 시랑과 동서同棲 한집에 같이 삶 삼십 년에 일점혈육이던 인아의 생사를 모르고 아직 사속嗣屬 대를 이을 아들이 없으니 지하에 가서 무슨 면목으로 조상을 뵈오리까?"

하고 묘혜 스님의 질녀가 현숙하고 또 귀한 자식을 둘 팔자라 하면서 유 시랑의 첩으로 삼으라고 권했다. 유 시랑은 사 부인의 성의에 마지못해 부인의 생각에 맡기겠다고 허락했다.

"또 청할 일이 있습니다."

부인은 화제를 바꿔 남편에게 말했다.

"노복이 저를 시중하다가 조난한 배 안에서 죽었으니 그 영혼을 위로해 주고, 또 황릉묘가 황폐했으니 중수하고, 또 묘혜 스님의 암자가 있는 군산 동구에 탑을 세워서 모든 은혜를 갚고자 합니다."

유 시랑은 부인의 청은 마땅히 해야 할 사은의 지성이라 하고 많은 재물을 희사해 시설했다. 묘혜 스님은 유 시랑 부부가 보낸 후한 금백으로 수월암을 중수하고 군산 동구에 탑을 신축해 부인탑이라고 불렀다. 특히 황릉묘를 장엄하게 중수하고 노복의 영혼을 위로하려고 관곽을 갖추어서 다시 후장을 지내니 사 부인의 기특한 뜻을 세상이 칭송해 마지않았다.

사씨의 사동이 황릉 묘지기에게 중수 비용을 전하고 돌아오는 길에 회룡령 땅에 들러서 묘혜 스님의 질녀를 찾아갔다. 이때 낭자가 그전에 알았던 사 부인의 사동을 보고도 채 알지 못하고 물었다.

"총각은 어떻게 또 이곳에 왔소?"

"낭자는 왜 저를 몰라보십니까? 연전에 사 부인을 모시고 장사를 가던 길에 댁에서 수일간 신세를 진 사환입니다."

"아참, 그랬군요. 제가 몰라 뵈어 미안합니다. 사 부인은 안녕하신지요?"

사동이 그 후에 지낸 사 부인의 사실을 대략 전하자 낭자는 사 부인이 누명을 벗고 시가로 돌아가서 잘 있다는 말과 그것이 모두 낭자의 고모님 묘혜의 공이라는 말을 듣고 매우 기뻐했다. 인사가 끝난 뒤에 사환은 사 부인이 보낸 편지를 낭자에게 내놓았다. 임 낭자가 감격하고 봉을 떼어 보니 사연이 매우 간곡했으므로 사 부인을 다시 한번 만나보고 싶었다.

한편 칠 년 전, 설매가 인아를 차마 물속에 던지지 못하고 가만히 강변의 숲 속에 놓고 간 뒤의 일이었다. 인아는 잠에서 깨어 아무도 없으므로 큰 소리로 앙앙 울고 있었다. 이때 마침 남경으로 장사차 지나가던 뱃사람이 우는 어린아이를 찾아가 보니 얼굴 생김이 비범하고 우는 모습이 가엾어서 배에 태우고 갔다. 그러다가 갈 길이 멀고 남경 가서

도 누구에게 맡겨야 했으므로, 도중의 연화촌에서 인아를 사람의 눈에 띄기 쉬운 곳에 내려놓고 갔었다. 이때 마침 임가의 아내 변씨가 꿈을 꾸었는데 문밖에 이상한 광채가 비치었으므로 놀라서 깨니 꿈이었다. 아내의 꿈 이야기를 들은 남편 임씨가 급히 밖으로 나가서 본즉 용모가 잘난 어린아이가 울고 있었으므로 안고 집으로 돌아왔다. 아내 변씨가 하늘의 꿈을 통해서 자기에게 준 귀동자라고 기뻐하고 고이 길렀다. 그러다가 변씨가 세상을 떠난 뒤로는 임 낭자가 친동생같이 기르고 있었다. 효성이 지극하고 용모가 고운 임 낭자가 부모를 다 잃고 외롭게 지내게 되자 동정도 하고 탐도 나서 여러 군데서 혼인하기를 청했다. 그러나 임 낭자는 고모 묘혜 스님이 장차 귀한 몸이 되리라던 말만 생각했다.

사 부인은 임 낭자의 재덕을 생각하고 유 시랑에게 허락을 받은 뒤 사환을 그 연화촌으로 보내고 얼마 지나 다시 시녀와 가마꾼을 보내서 임 낭자를 데려오게 했다. 임 낭자가 사 부인을 만나려 생각하던 차에 가마로 자신을 데리러 왔으므로 감사히 여기고, 얻어서 기르던 인아를 데리고 함께 사 부인을 만나 서로 반겼다. 인아를 자신의 동생이라 했기 때문에 아무도 이상하게 생각하지 않았다. 사 부인은 임 낭자에게 유 시랑의 둘째 부인이 되기를 권했다. 임 낭자는 이것이 꿈인가 의심하면서도 고모의 예언을 생각하고 감격했다. 사 부인은 택일해 친척을 초대하고 잔치를 베풀어 임씨를 성례시켰다. 임씨의 용모가 아름다운 숙녀이므로 유 시랑은 심중으로 기뻐하고 사 부인에게 말했다.

"내 그대에게 정이 덜할까 염려하노라."

하니 부인은 미소만 보이고 대답하지 않았다.

하루는 인아의 예전 유모가 임씨 방으로 들어가서 눈물을 흘리며 말했다.

"요전에 시비의 말을 들으니 낭자의 남동생 도련님이 예전에 제가 시중들던 우리 공자와 얼굴이 똑같이 생겼다 하기에 한번 보러 왔나이다."

유모의 말을 의아스럽게 생각한 임씨가 유모에게 물었다.

"댁의 공자를 어디에서 잃었던가?"

"북경 순천부에서 잃었습니다."

임씨가 생각하기를 북경이 천 리인데 어찌 남경 땅에서 잃은 공자를 얻었으랴 하고 의아했으나 시녀에게 인아를 불러오게 했다. 유모가 보니 어렸을 때 자기가 밤낮으로 안고 기른 인아가 틀림없었다. 반가운 생각으로 왈칵 끌어안으나 한편 의심을 가지지 않을 수 없었다.

"이 소년은 실로 내 모친이 낳은 친동생이 아니고 '모년 모월 모일'에 강가에 버려진 어린아이를 주워다가 길러서 의남매가 되었다네. 만일 얼굴이 댁에서 기르던 공자와 같으면 혹 그런 연고 있는 소년인지도 모르겠네."

이때 소년이 먼저 유모를 알아보고 깜짝 놀라면서 물었다.

"유모, 왜 나를 몰라보는 거야?"

"아, 도련님!"

유모는 소년을 끌어안고 임씨에게 급히 고했다.

"이것 보십시오. 이 댁의 도련님이 아니면 어찌 나를 알아보고 이렇게 반가워하겠습니까?"

"이 아이의 성명은 비록 모르나 전에 귀한 댁 아들로서 곱게 길렀던 것이 분명하고, 남경으로 가던 뱃사람이 어디서 데려왔으나 가다가 우리 집 근처에 버리고 간 것이오. 유모는 잘 알아보고 대감 부부께 말씀드리도록 하게."

유모는 임씨의 말을 듣고 크게 기뻐하면서 곧 사 부인에게 그 말을 전했다. 부인은 황망히 임씨 방으로 달려와서 소년을 보고 반신반의하면서 물었다.

"너는 나를 알겠느냐?"

인아는 사 부인을 자세히 보다가 울음을 터뜨리며 말했다.

"어머니, 어머니는 저를 몰라보십니까? 어머님이 집을 떠나신 후에 소자가 매양 그리워했습니다. 어릴 때 일이라 제 기억이 아득해 잘 모르겠으나 여자가 저를 안고 멀리 가다가 제가 잠든 사이에 강변 숲 속에 두고 갔습니다. 잠에서 깬 뒤에 외롭고 무서워서 울고 있으니 큰 배를 타고 가던 사람이 저를 데리고 가다가 또 어떤 집 울 밑에 놓고 갔습니다. 그때 그 집의 사람들이 거두어 길러 주어서 편하게 지내다가 이제 뜻밖에 여기 와서 어머님을 뵈오니 이제는 죽어도 한이 없습니다."

사 부인은 인아의 손을 잡고 대성통곡했다.

"이것이 꿈이냐, 생시냐. 꿈이면 이대로 깨지 말아야겠다. 내 너를 다시는 못볼까 했더니 오늘날 집에 돌아온 것을 이렇게 만나니 어찌 하늘의 도움이 아니겠느냐?"

사 부인이 유 시랑에게 인아를 찾은 사실을 고하자 유 시랑이 급히 달려와서 자초지종을 듣고서 임씨를 칭찬하며 기뻐했다.

"우리가 이처럼 만나서 즐기는 경사는 모두 그대의 공이니, 그 은덕을 어찌 잊겠는가? 금후로는 나의 가장 큰 슬픔이 없어졌다."

온 집안이 경사를 축하하면서 인아의 모습을 보니 장부의 체격이 훤칠하고 그 준매함을 칭찬하지 않는 사람이 없었다. 멀고 가까운 친척이 모두 모여서 치하하는 동시에 임씨에 대한 대우가 두터워지고 비복들도 착한 임씨를 존경으로 섬겼다. 사 부인도 임씨 대하기를 동기처럼 아끼고 임씨 또한 사 부인을 형님같이 극진히 섬겼으며 보통 처첩 간의 투기 같은 감정은 추호도 없었다.

이 무렵에 교녀는 냉진과 함께 살다가 냉진이 역적 괴수로 잡혀 처형되자 도망가서 낙양 술집의 창기가 되었다. 낙양의 인사에게 웃음을 팔아 재물을 낚으면서 예전에 자신이 한림학사의 부인이라고 호언했으므로 낙양에서 교녀의 교태를 모르는 사람이 없었다. 유 시랑 댁의 사환이 마침 낙양에 왔다가 창녀 교씨의 유명한 평판을 듣고 술집에 가서 보니 분명히 교씨라 깜짝 놀라고 돌아와서 교녀의 소식을 전했다. 소식을 들은 유 시랑이 부인 사씨에게 말했다.

"교녀를 잡지 못할까 걱정했는데 낙양 청루에서 행색이 낭자하다니 내가 돌아갈 때에 잡아서 설욕하겠소."

"그러십시오. 교씨를 잡아서 제 원한을 풀어야겠습니다."

관대한 사씨도 교녀에 대한 철천지한은 풀리지 않았던 것이다. 그러나 사씨는 아들 인아를 만난 후로는 시름이 없었고 유 시랑은 사사로운 고민이 없어서 정성껏 백성을 돌보니 모든 백성이 농업과 학업에 힘썼으므로 태평성대를 구가했다. 황제가 그 공적을 들으시고 예부 상서로 승탁하시니 유 상서가 사은차 상경하게 되었다. 행차가 서주에 이르러서 창녀로 이름난 교녀를 염탐하니 분명히 그곳 화류계에서 군림하고 있었다. 유 상서는 수단 있는 매파와 상의하고 창녀 교칠랑을 시켜서 이러이러하라고 명했다. 매파는 교녀를 찾아서 말했다.

"이번에 예부 상서로 영전되어 상경하시는 대감께서 교 낭자의 향명을 들으시고 소실을 맞아 총애코자 하시는데 낭자 의향은 어떠한가?"

교녀는 득의의 미소를 지었다. 매파가 교녀의 승낙을 고하자 유 상서는 인부를 갖추어서 교녀를 가마에 태워 본 행차와 따로 서울로 데려가도록 분부했다. 유 상서는 서울에 이르러 황제 어전에 사은하고 집으로 돌아와서 친척을 모아 놓고 경축 잔치를 크게 베풀었다. 이 자리에서 사씨는 임씨를 불러 두 부인을 뵙게 하고 말했다.

"이 사람은 그전의 교녀와 같지 않은 현숙한 사람이니 고모님께서는 그릇되게 보지 마십시오."

두 부인은 새사람이 비록 어진 사람이라도 나와는 상관없는 일이라고 담담한 태도를 취했다. 이때 유 상서는 빙글빙글 웃으며 두 부인과 좌중 손님들에게 말했다.

"오늘 이 즐거운 잔치에 여흥이 없으면 심심할까 합니다. 노상에서 명창을 얻어 왔으니 한번 구경하시오."

좌우에 명해 창녀 교칠랑을 부르라 했다. 이때 교자로 실려서 서울로 왔던 교녀가 사처에서 기다리고 있다가 승명하고 상서 댁으로 데려오자 가마 안에서 밖을 내다보고 놀라며 물었다.

"이 집은 분명히 유 한림 댁인데 왜 이리 가느냐?"

시녀는 시치미를 떼고 대답했다.

"유 한림은 귀양 가시고 우리 대감께서 이 집을 사서 살고 계십니다."

시비는 교녀를 인도해 유 상서와 사 부인 앞으로 데려갔다. 교녀가 눈을 들어서 보니 좌우에 있는 수많은 사람이 전부 낯익은 유연수 문중의 일족이라 벼락을 맞은 듯이 낙담상혼落膽喪魂 몹시 놀라거나 마음이 상해서 넋을 잃음 하고 말았다. 교녀는 땅에 엎드려서 목숨만 살려 달라고 애걸했다. 유 상서는 호통을 하며 꾸짖었다.

"네 죄를 아느냐?"

교녀는 몸을 사시나무 떨듯 떨었다.

"제 죄를 어찌 모르겠습니까마는 관대히 용서해 주십시오."

"네 죄는 일륜이니 음부는 들으라. 처음에 부인이 너를 경계해 음탕한 풍류를 말라 함이 좋은 뜻이거늘 너는 도리어 대죄를 짓고 아직도 살고자 하느냐?"

교녀는 머리를 땅에 박으면서 울었다.

"이 모든 것이 제 죄이오나 자식을 해친 것은 설매가 한 일입니다."

유 상서는 교녀의 비굴한 행색에 더욱 노했다. 곧 시동에게 엄명해 교녀의 가슴을 찢어 헤치고 심장을 꺼내라고 했다. 이때 사 부인이 시동을 만류했다.

"비록 죄가 중하나 대감을 모신 지 오랜 몸이니 시체는 완전하게 처치하십시오."

유 상서는 부인의 권고에 감동하고 동편 언덕으로 끌어내 교녀를 죽이게 명했다. 유 상서는 만고의 간부 교녀를 죽이고 흡족했다. 사 부인은 시녀 설매가 억울하게 죽은 것을 가엾이 여겨 뼈를 찾아서 잘 묻어 주었다. 그리고 십랑을 잡아서 치죄治罪 허물을 가려내어 벌을 줌하려고 찾았으나 전년에 금령禁令 금지하는 법령의 옥사에 연좌되어 죽었다는 사실이 밝혀졌다.

임씨가 유씨 문중에 들어온 지 십 년이 지나는 동안에 계속해 삼 형제를 낳았는데, 모두 옥골선풍玉骨仙風 살빛이 희고 고결해 신선과 같은 풍채이라 유 승상 부부는 팔십여 세를 안양하고, 그 후대의 공자는 병부 상서에 이르고, 유 웅은 이부 상서를 하고, 유준은 호부시랑을 하고, 유란은 태상경을 했다.

그 모친 임씨도 복록을 누려서 자부와 제손諸孫 여러 자손을 거느리고, 사씨 부인을 모시며 안락한 세월을 보냈다. 문필에 통달한 사씨 부인은 내훈內訓 부녀자의 행실에 규범이 될 만한 기록 십 편과 열녀전 십 권을 지어서 세상에 전하고 자부들을 가르쳐서 선도善道 바르고 착한 도리를 행하도록 권장했다. 이와 같이 착한 사람은 복을 받고 악한 사람은 앙화殃禍 어떤 일로 인해 생기는 재난를 받는 법이니 기록해 후세에 전하는 바이다. ✎

# 사씨남정기

## 📝 작품 정리

- **작가** 김만중(138쪽 '작가 소개' 참조)
- **갈래** 국문 소설, 가정 소설, 목적 소설<sub>예술성의 구현보다는 사상의 선전이나 전달과 같은</sub>
  목적을 이루기 위해 쓴 소설
- **성격** 풍간적諷諫的<sub>완곡한 표현으로 잘못을 고치도록 함</sub>, 가정적
- **배경** 시간 – 중국 명나라 초기 / 공간 – 북경 인근의 금릉 순천부
- **시점** 3인칭 전지적 작가 시점
- **구성** '발단 – 전개 – 위기 – 절정 – 결말'의 5단계 구성
- **특징** • 장 희빈의 행동을 비난하기 위한 목적이 담겨 있음
  - 유교 · 불교 · 도교가 상호 결합됨
  - 역어체<sub>번역 투의 문체</sub>, 문어체 등이 사용됨
- **주제** 처첩 간의 갈등과 사씨의 고행
- **의의** • 가정 소설이라는 새로운 장르를 개척함
  - 일부다처제하에서 처첩 간의 갈등을 다룬 최초의 소설임
  - 조선 시대 장편 소설이 창작될 수 있는 밑거름이 됨
- **연대** 조선 숙종 15~18년(1689~1692)
- **출전** 『해재신해계동유동찰판』

## 📝 구성과 줄거리

- **발단** **유연수는 장원 급제하고도 학업을 위해 출사를 미룸**

  유연수는 개국 공신 유기의 손자로 인물이 출중하여 열다섯 살에 장
  원 급제해 한림학사를 제수받는다. 그러나 나이가 어리기 때문에 십

년 동안 학업에 힘쓴 후에 출사할 것을 청하자 황제는 그 뜻을 기특히 여겨 오 년의 말미를 준다.

- **전개**  **유연수와 사씨는 혼인하지만 후사가 없어 첩을 맞음**

  유연수는 현명한 사 급사 댁 사 소저를 처로 맞아들인다. 두 부부는 금실이 좋았으나 후사가 없어 고민하던 중에 매파의 중매로 교씨를 첩으로 맞아들인다. 아들을 낳은 교씨는 시기심이 많아 갖은 음해로 사씨를 모략한다. 유연수는 교씨의 음해에 넘어가 사씨를 내쫓고 교씨를 정실로 삼는다.

- **위기**  **안주인이 된 교씨는 유연수를 몰아내고 재산을 차지함**

  유연수가 사씨를 내쫓은 일을 후회한다. 한편 교씨는 가객 동청과 간통하며 유연수를 죽일 음모를 꾸민다. 결국 동청은 유연수의 편지를 훔쳐 엄 승상에게 밀고하여 유연수를 귀양 가게 만든다. 동청은 엄 승상의 힘으로 벼슬을 얻고 교씨는 재산을 챙겨 집을 나간다.

- **절정**  **유연수가 혐의를 벗고 다시 벼슬길에 오름**

  집에서 쫓겨난 사씨는 동정호 장군사에 머물다가 죽을 위기에 처한 남편 유연수를 극적으로 구한다. 엄 승상은 부정이 발각되어 숙청되고 동청 또한 죽음을 맞는다. 유연수는 복권되어 다시 벼슬길에 오른다.

- **결말**  **교씨가 죽은 뒤 사씨와 유연수는 백년해로함**

  집으로 돌아온 사씨와 유연수는 노비, 친척들과 해후하고 교씨에 의해 죽은 줄로만 알았던 아들 인아를 되찾는다. 교활했던 교씨는 결국 붙잡혀 유연수에게 인도되고 죽음을 맞는다.

## 🖊️생각해 보세요 - - - - - - - - - - - - - - - - - - - - - - - - - - - - - - - - - - - - -

### 1 이 작품의 창작 배경은 무엇인가?

이 작품의 배경은 중국이지만 조선 조정 내부의 암투를 간접적으로 드러내고 있다. 즉, 주인공 유연수는 숙종을, 사씨 부인은 인현 왕후를, 교씨는 장 희빈을 의미한다. 교씨의 음해로 사씨가 추방당하는 장면은 장 희빈의 음해로 인현 왕후가 폐위된 사건을 빗대고 있다. 실제로 작가 김만중은 인현 왕후를 폐위하는 일에 반대하다가 귀양을 가기도 했는데 이러한 사실이 작품 창작에 영향을 미친 것으로 보인다.

### 2 이 작품이 가부장제에 대해 보이는 이중적 태도를 작품의 내용과 관련하여 설명하라.

주인공 유연수는 양반 사대부가의 가부장으로 사씨와 교씨 두 부인을 두고 있다. 그는 교씨의 모해에 속아 사씨를 추방시키는 과정에서 판단력이 부족하고 우유부단한 태도를 보인다. 이러한 측면에서 볼 때 작가는 이 작품을 통해 축첩 제도를 중심으로 한 가부장제의 한계와 문제점을 비판하고 있다고 볼 수 있다. 하지만 결말 부분에서 모든 문제의 원인을 교씨의 악행에 두고 첩, 즉 여성에 대한 징벌을 통해서만 문제를 해결하고 있다는 점에서 이 작품에는 봉건적인 가부장제를 옹호하는 측면도 나타난다.

# 인물관계도

심 부인 — 화욱 — 정 부인   요 부인

임 부인 — 화춘　　화진　윤 부인, 남 부인　화빙선 유 학사
　　　　　　　　　　　　　　　　　　　　(태강)

남편(화욱)에게는 저(심 부인)를 제외하고 두 명의 부인(요 부인, 정 부인)이 더 있었어요. 제 아들(화춘)이
맏이였지만 남편은 정 부인의 아들인 화진과 요 부인의 딸인 화빙선을 편애했지요. 남편이 죽자 저와 아들은
화진과 그의 아내(윤 부인, 남 부인)를 괴롭혔어요. 하지만 화진은 해적을 토벌해 공을 세우게 되지요.
저와 제 아들은 전날의 잘못을 뉘우쳤답니다.

# 창선감의록  彰善感義錄

• 앞부분 줄거리

화욱은 심 부인, 요 부인, 정 부인을 두었는데 요 부인은 딸 빙선을 낳고 먼저 세상을 떠난다. 정 부인의 아들인 진은 매우 영특했는데, 진이 장성하기 전에 정 부인도 죽고 만다. 심 부인의 아들인 춘은 성격이 용렬하여 화욱은 진을 편애하고 심 부인과 화춘의 불만을 사게 된다. 화욱이 죽고 화진이 과거에 장원 급제하자 화춘은 날로 방탕해진다. 결국 화진과 그의 아내는 화춘으로 인해 누명을 쓰고 집을 나가게 된다. 화진은 해적의 반란을 평정하는 공을 세워 정남대원수에 임명된다.

성준은 소흥紹興에 도착해 어머니 화 부인화욱의 누이에게 심 부인화욱의 첫째 부인의 편지를 전했다. 화 부인은 매우 기뻐하며 아들에게 말했다.

"이 사람이 이렇게 변했구나. 사람의 성품이 본래 착하다는 것이 이와 같구나."

화 부인이 경사로 올라가자 화춘花瑃 심 부인의 아들과 화진花珍 화욱의 둘째 부인인 정 부인의 아들이 나와서 맞이했다. 화진은 말할 것도 없고 화춘도 관을 벗고 이마를 대고 엎드려 눈물을 흘렸다. 화 부인은 화춘의 손을 잡고 아름답게 여기며 탄식했다.

"이제 죽어서 지하에 가 아우<sup>화욱</sup>를 만난다 해도 낯이 서겠구나."

화 부인은 심 부인과 함께 환담을 나누었다. 심 부인은 그간의 잘못에 용서를 구하며 말했다.

"고모님께서 제가 저지른 악한 행동을 염두에 두지 않으시고 저희 모자를 용서해 주시니 만 번 죽는다 해도 여한이 없습니다."

화 부인이 말했다.

"그대의 모자가 개과천선해 인륜이 다시 밝아졌으니 푸른 하늘과 조정이 용서해 주신 것일세. 어찌 내 덕분이겠는가?"

이어서 임 소저<sup>화춘의 부인</sup>에게 말했다.

"예전에 장강이 반비의 모함을 받은 것은 그 임금이 밝지 못해서이지만 자신의 운수가 불행했기 때문이기도 하단다. 한번 엎질러진 물은 다시 그릇에 차지 못하지만 이제는 경옥<sup>화춘의 자</sup>이 너를 공경하고 귀하게 여기는 것이 전보다 열 배는 더하다 하니 이는 황천이 네 편이 되었기 때문이구나."

다시 윤 부인<sup>화진의 첫째 부인 윤옥화</sup>과 남 부인<sup>화진의 둘째 부인 남채봉</sup>에게 말했다.

"옥을 쪼지 않으면 그릇을 이루지 못하는 법이다. 너희들이 오늘날 영화를 누리는 것이 곤경을 겪었기 때문이 아니겠느냐?"

모두들 머리 숙여 절하고 존경의 뜻을 표했다. 심 부인은 더욱 기뻐했다.

이때 천자가 예관을 보내어 위국공<sup>화욱</sup>에게 제사를 드리게 하고 심 부인을 진국대부인으로 봉해 주었다. 여러 신하가 임 소저의 효성스러움을 아뢰니 상이 특별히 명을 내려 정려를 해 주고 현부인 직첩을 내려 주었다.

화부의 은총은 온 세상을 진동하게 했다.

이때 화진이 새로 지은 집이 비로소 완성되었다. 천자께서는 잔치를 열어 주시고 심 부인에게 새집에서 장수를 비는 술잔을 받으라고 명했다. 이때에 삼진에서 선물을 보내왔으며 촉국에서는 비단을 보냈다. 열세 개의 성과 주, 각 도와 각 읍에서 보낸 예단과 폐백이 구름처럼 모여들었다. 유 학사는 남경 도어사로 승격해 남경의 기녀 팔백 명을 뽑아 올리니 화부의 기녀 또한 오백 명이었다.

이날 심 부인이 치장한 의복을 입고 정당의 경은루에 앉으니 내외 친척들과 조정의 공경 대신들이 일제히 모였다.

이때 안남왕이 아양 공주를 데리고 경사로 올라왔다. 공주는 화부의 여인들이 모이는 잔치에 참석하고 안남왕은 외당에 마련된 잔치에 참석했다. 푸른 장막은 구름을 덮을 듯 늘어섰으며 그림이 그려진 병풍은 산을 두를 듯 펼쳐져 있었다. 수놓은 자리가 별처럼 펼쳐지고, 비단자리는 바둑판처럼 벌어졌다. 윤 부인과 남 부인은 국부인의 차림을 갖추고, 유 어사<sup>유광록의 아들 유성양</sup>의 부인인 태강<sup>요 부인의 딸</sup> 소저와 성 학사<sup>화 부인의 아들 성준</sup>의 부인인 조 부인, 평사 화춘의 임 부인이 모두 칠보로 단장하고서 심 부인과 화 부인을 호위했다. 서 상국의 부인이 으뜸이 되어 동쪽에 자리를 잡자 정 상서 부인 이하에 여러 주인이 앉았다. 서쪽에는 하 상서 부인이 으뜸이 되어 자리에 앉으니 윤 시랑 부인 이하 여러 부인이 차례로 앉았다. 꽃 같은 용모, 달 같은 자태로 쌍쌍이 늘어앉으니 금빛과 비취빛이 어른거렸으며 구슬로 수놓은 모습이 황홀하게 넘실거렸다. 젊은 부인 중에 고요한 빛을 내며 신선 같은 모습을 한 사람은 촉국 부인 남씨가 제일이었으며, 그다음은 유 어사의 부인 화씨<sup>태강</sup>인데 눈썹이 뚜렷하고 붉은 입술에 흰 치아가 환했다. 그다음은 윤 학사<sup>윤여옥</sup> 부인 진씨<sup>진채경</sup>인데 우아한 태도에 귀여운 미소가 아름다웠고, 밝은 눈동자에서는 맑은 빛이 흘렀다. 그다음은 진국부인 윤씨인데 순수함이 넘치고 고요한 가운데 위엄이 있었으며 오묘한 아름다움과 수려한 자태가 있었다. 그다음은 아양 공주인데, 청순하고 은근한 아름다움이 있었으며 자태가 엄숙하고 의젓했다. 그다음은 백 부인인데 눈이 그윽하고 맑았으며 미소가 청아하고 매력적이었다. 그다음은 진 한림<sup>화진</sup>의 부인이었으며 그 이외에 여러 부인과 단장한 기녀들 중에도 아름다운 이들이 많았다.

기녀들은 아름다운 음악을 연주했다. 외당에서는 거문고와 비파를 탔는데, 춤추는 기녀들의 소매가 기러기 날개처럼 부드럽고 시원하게 펄럭였으며, 노래 곡조는 봉의 소리처럼 청아했다. 붉은 소반에는 맛있는 음식이 가득했고, 옥으로 만든 잔에 좋은 술이 찰랑거렸다. 좋은 안주와 진귀한 과일들이 풍성하게 차려져 있었다. 화진은 면류관에 주옥을 드리우고 수놓은 옷을 입었는데, 얼굴은 백옥처럼 환하고 투명했으며 봄기운 같은 화색이 돌았다. 두 명의 국부인과 함께 잔을 들어 심 부인께 만수무강을 바라는 술을 올리니 옷에 장식한 옥패 소리가 낭랑했다. 심 부인은 화진의 등을 어루만지며 얼굴 가득 기쁜 기색으로 감탄하며 고마움을 표했다. 부인들도 어머님의 만복을 기원했다. 평사 화춘의 부부와 태강 소저와 유 학사<sup>태강의 남편 유성양</sup>, 그리고 성 학사와 그 부인인 조 부인도 심 부인의 만수무강을 기원하는 예를 올렸다. 하 각로와 서 평후, 윤 학사 등도 당에 올라 만수무강을 기원하고 천자도 친히 술잔을 내리어 예부시랑 임윤을 시켜 전달하게 했다. 이날 화부에 끼친 영광은 천고에 드문 일이었다.

이후로부터 심 부인이 진부에 거처했으니 날마다 화진 형제와 세 며느리와 딸을 데리고 영화롭고 풍요로운 삶을 누리며 더함이 없는 복을 누렸다.

아! 천하에 자식 된 자로서 누군들 기꺼이 효성을 생각하지 않겠는가?

화진이 조정에 들어온 지 몇 년 만에 천자의 총애가 날로 높아 가고 명망은 날로 무거워졌다. 천자가 더욱 잘 대해 주고 조정의 일을 의지하며 국가의 큰 재목으로 여겼다. 화진이 어머님의 수연<sub>睟宴</sub> 생일잔치을 마친 뒤로 집안은 더욱 태평해졌다. 날마다 작은 잔치를 열어 즐겼다.

하루는 화진이 남 부인과 함께 어머니의 잠자리를 살펴 드리고 침실로 돌아와 사랑스러운 아이들을 보살폈다. 화진이 남 부인에게 말했다.

"오늘의 즐거움은 모두 부인 덕분이오."

남 부인은 옷깃을 여미고 사양하며 탄식했다.

"제가 지난날을 생각하니 화를 만나 죽게 될지 살게 될지 모르는 위급한 심정으로 촉<sub>蜀</sub>으로 가는 동안 생명을 지킬 수 있었던 것은 모두 계영<sub>季鶯 남채봉의 시비</sub>의 덕분입니다. 저는 규중 여인으로서는 가장 높은 벼슬에 이르렀는데 계영은 아직도 시비의 지위에서 벗어나지 못했어요. 금은과 비단을 주는 것으로만 보답할 일은 아닌 듯싶어요."

화진은 계영을 시비의 명부에서 지워 주고 왕겸과 혼인하도록 했다.

왕겸은 계영의 충성스럽고 의로운 마음에 더욱 감동해 각별히 사랑했다.

이후로 화진은 서 각로, 하 각로와 함께 힘을 합해 나랏일에 전념했다. 유 학사<sub>유성양</sub>와 윤 학사의 문장과 덕은 온 세상에 떨쳐졌다. 모두 정경의 지위에 올랐다. 성준도 이부 시랑의 지위에 올랐으며, 진창운과 백경 등도 높은 지위에 올라서 천자의 덕을 밝게 드러내었다. 세상에서는 이를 가정<sub>嘉靖</sub> 말년의 빛나는 시기로 일컬었다.

이보다 앞서 천자는 엄숭<sub>嚴嵩</sub>의 집을 적몰<sub>籍沒 재산을 몰수하고 가족까지 처벌하는</sub> 일해 특별히 서평후<sub>유성희</sub>에게 내려 주었다. 이는 황성 제일의 큰 저택이었다. 높은 당과 층층 누각에 금으로 바른 벽과 투명한 비단으로 수놓은 창문, 신선이 그린 듯한 아름다운 그림들로 화려하게 치장한 것이 마치 한 나라의 궁궐과 흡사했다. 동산도 드넓었는데 아름드리나무가 늘어선 것이 이십여 리였으며, 신기한 꽃과 아름다운 풀, 온갖 새의 노랫소리가 조화롭게 어울렸다. 이 모든 것이 나라의 재물을 무수히 허비해 만든 것이었다. 서평후는 항상 화진과 함께 술과 음악을 즐겼다. 하루는 화진이 길게 탄식하며 말했다.

"엄숭이 호사를 누린 것이 이렇듯 심하니 제 어찌 망하지 않았겠소?"

서평후는 문득 깨달아 즉시 과도하게 사치한 정자와 누각을 다 헐고 음식과 의복을 검소하고 소박하게 했다. 화진은 서평후의 사람됨을 사랑해 덕으로써 권면하는 바가 이와 같았다.

하루는 서평후가 아양 공주와 함께 남쪽을 정벌하던 일을 말하다가 홀연히 탄식했다.

"진공화진은 하늘이 낸 사람이오. 자객 이팔아가 비수를 들고 들어올 때 내가 옆에 있었는데 혼백이 떨리고 정신이 놀랍더군요. 하지만 진공은 관을 쓴 채로 담담하고 태연히 있어 마침내 이팔아가 비수를 던지고 항복하더이다. 그 높은 의기는 북두와 같고 지극한 위엄은 태산 같으십니다. 내 평생토록 영웅을 모셔 왔지만 비로소 천하에 진정한 영웅이 있음을 보았답니다."

이 말을 듣던 아양 공주가 슬픈 표정으로 눈물을 머금었다. 서평후가 놀라서 물었다.

"부인께서 이 말을 들으시고 갑자기 슬픈 기색을 보이시니 무슨 일이십니까?"

"이팔아는 제가 번국에 있을 때 신임하던 시녀입니다. 그 사람됨이 영특하고 민첩하며 의기를 사모하고 시서에 능통하기에 제가 사랑하며 마음을 나누던 사이입니다. 한번은 저와 『시경』을 강론하는데 팔아가 웃으며 말하기를, '공주님, 왜 저와 같이하지 않으시고, 노래만 시키세요?' 하기에 제가 그 말을 어여뻐 여겨 비녀를 꺾어 맹세하기를 '내 너를 저버리면 이 비녀와 같으리라'고 했습니다. 그 후에 불행히도 저의 사촌 오라비가 팔아를 마음에 두어 팔아가 거절하기 어렵게 되자 깊은 산속으로 도망가 검술을 배웠던 것입니다. 얼마 전에는 제가 장군님과 결혼한 것을 알고 팔아가 시를 지어 보냈습니다. 한번 들어 보세요.

따뜻한 누각에 차갑게 핀 매화
따뜻한 봄만이 속절없이 알고 있네
가련하다, 창밖의 저 나무
오히려 피지 못한 가지가 있네

제가 황성에 올라오던 날에는 팔아가 산에서 내려와 강 위에서 저와 이별하며 시를 지어 주었습니다. 들려 드리겠습니다.

새 한 마리 남해에서 태어나
바람 타고 북쪽으로 돌아갔지
산머리에 날개 하나 떨어졌으니
홀로 외로운 구름 곁으로 날아가려네

팔아는 이어서 '꽃잎이 날리는 봄'이라는 노래 일 절을 불러 주었지요. 그 노래가 처연해서 차마 들을 수 없었습니다. 저는 비록 큰 덕이 없지만 장군님은 의가 높으시니 어찌 이 여인에게 돌아갈 곳을 잃게 하십니까?"

서평후는 매우 기뻐하며 안남의 보운산에서 이팔아를 데려와 소실로 삼았다.

한편 남 참의남채봉의 아버지이자 화진의 장인는 벼슬을 사양하고 화진의 집 곁에 집을 지어 한가하게 지냈다. 남 부인과 의지하면서 때때로 윤 시랑윤옥화의 아버지이자 화진의 장인과 진 상서진채경의 아버지와 함께 산수를 유람하며 즐겼다.

하루는 옥천산의 서호를 유람했는데, 호수의 둘레가 십여 리나 되고 연꽃과 부들, 물풀과 마름이 우거지고 모래밭이 아름다웠으며 물새와 물고기들이 시원스럽게 드나들었다. 서로 돌아보며 술을 마시고 즐겼다.

이때 베옷을 입고 허리에 새끼줄을 띤 한 노인이 백발을 휘날리며 산골짜기에서 나왔다. 걸음걸이가 휘청거렸는데 등이 굽어 있었다. 윤 시랑은 보고서 눈물을 흘리며 말했다.

"승상이 너무 측은합니다."

모두가 놀라 사정을 묻자 윤 시랑이 대답했다.

"저분이 엄숭이라네."

윤 시랑은 상서에게 "자네가 가서 맞아 오게."라고 명을 내렸다.

상서가 맞이해 오자 윤 시랑은 자리를 내어 주며 탄식했다.

"우리들이 이미 세상 밖의 숨은 은자가 되었으니, 예전의 은혜나 원망을 거리끼지 말고 오늘 함께 술잔을 기울이며 다 같이 마십시다."

술과 안주를 엄숭에게 내어 주니 엄숭이 여러 잔 마시고서 상서를 돌아보며 눈물을 흘렸다. 윤 시랑이 말했다.

"그대의 따님이 현숙하기에 제가 이미 거두어 며느리로 삼았으니 슬퍼 마시게."

엄숭은 일어나 여러 번 절을 하며 무수히 치하했다. 하염없는 눈물이 비 오듯 흘러내렸다.

윤 시랑은 탄식하며 말했다.

"이는 모두 황상의 명이시니 내게 무슨 덕이 있겠는가?"

윤 시랑은 옷을 벗어 엄숭에게 입혀 보냈다. 진공은 집으로 돌아와 윤 부인에게 그 소식을 전하며 탄식했다.

"장인<sup>윤 시랑</sup> 어르신의 성대한 덕이 이와 같으시니 장원의 자손이 반드시 창성하리다."

이때 세종 황제께서 돌아가시고 목종이 즉위했다. 화진은 선황제의 평생의 은혜를 생각하며 삼 년 동안 통곡하고 술과 고기를 먹지 않았다.

융경<sup>隆慶 중국 명나라 목종 때의 연호</sup> 이 년에 화진은 이부 상서로 입궐해 기본이 되는 업무에 전념하며 덕으로 다스리고 사사로운 정에 연연하지 않았다. 천자는 각별히 예우해 상보<sup>尙父 아버지와 같이 존경해 받들어 모시거나 그런 높임을 받는 사람</sup>의 칭호를 내려 주었다.

재위 육 년 만에 목종이 승하하고 신종 황제가 즉위했다. 화진은 하 각로와 함께 선황제의 위업을 받들어 어린 천자를 도왔다. 기색을 엄하고 바르게 하고 조정에 출입하니 풍채가 늠름했다.

이때 모든 소인이 정권을 잡았는데, 특히 태감 풍보는 마음이 어둡고 음흉하고 지략이 많았다. 몰래 재상 장거정과 결탁해 대신들을 쳐 버리고 군사들을 몰래 빼돌려 권세를 희롱하려고 했다. 그러나 황태후가 화진을 의지하고 있고 천자도 화진을 스승으로 섬기니 풍보의 무리가 감히 참소하지 못하고 먼저 황태후와 천자에게 하 각로를 무고<sup>誣告 사실이 아닌 일을 거짓으로 꾸미어 해당 기관에 고소하거나 고발하는 일</sup>해 아뢰었다.

"하춘해의 말이 과부 황태후와 고아 신황제가 위기를 견디지 못할 것이니, 장성한 임금을 세우는 것만 못하다고 했사옵니다."

황태후와 천자는 이 말을 듣고 크게 의심해 조서를 내려서 하 각로의 관직을 삭탈하라고 명했다.

이때 화진이 선황제의 제사를 주관하는 임무를 받들고 능묘에 갔다가 이 소식을 듣고 탄식했다.

"내가 이 대에 걸쳐서 황제의 은혜를 받들어 왔으니 어찌 죽음이 두려워 은혜에 보답하지 않겠는가?"

화진은 바로 조정에 들어와 이부 상서 윤여옥과 호부 상서 임윤 등을 데리고 천자를 뵈옵기를 청했다. 그러나 풍보의 무리가 굳이 막으면서 천자께 아뢰지 않았다. 왕겸이 칼을 안고 소리를 질렀다.

"진공은 선황제의 상보이시다. 그대들이 어찌 감히 이렇게 대하는가?"

풍보는 당황하고 두려워서 동액문을 급히 막았다. 서평후는 눈을 부릅뜨고 말했다.

"나는 무관이라 번 장군樊將軍 중국 한나라의 개국 공신 번쾌이 문을 밀치고 들어가는 것만 아노라."

이때 진공 등도 함께 들어갔다. 상은 함경당에 있다가 진공이 찾아와 아뢰는 말을 들었다.

"돌아가신 황제 폐하께서 장차 세상을 떠나실 때에 폐하를 앞에 두시고 하춘해와 신의 손을 잡고서 조서를 내리셨습니다. '짐이 경들과 영원히 이별하려니 나라가 위태로울까 걱정이오. 자식이 어리고 약하니 오직 경들만 믿노라'라고 하셨습니다. 신 등은 황명을 받들어 '나라를 위해 목숨을 돌보지 않고 힘쓰겠습니다'라고 했사옵니다. 이후로 하춘해는 조정에서 직접 다스리고 신은 밖을 다스려 폐하를 받들면서 조정의 위엄을 도와 왔습니다. 이제 돌아가신 황제 폐하의 능묘를 마련해 놓았는데 갑자기 죄를 얻어 내침을 받자오니 진신晉紳 모든 벼슬아치이 어지러이 놀라고 여자와 아이들이 탄식하옵니다. 신이 여러 신하의 말을 듣자오니 하춘해의 죄는 실로 명백하지 않사옵니다. 태학사 장거정과 사예태감 풍보 등이 서로 몰래 왕래하며 말을 지어냈다고 하옵니다. 안타깝고 슬프옵니다! 그 일을 자세히 살펴 주옵소서. 하춘해는 본래 사람됨이 충직하고 강하므로 소인배들에게 불평을 얻어 왔사옵니다. 장거정과 같은 간악하고 흉측한 신하들이 부귀를 얻으려고 기미를 틈타 도리에 맞지 않는 일을 행하기를 마치 옛날 상관걸上官桀이 곽광霍光에게 하듯 하며, 환관인 홍공弘恭과 석현石顯이 학자인 소망지蕭望之를 원망하는 것처럼 하옵니다. 폐하께서 열 살 안팎의 충년에 즉위하시어 아직 무엇이 좋고 나쁜지 정하지 못하신다고 여겨 이런 간악한 무리가 안팎으로 선동하고 있으니, 천하가 장차 어지러울 것이옵니다. 폐하, 주나라 성왕 때에 헛된 소문을 만든 자가 누구이며, 한나라 영제 때에 두무竇武와 진번陳蕃이 누구의 손에 죽었는지를 헤아려 보소서. 『예기』에 이르기를 천자께서 붕하시거든임금이 세상을 떠나시거든 왕세자는 총재에게 삼 년간 정사를 듣는다고 했사옵니다. 이제 하춘해가 조정의 총재입니다. 몸의 안위와 생사를 무릅쓰고 나라를 도우니 진실로 선황제께서 사람을 알아보지 못하셨다면 모르겠으나 그렇지 않으셨다는 것을 헤아리신다면, 폐하께서 하시는 바는 조석으로 곡할 일일 뿐이옵니다. 이제 하춘해를 참소하는 자가 있어서 반드시 그른 마음을 먹었다고 거짓으로 말씀드릴 것입니다. 신은 하춘해와 한마음이옵니다. 만일 하춘해가 그른 마음을 갖고 있다면 신 또한 그른 마음을 가졌을 것입니다. 폐하, 어찌 신을 물리치시지 않으시고 하춘해를 물리치시나이까?"

상은 다 듣기도 전에 깨닫고 눈물을 흘리며 말했다.

"선생의 말이 아니었다면 소자가 거의 사직을 망하게 했을 것입니다."

상은 곧 장거정을 먼 땅으로 귀양 보내고 풍보 등 십삼 명을 밖으로 내쳤다. 하춘해에게는 직접 조서를 써서 복직을 명했다. 세상 사람들이 듣고서 감탄하며 말했다.

"예전에는 하공하춘해이 화공화진을 구해 주더니, 이번엔 화공이 하공을 구해 주었소. 사람의 덕은 보답을 받는다는 것을 알겠소. 이는 모두 천하의 지극히 공평한 도리이지 사사로이 은혜를 갚으려 한 것이 아니었도다."

만력 육 년에 금산金山의 도적 마방지馬芳枝가 강남에서 반역을 했다. 화진은 서평후와 함께 토벌하고 그 세자 선경善慶을 잡아 왔다. 나이는 열 살이었다. 서평후가 베려고 하는데 화진은 그의 용모가 이상한 것을 알아보고 마음이 움직여 급히 말렸다. 그 아이를 불러 물어보려 하자 선경이 스스로 말했다.

"제 아버지는 곽위라 합니다. 부모님께서 난리 중에 모두 돌아가셨습니다. 저만 유모와 함께 적군에게 사로잡혔는데, 아들이 없던 마방지가 제가 숙성한 것을 보고 세자로 삼은 것입니다."

화진은 예전에 곽 선공郭仙公이 당부한 말이 생각나서 눈물을 흘렸다. 이후로 선경을 친자식처럼 사랑했다.

화진이 여러 번 큰 공을 세우고 장상이 되어 천자를 도와 천하를 다스리는 소임을 맡은 지 오십 년 만에 천자가 아끼고 중히 여기시며 백성들이 사모하고 의지했다. 화진의 이름만 들어도 우러러 절하며 존경했다. 세상 사람들은 이렇게 말했다.

"곽분양郭汾陽 곽자의 충심과 한위공韓魏公 한기의 덕이 있으며 선황제의 특별한 신임을 받으시어 뒤를 이은 황제에게 은혜를 갚는 것은 제갈무

후諸葛武候 제갈량와 같은 분이시지."

화진 내외는 많은 자식을 두었다. 윤 부인이 네 아들을 낳았으니, 천인과 천보, 천상과 천수였다. 남 부인은 삼남 이녀를 낳았으니, 아들은 천웅, 천경, 천노였고, 딸은 명교와 옥교였다. 일곱 아들이 차례로 과거에 올라 천인과 천보, 천웅은 모두 장원 급제했다. 천인은 서평후의 딸에게 장가들고, 천보는 열여섯 살에 한림학사가 되어 계양 공주의 부마가 되었다. 재주가 문무를 겸해 출장입상出將入相 나가서는 장수가 되고 들어와서는 재상이 됨해 공명이 가장 성하고 태원왕에 봉해졌다.

이때 하 각로가 임종을 맞이해 어린 아들 성을 화진에게 부탁하니, 장성하자 딸 명교를 아내로 삼아 주었다. 명교의 자질은 남 부인과 같았다.

여러 자제가 모두 귀하게 되었다.

화진과 남 부인 사이에서 태어난 천웅은 어려서 서 각로의 손녀와 정혼했는데, 서공이 임종한 후에 서 소저가 황태자비로 간택되자, 서 소저는 죽음을 무릅쓰고 거절해 장차 화가 미치려 했다. 이때 계양 공주가 구해 주어 마침내 천웅의 처가 될 수 있었다.

남공은 옥교를 곽선경과 혼인하도록 했다. 곽선경은 천보와 함께 협주에서 왜적 팔십만 명을 치고 정릉후에 봉해졌다.

유 상서는 사남 이녀를 낳았다. 성 상서도 또한 자녀를 낳았으며, 윤 상서는 입각해 제남백에 봉해졌다. 자식이 열하나인데, 여덟 아들은 급제해 높은 관리가 되었고, 세 딸 가운데 둘째 딸은 평사華春의 아들과 혼인하게 했다.

서평후의 아들 현보는 벼슬이 대사마에 이르렀으며, 윤 각로의 셋째 사위가 되었다. 현보에게는 네 명의 아우가 있었는데, 그중 둘째 동생은 이팔아의 소생, 의보였다. 의보는 용감하고 건장해 전쟁에서 세운 공이 많아 상산후에 봉해졌다. 유이숙과 왕겸도 현달한 아들을 많이 두었다.

심 부인은 화진과 함께 삼십여 년간 더 살며 복을 누리다가 세상을 떠났다. 화진은 슬퍼하고 그리워하여 친어머니인 정 부인 때처럼 지극히 정성스럽게 장례를 치렀다. 화 부인도 천수를 누리고 세상을 떠났다. 화진은 팔십 세가 되어 벼슬을 물리치고 두 부인과 함께 고향인 소흥으로 돌아왔다. 풍모가 단정하게 맑고 동안이 쇠하지 않아서 신선의 모습 같았다. 🖋

# 창선감의록

## ✏️ 작가 소개

**조성기**(趙聖期, 1638~1689)

조선 후기의 문인으로 자는 성경成卿이고 호는 졸수재拙修齋이다. 어려서부터 학문에 힘써 일찍이 성리학을 깊이 연구했고, 아버지의 뜻에 따라 과거에 응시하여 사마시에 여러 번 합격했으나, 몸에 고질이 생겨 학문에만 전심했다. 사람들과 접촉을 끊고 심실深室에 들어앉아 공부하기를 30년간이나 계속하여 천지 만물과 우주의 이치에 통관했다고 한다. 저서로는 『졸수재집拙修齋集』이 있다.

## ✏️ 작품 정리

- **갈래**  한문 소설, 가정 소설, 도덕 소설
- **성격**  교훈적, 유교적
- **배경**  시간 – 중국 명나라 때 / 공간 – 중국 명나라
- **시점**  3인칭 전지적 작가 시점
- **구성**  '발단 – 전개 – 위기 – 절정 – 결말'의 5단계 구성
- **특징**  • 16회장으로 구성됨
  - 인물의 개성이 부각되어 있음
  - 악인을 처벌하기보다 개과천선을 유도함
- **주제**  충효 사상의 고취와 권선징악
- **연대**  조선 숙종 때(17세기)

## 🖋 구성과 줄거리 - - - - - - - - - - - - - - - - - - - - - - - - - - - - - - - -

### • 발단   화욱의 세 부인

명나라의 상서 화욱에게는 심 부인, 요 부인, 정 부인 세 명의 부인이 있었는데, 요 부인은 딸을 낳고 죽는다. 화욱은 심 부인의 아들 화춘이 용렬해, 정 부인의 아들인 화진과 요부인의 딸인 빙선(태강)을 편애한다. 그러나 심 부인은 과부가 되어 집에 돌아온 시누이 성 부인의 눈치를 보느라 불만을 드러내지 못한다.

### • 전개   화욱의 죽음

간신 엄숭이 득세하면서 낙향을 하게 된 화욱은 자녀들의 혼처를 정한 뒤에 눈을 감는다. 화진과 태강의 남편은 모두 과거에 급제해 벼슬을 했는데, 화춘은 날로 방탕해져서 부덕을 갖춘 임 소저를 내쫓고 간사한 조씨를 정실로 삼는다.

### • 위기   화진의 위기

심 부인은 조씨와 결탁해 진의 둘째 부인 남 소저를 독살하려다 실패하고, 화춘은 화진을 참소해 유배지로 보내게 한다. 조씨가 외간 남자와 간통을 하자 화춘은 그들을 죽이고, 간신 엄숭에게 화진의 첫째 부인 윤 소저를 주려고 한다.

### • 절정   화진의 귀환

때마침 어사가 된 윤 소저의 동생에 의해 간신의 무리가 제거되고, 유배지에 있던 화진은 신인을 만나 도술과 병법을 배워 해적의 반란을 평정하는 무공을 세운다.

- **결말  과거에 대한 반성**

　　심 부인과 그의 아들 화춘이 전날의 잘못을 뉘우치고 이후로 가문이
　　서로 화합해 번성하게 된다.

## 생각해 보세요

**1 이 작품의 제목에는 어떤 의미가 있는가?**

　　'창선감의록'에서 '창선彰善'은 '착한 행실을 드러낸다'는 뜻이고 '감의록感義錄'
은 '의리에 감복함을 기록한다'는 뜻이다. 심씨와 그의 아들 화춘은 작품의 전
반부에서 나쁜 행동을 일삼는다. 예를 들면 심씨는 정씨의 아들인 화진의 둘
째 부인을 독살하려 하고 화춘은 정실부인을 내쫓고 둘째 부인을 정실로 삼
는 등 도리에 어긋나는 행동을 한다. 하지만 후반부에서 두 사람은 죄를 뉘우
치고 눈물로 참회하는 모습을 보여 준다. 즉, 이 작품의 제목인 '창선감의록'은
'사람이 본래 가지고 있는 착한 마음을 통해 의로움에 감복하도록 하기 위한
기록'이라는 뜻을 지닌 것이다.

**2 고대 소설의 배경이 주로 중국인 까닭은 무엇인가?**

　　고대 소설의 배경을 중국으로 삼는 까닭은 조선을 배경으로 하면 작품의 창
작 배경이 특정 임금 또는 특정 사건과 연결될 수 있기 때문이다. 또한 무능력
하고 어질지 못한 군주, 표리부동한 신하에 대한 묘사가 심각한 정치적 문제
로 번질 수도 있기 때문에 구체적인 배경에 대한 묘사를 꺼리는 것이다.

**3 이 작품의 의의는 무엇인가?**

　　이 작품의 주제는 여타의 고대 소설과 크게 다르지 않지만 등장인물들의 개
성이 잘 부각되어 있고, 긴 작품인 만큼 구성도 치밀하다. 또한 「창선감의록」
은 일부다처제와 대가족 사이에서 벌어지는 갈등 등을 그린 점에서 「사씨남
정기」와 유사한 점이 많다. 따라서 이 작품은 「사씨남정기」와 더불어 17세기
규방 소설의 흐름을 주도했다고 볼 수 있다.

# 인물관계도

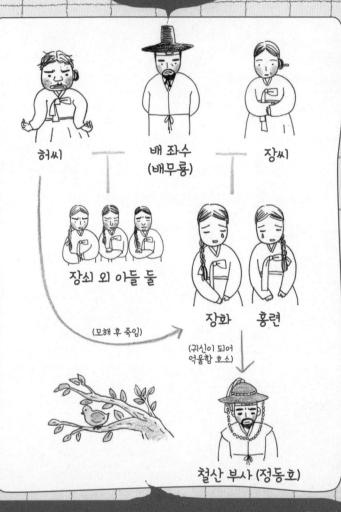

허씨 — 배 좌수 (배무룡) — 장씨

장쇠 외 아들 둘

(모해 후 죽임)

장화   홍련

(귀신이 되어 억울함 호소)

철산 부사 (정동효)

저(홍련)와 언니(장화)는 일찍 어머니(장씨)를 여의었어요. 아버지(배 좌수)는 새어머니(허씨)를 들이셨지요. 새어머니는 저희를 학대했어요. 새어머니와 장쇠의 모해로 언니가 연못에 빠져 죽고 저도 뒤따라 죽었지요. 저는 귀신이 되어 철산 부사에게 억울함을 호소했어요. 결국 새어머니와 장쇠는 처형당하고 저희는 억울함을 풀 수 있었지요.

# 장화홍련전 薔花紅蓮傳

세종 대왕 시절 평안도 철산군에 배무룡이란 사람이 살았다. 그는 향족鄕族 지방 수령을 보좌하는 직원의 자격을 갖춘 집안 출신으로 좌수座首 향청의 우두머리를 지냈다. 배 좌수는 성품이 매우 순후하고 온순하고 인정이 두텁고 가산이 넉넉하여 남부러울 것이 없었다. 다만 슬하膝下에 자식 하나 없어 부부는 매양 슬퍼했다.

그러던 어느 날, 부인 장씨가 몸이 곤하여 침상寢牀에 기대 조는 동안, 문득 한 선관仙官이 하늘에서 내려와 꽃 한 송이를 주었다. 부인이 받으려 하자 홀연 회오리바람이 일더니 그 꽃이 선녀로 변하여 완연히 부인의 품속으로 들어오는지라, 놀라 깨어 보니 남가일몽南柯一夢 꿈과 같이 헛된 한 때의 부귀영화를 이름이었다.

부인은 좌수에게 꿈 이야기를 하며 괴이하다고 했다. 좌수는 부인의 말을 듣고 말하기를,

"우리에게 자식이 없음을 하늘이 불쌍히 여겨 귀한 자식을 점지하신 것이오."

하며 기뻐했다.

과연 그날부터 태기胎氣가 있어 열 달이 차매, 하루는 밤중에 향기가 진동하더니 순산하여 옥녀玉女를 낳았다. 아기의 용모와 기질이 특이하여,

좌수 부부는 몹시 사랑하며 이름을 장화薔花라 짓고 보물처럼 길렀다.

장화가 두어 살이 되면서 장씨에게 또다시 태기가 있었다. 좌수 부부는 밤낮으로 아들 낳기를 바랐으나 역시 또 딸을 낳았다. 서운하기는 하나 할 수 없어 이름을 홍련紅蓮이라 했다. 장화와 홍련이 점점 자라매 얼굴이 화려하고 기질이 기묘할 뿐더러 효행이 뛰어났다. 좌수 부부는 자매가 자라는 것을 보고 비할 데 없이 사랑했으나 너무 숙성함을 매우 염려했다.

그러던 중 불행히도 장씨는 갑자기 병을 얻어 자리에 눕게 되었다.

좌수와 장화가 정성을 다하여 약을 썼지만 증세가 날로 악화될 뿐 조금도 효험이 없었다. 장화는 초조하여 하늘에 축수祝手하며 모친이 낫기를 바랐다. 하지만 장씨는 병이 나을 수 없음을 짐작하고 나이 어린 두 딸의 손을 잡고 좌수를 청請하여 슬퍼하며 말하기를,

"첩이 전생에 죄가 많아 오래 살지 못할 것 같습니다. 죽는 일은 슬프지 않으나 장화와 홍련을 기를 사람이 없어 지하에 가서도 눈을 감지 못할 만큼 슬프니, 이제 골수에 맺힌 한을 가슴에 품고 죽으려 합니다. 외로운 혼백魂魄이 바라는 바는 한 가지입니다. 첩이 죽은 후에 다른 여인을 취하실진대 낭군의 마음이 자연 변하기 쉬울 것이니 그것이 두렵습니다. 바라건대 낭군은 첩의 유언遺言을 저버리지 마시고 지난날의 정을 생각하시어, 이 두 딸을 불쌍히 여겨 장성한 후에 좋은 가문의 배필을 얻어 봉황鳳凰의 짝을 지어 주신다면 첩이 비록 어두운 저승에서라도 결초보은結草報恩 죽은 뒤에도 은혜를 잊지 않고 갚음하겠습니다."

하고 긴 한숨을 쉬며 탄식한 후, 이내 숨을 거두었다. 장화와 홍련은 서로 안고 하늘을 우러러 통곡하니, 둘의 가련한 모습은 보는 사람으로 하여금 간장이 녹아 내리게 했다.

그럭저럭 장사를 지낼 때가 되어 장씨를 선산에 묻고 두 딸은 효심을 다하여 조석으로 상식上食 상가에서 아침저녁으로 궤연 앞에 올리는 음식을 받들었다. 세월이 흘러 어느덧 삼년상을 마쳤다. 그러나 장화, 홍련의 망극함은 더해만 갔다.

이때 좌수는 비록 장씨의 유언을 생각하였지만 후사를 생각하지 않을 수도 없어 혼처를 두루 구하였으나, 원하는 여인이 없으므로 부득이 허씨라는 여인을 맞았다.

허씨의 용모로 말할 것 같으면 양 볼은 한 자가 넘고, 두 눈은 통방울눈 품질이 낮은 놋쇠로 만든 통방울처럼 불거진 동그런 눈이고, 코는 붉은 질흙으로 만든 병 같고, 입은 메기 아가리 같고, 머리털은 돼지털 같고, 키는 장승만 하고, 소리는 이리와 같고, 허리는 두 아름이나 되었다. 또한, 곰배팔이팔이 꼬부라져 붙어 펴지 못하거나 팔뚝이 없는 사람요, 수중다리통통 부은 다리에 쌍언청이윗입술이 두 줄로 째진 사람를 겸하였고, 그 주둥이를 썰어 내면 열 사발은 족히 되고, 마마媽媽 천연두 자국이 콩명석 같으니 그 형용을 차마 바로 보기 어려운데다가, 그 심사가 더욱 못되어 남이 못 할 노릇만을 골라 가며 행하니, 잠시라도 집에 두기가 난감했다.

그래도 그것도 계집이라고 그달부터 태기가 있어 줄줄이 아들 삼 형제를 낳았다. 좌수는 민망하여 어찌할 바를 모르니 노상 딸과 더불어 죽은 장씨 부인을 생각하며 잠시 잠깐이라도 두 딸을 못 보면 삼추三秋 긴 세월을 비유적으로 이르는 말같이 여기고, 돌아오면 두 딸의 침실부터 들어가 손을 붙잡고 눈물을 흘리며,

"너희 자매가 깊은 규방에 있으면서 어미를 그리워함을 이 늙은 아비도 매양 슬퍼하고 있다."

하며 가련히 여기었다. 허씨는 그럴수록 시기심이 들끓어 올라 장화와

홍련을 모함하고자 꾀를 내었다. 이에 좌수는 허씨의 시기하는 마음을 짐작하고 크게 꾸짖었다.

"우리는 본래 가난하게 살았으나 전처의 재물이 많아 지금 풍족히 살고 있소. 그대가 먹는 것도 다 전처의 재물 덕이니 그 은혜를 생각하면 감지덕지해야 마땅한데, 저 어린것들을 괴롭게 하니 다시는 그러지 마오."
하고 조용히 타일렀지만 시랑豺狼 승냥이와 이리 같은 마음이 어찌 뉘우칠 줄 알겠는가. 그 후로는 더욱 흉측해져서 두 자매를 죽일 꾀를 밤낮으로 생각했다.

하루는 좌수가 내당으로 들어와 딸들의 방에 앉으며 두 딸을 살펴보니, 장화와 홍련이 서로 손을 잡고 슬퍼하며 눈물로 옷깃을 적시는 것이었다. 좌수는 이것을 보고 매우 측은히 여겨 탄식하며,
'필시 죽은 어미를 생각하고 슬퍼하는 것이로다.'
라고 생각하고 역시 눈물을 흘리며 말하기를,

"너희가 이렇게 장성하였으니, 어미가 살아 있었다면 오죽이나 기뻐했겠느냐. 그러나 팔자가 기구하여 허씨 같은 계모를 만나 구박이 심하니, 너희들의 슬픔을 짐작하고도 남는구나. 이후에 이런 일이 있으면 내가 알아서 너희 마음을 편케 하리라."
하고 방에서 나왔다.

이때 흉악한 허씨는 창틈으로 이 광경을 엿보고는 더욱 분노하여 계책을 생각하다가, 문득 제 자식 장쇠를 불러 큰 쥐 한 마리를 잡아오게 했다. 그러고는 쥐의 껍질을 벗기고 피를 발라, 낙태落胎한 형상을 만들어 장화가 자는 방에 들어가 이불 밑에 넣고 나왔다. 좌수가 들어오기를 기다려 이를 보이려고 하는데, 마침 좌수가 외당에서 들어오는 것이었다. 허씨는 좌수를 보고 정색을 하며 혀를 차니, 괴이하게 여긴 좌수가 그 연유를 물었다.

"집안에 해괴한 변이 있으나 낭군께서는 첩의 모함이라 하실 듯하기에 지금껏 발설치 못하였습니다. 낭군은 친어버이라, 나가면 생각하고 들어가면 반기는 정을 자식들은 전혀 모르고 부정한 일이 많이 생기나, 내 또한 친어미가 아니므로 짐작만 하고 있었습니다. 그런데 오늘은 늦도록 기동치 않기에 몸이 불편한건 아닌지 염려되어 들어가 보니, 과연 낙태를 하고 누웠다가 첩을 보고는 미처 수습치 못하여 쩔쩔매는 것이었습니다. 첩은 놀라기가 이루 다 말할 수 없었지만, 친딸이 아닌고로 저와 나만 알고 있습니다. 그런데 양반집 체면에 이런 일이 누설되면 어찌 얼굴을 들고 세상을 살아가겠습니까?"

좌수는 크게 놀라 부인의 손을 이끌고 장화의 방으로 들어가 이불을 들추어 보았다. 이때 자매가 잠이 깊이 들어 있었으니, 허씨는 그 피 묻은 쥐를 가지고 기겁을 하며 날뛰었다. 어리석은 좌수는 그 흉계를 모르고 놀라며,

"이 일을 장차 어찌하리오."

하며 고심했다. 이때 흉녀가 하는 말이,

"일이 매우 심각한 상황이니, 남모르게 저 애를 죽여 흔적을 없애면 남은 이런 줄은 모르고 첩이 전실前室 남의 전처(前妻)를 높여 이르는 말 자식을 모해하여 죽였다고 할 것입니다. 이런 사실을 남이 알면 부끄러움을 면치 못할 것이니, 차라리 이 몸이 먼저 죽어 모르는 게 나을까 합니다."

하고 거짓 자결하는 체하니, 저 미련한 좌수는 그 흉계에 속아 급히 달려들어 붙들고 빌면서,

"그대의 진중한 덕을 내 이미 아는 바이다. 그대가 한시라도 빨리 방법을 일러 주면 아이를 처치하겠소."

하며 울거늘, 흉녀는 이 말을 듣고,

'이제는 소원을 이룰 때가 왔다.'

하고 속으론 기뻐하면서도 겉으론 탄식하여 하는 말이,

"내가 죽어 사람들이 알지 못하게 하려 하였더니, 낭군이 이토록 염려
하시니 부득이 참겠습니다. 그러나 저 아이를 죽이지 아니하면 장차 가
문에 화를 면치 못할 것입니다. 기세양난其勢兩難 이러기도 어렵고 저러기도 어려움
이니 빨리 처치하여 밖으로 드러나지 않게 하십시오."

했다. 좌수는 전처의 유언을 생각하면 슬픈 일이긴 하나, 일변 분노하여
장화를 죽일 묘책을 의논했다. 흉녀는 기뻐하며 말했다.

"장화를 불러 제 외삼촌댁에 다녀오라 하고, 장쇠를 시켜 같이 가라 하
여 도중에 뒤 연못에 빠뜨려 죽이는 것이 상책일까 합니다."

좌수는 이를 듣고 옳게 여겨, 장쇠를 불러 그 계교를 그대로 가르쳐 주
었다.

이때 두 소저는 죽은 어머니를 생각하고 슬픔에 빠져 있다가 잠이 깊
이 들었으니, 어찌 흉녀의 이런 불측함을 알 수 있었으리오. 장화는 잠에
서 깨어 심신心身이 울적하므로 이를 괴이쩍게 여겨 다시 잠을 이루지 못
하고 일어나 앉았는데, 부친이 부르시기에 깜짝 놀라 일어나 나아갔다.
좌수가 말하기를,

"너는 지금 네 외삼촌 집이 여기서 멀지 않으니 잠시 다녀오너라."

했다. 장화는 생각지도 못한 말을 들었으므로 한편 놀랍고 한편 슬퍼 눈
물을 머금고 말씀드렸다.

"소녀는 어머니가 돌아가신 후부터 오늘까지 문밖을 나가 본 일이 없
사옵니다. 한데 아버님은 어찌하여 이 깊은 밤에 알지 못하는 길을 가라
하십니까?"

좌수는 대노하여 꾸짖으며,

"네 오라비 장쇠를 데리고 가라 하였거늘 어찌 말대답을 하여 아비의 명을 거역하느냐."

하므로 장화 이 말을 듣고 방성대곡하여 여쭙기를,

"아버님께서 죽어라 하신들 어찌 분부를 거역하겠습니까마는, 밤이 너무 깊었기로 어린 생각에 사정을 아뢰었을 따름입니다. 분부 이러하시니 황송하지만, 다만 부탁이오니 날이 새거든 가게 해 주십시오."

했다. 좌수는 비록 어리석으나 부모와 자식 간의 정에 끌려 망설였다. 흉녀는 이를 듣다 갑자기 문을 발길로 박차며 꾸짖어 말하기를,

"너는 어버이의 명을 순순히 따라야 마땅하거늘, 무슨 말을 그리하며 아버님 명을 거역하느냐?"

하고 호령하니, 장화는 이에 더욱 서러우나 할 수 없이 울며 아뢰기를,

"아버님의 분부가 이러하시니 다시 여쭐 말씀이 없습니다. 분부대로 하겠습니다."

하고 침실로 들어가 자는 홍련을 깨워 손을 잡고 울면서,

"아버님의 뜻을 알지 못하겠거니와, 무슨 연고緣故가 있는지 이 밤중에 외가에 다녀오라 하시니 마지못해 가긴 가지만, 아무래도 불길한 마음이 드는구나. 우리 자매가 어머니를 여의고 서로 의지하며 세월을 보내되 한시라도 떨어지지 않고 지냈는데 천만뜻밖의 일을 당하여 너를 적적한 빈방에 혼자 두고 가게 생겼구나. 아무쪼록 잘 있어라. 아무래도 내가 가는 길이 좋지 못할 듯하나 되도록 쉬이 돌아올 것이니, 그사이 그리운 마음이 들지라도 참고 기다리거라. 우리 서로 생각하게 옷이나 바꿔 입고 가야겠다."

하고 옷을 바꿔 입은 후, 장화는 다시 손을 잡고 울며 아우를 걱정하여 말하기를,

"너는 아버님과 계모를 극진히 섬겨 잘못을 저지르지 말고 내가 돌아오기를 기다려라. 내 가서 오랫동안 있지 않고 수삼 일에 다녀오겠다. 그동안 그리워 어이할꼬? 너를 두고 가는 마음 측량할 길 없나니, 너는 슬퍼 말고 부디 잘 있어라."

장화는 말을 마치고 대성통곡하며 손을 붙잡고 놓지 못하니, 슬프다, 생시에 그지없이 사랑하던 그 모친은 어찌 이런 때를 당하여 저 자매의 형상을 굽어살피지 못하는가.

이때 흉녀는 밖에서 장화의 이러함을 엿듣고 들어와, 시랑 같은 소리를 지르며 말했다.

"네 어찌 이렇게 요란을 떠느냐?"

하고 장쇠를 불러 이르되,

"네 누이를 데리고 속히 외가에 다녀오라 하였거늘 그저 있으니 어쩐 일이냐? 바삐 가고 더디지 마라."

하거늘, 돼지 같은 장쇠는 바로 염라대왕의 분부라도 받은 듯 소리를 벼락같이 지르며 어깨춤을 추고 삼간 마루를 떼굴떼굴 구르며 말하기를,

"누님은 빨리 나오시오. 아버지 명을 거역하여 공연히 나만 꾸지람 듣게 하니 원통하기 짝이 없소."

재촉이 성화같으므로 장화는 어쩔 수 없이 홍련의 손을 떼어놓고 나오려 했다. 이때 홍련은 언니의 옷자락을 잡고 울면서,

"우리 자매는 지금껏 잠시도 떨어지지 않았거늘, 갑자기 나를 버리고 어디를 가려고 합니까?"

하며 쫓아 나오니, 장화는 홍련의 형상을 보며 간장肝腸이 마디마디 끊어지는 듯하나 홍련을 달래며,

"내 잠시 다녀오겠으니 울지 말고 잘 있어라."

하며 설움에 겨워 말끝을 맺지 못하니, 노복들도 이 광경을 보고 모두 눈물을 흘렸다. 홍련이 언니의 치마폭을 잡고 놓지 않자, 흉녀가 들이닥쳐 홍련의 손을 잡아채며,

"네 언니가 외가에 가는데 어데로 죽으러 가는 줄 알고 어찌 이처럼 요망스럽게 구느냐."

하며 꾸짖으므로, 홍련은 맥없이 물러섰다. 흉녀가 장쇠에게 넌지시 눈짓하니 장쇠의 재촉이 성화같았다. 장화는 마지못해 홍련과 이별하고 부친에게 하직하고 말에 올라 통곡하며 길을 떠났다.

장쇠가 말을 급히 몰아 산골짜기로 들어가 한 곳에 다다르니, 산은 첩첩천봉疊疊千峰이요 물은 잔잔 백곡百谷인지라, 초목이 무성하고 송백이 자욱하여 인적人跡이 적막한데 달빛만 휘영청 밝고 구슬픈 두견 소리 일촌간장一寸肝腸 애달프거나 애가 타는 마음을 다 끊어 놓는다.

장화가 굽어보니 송림 가운데 연못 하나 있는데, 크기가 사십여 리요 그 깊이는 알지 못할 정도였다. 한 번 보니 정신이 아득하고 물소리만 처량한데, 장쇠가 말을 잡고 내리라 하니 장화는 깜짝 놀라며 큰 소리로 나무랐다.

"어찌하여 이곳에 내리라 하느냐?"

장쇠가 대답하길,

"누이의 죄를 스스로 알 것이니 어찌 나에게 물으시오? 누이를 외가에 가라 함은 정말이 아니라, 행실이 그릇되서입니다. 우리 착한 어머니는 그 사실을 모르는 체하셨는데 이미 누이가 낙태한 일이 밝혀졌으므로 나를 시켜 남이 모르게 이 연못에 밀어 넣고 오라 하셨습니다. 그래서 이곳에 왔으니 누이는 속히 물에 들어가오."

하며 잡아 내렸다. 장화는 이 말을 듣고 청천벽력靑天霹靂이 내리는 듯 넋을 잃고 소리를 지르며,

"하늘도 야속하오, 이 일이 웬일이오. 무슨 일로 장화를 태어나게 하시고 또 천고에 없는 누명을 씌워 이 깊은 연못에 빠져 죽어 속절없이 원혼이 되게 하시는고? 하늘이여 굽어살피소서. 장화는 세상에 난 후로 문밖을 모르거늘, 오늘날 누명을 쓰게 되니 전생의 업보가 그렇게 중하던가. 우리 모친은 어찌 세상을 버리시고 슬픈 인생을 남겼던고. 죽기는 섧지 않으나 불측한 악명을 어느 세월에 다 씻거니와 외로운 홍련을 또 어찌하리오?"

하며 통곡하다 기절하니, 그 정상은 목석의 간장이라도 서러워하련마는, 저 불측하고 무정한 장쇠 놈은 서서 다만 재촉할 뿐이었다.

"이 적막한 산중에 밤이 이미 깊었는데, 어차피 죽을 인생 발악해야 무엇하나, 어서 바삐 물에 들라."

장화는 정신을 진정하고 말하기를,

"나의 망극한 정지情地 딱한 처지를 들어라. 너와 나는 비록 이복이나 아비 골육은 한가지라. 이전의 우애하던 정을 생각하여 영영 황천으로 돌아가는 목숨을 가련히 여겨 잠시 말미를 주면, 삼촌 집에도 가고 어머니 묘에 하직이나 하고 외로운 홍련을 부탁하여 위로하고자 하니, 이는 내 목숨을 보존코자 함이 아니니라. 변명하면 계모의 시기가 있을 것이요, 살고자 하면 아버님 명을 거역하는 것이니 명대로 하려니와, 바라건대 잠시 말미를 주면 다녀와 죽음을 청하겠노라."

하며 간절히 비는 소리, 애원이 처절하나 목석같은 장쇠 놈은 조금도 측은한 빛이 없이 끝내는 듣지 않고 재촉만 성화같았다. 장화는 더욱 망극하여 하늘을 우러러 통곡하며,

"하늘은 이 억울한 사정을 살피소서. 이 몸 팔자 기박하여 칠 세에 어미를 잃고 자매가 서로 의지하여 서산에 지는 해와 동녘에 돋는 달을 대할 때면 간장이 슬퍼지고, 후원에 피는 꽃과 섬돌에 나는 풀을 보면 비감

하여 눈물이 비 오듯 지내 왔는데, 삼년 후 계모를 얻으니 성품이 불측하여 구박이 심한지라 서럽고 슬픈 마음을 이기지 못하오나, 밝으면 부친을 따르고 해가 지면 돌아가신 어머니를 생각하며 자매 서로 손을 잡고, 기나긴 여름날과 적막한 가을밤을 탄식으로 살아왔는데, 극악한 계모의 독수를 벗어나지 못해 오늘날 물에 빠져 죽사오니 이 장화의 억울함을 천지 일월성신은 바로잡아 주소서. 홍련의 일생을 어여삐 여기셔서 저 같은 인생을 본받게 하지 마옵소서."

하고 장쇠를 돌아보며 말하길,

"나는 이미 누명을 쓰고 죽거니와, 저 외로운 홍련을 어여삐 여겨 잘 인도하여 부모에게 효도하고 길이 무량함을 바란다."

하며 왼손으로 붉은 치마를 걷어잡고 오른손으로 월기탄<sup>장신구의 일종</sup>을 벗어 들고 신발을 벗어 못가에 놓고는, 발을 구르며 눈물을 비 오듯 흘리고 오던 길을 향해 대성통곡하며,

"불쌍하구나, 홍련아, 적막한 깊은 규중에 너 홀로 남았으니, 가엾은 네 인생 누구를 의지하고 살아간단 말이냐. 너를 두고 죽는 나는 쓰라린 이 간장이 구비구비 다 녹는다."

말을 마치고 너른 물속에 나는 듯이 뛰어드니 참으로 가련하도다. 갑자기 물결이 하늘로 치솟으며 찬바람이 일어나고 월광이 무색한데, 산중으로부터 큰 호랑이가 내달아 장쇠를 꾸짖기를,

"네 어미가 무도하여 죄 없는 자식을 모해하여 죽이니 어찌 하늘이 무심하겠느냐."

하며 달려들어 장쇠 놈의 두 귀와 한 팔, 한 다리를 떼어 먹고 온데간데 없으니, 장쇠는 기절하여 땅에 거꾸러지고 장화를 태웠던 말은 크게 놀라 집으로 달려왔다.

흉녀는 밤이 깊도록 장쇠가 오지 않으므로 매우 이상히 여기는 와중에 갑자기 장화가 타고 간 말이 소리를 지르고 달려오기에 장화를 죽이고 온 줄 알고 내다본즉, 말이 온몸에 땀을 흘리고 들어오는데 사람은 없는지라, 흉녀는 크게 놀라 노복을 불러 불을 밝히고 말이 오던 자취를 더듬어 찾아가게 했다.

이윽고 한 곳에 다다라 보니, 장쇠가 거꾸러졌기에 놀라 자세히 살펴보니, 두 귀와 한 팔, 한 다리가 없고 피를 흘리며 인사불성이 되었는지라 모두가 놀라 어찌할 바를 몰랐다. 그때 문득 향내가 진동하며 찬바람이 소슬하므로 괴이하게 여겨 사방을 두루 살펴보니 향내가 연못 가운데서 나는 것이었다.

노복이 장쇠를 구하여 오니, 그 어미는 깜짝 놀라 즉시 약을 먹이고 상한 곳을 동여매 주었다. 장쇠가 비로소 정신을 차리자 흉녀는 크게 반가워하며 사연을 물었다. 장쇠는 전후사연을 다 말했다. 그 말을 들은 흉녀는 더욱 원망하며 홍련마저 죽이려고 밤낮으로 생각했다.

이때 좌수는 이로 인하여 장화가 애매하게 죽은 줄 깨닫고 한탄하며 서러워했다.

그러던 중 홍련은 이런 일을 전혀 모르다가 집안이 소란함을 보고 괴이하게 여겨 계모에게 그 연고를 물으니,

"장쇠는 요괴스런 네 언니를 데리고 가다가 길에서 호랑이를 만나 물려서 지금 병이 중하다."

하기에 홍련이 다시 사연을 물어보자, 흉녀는 눈을 흘기며 언성을 높여 이르되,

"네 무슨 요사스런 말을 이토록 하느냐?"

하고 자리를 떨치고 일어나므로, 홍련은 이렇듯 계모의 박대함에 가슴

이 터지는 듯하며 일신이 떨려 제 방으로 돌아와 언니를 부르며 통곡하다가 홀연 잠이 들었다.

비몽사몽非夢似夢 간에 물속에서 장화가 황룡을 타고 북해로 향하는데, 홍련이 내달아 물으려 하니 장화는 본 체도 안 하는 것이었다.

홍련이 울며,

"언니는 어찌 나를 본 체도 안 하고 혼자 어디로 갑니까?"

하니, 그제야 장화가 눈물을 뿌리며,

"이제는 내 몸의 길이 달라서 옥황상제께 명을 받아 삼신산으로 약을 캐러 가는데, 갈 길이 바빠 정회를 베풀지 못하니 너는 나를 무정하다 여기지 마라. 내 장차 때를 보아 너를 데려가마."

하며 말할 때 장화가 탄 용이 소리를 지르거늘, 홍련이 깨어나니 꿈이었다.

기운이 서늘하고 온몸에 땀이 나서 정신이 아득한지라, 홍련은 부친에게 이 사연을 전하며 통곡하여 하는 말이,

"오늘 일을 당하여 소녀의 마음이 무엇을 잃은 듯 자연히 슬프오니, 언니가 길을 가다 필경 무슨 연고가 있어 해를 입었나 봅니다."

하고 실성통곡했다. 좌수는 홍련의 말을 듣고 숨통이 막혀 한마디 말도 못하고 다만 눈물만 흘리었다. 흉녀는 곁에 있다가 벌컥 성을 내며,

"조그만 것이 왜 그런 말을 해서 어른의 마음을 이다지도 상심케 하느냐?"

하며 등을 밀어내기에 홍련은 울며 나와 생각하기를,

'내 꿈 이야기를 여쭈니 부친은 슬퍼하시며 아무 말도 못 하시고, 계모는 낯빛을 바꾸어 이렇듯 구박하니, 이는 반드시 무슨 연고가 있기 때문이다.'

하며 그 허실虛實 참과 거짓을 몰라 애태웠다.

하루는 흉녀가 나가고 없기에 장쇠를 불러 달래며 언니의 행방을 탐문하였더니, 장쇠는 감히 속이지 못하고 장화의 전후사연을 거짓 없이 말했다. 홍련은 그제야 언니가 억울하게 죽은 사실을 알고 깜짝 놀라 기절했다가 겨우 정신을 차려서는,

"가련해라, 언니여! 불측해라, 흉녀여! 자상한 우리 언니 이팔청춘 꽃다운 시절에 망측한 누명 쓰고 창파에 몸을 던져 원혼 되었으니, 뼈에 사무친 이 원한을 어찌하여 풀어 줄까. 참혹하다 우리 언니, 불쌍한 이 동생을 적막한 빈방에 외로이 남겨 두고 어디 가서 안 오시나. 구천九泉 '땅속 깊은 밑바닥'이란 뜻으로, 죽은 뒤에 넋이 돌아가는 곳을 이르는 말에 돌아간들 이 동생이 그리워서 피눈물을 흘리실 때 구곡간장이 다 녹았을 것이로다. 고금에 이르도록 이런 억울하고 원통한 일이 또 어디 있으리오. 하늘이시여 굽어살피옵소서. 소녀 삼 세에 어미를 여의고 언니를 의지하여 살아왔는데, 이 몸이 죄가 많아 모진 목숨 외로이 남았다가 이런 변을 또 당하니, 언니와 같이 더러운 꼴 보지 말고 차라리 일찍 죽어 외로운 혼백이라도 언니를 따라갈까 하나이다."

말을 마치니 눈물은 비 오듯 하며 정신이 아득했다. 아무리 장화의 죽은 곳을 찾아가고자 하나 처녀의 몸으로 문밖 길을 모르니 어찌 그곳을 찾아갈 수 있으랴? 침식을 전폐하고 밤낮으로 한탄할 뿐이었다.

하루는 파랑새 한 마리가 날아와서 백화가 만발한 사이를 오락가락하기에 홍련이 마음속으로 생각하기를,

'언니가 죽은 곳을 몰라 주야로 궁금하여 한이 되는데, 저 파랑새 비록 미물이나 저렇듯 왔다 갔다 하니 필경 나를 데려가려 왔나 보다.'
하며 슬픈 정회를 진정치 못하여 좌불안석坐不安席했다. 그러다가 문득 보니 파랑새는 간 곳이 없거늘, 서운한 마음 비할 데 없었다.

날이 다시 밝으매 홍련은 파랑새가 또 오기를 기다렸으나 끝내 오지
않자, 슬픔을 이기지 못하여 창에 기대 생각하기를,
　'이제는 파랑새가 오지 않아도 언니 죽은 곳을 찾아가려니와, 이 일을
아버님께 말씀드리면 못 가게 하실 터이니, 이 사연을 기록하여 두고 가
야겠다.'
하고 즉시 종이와 붓을 가져와 유서를 썼다.


　　슬프옵니다. 일찍이 어머님을 여의고 우리 자매가 서로 의지하여 세월을
　보냈는데, 천만뜻밖에 언니가 한 사람의 불측한 모해를 입어 죄 없이 몹쓸
　누명을 쓰고 마침내 원혼이 되니, 어찌 슬프지 않으며 원통하지 않겠습니
　까? 홍련은 아버님 슬하에서 이미 십여 년을 모셨다가 오늘날 가련한 언니
　를 쫓아가매, 지금 이후로는 아버님을 다시 뵙지 못하고 음성조차 들을 길
　이 없습니다. 이런 일을 생각하면 눈물이 앞을 가려 가슴이 메는지라, 바라
　건대 아버님은 불초여식不肖女息 딸이 아버이를 상대하여 자기를 낮추어 이르는 일인칭 대명사
　을 생각하지 마시고 만수무강하시옵소서.


　이때는 오경五更 새벽 세 시에서 다섯 시 사이이라. 월색月色이 가득하고 청풍이
소슬하였는데, 문득 파랑새가 날아와 나무에 앉더니 홍련을 보고 반기
는 듯 지저귀었다. 그것을 보며 홍련이 이르기를,
　"네 비록 날짐승이나 우리 언니 있는 곳을 가르쳐 주려 왔느냐?"
　파랑새가 듣고 응하는 듯해서 홍련이 다시 말하기를,
　"네 만일 가르쳐 주려 왔거든 길을 인도하면 너를 따라가겠다."
하니, 파랑새가 고개를 조아리며 응하는 듯하기에 홍련이 또 말하기를,
　"그러하면 네 잠시 여기 머물러 있거라. 함께 가자꾸나."

하고 유서를 벽에다 붙이고 방문을 나오며 일장통곡하여 말하기를,

　"가련하다, 내 신세. 이 집을 나가면 언제 다시 이 문전을 보겠는가."

하며 청조를 따라갔다.

　몇 리를 못 가서 동녘이 밝아오자 점점 나아갔더니, 청산은 중중하고 겹겹으로 겹쳐지고 장송은 울울한데 나무가 빽빽하게 들어서 매우 무성한데 백조는 슬피 울어 사람의 심회를 돋우었다.

　파랑새가 한 못가에서 주저하기에 홍련이 좌우를 살펴보니, 물 위에 오색구름이 자욱한 속에서 슬픈 울음소리가 나며 홍련을 불러 이르는 말이,

　"너는 무슨 죄로 천금같이 귀한 목숨을 속절없이 버리려 하느냐. 사람이 한 번 죽으면 다시 살지 못하노니 가련하다 홍련아, 세상일은 헤아리기 힘드니 이런 일일랑 다시 생각지 말고 어서 돌아가 부모님께 효도하고, 성현 군자 만나서 아들딸 고루 낳아 기르며 돌아가신 어머님 혼령을 위로하여라."

하는 것이었다. 홍련은 이것이 언니의 목소리임을 알아듣고 급히 소리 질러 말하기를,

　"언니는 전생에 무슨 죄가 있기에 나를 두고 이곳에 와 외로이 있습니까? 내 언니를 버리고 혼자 살 길이 없으니 언니와 함께 다니고자 합니다."

하니 공중에서 울음소리가 그치지 아니하고 슬퍼하는데, 홍련은 더욱 서러워 정신을 차리지 못하다가 겨우 진정하여 하늘에 절하며 축수하여 비는 말이,

　"비나이다 비나이다, 빙옥氷玉같이 맑은 우리 언니 천추에 몹쓸 누명 풀어 없애 주옵소서. 천지신명은 이 홍련의 억울하고 원통한 한을 밝게 굽어살피시옵소서."

하고 방성대곡 슬피 울 때에, 허공에서 홍련을 부르는 소리에 더욱 비감

하여 오른손으로 치마를 휘어잡고 나는 듯이 물속으로 뛰어드니, 슬프고도 애달프다. 일광이 무색하고 그 후로는 물 위에 안개 자욱한 속에서 슬피 우는 소리가 주야로 들리며 계모의 모해로 억울하게 죽은 사설을 자세히 뇌니, 이는 원근遠近 사람이 다 알게 하기 위해서였다.

차설且說 화제를 돌려 다른 이야기를 꺼낼 때, 앞서 이야기하던 내용을 그만둔다는 뜻으로 다음 이야기의 첫머리에 쓰는 말. 장화와 홍련의 한이 구천에 사무쳐 아문衙門 관청을 일컫던 말에 들어가 억울하고 원통한 사연을 아뢰려 하면 철산鐵山의 부사府使들이 매양 놀라 기절하여 죽어 갔다.

이렇듯이 철산 부사로 오는 사람들이 부임 이튿날이면 죽으므로, 그 후로는 부사로 오는 사람이 없어 철산군은 자연 폐읍이 되었고 해마다 흉년이 들어 굶어죽을 지경에 이르니 백성들이 사방으로 흩어져 한 고을이 텅 비게 되었다.

이러한 사연으로 여러 번 장계狀啓 왕명을 받고 지방에 나가 있는 신하가 자기 관하(管下)의 중요한 일을 왕에게 보고하던 문서를 올리니, 임금은 크게 근심하고 조정에서는 의논이 분분했다.

하루는 정동호鄭東鎬라는 사람이 부사로 가기를 자원했다. 그는 성품이 강직하고 체모가 정중한 사람이라 임금이 불러 분부를 내리기를,

"철산읍에 이상한 변이 있어 폐읍이 되었다 하여 염려하던 중, 경이 자원하니 심히 다행하고 아름다우나 또한 근심이 되는구나. 십분 조심하여 백성을 안정되게 하라."

하고 철산 부사를 제수하였다. 부사는 임금의 은혜에 감사하고 물러나와 즉시 도임하여 이방을 불러 말하기를,

"내 들으니 이 고을에 관장이 도임하면 즉시 죽는다 하니 과연 그 소문이 옳으냐?"

이방이 대답하여 여쭙기를,

"아뢰옵기 황송하오나 오륙 년 이래로 부사 어른들이 있는 동안 밤마다 비몽사몽간非夢似夢間에 꿈을 깨지 못하고 죽으니 그 연고를 알지 못하겠나이다."

하므로 부사는 다 듣고 분부하기를,

"너희들은 밤에 불은 끄지만 잠은 자지 말고 고요히 동정을 살피어라."

하니, 이방은 명령을 듣고 나갔다.

이리하여 부사는 객사에 가서 등촉을 밝히고 『주역周易』을 읽는데, 밤이 깊은 후에 홀연히 찬바람이 일어나니 정신이 아득하여 어찌할 바를 몰랐다. 이때 난데없는 한 미인이 녹의홍상綠衣紅裳을 입고 완연히 들어와 절하는 것이었다. 부사는 정신을 가다듬고 물어 가로되,

"너는 어떠한 여자인데 이 깊은 밤에 와서 무슨 사정을 말하려 하느냐?"

그 미인은 고개를 숙이고 몸을 일으켜 다시 절하며 아뢰기를,

"소녀는 이 고을에 사는 배 좌수의 딸 홍련이옵니다. 소녀의 언니 장화는 칠 세 때 소녀는 삼 세 되던 해에 어미를 여의고, 아비를 의지하여 살았더니, 아비가 후처를 얻었나이다. 후처의 성품이 사납고 시기가 극심하던 중 내리 아들 삼 형제를 낳았나이다. 계모가 아비에게 거짓된 말을 하여 소녀 자매를 박대함이 날로 심하였지만, 소녀의 자매는 그래도 어미라 계모 섬기기를 극진히 하였습니다. 그러나 계모의 박대와 시기는 날로 심해졌습니다. 그리고 아비는 소녀 자매를 애지중지하오며 어질고 좋은 배필을 구했는데 계모는 우리를 시기해 나이 이십이 되도록 정혼하지 못하게 하였습니다.

이는 다름 아니라 본디 아비는 본래 조상 때부터 대대로 내려오는 가업이 없었지만 소녀의 어미는 재물이 많아 노비가 수백 인이요, 전답이

천여 석이었습니다. 금은보화는 거재두량車載斗量 수레에 신고 말로 된다는 뜻으로, 아주 많아서 귀하지 않음을 이름이라 소녀 자매가 출가하면 재물을 다 가져갈까 시기하여 소녀 자매를 죽여 재물을 빼앗아 제 자식을 주고자 주야로 모해할 뜻을 두었나이다. 그리하여 제 스스로 흉계를 꾸며 큰 쥐를 잡아 가 죽을 벗겨 피를 발라 낙태한 형상을 만든 뒤 언니의 이불 밑에 넣고 아비를 속여 죄를 씌웠습니다. 그러고는 거짓으로 외삼촌 집에 다녀오라 하고는 갑자기 말을 태워 그 아들 장쇠 놈으로 하여금 데려다가 연못에 빠뜨려 죽게 했습니다.

소녀는 이 일을 알고 원통히 생각했습니다. 저 또한 장차 구차하게 살다가 또 어떤 흉계에 빠질까 두려워 마침내 언니가 빠져 죽은 연못에 빠져 죽었나이다. 죽음은 섧지 않으나 이 불측한 누명을 씻을 길이 없사옵기에 더욱 원통하여 부사님들께 사정을 아뢰고자 하였는데, 모두 놀라 죽으므로 뼈에 맺힌 원한을 풀지 못하였나이다. 이제 천만다행으로 정치를 잘하시는 사또를 맞아 감히 원통한 사정을 아뢰오니, 사또는 소녀의 슬픈 혼백을 불쌍히 여기시어 천추千秋의 원한을 풀어 주시고 언니의 누명을 벗겨 주십시오."

하고 말을 맺고 일어나 하직하고 나가기에 부사는 생각하기를,

'당초에 이런 일이 있어 폐읍이 되었도다.'

하고 이튿날 아침 동헌東軒에 나아가 이방을 불러 물었다.

"이 고을에 배 좌수라는 사람이 있느냐?"

"예, 있사옵니다."

"좌수의 전처와 후처의 자식이 몇이나 되느냐?"

"두 딸은 일찍 죽고 세 아들이 있나이다."

"두 딸은 어찌하여 죽었다 하더냐?"

"남의 일이오라 자세히는 알지 못하오나, 대강 듣기로는 그 큰딸이 무슨 죄가 있어 연못에 빠져 죽은 후, 그 동생도 자매의 정이 중하므로 주야로 통곡하다가 필경 제 언니 죽은 연못에 빠져 죽은 듯 하옵니다. 그 뒤 한가지로 원혼이 되어 날마다 못가에 나와 앉아 울며 말하기를, '계모의 모해를 입어 누명을 쓰고 죽었노라' 하며 허다한 사연을 들려주니 행인들이 듣고 눈물을 흘리지 않는 사람이 없다고 하옵니다."

부사는 이방의 말을 다 듣고 즉시 관차官差 관아에서 보내던 아전한테 분부하기를,

"배 좌수 부부를 잡아들여라."

하니, 관차는 영을 듣고 삽시간에 잡아왔다. 부사가 좌수에게 묻기를,

"내 들으니 전처의 두 딸과 후처의 세 아들이 있다 하는데 그것이 사실인가?"

"그러하옵니다."

"다 살아 있는가?"

"두 딸은 병들어 죽었고, 다만 세 아들이 있습니다."

"두 딸이 무슨 병으로 죽었는지 바른대로 아뢰면 죽기를 면하려니와, 그렇지 않으면 곤장을 맞고 죽으리라."

좌수는 얼굴이 흙빛이 되어 아무 말도 못하는데, 흉녀 역시 이 말을 듣고 크게 놀라며 아뢰기를,

"어찌 추호라도 거짓을 말하거나 진실을 숨기겠나이까. 전처에게 두 딸이 있어 장성하더니 장녀 행실이 바르지 못해 잉태하여 장차 누설될까 염려하다 노복들도 모르게 약을 먹어 낙태하였사오나, 남은 이러한 줄도 모르고 계모의 모해인 줄 알 듯하기에 장화를 불러 경계하기를, '네 죄는 죽어 마땅하지만 너를 죽이면 남들이 나의 모해로 알겠기에 너의

죄를 사하겠으니, 차후로는 다시 이러한 행실을 하지 말고 마음을 닦아라. 만일 남이 알면 우리 집을 경멸할 것이니 무슨 면목으로 사람을 대하겠느냐' 하고 꾸중하였습니다. 그랬더니 자신의 죄를 알고 부모 대하기를 부끄러워하더니 스스로 밤에 나가 연못에 빠져 죽었습니다. 그 동생인 홍련이 또한 제 언니의 행실을 본받아 밤에 도주한 지 몇 해가 흘렀지만 그 종적을 모릅니다. 그러나 양반의 자식이 행실이 좋지 못해 나갔다고 해서 어찌 찾을 길이 있겠습니까? 이러므로 나타나지 못하였나이다."

부사는 듣기를 다 하고 다시 물었다.

"네 말이 그러할진대, 낙태한 것을 가져오면 내가 보고 사실을 알 것이다."

흉녀는 여쭙기를,

"소녀의 친자식이 아닌 고로, 이런 일을 당할 줄 알고 낙태한 것을 잘 보관해 두었다가 가져왔나이다."

하고 즉시 품속에서 내어드리니, 부사가 본즉 낙태한 것이 분명했다. 이에 분부하기를,

"말과 사실이 어긋남이 없으나 죽은 지 오래되어 분명히 설명할 수 없구나. 내 다시 생각하여 처리할 것이니 우선 물러가 있거라."

그날 밤 홍련의 자매가 완연히 부사 앞에 나타나 절하고 여쭙기를,

"소녀들이 천만의외에 명관을 만나 누명을 씻을까 바랐는데, 사또께서 흉녀의 간특한 꾀에 빠지실 줄 어찌 알았겠나이까."

하며 슬피 울다가 다시 여쭙기를,

"일월같이 밝으신 사또는 깊이 통촉하시옵소서. 옛날에 순임금도 계모의 화를 입었다 하거니와, 소녀의 뼈에 사무친 원한은 삼척동자三尺童子

라도 다 아는 바이거늘, 이제 사또께서 잔악한 계집의 말을 곧이듣고 깨닫지 못하시니, 어찌 애달프지 않겠나이까. 바라건대 사또께서는 흉녀를 다시 부르셔서 낙태한 것의 배를 가르고 보시면 반드시 깊이 헤아리는 바가 있을 것입니다. 그러니 소녀 자매를 가련히 여기셔서 법대로 처치해 주시고, 소녀의 아비는 본성이 착하고 어두운 탓으로 흉녀의 간계에 빠져 흑백黑白을 분별치 못하는 것이니 특별히 용서하여 주시기를 바라겠나이다."

하고 말을 마치더니, 홍련의 자매는 일어나 절하고 청학을 타고 반공半空에 솟아 올라갔다. 부사는 흉녀에게 속은 것을 깨닫고는 더욱 분노했다. 날이 밝기를 기다려 새벽에 좌기坐起 관아의 으뜸 벼슬에 있던 이가 출근해 일을 시작함를 베풀고 좌수 부부를 성화같이 잡아들여, 다른 말은 묻지 않고 낙태한 것을 급히 들이라 하여 배를 가르게 할 때 그 호령이 서리 같았다. 칼을 가져와 배를 갈라 보니, 그 속에 쥐똥이 가득했다. 관속들은 이를 보고는 모두 흉녀의 간계를 알고 저마다 침을 뱉고 꾸짖으며, 장화 자매의 억울한 죽음을 불쌍히 여기며 눈물을 흘리었다.

부사는 크게 노하여 큰칼을 씌우고 소리 높여 호령하여 말하기를,

"이 간특한 것아, 네 천고에 불측한 죄를 짓고도 방자스럽게 교묘한 말로 나를 속였더냐? 내가 생각하는 바 있어 놔두었더니, 이제 또한 무슨 말을 꾸며 변명코자 하느냐? 네 국법國法을 가볍게 여기고 못할 짓을 행하여 무죄한 전실 자식을 죽였으니 그 사연을 바른대로 아뢰어라."

좌수는 이 광경을 보고 자식의 원통한 죽음을 뉘우치며 눈물을 흘리면서 아뢰기를,

"소생의 무지한 죄는 성주의 처분을 따르오며, 비록 지방의 어리석은 백성인들 어찌 사리와 체모를 모르겠나이까. 전실 장씨는 가장 현숙하

더니 불쌍히 죽고, 두 딸이 있었는데 부녀가 서로 의지하여 위로하며 세월을 보냈습니다. 그러나 후사를 돌보지 않을 수 없어 후처를 얻어 아들 삼자를 낳아 기꺼워했습니다. 그런데 하루는 소생이 내당에 들어가니 흉녀가 갑자기 낯빛을 바꿔 하는 말이, '영감이 매양 장화를 세상에 없이 귀히 여기시더니 행실이 잘못되어 낙태를 하였으니 들어가 보시오' 하여 방에 들어가 이불을 들추고 어두운 눈으로 본즉, 과연 낙태한 것이 확실했습니다. 미련한 소견에 전혀 깨닫지 못하고, 더욱이나 전처의 유언을 잊고 흉녀의 흉계에 빠져 자식을 죽인 것이 틀림없으니, 그 죄 만 번 죽어도 사양치 않겠습니다."

말을 마치고 배 좌수가 통곡하자 부사는 곡성을 그치게 하고 흉녀를 형틀에 올려 문초를 하니, 흉녀는 매를 이기지 못해 여쭙기를,

"소첩의 친정은 대대로 거족巨族이었으나 근래에 문중이 쇠잔하여 가세가 기울던 차, 좌수가 간청하므로 그의 후처가 되었습니다. 전실의 두 딸이 있었는데 그 행동거지가 심히 아름다웠나이다. 그리하여 내 자식같이 양육하여 이십에 이르렀는데 그 행실이 점점 불측하여 백 가지 말을 하면 한 마디도 듣지 않고 성실치 못한 일이 많아 원망이 심하였습니다. 하루는 그 자매의 비밀한 말을 우연히 엿들었습니다. 그 말을 듣고 보니 과연 소첩이 매양 염려하던 바와 같이 불미한 일이므로 마음에 놀랍고 분하였지만, 아비에게 이르면 반드시 모해하는 줄로 알 것이니 부득이 영감을 속이고 쥐를 잡아 피를 묻혀 장화의 이불 밑에 넣고 낙태했다 하였습니다. 그런 후 소첩의 자식 장쇠에게 계책을 가르쳐 장화를 유인하여 연못에 빠뜨려 죽였사온데, 그 아우 홍련이 또한 화를 두려워하여 밤중에 도주하였사옵니다. 법대로 처분을 기다리려니와 첩의 아들 장쇠는 이 일로 천벌을 입어 이미 병신이 되었사오니 죄를 사하여 주옵소서."

장쇠 등 삼 형제는 일시에 아뢰기를,

"소인 등은 다시 아뢸 말씀이 없사오나 다만 늙은 부모를 대신하여 죽을 것이니 늙은 부모는 사하심을 바랄 뿐이옵니다."

하는 것이다. 부사는 좌수의 처와 장쇠 등의 진술을 듣고 한편으론 흉녀의 소행을 이해하며, 또 한편으론 장화 자매의 원통한 죽음을 불쌍히 여겨 말하기를,

"이 죄인은 다른 죄인과 달라 특별한 경우니 내가 임의로 처리할 수가 없다."

하고 감영에 보고했다. 감사는 이 말을 듣고 크게 놀라 즉시 이를 조정에 장계하였더니, 임금이 보고 장화 자매를 불쌍히 여기어 하교하기를,

"흉녀의 죄상은 말할 수 없이 흉측하니 능지처참하여 후일을 징계하고, 그 아들 장쇠는 목을 매달아 죽일 것이며, 장화 자매의 혼백을 신원伸寃 가슴에 맺힌 원한을 풀어 버림하여 비를 세워 표하여 주고, 제 아비는 놓아주어라."

감사는 하교를 받자 그대로 철산부에 전달했다. 부사는 즉시 좌기를 베풀고 흉녀를 능지처참하여 효시梟示 죄인의 목을 베어 장대 끝에 매달아 여러 사람에게 보이는 형벌하고, 아들 장쇠는 교살하고 좌수는 훈계로 다스렸다.

"네 아무리 어둡다 한들 어찌 흉녀의 간계를 깨닫지 못하고 애매한 자식을 죽음에 이르게 만들었는가? 마땅히 죄를 물어야 하나 자매의 소원도 있고 하니 네 죄를 특별히 사하노라." 하고 부사가 몸소 관속을 거느리고 장화 자매가 죽은 연못에 나아가 물을 치우고 본즉, 두 소저의 시체가 옥평상에 자는 듯이 누워 있는데 얼굴이 조금도 변하지 않아 마치 산 사람과 같았다. 부사는 관을 갖추어 명산을 택하여 안장하고 무덤 앞에 석자 길이의 비석을 세웠는데, '해동 조선국 평안도 철산군 배무룡의 딸 장화·홍련의 불망비'라 했다.

부사는 장사를 마치고 돌아와 피곤하여 잠시 졸고 있을 즈음, 문득 장화 자매가 들어와 절을 하며 아뢰기를,

"소녀들은 명관을 만나 뼈에 사무친 한을 풀었습니다. 또 해골까지 거두어 주시고 아비의 죄를 용서하여 주셨으니, 그 은혜는 태산이 낮고 황해가 얕아서 명명지중冥冥之中 어두운 저승이라도 결초보은하겠나이다. 장차 관직에 오를 것이니 두고 보시옵소서."

이렇게 말하고 간 데가 없거늘, 부사가 놀라 깨어 보니 침상일몽이었다. 과연 그로부터 차차 승진하여 통제사에 이르니 가히 장화 자매의 음덕이라 할 만했다.

배 좌수는 나라의 처분으로 흉녀를 능지처참하여 두 딸의 원혼을 위로하였으나, 마음에 쾌함이 없고 오직 두 딸의 억울한 죽음을 슬퍼하니 거의 미칠 듯했다. 할 수만 있으면 다시 이 세상에서 부녀지의父女之義를 맺어 남은 한을 풀고자 매양 축원하던 중, 집안에 조석공양할 사람조차 없어 마음 둘 곳이 없으므로 부득이 혼처를 구했다. 그리하여 향족 윤광호의 딸에게 장가드니 나이는 십팔 세요, 용모와 재질이 비상하고, 성정 또한 온순하여 자못 숙녀의 풍도가 있으므로 좌수는 크게 기꺼워 금실이 유달리 좋았다.

하루는 좌수가 외당에서 두 딸의 생각이 간절하여 잠을 이루지 못하고 몸을 뒤척일 제, 장화 자매가 황홀히 단장하고 들어와 절하며 여쭙기를,

"소녀들 팔자가 기구하여 모친을 일찍이 여의고 전생의 업보로 모진 계모를 만나 애매한 누명을 쓰고 아버님과 이별하였으니, 억울하고 원통함을 이기지 못하여 이 원정을 옥황상제께 아뢰었습니다. 상제께서는 통촉하여 이르시기를 '너희 사정이 딱하나 이 역시 너희 팔자라, 뉘를 원망하리요? 그러나 너희 아비와는 세상 인연이 미진하였으니, 다시 세상

에 내려가 부녀지의를 맺어 서로 원한을 풀어라' 하시고는 물러가라 하
셨는데 그 의향을 모르겠나이다."

했다. 좌수가 자매를 붙잡고 반길 때에 닭 소리에 놀라 깨어 보니, 무엇
을 잃은 듯 여취여광如醉如狂 이성을 잃은 상태를 비유적으로 이르는 말하여 심신을 가
누지 못했다.

후취 윤씨 또한 꿈을 꾸었더니, 선녀가 구름을 타고 내려와 연꽃 두 송
이를 주며 하는 말이,

"이는 장화와 홍련이라, 그 억울한 죽음을 옥황상제께서 불쌍히 여기
시어 부인께 점지하니 귀히 길러 영화를 보라."

하고 간 데 없기에, 윤씨가 깨어 보니 꽃송이는 손에 쥐어 있고 향기가
방 안에 가득했다. 윤씨는 괴이하게 여겨 좌수에게 꿈 얘기를 전하며,

"장화와 홍련이 어찌 된 사람입니까?"

하고 물었다. 좌수는 이 말을 듣고 꽃을 본즉 꽃이 넘놀며 반기는 듯하므
로 두 딸을 다시 만난 것 같아 눈물을 흘리고 두 딸의 전후사연을 말하여
주었다. 둘은 "전일 몽사가 여차여차하더니 양녀가 반드시 부인께 태어
날 징조인가 싶구료." 하고 서로 기뻐했다.

과연 윤씨는 그달로부터 태기가 있었는데, 열 달이 되어 갈수록 배가
크게 불러 오니 쌍태가 분명했다. 달이 차매 몸이 피곤하여 침상에 의지
하였더니, 이윽고 순산하여 쌍둥이 두 딸을 낳았다. 좌수는 밖에 있다가
들어와 부인을 위로하며 두 딸을 보니, 용모와 기질이 옥으로 새긴 듯 꽃
으로 모은 듯 아름다워 연꽃과 같았다. 그들은 이것을 기이하게 여겨 '꽃
이 화하여 여자아이가 되었다'라고 하며 이름을 다시 장화와 홍련이라
짓고 보옥같이 길렀다.

세월이 흘러 사오 세에 이르매, 두 소저의 자태가 비상하고 부모를 효

성으로 받들었다. 그들이 점점 성장하여 십오 세에 이르자 덕을 구비하고 재질이 또한 출중하므로 좌수 부부의 사랑함이 비길 데 없었다.

배필을 구하고자 중매쟁이를 널리 놓았으나 마땅한 곳이 없어 매우 근심했다. 한편 평양에 이연호라는 사람이 있는데 재산이 누거만巨萬 평장히 많은 재산이나 다만 슬하에 자식 하나 없어 슬퍼하다가 늦게야 신령의 현몽으로 쌍둥이 아들 형제를 두었다. 이름은 윤필·윤석이라 하는데, 이제 나이 십육 세로 용모가 화려하고 문필이 출중하여 딸 둔 사람들이 모두 탐내며 중매쟁이를 보내 청혼했다.

그 부모도 또한 며느리를 선택하는 데 신중하던 차에 배 좌수의 딸 쌍둥이 자매가 특출하다는 말을 듣고 크게 기꺼워 혼인을 청하였더니, 양가가 서로 합의하여 즉시 허락하고 택일하니 때는 구월 보름께였다.

이때 천하가 태평하고 나라에 경사가 있어 과거를 볼 제, 윤필의 형제가 참여하여 장원 급제를 했다. 임금이 그들 인재를 기특히 여기시어 즉시 한림 학사를 제수하니, 한림 형제는 사은謝恩고 말미를 청하니 임금이 허락하였다.

그리하여 한림 형제가 바로 집으로 내려오니, 이공李公이 잔치를 베풀고 친척과 친구들을 불러 즐기는 중이었다. 본관 수령이 각각 풍악과 포진鋪陳 바닥에 까는 방석이나 돗자리을 보내고 감사와 서윤庶尹 한성부와 평양부에 한 명씩 두었던 종4품 벼슬이 신래新來 과거에 급제한 사람를 기리며 잔을 나누어 치하하니, 가문의 영화가 고금에 드물었다.

이럭저럭 혼인날을 맞이하여 한림 형제는 위의威儀를 갖추고 풍악을 울리며 혼가에 이르러 예를 마치고, 신부를 맞아 돌아와 부모에게 현신現身 아랫사람이 윗사람에게 예를 갖추어 자신을 보이는 일했다. 그 아름다운 태도는 한 마디로 한 쌍의 명주明珠요 두 낱의 박옥璞玉 천연 그대로의 옥 덩어리이라, 부모

들은 기꺼움을 헤아릴 길 없었다.

　신부 자매가 부모를 효성으로 받들고 군자를 순순히 좇더니, 장화는 이남 일녀를 낳았다. 그의 장자는 문관으로 공경재상公卿宰相 삼공(三公)과 구경(九卿)을 비롯한 높은 벼슬아치를 통틀어 이르는 말이 되었고, 차자는 무관으로 장군이 되었다. 딸은 경성 재상의 후실이 되어 모든 자녀가 다 귀하게 되었다. 홍련은 이남을 두었는데 장자는 벼슬이 정랑에 이르고, 차자는 학행學行이 높아 산림에 숨어 풍월을 벗 삼아 거문고와 서책을 즐겼다.

　배 좌수는 구십이 되자 나라에서 특별히 좌찬성을 제수하였다. 그는 이것으로 여생을 마치고 윤씨 또한 세상을 뜨니, 장화 자매가 슬퍼했다. 한림 형제도 부모가 돌아가니 형제가 한집에 같이 살며 자손을 거느리고 지냈다. 장화 자매는 칠십삼 세에 더불어 죽고 한림 형제는 칠십오 세에 세상을 떠났는데, 그 자손이 아들딸을 많이 두어 복록을 누렸다고 한다. ✎

# 장화홍련전

## 📝 작품 정리

- **작가**　미상
- **갈래**　가정 소설, 계모형 소설, 공안 소설
- **성격**　권선징악적, 교훈적
- **배경**　시간 – 조선 효종 때 / 공간 – 평안도 철산
- **시점**　3인칭 전지적 작가 시점
- **구성**　'발단 – 전개 – 위기 – 절정 – 결말'의 5단계 구성
- **특징**　• 계모 설화, 신원 설화, 환생 설화 등을 수용함
　　　　• 전반부는 계모 학대형 가정 소설, 후반부는 권선징악적 송사 소설
　　　　　의 성격을 지님
- **제재**　계모에 의한 가족의 비극
- **주제**　가정 내의 갈등으로 인한 비극과 권선징악
- **출전**　『가재사실록』(1865)

## 📖 구성과 줄거리

- **발단**　**배 좌수가 후처로 허씨를 맞아들임**

　　　　철산에 사는 배 좌수는 장화와 홍련이라는 예쁜 두 딸을 두지만 부인
　　　　장씨가 세상을 떠나, 후처로 허씨를 맞아들인다.

- **전개**　**허씨가 장화와 홍련을 모해하여 자살에 이르게 함**

　　　　허씨는 흉악한 외모를 지녔을 뿐 아니라 악한 마음을 지니고 있어, 두
　　　　의붓딸을 학대하고 모해한다. 언니 장화는 허씨의 모해로 연못에 투

신자살하고, 동생 홍련 역시 죽은 언니를 그리다 같은 연못에 빠져 죽는다.

- **위기**  **장화와 홍련의 영혼이 철산 부사를 찾아감**

  억울하게 죽은 두 자매의 영혼은 원혼이 되어 새로 부임한 부사를 찾아가 맺힌 한을 풀고자 하나, 부임하는 부사마다 공포로 인해 죽고 만다.

- **절정**  **장화와 홍련의 원한이 풀림**

  드디어 용기 있는 신임 부사가 두 자매의 자초지종을 듣게 된다. 그는 사건의 내막을 자세히 듣고 계모를 능지처참한다. 그리고 연못에서 두 자매의 시체를 건져 내 무덤을 만들고 비를 세워 원한을 달래 준다.

- **결말**  **장화와 홍련이 다시 태어나 행복하게 일생을 보냄**

  장화와 홍련은 배 좌수와 윤씨의 쌍둥이 딸로 다시 태어난다. 두 딸은 자라서 평양 거부의 쌍둥이 아들인 윤필 · 윤석과 결혼하여 행복하게 살게 된다.

## 🐾 생각해 보세요 - - - - - - - - - - - - - - - - - - - - - - - - - - - - -

**1 이 작품의 표면적 주제와 이면적 주제를 설명하라.**

이 작품에서는 계모 허씨를 악인으로, 장화와 홍련을 선인으로 설정하고 이분법적인 선 · 악의 대립 구도를 보여 주고 있다. 선이 승리하는 방향으로 결말을 지음으로써 권선징악이라는 전통적인 주제를 표면에 내세운다. 한편 이면적으로는 가부장적인 후처제가 지니는 제도적 모순을 고발하고 있다. 작가는 이 작품을 통해 가정 내 비극에 대한 남성 가장의 무책임한 태도를 우회적으로 비판하고 있다.

**2** 「장화홍련전」 외에 조선 시대 가정 소설의 예를 찾아보고, 당시에 가정 소설이 유행하게 되었던 이유를 설명하라.

조선 시대 널리 읽혔던 가정 소설에는 「사씨남정기」, 「창선감의록」, 「콩쥐팥쥐전」, 「숙영낭자전」, 「옥단춘전」 등이 있다. 가정 소설은 다른 소설과 달리 전기적傳奇的인 요소가 거의 없다. 현실적인 소재와 사건을 중심으로 이야기가 전개된다. 또한 이분법적인 선과 악의 대립 구도 속에서 선의 승리를 보여 줌으로써 권선징악이나 사필귀정 같은 유교적인 교훈을 담아 낸다. 가정 소설이 이렇듯 현실적이고 교훈적이었기 때문에 서민층뿐만 아니라 소설에 대해 비판적이었던 지배층까지도 독자층으로 흡수할 수 있었다.

# 조선 시대2 朝鮮時代

## • 민속극 民俗劇

민속극이란 민간에서 행해지던 각종 연극, 즉 가면극이나 인형극, 무극, 창극 등을 가리키는 말입니다. 민속극은 춤과 노래가 어우러지며 관객과 등장인물이 함께 호흡을 맞춘다는 점에서 놀이 혹은 연희일 뿐 연극이 아니라는 견해도 있습니다. 하지만 이는 서양 연극의 관점에서 판단한 것입니다. 민속극은 뚜렷한 연극적 상황을 설정하고 있으므로 연극의 일종으로 보는 것이 맞습니다.

• 봉산 탈춤　• 하회 별신굿 탈놀이

인물관계도

저(영감)와 할멈(미얄)은 난리 통에 헤어졌는데 다시 만나게 되었어요. 하지만 저에게는 첩(덜머리집)이 있었지요. 저는 자식이 죽었다는 사실을 알고 할멈에게 헤어지자고 했어요. 이렇게 해서 싸움이 벌어졌고 저는 할멈을 때렸지요. 그런데 할멈이 죽고 말았어요. 나중에 들어 보니 남강노인이 할멈의 원혼을 달래기 위해 무당을 불러 굿을 했더군요.

# 봉산 탈춤

## 제7과장 미얄춤

미얄  (한 손에 부채를 들고 한 손에 방울을 들었으며, 굿거리장단에 맞추어 춤을 추면서 등장한다. 악공 앞에 가서 운다) 아이고 아이고!

악공  웬 할멈이오?

미얄  웬 할멈이라니. 떵꿍<sup>장구 소리를 흉내 낸 의성어</sup>하기에 굿만 여기고 한 거리<sup>탈놀음, 꼭두각시놀음, 굿 따위에서 단락을 세는 단위</sup> 놀고 갈려고 들어온 할멈일세.

악공  그러면 한 거리 놀고 가소.

미얄  놀든지 말든지 허름한 영감을 잃고 영감을 찾아다니는 할멈이니 영감을 찾고야 놀겠소.

악공  할멈 본 고향은 어디오?

미얄  본 고향은 전라도 제주 망막골일세.

악공  그러면 영감은 어찌 잃었소?

미얄  우리 고향에 난리가 나서 목숨을 구하려고 서로 도망을 했더니, 그 후로 아직까지 종적을 알 수 없소.

악공  그러면 영감의 모색<sup>貌色 모습</sup>을 한번 말해 보오.

미얄 우리 영감의 모색은 마모색말의 모습일세.

악공 그러면 말 새끼란 말인가?

미얄 아니, 소모색소의 모습일세.

악공 그러면 소 새끼란 말인가?

미얄 아니, 마모색도 소모색도 아니올세. 영감의 모색을 알아서 무엇해? 아무리 바로 댄들 소용없소.

악공 모색을 자세히 대면 찾을 수 있을는지 모르지.

미얄 (소리조로) 우리 영감의 모색을 대. 난간이마정수리가 판판하고 툭 불거져 나온 이마 주게턱주걱턱, 웅케 눈우묵하게 생긴 눈에 개발코개의 발 모양처럼 생긴 뭉툭한 코, 상통은 갓 바른 과녁판 같고, 수염은 다 모 즈러진물건의 끝이 점점 닳아서 없어진 귀얄돼지털을 넓적하게 묶어 풀칠할 때 쓰는 도구 같고, 상투는 다 갈아 먹은 망좆맷돌 위짝과 아래짝이 맞물리 도록 아래짝 한가운데 박은 쇠 같고, 키는 석 자 네 치 되는 영감일세.

악공 아, 옳지. 바루바로 등 너머 망'맷돌'의 방언 쪼러 간 것 같소.

미얄 에잇 그놈의 영감, 고리쟁이고리짝 만드는 사람을 뜻하는 '고리장이'의 북 한 말가 죽어도 버들가지를 물고 죽는다더니. 상게'아직'의 방언 망을 쪼러 다니나.

악공 영감을 한번 불러 봅소.

미얄 여기 없는 영감을 불러 본들 무엇하오?

악공 아, 그래도 한번 불러 보소.

미얄 영가암.

악공 거 너무 짧아 못쓰겠네.

미얄 여엉가암!

악공 너무 길어 못쓰겠네.

| 미얄 | 그러면 어떻게 부르란 말이오? |
|---|---|
| 악공 | 아, 전라도 제주 망막골에 산다니 시나위청으로 불러 보소. |
| 미얄 | (시나위청으로) 절절 절씨구 저절절절 절씨구, 얼씨구 절씨구 지화자 절절 절씨구, 우리 영감 어데 갔나, 기산箕山 영수潁水 별건곤別乾坤 별천지에 소부巢父, 허유許由를 따라갔나, 채석강 명월야에 이적선李謫仙 이태백 따라갔나. 적벽강 추야월에 소동파蘇東坡 따라갔나. 우리 영감을 찾으려고 일원산서 하루 자고, 이강경에서 이틀 자고, 삼부여三夫餘에서 사흘 자고, 사 법성서 나흘 자고, 삼국 적 유현덕劉玄德 유비이 제갈공명 찾으려고 삼고초려三顧草廬하던 정성, 만고성군萬古聖君 주문왕周文王 주나라를 세운 왕이 태공망太公望 강태공을 찾으려고 위수양渭水陽 가던 정성, 초한 적 항적項籍 항우이가 범아부范亞夫 범증를 찾으려고 기고산祁高山 가던 정성, 이 정성 저 정성 다 부려서 강산 천 리 다 다녀도 우리 영감을 못 찾겠네. 우리 영감을 만나면 귀도 대고 코도 대고 입도 대고 눈도 대고 업어도 보고 안아 도 보건마는, 우리 영감 어데를 가고 날 찾을 줄을 왜 모르는 가? 아이고아이고! (굿거리 춤을 추며 퇴장) |
| 영감 | (이상한 관을 쓰고 회색빛 나는 장삼을 입고 한 손에 부채, 한 손 엔 지팡이를 들고 있다. 굿거리장단에 춤을 추면서 등장한다) 쉬 이이, 정처 없이 왔더니 풍악 소리 낭자하니 참 좋긴 좋구나. 풍악 소리 듣고 보니 우리 할멈 생각이 간절하구나. 우리 할 멈이 본시 무당이라 풍악 소리 반겨 듣고 혹 이리로 지나갔 는지 몰라. 어디 한번 물어볼까? 여보시오. |
| 악공 | 거 뉘시오? |

| | |
|---|---|
| 영감 | 그런 것이 아니오라 허름한 할멈을 잃고 찾아다니는데 혹시 이리로 갔는지 못 보았소? |
| 악공 | 할멈은 어찌 잃었소? |
| 영감 | 우리 고향에 난리가 나서 목숨을 구하려고 이리저리 동서 사방으로 도망을 하였는데, 그 후로 통 소식이 없소. |
| 악공 | 본 고향은 어디오? |
| 영감 | 전라도 제주 망막골일세. |
| 악공 | 그러면 할멈의 모색을 말해 보오. |
| 영감 | 우리 할멈의 모색은 하도 흉해서 말할 수가 없소. |
| 악공 | 그래도 한번 말해 보오. |
| 영감 | 여기서 모색을 말한들 무엇하겠나? |
| 악공 | 세상일이란 그런 것이 아니니 모색을 대면 찾을 수 있을는지 모르지. |
| 영감 | 그럼 바로 말하지. 난간이마에 주게턱, 웅케 눈에 개발코, 머리칼은 다 모즈러진 빗자루 같고, 상통은 깨진 바가지 같고 한 손에 부채 들고 또 한 손엔 방울 들고 키는 석 자 세 치 되는 할멈일세. |
| 악공 | 옳지, 그 할멈이로군. 바로 등 너머 굿하러 간 것 같소. |
| 영감 | 에에, 고놈의 할멈 항상 굿하러만 다니나? |
| 악공 | 할멈을 한번 불러 봅소. |
| 영감 | 여기 없는 할멈을 불러 무엇하오? |
| 악공 | 그런 것이 아니야. 한번 불러 보오. |
| 영감 | 무슨 영문인지 알 수 없으나 하라는 대로 해 보지, 할멈! |
| 악공 | 너무 짧아 못쓰겠소. |

| 영감 | 할머엄! |
|---|---|
| 악공 | 그것은 길어 못쓰겠소. |
| 영감 | 그러면 어떻게 부르란 말이오? |
| 악공 | 전라도 제주 망막골에 산다니 시나위청으로 한번 불러 보오. |
| 영감 | (시나위청으로) 절절 절씨구 저저리 절절 절씨구, 얼씨구절씨구 지화자 절씨구, 우리 할멈 어디를 갔나, 채석강 명월야에 이적선 따라갔나. 적벽강 추야월에 소동파 따라갔나. 우리 할멈 찾으려고 일원산, 이강경, 삼부여, 사법성, 강산 천리 다 다녀도 우리 할멈 못 찾았네. 우리 할멈 보고 지고. 칠년 대한 가문 날에 빗발같이 보고 지고. 구 년 홍수 대홍수에 햇발같이 보고 지고. 우리 할멈 만나 보면 눈도 대고 귀도 대고 연적 같은 젖<sup>납작하고 작은 젖</sup>을 쥐고 신짝 같은 혀를 물고 건드러지게 놀겠구만. 어느 델 가고 날 찾을 줄 모르는가? (굿거리 곡으로 춤을 추면서 한쪽으로 가면 미얄이 다음과 같이 부르며 등장한다) |
| 미얄 | 절절 절씨구 얼씨구절씨구 지화자 좋네. 절절 절씨구 거 누가 날 찾나? 상산사호商山四皓 네 노인이 바둑 두자고 날 찾나? 춤 잘 추는 학두루미 춤을 추자고 날 찾나? 수양산首陽山 백이 숙제伯夷叔齊 채미采薇<sup>고사리 캐는 일</sup> 하자고 날 찾나? |
| 영감 | (굿거리장단에 춤을 추며 다음과 같이 부르며 미얄 쪽으로 간다) 절절 절씨구 얼씨구절씨구 지화자 절씨구, 할멈 찾을 이 누가 있나. 할멈 할멈 내야 내야. |
| 미얄 | (깜짝 놀래며 서로 부둥켜안는다) 이게 누구야, 우리 영감이 아니가? 아무리 보아도 우리 영감이 분명하구나. 지성이면 감 |

천이라드니 이제야 우리 영감을 찾았으니 참 반갑수다.

**영감** 할멈, 그동안 어디 어디로 찾아다녔나?

**미얄** 아이구, 영감 말두 마시오. 영감을 찾으려고 산으로 천 리, 수로로 천 리, 육로로 천 리, 삼천리 강산을 무른 메주 밟듯 할 적에 면면촌촌이 참나무 곁곁이 가랑잎 새새 바위 틈틈이 모래 쫌쫌이 다 찾아다녀도 영감 비슷한 영감 없더니만, 오늘에야 영감을 만나고 보니 참 반갑구려. 그런데 영감은 나하고 이별한 후 어디를 다니며 지냈소?

**영감** 그 험한 난리 중에 할멈과 이별한 뒤 나는 여기저기 다니면서 온갖 고생을 다 했소.

**미얄** 그러고저러고 영감 머리에 쓴 것 무엇이오?

**영감** 내 머리에 쓴 것 내력을 들어 보소. 아랫녘에 당도해 이곳저곳을 다녀도 해 먹을 것이 있어야지. 땜장이 통을 짊어지고 다니다가 산대도감山臺都監 산대놀음을 하는 사람의 단체을 만났는데 산대도감 말이 인왕산 모르는 호랑이 어데 있으며 산대도 감을 모르는 땜장이 어디 있느냐? 하루는 너도 세금을 내라고 하기에 세금이 얼마냐 물은즉, 세금이 하루에 한 돈 팔 푼이라고 하기에, 하아 이 세금 엄청나군. 벌기는 하루에 팔 푼인데 세금은 하루에 한 돈 팔 푼이라 한 돈을 더 보태야겠구나. 그런 세금 난 못 내겠다 하니까 산대도감이 달려들어 싸움을 해서 입고 있던 옷과 쓰고 있던 모자를 다 빼앗기고 나니, 어디 머리에 쓸 것이 있더냐? 마침 땜장이 통 속에 개가 죽 털이 있기에 그것으로 관을 지어 쓰니 바로 내가 동지 벼슬하는 사람이더군.

| 미얄 | 뭐어 임자가 무슨 벼슬 동지? (울며 노랫조로) 저놈의 영감 꼴 좀 보소. 일백열두 도리 통영갓 대모玳瑁 바다거북 껍데기 풍잠風簪 관이 내려오지 않게 망건 앞에 부착하는 장식품은 어디 두고, 공단 뒷막이 인모망건 어디 갖다 버리고, 개가죽 관이 웬 말이나? (대사조로) 그러나저러나 영감, 오랜만에 만났으니 얼싸안고 춤이나 추어 봅세……. |
| --- | --- |
| 미얄과 영감 | (동시에) 반갑구나 얼 — 싸 (굿거리장단에 춤을 춘다) |
| 덜머리집 | (영감과 미얄이 한참 춤을 추는데 한쪽에서 춤을 추며 등장) |
| 영감 | (미얄과 춤을 추다가 덜머리집을 보고 그곳에 가서 어울려 춤을 춘다. 미얄은 한쪽에서 바라보고 있다. 이것을 본 영감은 얼른 할멈 있는 곳으로 와서) 쉬이 — (춤과 장단 멈춘다) 할멈 오래간만에 만났으니 아이들 말이나 물어 봅시다. 처음 난 문열이 그놈은 어떻게 자라나나? |
| 미얄 | 아이고, 그놈의 말 마소. 휴우. (한숨을 쉰다) |
| 영감 | 웬 한숨만 쉬나? 어떻게 되었나 말해 보세. |
| 미얄 | 아 영감, 세상사가 하도 빈곤하기에 산으로 나무하러 갔다가 그만 호랑이에게 물려 갔다오. |
| 영감 | 뭐라고? 이제는 자식도 죽고 아무것도 볼 것 없으니 나하고 너하고 영영 헤어지고 말자. |
| 미얄 | 여보 영감, 오래간만에 만나서 어찌 그런 말을 하소? |
| 영감 | 듣기 싫다. 자식도 없는데 너와 나와 살 재미가 조금도 없지 않나? |
| 미얄 | 헤어질려면 헤어집시다. (덜머리집을 가리키며) 이놈의 영감 저렇게 고운 년을 얻어 두었으니까 나를 미워하지. 이별하 |

려면 같이 이별하고 미워하려면 같이 미워할 것이지. ……
이년, 나하고 너하고 무슨 원수가 졌길래 저놈의 영감을 환
장시켰나. 네년 죽이고 나 죽으면 그만이다. (달려들어 덜머
리집을 때린다)

덜머리집   아이고, 사람 살리유. (운다)

영감   (미얄을 때리면서) 너 이년 용산 삼개 덜머리집이 무슨 죄가
있다고 때리느냐? 아, 더러운 년 구린내 난다.

미얄   너는 저런 년에게 빠져서 이같이 나를 괄세하니 나도 너 같
은 놈하고 더 이상 살기 싫다. 너하고 나하고 같이 번 세간이
니 똑같이 나눠 가지고 헤어지자. 어서 재산이나 나눠 주소.

영감   그래라, 나누자. 물이 층층 수답이며 사래찬<sup>비옥한</sup> 밭은 나 가
지고, 제비 같은 여종이며 날매 같은<sup>나는 매와 같이 동작이 매우 빠른</sup>
남종일랑 새끼 쳐서 나 가지고, 황소 암소 새끼 껴서 나 가지
고, 곡식 안 되는 노리 마당 모래 밭뙈기 너 가지고, 숫쥐, 암
쥐, 새앙쥐까지 너 가지고 네년의 새끼 너 다 가져라.


(중략)


미얄   이보소. 영감, 어찌 그런 야속한 말을 하나. 어서 더 갈라 주소.

영감   아 이년, 욕심 봐라. 똑같이 갈라 주소? 에잇 이년 다 부수고
말겠다. 꽝꽝 짓밟아라. (굿거리장단에 맞추어 여기저기 짓밟는
춤을 춘다)

미얄   이보소 영감, 다른 것은 다 부숴도 사당만은 짓밟지 마소. 사
당 동티 나면<sup>잘못 건드려 재앙이 생기면</sup> 어찌하오.

| 영감 | 흥, 사당 동티 날라면 나라지. (여전히 짓모는<sup>마구 부수는</sup> 춤을 추다가 갑자기 쓰러진다) |
|---|---|

영감 홍, 사당 동티 날라면 나라지. (여전히 짓모는<sup>마구 부수는</sup> 춤을 추다가 갑자기 쓰러진다)

미얄 잘되었다. 이놈의 영감 사당 동티 난다고 건들지 말랬더니, 내 말 안 듣더니 사당 동티 나 죽었구나. 동네방네 코 크고 키 큰 총각! 우리 영감 내다 묻고 나하고 살아보세. 이놈의 영감 눈깔은 벌써 까마귀가 파먹었구나.

영감 (큰 소리로) 야야야…….

미얄 죽은 놈의 영감이 말을 하나?

영감 (벌떡 일어나며) 갓 죽었으니 말하지. 너 이년 무엇이 어쩌구 어째 키 크고 코 큰 총각 나하고 살자고? (미얄을 때린다)

미얄 이놈의 영감, 나 싫다더니 왜 날 때려. (운다) 아이고아이고 사람 죽는다.

영감 야 이년아 뭐야? (영감이 계속 때리자 미얄은 악을 쓰다 쓰러져 죽는다) ─ (사이 음악) ─ 야 이것이 정말 죽었나? 성질도 급하기도 해라. (미얄을 들여다보고 죽은 것을 확인하고) 아이고 아이고 ─ 불쌍하고 가련하다. 이렇게 갑자기 죽단 말이 웬 말이냐? (노랫조로) 신농씨神農氏 <sup>전설 속의 제왕으로 의료의 신</sup> 생백 초하야<sup>백초약을 만들어</sup> 모든 병을 고치라고 원기 부족에는 육미 팔미 십전대보탕, 비위 허약한 덴 삼출탕, 주체酒滯 <sup>술을 마셔 생기는 체증</sup>에는 대금음자, 회충에는 건리탕, 구토에는 복영만하탕, 감기에는 채록산, 관격關格 <sup>갑자기 체해 가슴이 막히고 정신을 잃는 병</sup>에는 소체환, 방사 후에는 쌍화탕 이러한 영약들이 세상에는 가득하건만 약 한 첩 못 써 보고 갑자기 죽었으니 이런 기막힌 데가 어데 있나? (이때 덜머리집이 나가려 하자, 영감은 그

곳으로 가서 한참 어울려 희롱하다가 퇴장한다)

남강노인 (흰 수염에 갓을 쓰고 담뱃대를 들고 등장) 에헴 — 아니 이것들
이 무슨 싸움을 하는고? 오래간만에 만나더니 사랑싸움인가
동네가 요란하구나. (쓰러져 있는 미얄을 한참 바라보고 가서 죽
은 것임을 안다) 아이고, 이것이 이것이 웬일이냐? 지독하게
도 죽었구나. 동네 사람들 이것 좀 보소. 미얄 할멈이 죽었구
료. 아이고, 불쌍하고 가련해라. 영감을 잃고 갖은 고생을 하
더니만 그만 죽고 말았구나 — 이것을 어찌하노. 기왕 죽었
으니 죽은 혼이라도 좋은 곳 극락세계로 가라고 만신이나 불
러 굿이나 해 줄 수밖에 없다. 만신 부르러 갑네…….(남강노
인 만신을 부르러 가면 목중 둘이 들어와서 미얄을 들고 나간다. 남
강노인은 향로와 잔대가 있는 상을 받쳐 들고 앞에 오고 뒤엔 만신
이 부채와 방울을 들고 나온다. 중앙쯤에 상을 놓고서 무당이 춤을
추며 굿을 하면 남강노인은 공수를 받고 서 있다) 무당 혼이라도
왔다 가오, 넋이라도 왔다 가오. (후렴) 에에 어이야 넋이라도
왔다 가오, 혼이로다 넋이로다 무지공산에 삼은 혼령 (후렴)
에에 어이야 무지공산에 삼은 혼령. (무당은 한참 춤을 춘다)
에에 — 에에 — 왔소 왔소 내가 왔소. 만신의 입을 빌고 몸을
빌어 내가 왔소이다. 영감을 잃고 영감을 만나 소원을 이루
었더니 뜻밖에도 억울한 죽음을 당했구려…….(운다) 넋은
넋반에 혼은 혼반에 담아 극락세계 연화봉으로 가게 하옵소
서…….(춤을 격렬하게 춘다) (만신의 굿이 절정에 오르면 출연자
전원이 등장한다. 굿이 끝나면 다함께 활활 타오르는 불 속으로 가
면을 집어넣는다. 그리고 그곳을 향해 삼배를 한다) ✐

# 봉산 탈춤

## ✏️ 작품 정리

- **구술·채록** 김진옥·민천식 구술, 이두현 채록
- **갈래** 가면극, 탈춤 대본
- **성격** 풍자적, 해학적
- **배경** 시간 – 조선 후기 / 공간 – 황해도 봉산 지역
- **구성** 총 7과장 구성
- **특징**
  - 각 과장이 독립되어 있는 옴니버스 구성임
  - 무대와 객석의 경계가 없고 배우와 관객의 구분이 엄격하지 않음
  - '위엄 – 조롱 – 호통 – 변명 – 안심'이라는 재담 구조를 반복함
- **주제** 가부장적인 남성의 횡포에 대한 비판

## ✏️ 구성과 줄거리

- **제1과장 사상좌춤**

  탈춤의 시작을 알리고 관객의 복을 빈 다음, 놀이판을 깨끗이 하고 연희자가 공연을 잘 마칠 수 있도록 네 명의 상좌가 사방신四方神에게 배례하는 의식춤을 춘다.

- **제2과장 팔목중춤**

  여덟 명의 목중들이 차례로 등장해 장내를 돌아다니며 신나게 춤을 추고(제1경 목중춤), 법고를 치면서 외설스러운 대사를 주고받는다(제2경 법고놀이).

- 제3과장　**사당춤**

　사당寺黨과 거사居士 일곱 명이 흥겨운 노래를 주고받는다.

- 제4과장　**노장춤**

　생불이라던 노장이 화려하게 치장하고 머리에 족두리를 쓴 소무小巫의 요염한 교태와 유혹에 빠져 춤을 춘다(제1경 노장춤). 신발 장수는 노장에게 신을 팔려고 짐을 푸는데, 그 속에서 원숭이가 나와 신발 장수의 행동을 흉내 낸다(제2경 신장수춤).

- 제5과장　**사자춤**

　취발이가 사자獅子를 시켜서 노장을 파계한 목중들을 징계하게 한다. 이에 진심으로 회개하고 깨끗한 도를 닦는 중이 되겠다며 용서를 빈다.

- 제6과장　**양반춤**

　돈으로 양반을 산 형제와 도련님이 등장해 하인 말뚝이와 함께 춤을 추는데 말뚝이가 온갖 재담과 익살로 양반들을 조롱한다.

- 제7과장　**미얄춤**

　미얄이 난리 통에 헤어졌다가 만난 영감에게 맞아 죽는다. 남강노인이 미얄의 원혼을 달래 극락세계로 보내기 위해 무당을 불러 굿을 한다.

## 🍪 생각해 보세요 - - - - - - - - - - - - - - - - - - - - - - - - - - - - - -

### 1 미얄의 죽음은 무엇을 상징하는가?

　난리 통에 본처 미얄과 헤어진 영감이 젊은 첩 덜머리집을 데리고 나타나, 아들이 죽었다는 소식을 듣고는 본처에게 헤어질 것을 요구한다. 영감은 미얄과 재산을 나누다가 폭력을 가해 미얄을 죽음에 이르게 한다. 이 작품에서 미얄은 '겨울, 불임, 늙음'을 상징하고, 덜머리집은 '여름, 임신, 젊음'을 상징한다. 작가가 미얄을 죽음에 이르게 한 의도는 '겨울, 불임, 늙음'이 부정적인 것이라는 메세지를 전달하고자 함이다. 이는 제의적 성격에 기인한 것으로 풍요를 기원하는 상징적 의미로 볼 수 있다.

## 2 「봉산 탈춤」의 주제는 무엇인가?

봉산 탈춤에서는 파계승의 행동을 통해 불교의 관념적 초월주의를 비판하는 한편, 양반의 위선과 권위 의식도 풍자하고 있다. 또한 미얄의 억울한 죽음을 통해 가부장적 사회 제도의 모순을 고발하고 있다. 이는 구태의연한 봉건 질서를 거부하고 근대 사회로 나아가고 있던 조선 후기 사회상을 반영한 것이다.

## 인물관계도

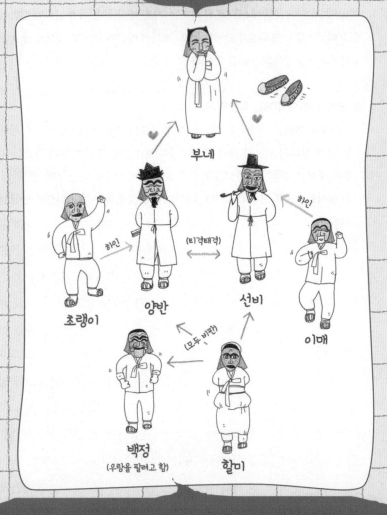

부네가 등장하자 양반과 선비는 서로 부네를 차지하기 위해 다투었어요. 서로 학식이 높다고 자랑하기에 저(초랭이) 는 둘의 무식함을 놀려 주었지요. 양반과 선비는 할미가 늙었다고 무시했어요. 할미는 둘을 비판했고, 저는 할미를 불 러 같이 춤추고 놀았지요. 백정이 양기에 좋다는 우랑을 들고나오자 양반과 선비는 서로 차지하겠다고 또 싸우더군요.

# 하회 별신굿 탈놀이

## 제7마당 양반·선비 마당

초랭이     양반요, 양반요, 얼른 나오소.

굿거리장단에 맞추어 양반은 여덟 팔 자 황새걸음으로 '등장 춤'을 추
며 등장한다. 초랭이는 연신 바쁘게 쫓아다니며 부산을 떤다. 양반과 선
비가 무대 중앙에 위치하면 초랭이가 뛰어나온다.

초랭이     양반들요, 나온 김에 서로 인사나 하소.

양반       여보게 선비, 우리 통성명이나 하세.

선비       예, 그럽시다.

초랭이     (양반과 선비가 서로 절을 하려고 할 때, 초랭이는 양반 머리 위에
          엉덩이를 돌려 대고 선비에게 자기가 인사를 한다) 헤헤 …… 니
          왔니껴?

양반       예끼, 이놈.

선비       저놈의 초랭이가 버릇이 없구먼요.

양반       암만 가르쳐도 안 되는 걸 별도리가 있나.

| 선비 | 아니, 그래 가지고 이마에 대쪽 같은 걸 쓰고 양반이라카나? |
|---|---|
| 초랭이 | 지도 인사, 나도 인사, 인사하긴 마찬가진데 무슨 상관이니껴. |
| 양반 | 어흠, 그래 내가 양반이 아니고 또 무엇인가? 여기에 나보다 |
| | 더한 양반이 어디 있노. |

선비는 부네를 부르고 자리에 앉는다. 양반도 앉는다. 부네는 가만히
선비에게로 가 선비의 어깨를 주무른다. 선비는 부네가 주무르는 손을
어루만지며, 양반이 보란 듯이 다정스레 대한다.

| 초랭이 | 양반요, 어깨 주물러 줄까요? (초랭이는 부네의 흉내를 내듯 양 |
|---|---|
| | 반의 어깨를 주무르다가 무릎으로 양반의 어깨를 짓누르기 시작 |
| | 한다) |
| 양반 | 아이쿠, 이놈. 어깨 부서질라. |
| 초랭이 | (뒤로 나동그라진다. 다시 일어서 양반의 뒤통수를 세게 내려치려 |
| | 는 행동을 한다) 양반요, 양반요, 아, 양반 어른요. |
| 양반 | 허허, 이놈이 오늘따라 왜 이리 수답노. |
| 초랭이 | 세상 참, 별꼬라지 다 볼시데이. 아까요, 중놈이 부네하고 요 |
| | 래요래 춤추다가 중이 부넬 차고 저리로 갔잖니껴. |
| 양반 | 허허, 참 망측한 세상이로다. |

이때 부네는 중을 유인하며 마당을 이끈다. 둘이 무대 중앙에서 마주
보게 되면 중은 부네와 함께 '노는 춤'을 춘다. 춤의 끝 부분에 초랭이가
등장해 둘이 노는 것을 유심히 살피다 중이 부네와 어울려 춤을 춘다는
사실에 배꼽을 잡고 웃으며 데굴데굴 구른다. 초랭이에게 발각된 중은

부네를 등에 메고 부리나케 도망간다. 이때 부네가 신고 있던 꽃신이 벗겨져 버린다. 초랭이는 이들이 사라진 뒤에 정신을 차리나 두 사람의 행방은 알지 못한다.

| | |
|---|---|
| 초랭이 | 헤헤헤 …… 우습데이, 우스워. 세상 이런 일이 다 있노. 어, 그런데, 중놈하고 부네하고 어디로 갔노. 누가 중놈하고 부네하고 어디로 갔는지 본 사람 있습니껴? (꽃신을 발견하고) 어, 요게 무엇인가? (초랭이는 그것이 꽃신인 줄 모르고 무엇인가 살피다 살짝 건드려 보다 놀라 뒤로 물러난다. 두 번 정도 물건을 살핀 뒤 그제서야 꽃신인 줄 알고 살며시 잡고) 아, 중놈하고 부네하고 놀다 빠자 넣고 간 꽃신이구나! 아이고, 고와래이. (초랭이는 좋아서 꽃신을 꼭 껴안는다) 보소, 이거 예쁘지요? 이거 줄까요? 안 됩니더. (다른 이에게) 이거 니 주까? 안 돼 헤헤헤……. 에이고 중하고 부네하고 춤추고 노는 세상인데 나도 이매나 불러 춤이나 추고 놀아야 될따. (이매가 입장하는 곳을 가서) 야야, 이매야, 이매야, 이매 이놈아야, 얼른 나오너라. |
| 이매 | (굿거리장단에 맞춰 '비틀 춤'을 추며 등장한다) 왜 그러노 이놈아야. |
| 초랭이 | 이매야, 이놈아야. 니는 와 맨날 비틀비틀 걷노 이놈아야. |
| 이매 | 까불지 마라 이놈아야. 니는 와 촐랑촐랑 그러노 이놈아야. (촐랑거리는 흉내를 내다 넘어진다) 아이쿠, 아이구 궁뎅이야, 아이구야. |
| 초랭이 | 에이, 등신아. (머리를 쥐어박고 일으켜 준다) 이매야, 아까 중 |

놈하고 부네하고 요래요래 춤추다가 내가 나오니 중놈이 부
네를 차고 저리로 도망갔잖나.

이매 　뭐라꼬, 아이구 우습데이……

양반 　야야, 초랭아. 이놈 거기서 촐랑대지만 마고 저기 가서 부네
　　　나 찾아오너라.

　초랭이는 '야' 하고 부네를 데리러 쫓아다니지만 어느새 부네는 양반
뒤에 와 있다. 선비는 몹시 언짢아한다.

초랭이 　부네 여기 왔짠니껴.

부네 　(양반의 귀에 대고) 복!

양반 　아이쿠, 깜짝이야. 귀청 떨어질라. 오냐, 부네라!

부네 　(부네는 양반의 어깨를 주무르다 말고 양반의 머리에서 이를 잡는
　　　시늉을 한다)

초랭이 　헤헤, 양반도 이가 다 있습니껴?

선비 　예끼 고얀지고!

양반 　오냐, 부네라, 어흠, 국추菊秋 음력 구월 단풍에 지체 후 만강하
　　　옵시며 보동댁이 감환感患 감기의 높임말이 들어 자동 양반 문안
　　　드리오.

부네 　보옥.

양반 　허허, 그곳이 하도 험악해 보호차로 왔나이다. 수목은 울창
　　　하며 양대 꽃이 만발하니 거기에 들어가기만 하면 백혈을
　　　토하고 죽어 가기에 보호하러 왔나이다. 애 부네야, 그래 우
　　　리 춤이나 한번 추고 놀아 보자.

굿거리장단에 맞춰 양반, 선비, 부네, 초랭이가 어울려 '노는 춤'을 춘다. 그러나 양반과 선비는 부네를 사이에 두고 서로 차지하려고 하고 부네는 요염한 춤을 추며 양반과 선비 사이를 왔다 갔다 한다. 초랭이는 양반에게로 가 무언가 이야기를 한다. 이에 양반은 초랭이가 시키는 대로 선비에게로 가 그를 데리고 무언가를 이야기하면 선비는 관중석에서 누군가를 찾기 시작한다. 이때 양반은 부네와 춤을 계속 추고, 관중 속에서 열심히 무언가를 찾던 선비는 부네와 어울려 춤추는 양반을 보고는 노발대발해 양반을 부른다.

| | |
|---|---|
| 선비 | 여보게 양반, 자네가 감히 내 앞에서 이럴 수가 있는가? |
| 양반 | 허허, 무엇이 어째? 그대는 나한테 이럴 수가 있단 말인가? |
| 선비 | 아니, 그라마 그대는 진정 나한테 이럴 수가 있는가. |
| 양반 | 허허, 뭣이 어째? 그러면 자네 지체가 나만 하단 말인가? |
| 선비 | 아니 그래, 그대 지체가 나보다 낫단 말인가? |
| 양반 | 암, 낫고말고. |
| 선비 | 그래, 낫긴 뭐가 나아. |
| 양반 | 나는 사대부의 자손일세. |
| 선비 | 아니 뭐라꼬, 사대부? 나는 팔대부의 자손일세. |
| 양반 | 아니, 팔대부? 그래, 팔대부는 무엇이오? |
| 선비 | 팔대부는 사대부의 갑절이지. |
| 양반 | 뭐가 어째. 어흠, 우리 할아버지는 문하시중門下侍中 조선 전기 문하부의 정일품 으뜸 벼슬을 지내셨거든. |
| 선비 | 아, 문하시중. 그까짓 것 …… 우리 할아버지는 바로 문상시대인걸. |

| 양반 | 아니 뭐, 문상시대? 그건 또 무엇이오? |
|---|---|
| 선비 | 에헴, 문하보다는 문상이 높고 시중보다는 시대가 더 크다 이 말일세. |
| 양반 | 허허, 그것 참 별꼬라지 다 보겠네. 그래, 지체만 높으면 제일인가? |
| 선비 | 에헴, 그러면 또 뭐가 있단 말인가? |
| 양반 | 학식이 있어야지, 학식이. 나는 사서삼경을 다 읽었다네. |
| 선비 | 뭐 그까짓 사서삼경 가지고, 어흠, 나는 팔서육경을 다 읽었네. |
| 양반 | 아니, 뭐? 팔서육경? 도대체 팔서는 어디에 있으며, 그래 대관절 육경은 또 뭔가? |
| 초랭이 | 헤헤헤, 나도 아는 육경 그것도 모르니껴. 팔만대장경, 중의 바라경, 봉사의 앤경, 약국의 길경, 처녀의 월경, 머슴의 새경 말이시더. |
| 선비 | 그래, 이것도 아는 육경을 양반이라카는 자네가 모른단 말인가? |
| 양반 | 여보게 선비, 우리 싸워 봤자 피장파장이꺼네. 저쪽에 있는 부네나 불러 춤이나 추고 노입시더. |
| 선비 | (잠시 생각하다가) 암, 좋지 좋아. |

양반과 선비가 동시에 '예, 부네야' 하고 부네를 부르자 자진모리 가락이 흘러나오고, 서로 어울려 '노는 춤'을 춘다. 춤의 중간 부분에 할미가 등장한다. 할미는 춤추고 노는 광경을 보고 같이 춤을 추다가 부네가 선비와 어울리는 동안 양반에게로 가 양반과 춤을 춘다. 양반은 흥에 겨워

춤을 추다 보니 부네는 없고 할미가 앞에 있기에, '예끼 할망구야' 하고 밀어낸다. 할미는 선비에게로 다가간다. 부네는 어느새 양반에게로 가 있다. 선비도 양반처럼 할미를 밀친다. 할미가 선비에게 밀려 넘어지자, 이를 지켜보던 초랭이가 할미를 일으키며 자기와 같이 춤추며 놀자고 한다. 할미는 초랭이를 기특하다며 칭찬하고 나서 같이 춤을 춘다. 이제 모두 흥에 겨워 춤마당을 벌인다.

• 뒷부분 줄거리

한창 흥에 겨워 할 때 백정이 등장해 우랑을 판다. 양기에 좋다는 말에 양반, 선비가 서로 우랑을 사려고 다투다가 할미에게 비판을 당한다. 이때 이매가 나와 세금을 바치라고 외치자 모두들 깜짝 놀라 흩어진다. 🖊

# 하회 별신굿 탈놀이

## 📝 작품 정리

- **구술·채록**　이창희 구술, 성병희·김택규 채록
- **갈래**　가면극, 탈춤 대본
- **성격**　풍자적, 해학적
- **배경**　시간 – 조선 후기 / 공간 – 경상북도 안동 하회 마을
- **구성**　총 아홉 개 마당 구성
- **특징**　• 대표적인 농촌형 탈춤임
  - • 내용이 원초적이고 소박함
  - • 언어유희가 많음
- **주제**　파계승과 양반에 대한 비판과 풍자

## 📝 구성과 줄거리

- **제1마당　강신 마당**

  섣달 그믐날 산주山主 산의 주인와 대광대大廣大가 성황당에 올라가 성황신이 내린 서낭대신이 내리는 대나무를 가지고 마을로 내려온다. 이때부터 보름 동안 별신굿이 이루어진다.

- **제2마당　무동 마당**

  성황신의 대역인 각시 광대가 무동을 타고 구경꾼들 앞을 돌면서 걸립乞粒 동네의 경비를 마련하기 위해 패를 짜 돌아다니며 풍악을 올림을 한다. 마을 사람들은 마을의 평안과 풍년을 기원한다.

- 제3마당 　주지 마당

　　상상의 동물인 암수 한 쌍의 주지가 벽사진경辟邪進慶 화를 쫓고 복을 불
　　러들임의 의미로 춤판을 정화하기 위해 서로 마주본 채 격렬하게 춤
　　을 춘다.


- 제4마당 　백정 마당

　　백정이 가짜 소를 죽여 우랑牛囊 쇠불알을 꺼내어 구경꾼들에게 판
　　다. 겉으로는 성을 금기시하면서 은밀하게 성을 즐기는 양반들의
　　도덕적 위선을 비난하기 위한 행위이다.


- 제5마당 　할미 마당

　　베 짜는 할미가 과부의 애환을 담아 '베틀가'를 부른다. 이는 가부
　　장적 권위를 부정하고 남녀 간의 상하 관계를 전복하려는 민중 의
　　식의 발로이다.


- 제6마당 　파계승 마당

　　부네가 치마를 들고 소변을 보고 있는 것을 본 중이 욕정을 참지
　　못하고 부네를 옆구리에 차고 도망간다. 이는 고려 말 불교의 타
　　락성을 풍자한 것이다.


- 제7마당 　양반 · 선비 마당

　　양반과 선비가 부네를 차지하려고 다투고 있을 때, 백정이 양기에
　　좋다고 우랑을 내밀자 서로 사려고 다툰다.


- 제8마당 　혼례 마당

　　마을 입구에 있는 정결한 밭에서 혼례가 치러진다. 양반 광대의
　　창홀唱笏에 따라 혼례가 진행되는데, 신부는 성황신의 현신으로

받드는 각시광대가 되고 선비 광대는 신랑의 대역이다.

- **제9마당   신방 마당**

    혼례가 끝나면 신방을 차리고 첫날밤의 의식이 진행된다. 이는 남성과 여성의 결합을 통해 풍요로운 생산을 가져올 수 있다고 믿는 풍농 기원굿의 의미를 담고 있다.

### 🖊 생각해 보세요 - - - - - - - - - - - - - - - - - - - - - - - - - - - - - - - - -

**1 「하회 별신굿 탈놀이」에 담긴 사상적 배경은 무엇인가?**

하회 별신굿 탈놀이는 마을의 안녕과 풍년을 기원할 목적으로 안동 하회 마을에서 연희된 대표적인 농촌형 탈춤이다. 이 탈춤에는 종교적 목적 외에도 지배층의 횡포에 맞서려는 피지배층의 저항 의식이 담겨 있다. 비속어와 외설적인 표현, 재담 구조를 사용하는 것은 지배층의 위선을 풍자하기 위한 장치이다. 또한 가부장적 가족 제도에 대한 비판 의식도 엿볼 수 있다.

**2 탈춤 대본으로서 「하회 별신굿 탈놀이」의 문제점은 무엇인가?**

하회 별신굿 탈놀이는 춤과 대사 그리고 음악으로 구성된 예술 장르이다. 대사를 주고받는 일정한 서사적 구조를 가지고 있다는 점에서 극의 일종으로 볼 수도 있지만, 탈을 쓰고 춤을 춘다는 점에서는 탈춤이라고 볼 수 있다. 탈춤의 가장 큰 특징은 대사와 몸짓, 춤을 통해 연기자와 관객이 소통한다는 점이다. 따라서 탈춤 대본에서는 대사뿐만 아니라 몸짓과 춤도 매우 중요한 역할을 한다. 그런데 「하회 별신굿 탈놀이」 대본에는 대사 이외의 것들에 대한 구체적인 언급이 부족한 것이 아쉽다.

# 조선 시대2 朝鮮時代

• 판소리

판소리란 광대가 고수의 장단에 맞춰 소리와 몸짓으로 메시지를 전달하는 장르입니다.

판소리 사설에서는 서민들의 현실적인 생활상을 주로 다룹니다. 내용이 극적이고 풍자와

해학의 성격이 강합니다. 판소리 열두 마당에는 춘향가, 심청가, 흥부가, 수궁가, 적벽가,

변강쇠 타령, 배비장 타령, 강릉 매화 타령, 옹고집 타령, 장끼 타령, 숙영낭자 타령, 무숙이

타령이 있습니다.

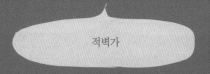

적벽가

# 인물관계도

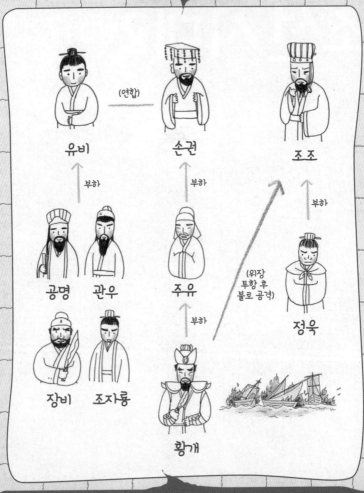

유비 ── (연합) ── 손권        조조

부하        부하              부하

공명    관우        주유        정욱

(위장 투항 후 불로 공격)

장비    조자룡        부하

황개

저(유비)는 관우, 장비와 형제의 의를 맺고 삼고초려 끝에 공명을 데려왔어요. 조조와 정욱에게 밀려 후퇴하면서 조자룡에게 가족 보호를 부탁했지요. 공명은 손권과 주유를 끌어들여 조조와 적벽 대전을 벌였어요. 황개는 위장 투항 후 조조군을 불로 공격해 크게 승리했지요. 관우는 화용도에서 조조 군사에게 달려들었어요. 조조는 겨우 살아 돌아갑니다.

# 적벽가 赤壁歌

## 제4대목 적벽 대전

### 1. 주유공명군사분발周瑜孔明軍士分撥

[아니리]

서성徐盛 주유군의 장수 정봉丁奉 주유군의 장수이 겁주怯走해 돌아와

이 사연을 회보回報 돌아와서 보고함하니

주유周瑜 하릴없이 그러면 조조曹操를 먼저 치고

현덕玄德 유비을 후도後圖 훗날을 도모함하자는 약속을 하고

수륙군水陸軍 해군과 육군을 분발分發 각자 출발함할 제


[중모리장단]

감녕甘寧 주유군의 장수은 채중蔡中 조조군의 장수 항졸降卒 항복한 병사 거느리고

조조 진중으로 들어가서 거화위호擧火爲號 횃불을 올려 신호함허라

전영前營의 태사자太史慈는 각솔삼천各率三千 각각 삼천 명의 군사를 거느림해

각처各處에 매복埋伏하고 영병군관領兵軍官 병사를 통솔하는 군관

제일대第一隊 한당韓當 주유군의 장수 제이대第二隊 주태周泰 주유군의 장수

제삼대第三隊 장흠蔣欽 주유군의 장수 제사대第四隊 진무陳武 주유군의 장수 등은

삼백전선三百戰船 일자一字로 파열擺列 나란히 늘여 세움하고

상부도독上部都督 주유 정보程普 주유군의 장수

서성 정봉 선봉대장先鋒大將 황개黃蓋 주유군의 장수라

주유 군중에 호령하되

병법兵法에 일렀으되 승화연여운乘火煙如雲 불을 붙여 연기가 구름처럼 일어날 때를
틈타하고

일제응진一齊應進 일제히 군대를 움직임하며 봉총휴봉捧銃攜棒 총을 들고 몽둥이를 듦해

산붕여장도山崩如壯跳 산이 무너지듯 씩씩한 기세로 돌진함라고 했으니

황개 화선火船 거화炬火 횃불을 올림 보아

황혼黃昏시 호령출號令出 행동 개시를 알리는 명령을

각 선船에 청후聽候하라 기거起去 일어나서 떠남아

차시此時에 한漢나라 공명孔明 선생

일엽편주一葉片舟 한 척의 조그마한 배를 빨리 저어 본국으로 돌아오니

일등一等 명장名將이 벌였난디

거기장군車騎將軍 장익덕張翼德 장비과

진남장군鎭南將軍 조자룡趙子龍 조운

군례軍禮로 꾸벅꾸벅 현신現身하니

공명孔明 또한 군중에 답배答拜하고

현주賢主 유비에게 뵈온 후에

장대상將臺上에 가 높이 앉아

당보상塘報上 적의 동정을 살필 수 있는 높은 곳의 금고金鼓 징과 북를 쿵쿵 울리며

장졸將卒 장수와 병졸을 차례로 분발分發 따로따로 나누어 떠나게 함한다

병과장소兵寡將少 병력과 장수가 적음하니 필용파선必用破先 반드시 먼저 격파함이라

진남 장군 조자룡을 불러

그대는 삼천군 거느리고

오림鳥林 갈대숲에 둔병매복屯兵埋伏 병사를 주둔시켜 숨어 있게 함을 했다가

조병曹兵이 지나거든 내닫지 말고 선군先軍 지나거든

불을 놓아 엄살掩殺 별안간 습격해 죽임해 사로잡아라

거기장군 장익덕을 불러

그대도 삼천군 거느리고

오림산등후鳥林山嶝後 호로곡葫蘆谷에

둔병매복을 했으면

명일明日 내일 오시午時 오전 열한 시에서 오후 한 시 사이에 조조가 비를 맞고 그리로 지나다가

군사 밥 멕이노라 연기 날 것이니

엄살해 사로잡아라

미방糜芳 유비의 장수 미축糜竺 유비의 막료이자 미방의 형 유봉劉封 유비의 수양아들을 불러들여

너희는 각각 모두 전선戰船 타고

강상江上으로 가 멀리 떴다

패군기계敗軍器械 전쟁에서 진 군사들이 놓고 간 무기를 앗아 오너라


[아니리]

다시 약속하고 분발할 제


[엇모리장단]

한 장수 들어온다 한 장수 들어온다

이는 누구인고 하니 한수정후漢壽亭侯 관공關公관우이라

봉鳳의 눈 부릅뜨고 삼각수三角鬚세 갈래로 뻗은 수염 거사려긴 수염을 빙 돌려 포갬

청룡도靑龍刀 비껴들고 엄연히 들어와

큰 소리로 여쭈오되

형장兄長 유비 모아모시고 전장戰場마다 낙오落伍한 일이 없삽드니

오늘날 대전시大戰時에 찾는 일이 없사오니

그 어쩐 일입니까?


[아니리]

공명이 허허 웃고 대답하되

장군을 제일 요긴한 화용도華容道 적벽 대전에서 대패한 조조가 관우에게 애걸해 겨우
목숨을 부지하고 도주한 곳로 보내라 했으나

전일前日 조조가 장군將軍에게

후대厚待 전에 조조가 관우를 죽이지 않고 편장군에 임명해 대접한 일한 공이 적지 아니
한지라

장군께서는 조조를 잡고도 놓을 듯하야 정定 결정치 아니하오

관공이 이 말을 듣더니

정색正色해 칼을 짚고 궤고왈跪告曰 무릎을 꿇고 고하기를

군중軍中은 무사정無私情 사사로운 인정을 두지 않음이온디 어찌 사私를 두오리까

만일 조조를 잡고도 놓으면은

의율당참依律當斬 군법에 따라 마땅히 목을 벰 하올 차次로 군령장軍令狀 군령의 내용
을 적어 시행하던 문서을 올리거늘

공명이 허락해 관공을 화용도로 보낼 적에

장군은 제일 요긴한 화용도로 가거든

화용도 소로小路 높은 봉峰에 불 놓아 연기 내고

조조를 유인誘引해 묻지 말고 잡아 오오

관공이 다시 꿇어 여쭈오되

그곳에 길이 둘인데

만일 조조가 그 길로 아니 오면 그때는 어찌하오리까

예 나도 그때는 군령장을 두오니 그리 아오

둘이 맞의견이 다른 군령장에 두 착함着銜 문서에 이름을 적거나 수결을 둠이 분명
하니

관공이 대희大喜하사

관평關平 관우의 수양아들 주창周倉 관우의 부장 거느리고

오교도수五校刀手 칼을 든 다섯 무리의 부대 앞세워

원앙대鴛鴦隊로 배립排立 원앙처럼 두 줄로 나란히 배열해

화용도로 행군을 할 제

청도기淸道旗 행군할 때 앞에 세워 사람이 근접하지 못하게 막던 깃발를 벌렸는디

행군절차行軍節次가 꼭 이렇게 생겼든가 보더라


2. 청도기행차淸道旗行次


[자진모리장단]

청도기를 벌렸는디

청도淸道 청도기로 군기(軍旗)의 하나 한 쌍 홍문紅門 남쪽을 상징하는 붉은 깃발 한 쌍

청룡靑龍 동쪽을 맡은 청룡기 동남각東南角 동북각東北角

청고초靑高招 동쪽을 맡은 푸른색 고초기로 군대를 지휘하던 깃발 청문靑門 한 쌍

주작朱雀 남쪽을 맡은 주작기 남동각南東角 남서각南西角

홍고초紅高招 남쪽을 맡은 붉은색 고초기 홍문紅門 한 雙

백호白虎 서쪽을 맡은 백호기 서북각西北角 서남각西南角

백고초白高招 서쪽을 맡은 흰색 고초기 백문白門 한 雙

현무玄武 북쪽을 맡은 현무기 북동각北東角 북서각北西角

흑고초黑高招 북쪽을 맡은 검은색 고초기 흑문黑門 한 雙

황신黃神 중앙을 맡은 황신기 표미豹尾 표미기. 표범의 꼬리를 그려 사람이 근접하지 못하게 막

던 깃발 금고金鼓 한 雙

나螺 징보다 작은 타악기 한 雙 쟁錚 징 한 雙

바래 한 雙 영기令旗 명령을 전달하는 깃발 두 雙

고鼓 진격 명령을 전달하는 북 두 雙 세악細樂 북을 비롯한 장구, 피리, 저, 해금 두 雙

중사명中司命 중앙의 사명기로 지휘 깃발 좌우간左右間에

우영전右令箭 군대의 명령을 전하는 화살 집사執事 장교 한 雙

군뢰직열軍牢直列 죄인을 다스리던 병사들이 한 줄로 늘어선 대열이 두 雙

난후欄後 행진할 때 대열의 끝을 경비하던 병사 친병親兵 대장이 친히 거느리는 병사

교사教師 군대의 훈련을 맡은 사람 당보塘報 척후병 각 두 雙으로

좌르르르 늘어서서 오마대五馬臺로 가는 거동

기색氣色은 여운如雲 구름과 같음이요 검광劍光은 여상如霜 서릿발과 같음이라

위엄이 늠름 살기가 등등하니

이런 대군행차大軍行次가 세상에서는 드문지라


3. 조조의 호언豪言


[아니리]

현덕玄德이 공명孔明을 치사致謝 칭찬하고

주유 용병用兵 군사를 부림 간심차看審次 자세히 조사해 살핌로

번구樊口를 내려서니 동남풍이 점기漸起 점점 일어남로구나


[진양조장단]

그때 조조는

장대상將臺上에 가 높이 앉아

장검長劍을 어루만지며

이봐 장졸將卒 들어서라들어라

이내 장창長槍으로 황건黃巾 중국 후한 말기의 도둑떼인 황건적에 비유한 것으로, 도둑을 뜻함 동탁董卓 중국 후한 말기의 무장을 베고

여포呂布 중국 후한 말기의 무장 사로잡아 사해四海 천하를 평정하면

그 아니 천운天運이냐

하늘이 날 위해 도와줌이 분명하니 어찌 아니 좋을쏘냐

정욱程昱이 여쭈오되 분분紛紛한 융동隆冬 엄동설한 때에

동남풍이 이상하니 미리 예방을 하사이다


[아니리]

조조 허허 웃고 대답하되

동지冬至에 일양一陽 양기이 시생하니비로소 생기니

기무동남풍豈無東南風 어찌 동남풍의 기미조차 없겠느냐는 뜻가

의심 말라 분부하고 황개 약속을 기다릴 제


4. 황개화선黃蓋火船

[중모리장단]

그때에 오吳나라 황개는

이십 화선火船 거느리고

청룡아기靑龍牙旗 청룡이 그려진 대장기 선기상船旗上에

청포장靑布帳 푸른 천으로 만든 휘장을 둘러치고 삼승三升 올이 굵은 삼베 돛 높이

달아

오강吳江 여울 바람을 맞춰 지국총노를 잇달아 저을 때 나는 소리 소리 하며

조조 진중陣中 바라보고 은은隱隱히 떠 들어오니

조조가 보고 대희大喜하며

장졸더러 이르는 말이

정욱아, 네 보아라

정욱아 정욱아 정욱아 정욱아 정욱아 네 보아라

황공복黃公覆 공복은 황개의 자(字)이 나를 위해 양초糧草 사람이 먹을 양식과 말이 먹을

풀 많이 싣고 저기 온다

정욱아 정욱아 네 보아라 허허 허허 대소하니


5. 적벽 화전赤壁火戰


[아니리]

정욱이 여쭈오되

군량軍糧 실은 배량이면 선체船體가 온중穩重 무거움할 텐데

둥덩실 높이 떠 요요搖搖 자꾸 흔들림하고 범류泛流 둥둥 떠 물결 따라 흐름하니

만일 간계奸計 있을지면 어찌 회피回避하오리까

조조 듣고 의심하며

그래 그래 그렇겠다 네 말이 당연하니

문빙文聘 조조군의 장수 불러 방색防塞 들어오지 못하게 막음하라

문빙이 우뚝 나서

저기 오는 배 어디 배나?

우리 승상님 영전令前 명령이 떨어지기 전에는

진陣 안으로 들어오지 말라고 하신다


[자진모리장단]

이 말이 끝나기도 전에 뜻밖에 살화살 한 개가 피르르르

문빙 맞고 떨어지니

황개 화선火船 이십 척

거화포擧火砲 화포를 쏨 승기전乘機箭 불화살을 쏨과 때때때 나팔 소리

두리둥둥 뇌고雷鼓 군령을 전하는 북 치며 좌우각선左右各船 부대部隊가

동남풍에 배를 모아 불을 들고 달려들어

조조 백만 군병에다가 한 번을 불이 벗석

천지가 떠그르르르 강산이 무너지고

두 번을 불이 벗석 우주가 바뀌는 듯

세 번을 불로 치니 화염이 충천 풍성風聲이 우루루루루

물결은 출렁 전선戰船 뒤뚱 돛대 와지끈

용총龍總 돛대에 매어 놓고 돛을 올리거나 내릴 때 쓰는 줄 활대돛 위에 가로 댄 나무 노사옥대노를 젓는 긴 나무

우비짐을 실을 수 있는 배 바닥의 공간 삼판三板 항구 안에서 사람이나 짐을 실어 나르는 작은 배 다리 족판행장足板行裝 배 안에 깔아 놓은 발판

망어網禦 배의 바닥과 양옆을 고정하기 위해 가로지른 나무 각포대各布袋 방어를 위해 모래 따

적벽가 377

위를 담아 뱃전에 쌓아 둔 자루가 물에 떨어져 풍덩

기치旗幟 깃발 펄펄 장막 쪽쪽장막이 찢어지는 소리

화전火箭 화약을 장전한 화살 궁전弓箭 활과 화살 당파창鏜鈀槍 삼지창과

깨어진 통노구구솥 거말장'거멀장'의 방언으로 두 물건 사이를 벌어지지 않게 연결하는 쇳조

각 마람쇠'마름쇠'의 옛말로 네 발을 날카롭게 만들어 적을 막기 위해 뿌려 놓고 사용함

나팔 큰북 쟁錚 꽹과리 웽그렁 쳉그렁

와르르 철철철 산산이 깨어져서

풍파강상風波江上에 화광火光이 훨훨

수만數萬 전선戰船이 간데없고 적벽강이 뒤끓을 제

불빛이 난리가 아니냐 가련한 백만 군병은

날지도 뛰지도 오도가도 오미락'옴지락거리다'의 방언 옴짝달싹 못하고

숨 막히고 기 막히고 살도 맞고 창에도 찔려

앉아 죽고 서서 죽고 웃다 울다 죽고 밟혀 죽고 맞아 죽고

애타 죽고 성내 죽고 덜렁거리다 죽고

복장腹臟 덜컥 살에 맞아 물에 가 풍덩 빠져 죽고

부서져 죽고 찢어져 죽고 가이없이가없이 죽고 어이없이 죽고

무섭게 눈 빠져 서혀 빠져 등 터져

오사誤死 형벌이나 재난으로 인한 죽음 급사急死 악사惡死 몰사沒死 모조리 다 죽음하야

다리도 작신 부러져 죽고 죽어 보느라고 죽고 무단히 죽고

함부로 덤부로 죽고 땍때그르르 궁굴다

아뿔사 낙상해 가슴 쾅쾅 두드리며 죽고

떡 큰 놈 입에다 물고 죽고

한 놈은 주머니를 뿌시럭뿌시럭거리더니

워따 이 제기를 칠 놈들아

나는 이런 다급한 판에 먹고 죽을라고

비상<sup>砒霜</sup> 독성이 있는 한방 약재 사 넣드니라 와삭와삭 깨물어 먹고 물에 가 풍덩

또 한 놈은 돛대 끝으로 뿍뿍뿍뿍뿍 올라가더니

아이고 하나님 나는 삼대독자 외아들이오

제발 살려 주오 빌다 물에 가 풍덩

또 한 놈은 뱃전으로 우루루 퉁퉁퉁퉁퉁 나가더니

고향을 바라보며 망배<sup>望拜</sup> 멀리 떨어져 있는 조상, 부모, 형제를 그리워하며 그러한 대상이 있는 쪽을 바라보고 절을 함 망곡<sup>望哭</sup> 먼 곳에서 임금이나 어버이의 상사를 당했을 때, 곡을 할 장소에 직접 가지 못하고 그쪽을 향해 슬피 욺 으로

아이고 아버지 어머니 나는 하릴없이 죽습니다

언제 다시 뵈오리까

물에 가 풍덩, 버끔이 '거품'의 방언 부그르르르

또 한 놈은 그 통에 지가 한가<sup>閑暇</sup>한 치라고

시조 반장<sup>半章</sup>을 빼다<sup>읊다</sup> 죽고

즉사몰사<sup>卽死沒死</sup> 대해수중<sup>大海水中</sup> 깊은 물에

사람을 모두 국수 풀듯 더럭더럭 풀며

적극<sup>赤戟</sup> 붉은색 창 조총<sup>鳥銃</sup> '화승총'의 옛 이름 괴암통화약통 남날개화약과 탄알 그릇 도래송곳끝이 반달 모양처럼 생긴 송곳 독바늘독침

적벽풍파<sup>赤壁風波</sup>에 떠나갈 제

일등 명장이 쓸데가 없고 날랜 장수도 무용<sup>無用</sup>이로구나

화전 궁전 가는 소리

여기서도 피르르르 저기서도 피르르르

허저<sup>許楮</sup> 장요<sup>張遼</sup> 서황<sup>徐晃</sup> 등은

조조를 보위하며 천방지축天方地軸 달아날 제

황개 화연火煙 무릅쓰고 쫓아오며 하는 말이

붉은 홍포紅袍 입은 것이 조조니라 도망 말고 쉬 죽어라

선봉대장先鋒隊將에 황개라

호통하니 조조가 황겁하며

입은 홍포를 벗어 버리고 군사 전립戰笠 앗아 쓰고

다른 군사를 가리키며

진짜 조조는 저기 간다

제 이름을 자기가 부르며

이놈 조조야 남더러 조조란 놈 지가 진정 조조니라

황개가 쫓아오며 저기 수염 긴 것이 조조니라

조조 정신 기겁하여 긴 수염을 걷어 잡아

와드득와드득 쥐어뜯고 페탈양탈꾀부리고 앙탈함 도망할 제

장요張遼 활을 급히 쏘니 황개 맞어 물에 가 풍덩

꺼꾸러져 낙수落水하니 의공義公아 날 살려라

한당韓當이 급히 건져 살을 빼아 본진本陣으로 보내랄 적에

좌우편左右便 호통 소리 조조 장요 넋이 없어

오림烏林께로 도망을 할 제 조조 잔말잔소리이 비상해이상해

문 들어온다 바람 닫아라 요강 마렵다 오줌 들여라

뒤중둔종(臀腫). 볼기짝에 나는 종기 낫다 똥 나올세라 배 아프다 농弄치지 마라

까딱하면은 똥 싸것다 여봐라 정욱아

위급하다 위급하다 날 살려라 날 살려라

조조가 겁이 나서 말을 거꾸로 잡아 타고

아이고 여봐라 정욱아

워째 이놈의 말이 오늘은 퇴불여전退不如前 전처럼 달아나지 않음해

적벽강으로만 그저 뿌두둥뿌두둥 들어가니 이것이 웬일이냐

주유周瑜 노숙魯肅이 축지법을 못하는 줄 알았더니

아마도 축천縮天 축지법縮地法을 하나 보다

정욱이 여쭈오되 승상丞相이 말을 거꾸로 탔소

언제 옳게 타겠느냐 말 모가지만 쑥 빼다

얼른 돌려 뒤에다 꽂아라 나 죽겠다 어서 가자

아이고아이고 아이고


[중모리장단]

창황분주蒼黃奔走 마음이 너무 급해 이리저리 바쁘고 수선스러움 도망을 갈 제

새가 푸르르 날아가도 복병伏兵인가 의심하고

낙엽이 떨어져도 추병追兵 추격하는 군사인가 의심하며

엎어지고 자빠지며 오림산烏林山 험한 곳을

반생반사半生半死 거의 죽게 되어 죽을지 살지 모를 지경에 이름 도망간다


6. 새타령


[아니리]

조조가 가다가 목을 움쑥움쑥 움치니움츠리니

정욱이 여쭈오되

아 여보시오 승상님 거 무게 많은 중에 말 허리 느오리다늘어나겠습니다

어찌하야 목은 그리 움치시나이까

야야 말 마라 말 말어 내 눈 위에 칼날이 번뜻번뜻하고

귓전에 화살이 윙윙하는구나

정욱이 여쭈오되

이제는 아무것도 없사오니

목을 늘여 사면을 더러 살펴보옵소서

야야 거 진정 조용하냐

조조가 막 목을 늘여 사면을 살피려 할 제

의외에도 말굽통 머리에서 메초리'메추라기'의 방언란 놈이 푸루루루 날아
가니

조조 깜짝 놀라

아이고 여봐라 정욱아

내 목 달아났다 목 있나 좀 보아라

정욱이 기가 막혀

눈치 밝소 그 조그만 메초리를 보고 그다지 놀라실진댄

큰 장펑 보았으면 기절초풍氣絶招風할 뻔하였소그려 잉

야야 그것이 메초리드냐 허허 그놈 비록 조그만 놈이지마는

털 뜯어서 갖은 양념해 보글보글 보글보글 볶아 내면

술 안주 몇 점 쌈박하니 좋다마는

거 우환 중에도 입맛은 안 변했소그려 잉

조조가 목을 늘여 사면을 살펴보니

그새 적벽강에서 죽은 군사들이 원조冤鳥 원통하게 죽은 사람의 혼령이 변해 된 새
라는 새가 되어

모두 이 조 승상丞相을 원망하며 우는데

이것이 적벽강 새타령이라고 하든가 보더라 잉

[중모리장단]

산천은 험준하고 수목은 총잡叢雜 울창한데

만학萬壑 첩첩이 겹쳐진 많은 골짜기에 눈 쌓이고 천봉千峰 수많은 봉우리에 바람 칠 제

화초목실花草木實이 없었으니

앵무원앙鸚鵡鴛鴦이 끊쳤난디

새가 어이 울랴마는 적벽 화전에 죽은 군사

원조라는 새가 되어

조 승상을 원망하며 지지거려 울더니라

나무 나무 끝끝터리 앉아 우는 각áê 새소리

도탄塗炭에 싸인 군사 고향 이별이 몇 핼런고

귀촉도歸蜀道 두견새 귀촉도 불여귀不如歸 두견새라

슬피 우는 저 초혼조招魂鳥 죽은 사람의 혼령을 부르는 새라는 뜻으로, '두견새'를 이르는 말

여산군량如山軍糧 산더미같이 쌓인 군량을 소진消盡한디

촌비노략村匪擄掠 시골에 도둑 떼가 되어 민가에 노략질하는 일이 한때로구나

소뎅소뎅솔적다 솔적다 저 흉년凶年새

백만 군사를 자랑터니 금일 패군敗軍이 어인 일고

입삣죽 입삣죽 저 삣죽새 자칭自稱 영웅英雄 간 곳 없고

백계도생百計圖生 백 가지 꾀를 내어 살기를 꾀함의 꾀로만 판단

꾀꼬리 수리루리루 저 꾀꼬리

초평대로草坪大路 풀이 평평하게 큰길를 마다하고

심산총림深山叢林 깊은 산 잡목이 우거진 숲에 고리꺅 까옥골짜기가 컴컴하다 저 까
마귀

가련하다 주린 장졸將卒 냉병冷病인들 아니 드리

병에 좋다고 쑥국 쑥쑥국

장요는 활을 들고 살이 없다 걱정 마라

살 간다 수루루루루<sup>화살이 날아가는 소리</sup> 저 호반새<sup>湖畔鳥</sup>

반공<sup>半空</sup>에 둥둥 높이 떠

동남풍을 내가 막아 주랴느냐 너울너울 저 바람맥이

철망<sup>鐵網</sup>을 벗어났구나 화병<sup>火兵</sup>아 울지 말아라

노고지리 노고지리 저 종달새

황개 호통 겁을 내어 벗은 홍포를 내 입었네

따옥 따옥이 저 따옥이 화용도가 불원<sup>不遠</sup>이로다

적벽풍파<sup>赤壁風波</sup>가 밀어온다 어서 가자 저 게오리<sup>개오리, 즉 갯가의 오리</sup>

웃는 끝에는 겁을 낸 장졸 갈수록 얄망궂다

복병을 보고서 도망하리

이리 가며 팽당<sup>그르르르</sup> 저리 가며 행똥행똥

사설<sup>辭說</sup> 많은 저 할미새

순금<sup>純金</sup> 갑옷을 어디다가 두고 살도 맞고 창에도 찔려

기한<sup>飢寒 배고픔과 추위</sup>에 골몰<sup>汨沒</sup>이 되어 내 단장<sup>丹粧 꾸민 모습</sup>을 부러워 마라

상처의 독기<sup>毒氣</sup>를 쫓아 주마

뾰족한 저 징구리<sup>새의 부리</sup>로 속 텅 빈 고목<sup>枯木</sup> 안고

오르며 때<sup>그르르르</sup> 내리며 꾸벅 때<sup>그르르르</sup>

뚜드럭 꾸벅 찍꺽 때<sup>그르르르르</sup> 저 때쩌구리<sup>딱따구리</sup>는

처량하구나 각 새소리 조조가 듣더니 탄식한다

울지 마라 울지 마라 각 새들아 너무나 울지를 말아라

너희가 모두 다 내 제장<sup>諸將</sup> 죽은 원귀<sup>寃鬼</sup>가

나를 원망<sup>怨望</sup>해서 우는구나

# 적벽가

## ✍ 작품 정리

- **갈래** 판소리 사설
- **성격** 해학적, 비판적
- **구성** 총 5대목 구성
- **특징**
  - 판소리 열두 마당 가운데 하나임
  - 가사체, 구어체, 한문체를 혼용함
  - 『삼국지연의』의 적벽 대전을 차용하되 세부 내용은 우리 실정에 맞게 수정함
  - 장단이 빠르고 소리가 웅장해 가장 남성적인 판소리라는 평을 받음
- **주제** 적벽 대전을 주도한 영웅들의 이야기
- **출처** 박봉술 창본

## ✍ 구성과 줄거리

- **제1대목**　**유비 삼 형제가 삼고초려를 함**

  유비와 관우, 장비 삼 형제가 공명을 찾아간다. 그런데 낮잠을 자면서 일행을 기다리게 하는 공명을 보고 화가 난 장비가 초당에 불을 지르려 하자 유비가 말린다. 유비는 공명에게 백성을 구하자고 하지만 공명은 거절한다.

- **제2대목**　**장판교 대전을 벌임**

  패전 소식을 들은 조조는 크게 노해 군사를 이끌고 출정한다. 유비는 조조에게 밀려 후퇴하면서 조자룡에게는 아들인 아두와 미

부인을 보호하도록 하고, 장비에게는 백성들을 지키도록 명한다. 조자룡은 두 사람을 찾지만 미부인은 장판교에서 자결한다.

- **제3대목**  **군사 설움 타령**

  조조의 군사들이 술과 음식을 먹으면서 쉬는 대목인데 적벽 대전을 벌이기 전에 각자 설움을 늘어놓는다. 고향에 두고 온 늙은 부모와 처자식에 대한 탄식, 장가든 첫날밤에 전쟁터로 잡혀 온 슬픔 등을 노래한다. 이때 한 군사는 다음 날의 싸움을 걱정하며 군사들을 꾸짖는다.

- **제4대목**  **적벽 대전**

  황개 장군이 주유에게 복수할 것이라고 믿고 있던 조조는 그가 자신의 군사를 위해 군량을 싣고 올 것이라고 생각한다. 그러나 전선 가까이에 안전히 도착한 황개 장군이 화공을 일으키고 조조군은 뒤늦게 대응하려고 하지만 제대로 반격을 하지 못한 채 처참히 패해 도망한다.

- **제5대목**  **관우가 화용도에서 조조를 살려줌**

  관우가 화용도의 좁은 길에 매복해 있다가 조조의 군사에게 달려든다. 조조는 무기를 버리고 관우에게 살려달라고 빌어 목숨을 부지한다.

## ✏️생각해 보세요

### 1 「적벽가」의 특징은 무엇인가?

「적벽가」는 『삼국지연의』의 영향을 받았으나 원전과 달리 전쟁 영웅이 아닌 일반 군사들이 주인공으로 나온다. 실례로 조조를 한갓 필부보다 못한 비겁한 인물로 그리는가 하면, 조조의 모사謨士인 정욱程昱 또한 방자와 같은 인물로 바꾸어 놓고 있다. 다시 말해 민중의 시점에서 전쟁의 참혹상을 폭로하면서 지배층에 대한 비판 의식을 강하게 드러내고 있는 것이다. 이는 판소리가 민중의 한과 저항 의식을 표출하는 중요한 매체임을 의미한다.

## 2 판소리의 장단에는 어떤 종류가 있는가?

판소리의 장단은 창의 빠르기를 나타내는 개념인데, 극적 상황의 전개와 밀접한 상관관계가 있다. 실례로 가장 느린 장단인 '진양조장단'은 이몽룡이 광한루의 경치를 감상하며 부르는 '적성가'처럼 서정적인 대목에서, '중모리장단'은 심청이가 선인을 따라가는 장면처럼 사연을 담담히 서술하는 대목에서, '중중모리장단'은 조조가 길에 서 있는 장승을 보고 화풀이를 하며 부르는 장승 타령처럼 감정을 터트리는 대목에서, '자진모리장단'은 암행어사가 출두하는 장면처럼 여러 가지 상황을 늘어놓는 대목에서, 가장 빠른 장단인 '휘모리장단'은 심청이가 인당수에 뛰어드는 장면처럼 어떤 일이 급하게 진행되는 대목에서 주로 사용된다.

## 3 판소리 다섯 마당이란 무엇인가?

조선 후기의 문헌에 기록된 판소리는 본래 열두 마당이었으나 외설스럽고 조잡한 내용을 담은 마당은 차츰 도태되었다. 신재효가 「춘향가」, 「심청가」, 「흥부가」, 「수궁가」, 「적벽가」, 「변강쇠 타령」 등의 여섯 마당을 정리한 뒤, 현재는 「변강쇠 타령」을 제외한 다섯 마당만이 전승되고 있다. 이 다섯 마당의 판소리 중에 한마당을 골라 부르는 소리를 '바탕소리'라고 한다. 전승 과정에서 도태된 일곱 마당에는 「변강쇠 타령」 외에 「옹고집 타령」, 「배비장타령」, 「강릉 매화 타령」, 「장끼 타령」, 「무숙이 타령」, 「가짜 신선 타령」 등이 있다.